I0661498

訴江案揭開習江鬥完結篇

逮捕江澤民

習近平説「開弓沒有回頭箭」
太上皇正步入秦城

作者／王淨文 季達

逮捕江澤民

目錄

逮捕江澤民

第一章

中國歷史上
最大的賣國賊

1999 年 12 月 9 日，江澤民和當時的俄羅斯總統葉利欽簽訂了
《關於中俄國界線東西兩段的敘述議定書》。這樁關係到國家
領土的大事一直被江澤民隱瞞。這是一個徹頭徹尾的賣國條
約，中間隱藏著驚天黑幕。

（大紀元合成圖）

第一節

習近平訪俄
黨媒連拋江澤民醜聞

　　2013 年 3 月，剛從中共兩會上獲得國家主席、軍隊主席、政黨主席、集黨政軍三大權於一身習近平，開始了他上任後的第一次出國訪問。當然，按照中共慣例，第一站就是俄羅斯。不過與以往不同的是，伴隨習近平訪俄的同時，大陸官方利用各種途徑不斷曝光前中共黨魁江澤民出賣領土的醜事，喉舌黨媒也接連間接拋出江澤民的賣國醜聞；同時，被外界稱之為「親共」的海外媒體又曝光江的家族醜聞……而此時正是習近平陣營再一次大清洗江派兩會勢力以及高喊打「大老虎」的敏感時刻。

中共副外長拋江澤民對俄賣國醜事

　　2013 年 3 月 22 日，習近平首訪俄羅斯，在 19 日的行前會上，中共外交部副部長程國平拋出江澤民簽署的賣國條約——《中俄

睦鄰友好條約》，江澤民出賣國土的醜事再度被關注。

據黨媒「新華網」報導，程國平會上說，21 世紀的前 10 年，中俄雙方解決了邊界問題，簽署了《中俄睦鄰友好條約》。

此《條約》簽署於 2001 年，實為中共的賣國條約。當年 7 月 16 日，由時任中共國家主席的江澤民訪俄羅斯期間同俄總統普京簽署，承認海參崴及鄰近遠東地區上百萬平方公里土地「永遠」不再為中國的領土。

《環時》洩密：江澤民出賣白龍尾島給越南

2013 年 3 月 20 日「越南漁船遭中國海軍艦艇開火」一事引發各界高度關注，中共回應此事件宣稱「純屬越方捏造，是別有用心」。

3 月 26 日，具有左派親江背景的《環球時報》發表評論稱，中方重視中越友誼，在北部灣海上劃界時，將歷史上本來屬於中方的白龍尾島讓給越方。但近年來越方非但不領中方的情，反而變本加厲侵犯中方在南海的權益。

不知這名專家是無意還是故意說漏「將白龍尾島送越南」信息。2000 年 12 月 25 日，中越雙方簽署《北部灣劃界協定》，將浮水洲島（即越方稱的白龍尾島）正式割予越南，而簽署這一協定將白龍尾島拱手相讓的正是當時中共國家主席江澤民。

有意思的是，同樣具有中共官媒背景的香港《文匯報》的新浪實名微博「香港文匯網」也於 3 月 27 日轉發此文時強調「專家：中方曾將白龍尾島讓給越南，對方變本加厲」。

親共媒體開始揭江澤民家族的「短」不僅此一家。

《南華早報》：江澤民的孫子祕密參股「巨無霸」

　　《南華早報》2013 年 3 月 26 日報導，巨型國營基金公司信達資產管理公司計畫在香港上市，兩個幕後的投資者之一是由江澤民的孫子江志成創立的私人股權基金——博宇資本。

　　三個地位不凡的金融行業消息來源告訴《南華早報》，凱雷投資集團（Carlyle Group）和博宇資本都做出間接投資以擁有信達的少數股份。作為大陸四大國有不良債務清理公司之一，信達 1999 年在北京成立。博宇對信達的間接投資已經保密一段時間，只有小群人當中的相關人士知道。

　　《南華早報》報導說，博宇的共同創立者是前中共主席江澤民的孫子江志成，他出生於上海，受教育於哈佛大學。

　　中共第三代黨魁江澤民時代以「腐敗治國」在海內外著稱，「高幹子女經商」是江澤民腐敗治國的潛規則，所牽扯的中共高層利益集團盤根錯節，涉及龐大的勢力範圍。曾轟動一時的原上海首富周正毅案、劉金寶案，還有黃菊前祕書王維工案互相交叉，都涉及到天文數字的貪污受賄、侵吞公款，這些案子都與江澤民及其子江綿恆操控金融界、特別是上海金融界有關。

　　此前，習近平一再警告「官商不要勾肩搭背」，江澤民家族參股國營基金公司的消息被拋出，令外界高度關注，外界意識到，習的那番話是衝著江澤民去的。

習近平訪俄 官媒提及江澤民賣國密約

　　3 月 22 日，習近平訪問俄羅斯的當天，「新華網」發表「中

俄聯合聲明」聲稱，兩國相互堅定支持對方主權和領土完整。令人聯想江澤民出賣給俄羅斯的領土，民間因而再度揭露江澤民掩蓋多年的出賣國土的過往。

上百年來，俄國侵占的中國領土包括海參崴、伯力、尼布楚、廟街、外興安嶺、庫頁島、江東六十四屯等國土。歷代中國政府都沒有敢鬆口讓出，而江澤民為了換取俄國對中共獨裁暴政的支持，把大片領土出賣給俄國。

美國喬治梅森大學教授章天亮說：「在 1989 之後，中國和俄羅斯開放邊界的時候，江澤民就等於是把這些能夠要回來的領土，全都給俄羅斯了。其中還有一些不是當時割讓走的土地，是俄羅斯強占的，像江東六十四屯，連不平等條約都沒有的。那個也可以往回要，但是江澤民也沒要。」

海參崴——中國人永遠的傷痛和屈辱

海參崴為滿語，意為「海邊的小漁村」，天然的不凍港，因盛產海參而得名。面積 700 平方公里，是太平洋岸畔的世界名城，1860 年之前屬中國清朝吉林轄地，是中國重要港口，元代稱「永明城」。但現在是俄羅斯遠東地區第二大城市，改名為「符拉迪沃斯託克」，意為「控制東方」。

1858 年（清咸豐八年）不平等的《中俄璦琿條約》及《中俄北京條約》簽訂後，中國失去烏蘇里江以東至海約 40 萬平方公里的領土，包括海參崴。但 1945 年 2 月的《中蘇友好同盟條約》，國民政府代表提出收回大連、海參崴、克葉群島等地主權。蘇聯同意歸還大連、旅順和滿洲鐵路，並達成協議 50 年以後歸

還海參崴。

但在 50 年後，江澤民大筆一揮，出賣了上百萬平方公里的寶貴領土，相當於東北三省面積總和，也相當於幾十個台灣。

1999 年底，江澤民、李鵬和葉利欽簽訂祕密的《中俄全面勘分邊界條約》，2000 年簽訂《中俄睦鄰友好合作條約》，把俄國歷年侵占的 300 多萬平方公里中國領土，白白拱手給俄羅斯。

2001 年 7 月 16 日，江澤民與俄羅斯總統普京，在莫斯科克里姆林宮簽署《中俄睦鄰友好合作條約》，代表中共正式透過官方文件，承認海參崴及鄰近遠東地區「永遠」不再為中國的領土。

對此，《江澤民其人》一書透露，1945 年前蘇聯紅軍突襲東北，搜獲日本全部特工系統檔案，發現江曾接受培訓的青年幹訓班的文字及照片檔案、充當漢奸的歷史，因此威逼利誘將其發展為遠東局特務。

1991 年 5 月，江澤民以中共總書記身分出訪前蘇聯，在參觀利加喬夫汽車製造廠時，蘇聯情報機構克格勃（KGB）特意安排江澤民「巧遇」當年讓江拜倒在石榴裙下的前蘇聯色情間諜克拉娃，江澤民嚇得魂飛魄散，為隱瞞間諜歷史，江澤民不管多大的國家利益，也要跟俄羅斯做這筆交易。

2004 年 9 月 30 日，新加坡《海峽時報》駐港記者程翔也發表文章披露，中國簽署《中俄睦鄰友好條約》，放棄索回 160 多萬平方公里國土，等同 40 個台灣面積。2006 年 8 月，程翔被中共以間諜罪為名判處 5 年刑期。

江澤民唱俄國歌取悅俄國人

江澤民上台以後為尋求俄國的支持，不但同俄國及前蘇聯的若干共和國簽訂邊界協議，將當年俄國侵占中國的領土合法化，還醜態百出在俄國領導人面前大唱俄國歌曲以取悅他們。

前俄國總統葉利欽在下野後發表的自傳中透露，經過多年的冷淡之後，中共漸漸成為俄羅斯在世界上的重要戰略夥伴之一。

1997年，雙方展開「不繫領帶」非正式會晤，俄駐京大使羅高壽知道江非常喜歡唱俄羅斯歌曲，會見時「江真的唱了起來，出其不意……隆重的接待大廳頓時變了樣……」到了1999年最後一次會晤時，雙方關係已到了羅親自為江鋼琴伴奏，並低聲伴唱的程度。葉利欽說：「現在這才是真正的『不繫領帶』會晤。」

為討好俄國，江澤民違憲簽署一系列出賣國土的條約。圖為1997年9月21日江澤民極力討好前俄國總統葉利欽。（AFP）

江澤民簽署賣國條約涉違憲

美國哥倫比亞大學政治學博士王軍濤認為，當時江澤民為了獲得俄羅斯的武器技術，保持對台灣的優勢，以國土相送，但實際上並沒有獲得對等的利益。這些出賣國土的條約涉及違憲。

2003年，王軍濤和一些海外的中國法學家設立了「中國司法

觀察」，第一案就是向中共人大提交訴訟案，起訴江澤民。

王軍濤說：「江澤民在簽署這些條約的時候，他跨越了憲法職責。江澤民當時的職務是國家主席和共產黨總書記，還有軍委主席。那麼作為共產黨總書記，和軍委主席，他不能直接去進行活動，而國家主席只有批准條約的權力，沒有去締約和談判的權力。實際上江澤民是違憲的。」

討好俄國為掩蓋「二奸二假」歷史

還有媒體報導稱，江澤民之所以掩蓋這段出賣國土的過往，是為了掩蓋自身一段更為黑暗的「二奸二假」的過去。

美國喬治梅森大學教授章天亮說：「民間有個學者叫呂加平，當時他發表了一系列文章，說江澤民叫『二奸二假』。『二奸』的話就是既做過日本的漢奸，也做過俄國的漢奸。所謂『二假』就說：他是假共產黨員，然後也是江上青的假兒子，因為他說他有一個養父，其實那也是假的。」

對於習近平上任外交首訪俄羅斯，哥倫比亞政治學博士李天笑分析說，習訪俄也可能會摸到江澤民出賣中國領土和充當克格勃臥底的老底，因此對習這次訪俄最感心跳的莫過江了。官媒稱習此行的任務是「鞏固互信，增強支持，擴大務實合作」，具體操作如何還有待觀察，但說者無心，聽者有意，對於心懷鬼胎的江，這些將觸到江的神經，而這對習掣肘江的干預，對打周永康等大老虎不無好處。

第二節

揭露江賣國
香港記者程翔遭抓捕

程翔發表文章指出江澤民出賣了相當於 40 個台灣的國土給俄羅斯,被海外媒體廣泛轉載。(新紀元資料室)

程翔撰文 揭江出賣 40 個台灣

程翔最早是 1998 年在《海峽時報》披露前中共總書記江澤民江賣國的消息,2004 年 9 月 30 日又以筆名「鍾國仁」(諧音:中國人)在香港《明報》上發表評論文章《江澤民要向中國人民交代的一件事》。文章指出:「江澤民在其任內,做了一個十分重要的決定,而他以及他所領導的中共從來沒有向全體中國人民解釋交代的,這就是簽署中俄邊界條約,承認了由不平等條約強加給中國的邊界,從而導致被沙俄掠奪的國土永遠丟失。」

程翔在文章中強調:「這個條約的要害是,它使中國永遠喪失了約 160 萬平方公里的土地(不算外蒙古),相當於 40 個台灣。」(編註:該文收錄於程翔文集《漫漫愛國路》中第 51 頁)

　　在江澤民以前，從蔣介石到毛澤東、鄧小平，從未承認鴉片戰爭以來中俄兩國間的不平等條約，前蘇聯領導人列寧曾三次（1919、1902、1923 年）發表政府聲明，要把沙俄侵占的大片國土歸還給中國。直到江澤民一次性的大賣國，全都給了俄國。

　　程翔提到的賣國條約是，江澤民和當時的俄羅斯總統葉利欽於 1999 年 12 月 9 日簽訂的《關於中俄國界線東西兩段的敘述議定書》。這個條約構成了今後中俄邊界的法律文件。而這樁關係到國家領土的大事一直被江澤民隱瞞，直到幾年後，俄方公布這個條約，中國人才得知江悄悄地出賣了大片國土。

　　江澤民賣國的消息被媒體披露後，引起海外華人的震驚和憤怒。中國社科院首任政治學研究所所長嚴家祺和前中國憲法學會副會長于浩成 2003 年以「司法觀察」的名義，向中共人大提交了訴訟狀，控告江澤民。于浩成表示：「江澤民是比袁世凱還大的賣國賊。」

　　然而，程翔因為揭露江澤民賣國而被江澤民抓捕。《新紀元》周刊在 2007 年 1 月 1 日創刊號中發表了獨家採訪。

程翔案內幕：江下令密捕國安涉案難徹查

　　「中國是最大的記者監獄。」這是無國界組織 2005 年對全球 168 國新聞自由排名時，對排名倒數第 9 名的中國作出的評論。這一年的 4 月 22 日，新加坡《海峽時報》資深記者程翔在廣州被捕。

　　1 年 4 個月後，2006 年 8 月 31 日程翔被北京市中級法院以間諜罪判刑 5 年，剝奪政治權利 1 年，沒收財產 30 萬元，11 月

24 日上訴被駁回。同年 12 月 18 日，中國社會科學院公共政策研究中心副主任陸建華，被指將 4 份涉及「絕密級」情報的文章交給程翔，以洩漏國家機密罪被判監 20 年。

新華社對程翔的判詞稱，程翔通過參加台灣歐亞基金會的時事研討會，與該基金會的薛某、戴某結識；程翔在明知該機構是間諜機構的情況下，以傳真、電子郵件等形式將他人從北京等地向其提供的涉及國家祕密及情報的有關文字材料提供給薛某和戴某，並用化名獲取酬金港幣 30 萬元。

但到底程翔為何被捕，以及陸建華為何被重判 20 年，是否真如中共當局公布的判決書上指他為歐亞基金會投稿而誤碰地雷，還是另有其他原因。對這宗外界頗多揣測、頗多懸念的個案，《新紀元》獨家採訪到一名國安部高層人士，挖掘出此案更多內幕。

揭露江賣國 江下令抓程翔

對於外界頻傳程翔是因為寫揭露江澤民賣國的文章而被捕，該消息人士稱，這個猜測是準確的。程翔最早是在《海峽時報》披露江賣國的消息，後來又以筆名「鍾國仁」在 2004 年 9 月 30 日在香港《明報》上發表《江澤民要向中國人民交代的一件事》一文。

據說，前中共國家主席江澤民看到此文震怒，親自下令抓程翔。於是才出現了 2005 年 4 月 22 日，程翔在廣州被捕一幕。

至於有關前中共總書記趙紫陽的第二本書稿，該消息人士認為趙的書是誘因，用來吸引程翔上鉤去廣州，而且因為當時趙剛

逝世，大陸氣氛的確很緊張，有些民運人士也取消回大陸的行程，所以程翔也是撞在槍口子上了。

江胡內鬥犧牲品

程翔被抓一個月後的 2005 年 5 月，和他密切合作的中共社會科學院副主任陸建華被捕，事情越鬧越大。

由於陸建華被視為胡錦濤的人馬，甚至有人說是「能直通國家主席胡錦濤辦公室的核心人物」。香港輿論認為，不排除有人藉程、陸二人打擊胡溫政權，令兩人成為派系角力下的犧牲品。有親北京人士表示，中共 17 大舉行在即，中共中央高層正為權力重新分配出現內部鬥爭。由於程、陸兩人都替胡錦濤辦事，因此成為眾矢之的。

對此，該國安消息人士肯定地說，此案江胡權鬥的確存在。據說，陸建華 2008 年 5 月被捕後，江系人馬要他交代案情，其中最主要的是圍繞「胡錦濤要他做了什麼」，當時還有人宣稱：「一年半內搞垮胡！」

外界分析，程翔、陸建華案成為一個燙手山芋，如何處理，成為各方較勁的角力場。一位熱心營救程翔的人士透露，某中共人大副委員長一提起這個案子，就頻擺手說：「難處理」。

國安包裝成學者對外投稿

據該消息人士稱，中共抓了程翔後，最初的版本是定他「間諜罪」，貪污幾百萬，但因為程翔在香港人脈甚廣，香港左中右

的人都為他打抱不平，作人格保證，外界也不相信程翔貪財這個說法，所以最後只好不了了之。

繼香港親共媒體接連負面報導程翔的消息後，香港一家報社旗下雜誌「披露」深圳女子黃偉是程翔「情婦」，企圖抹黑程翔。後來黃偉站出來澄清。最後《東周刊》賠款 20 萬元。

最戲劇性的是，中共有關方面進行調查時，發現查不下去，因為通過程翔向外投稿的那批大陸學者、記者等人，除了陸建華之外，其他全部都是國安身分，包括程翔判決書裡，通過程翔向外投稿 100 多篇的王英，也是國安人員。

至於王英的背景，據博訊網信息，王英曾是福州市委黨校和福建省某辦公室幹部，來香港後曾在《商報》和《星島日報》當記者，4 年前離開香港媒體圈，成為獨立人士，來往中港台，結交台灣政界人士，更在台北中山路投資，開設大型婚紗店。

對於在程翔案中，王英和陸建華一起向程翔供稿，甚至供稿量多過陸建華，最後卻作為證人，安然無事，隨後還出現在香港中資電視台－－鳳凰衛視上。坊間對他的身分有諸多懷疑。

據該名國安消息人士稱，程翔確實不知道王英等人是國安，因為中共利用這些包裝成大陸學者的國安人員向外投稿，混淆訊息，這一點對中共而言可是國家機密。甚至連抓補程翔的人也沒有想到會出現這樣的情況，這捅出一個大漏子。「你說，查還是不查，最後沒有辦法查下去。否則國安部的老底和人馬都給曝光出來，中共還有什麼臉面。」

據說，國安內部也對此爭鬥得不行，一派要放程翔，一派要堅持審判程翔。最後堅持要審判的是中共國安部部長許永躍。

歐亞基金會作擋箭牌

消息人士稱，即使判，安個罪名也得事出有「因」，於是案子一直拖了很久。後來查出一個「歐亞基金會」，就把歐亞基金會作個擋箭牌，安個台灣間諜機構的帽子，給程翔安個「台灣間諜」的罪名。

但關於歐亞基金會的背景，外界很難相信是台灣間諜機構，因為被香港人稱為「四大護法」之一的許崇德也參加過他們舉辦的研討會，按照新華社的說法，程翔參加研討會和他們結識，那許崇德也難避其嫌。

所以程翔案最後也就草草判了 5 年，一方面所謂罪名實在說不過去。另一方面，國際社會呼聲大，中共迫於壓力，也就判 5 年緩和一下外界壓力。

一輕一重

至於給程翔寫稿的社科院副主任陸建華，外界一致認為被判監 20 年，是重判。消息人士稱，一方面江派勢力藉重判陸建華給胡難堪，意思是：「你身邊的人都有問題」；另一方面中共對程翔和陸建華判刑「一輕一重」，是要給外界看，也讓聲援程翔的人封口，意思是，你們別再吵了，程翔已經判輕了，中共自己的人，從犯都判了 20 年。

相對於程翔家人被安排前後見過程翔 3 次，陸建華家人至今沒有見過陸建華。據說陸建華在獄中從不認罪，也不「交代」所謂犯罪事實，算得上是一條漢子。

所以程翔冤，陸建華也冤。

程翔案 5 月飛雪

寫到此，程翔被抓的內幕似乎比較清楚。但程翔冤案，何時可以昭雪？程翔文集《漫漫愛國路》中，太太劉敏儀寫的思念程翔的文章中有一段話，「5 月 31 日，外交部發言人孔泉宣布您的罪狀那天，京城下著大雨和冰雹——朋友知悉後，都來安慰，說那是 5 月飛雪。」

「我想，是非清白自在人間，程翔，我們都祝福你早日沉冤昭雪。」程翔的一個朋友這樣說道。

也許，這一天會很快到來。

第三節

江澤民剝奪了
中華民族發展的最後空間

1999 年 12 月 9 日，江澤民和當時俄羅斯總統葉利欽簽訂《關於中俄國界線東西兩段的敘述議定書》。這個條約構成了今後中俄邊界的法律文件。這樁關係到國家領土的大事一直被江隱瞞，直到幾年後，條約經俄方公布，中國人才得知江悄悄出賣大片國土。這是一個徹頭徹尾的賣國條約，中間隱藏著驚天黑幕。

吉林出海計畫化為烏有

據《江澤民其人》與《真實的江澤民》一書介紹，江澤民出賣東北領土的目的就是為了掩蓋其俄羅斯間諜、以及其二奸二假的過去。當時正值中共改革開放初期，吉林省希望打開圖們江出海口，有助於吉林經濟發展。為此通海計畫，幾年來省政府多次與俄方談判。

因為當年割讓圖們江的條約是不平等條約，經三年多談判，俄羅斯濱海邊疆區已有意與中方合作建港出海。正當談判即將進入決策的重要階段，江澤民卻背地裡在喪權辱國的「中俄東段勘界議定書」上簽了字。至此，圖們江出海口幾乎被徹底封死，吉林百姓多年來盼望的開邊通海戰略計畫變成了一堆廢紙！

由於中共片面強調經濟發展，造成生態環境的不斷破壞，中國可耕地面積已從上世紀 80 年代初的人均近 2 畝，減少到 90 年代後的人均 1.4 畝，而且還在遞減中。江澤民割讓給俄方的 100 萬平方公里絕大部分都是極其肥沃的土地。家喻戶曉的歌詞「我的家在東北松花江上，那裡有森林煤礦，還有那滿山遍野的大豆高粱」描繪的就是東三省的沃土，而被江澤民割讓的土地甚至更加肥沃，有人形象地比喻說，那裡的土「攥一把都流油」。

按照一平方公里合 1500 畝計算，江澤民出賣的國土相當於從 13 億中國人每人手中奪走 1 畝肥沃的可耕地。

賣國條約斬斷民族生路

把肥沃廣大的東北領土割讓給俄羅斯，還有個最大危害，是很多人忽視的。

2000 年 12 月 28 日，在《斬斷民族生路的「中俄邊界新約」》的文章中指出：「中國之劫、之難、之凶、之險，百年以降，唯此為大。」中國雖然號稱擁有 960 萬平方公里的土地，為世界上第三大國家，然而中國的人均可耕地面積卻只有 1.4 畝，為世界平均水準的三分之一，美國的九分之一。中國許多地區的自然條件十分惡劣。西邊是高原，西北是荒漠，正北是草原和沙漠，東

南是大海。生存條件較好的國土，面積約為 300 萬平方公里，僅僅占國土總面積的 29%。中國面臨接近土地、能源、淡水、礦產與森林資源承載能力的極限這個難題，中國 21 世紀的生存空間在哪裡？

從 1930 年代地理學家胡煥庸發現中國人口分布的胡煥庸線（指從黑龍江瑷琿到雲南騰衝的近似分割中國東部人口密集區和西部稀疏區的直線）以來，中國人口分布的宏觀格局幾乎沒有任何變化。胡煥庸線的西北面積為全國 64%，人口僅占 5.6%；東南面積為 36%，人口卻占 94.4%；文明重心傾斜於東南已無可置疑。近半個世紀來，中國人口重心點始終在東南靠海的一個百餘萬平方公里的狹小地域內徘徊。

1999 年中共政府提出西部大開發戰略，但中國人民大學人口所的《中國人口分布與可持續發展》研究報告顯示：「由於西部地區大多為高原、荒漠，土地可墾殖率低，而且遠離沿海，……所以西部地區人口承載力比中東部地區低得多。……西部地區的水土流失、沙漠化等環境災害要比中東部地區嚴重得多。……從人口承載力與人口壓力的對比關係來說，儘管西部地區人口密度很低，但西部地區人口超載更加嚴重。因此西部地區相對於中東部地區的人口密度不僅不能增加，相反應該降低。」

西部人口需要繼續遷出，東部卻是一望無際的太平洋，我們還能退到哪裡？唯一的答案是東北。《瑷琿條約》與《北京條約》所喪失的一百多萬平方公里土地相當於東北三省的面積之和，而且位於外興安嶺以南、黑龍江以北以及烏蘇里江以東，那是我們先人留給我們，可以賴以生存的原始森林和肥沃的土地。

出賣一百多萬平方公里給俄國

然而江澤民卻背地裡卻把先人留下的天然財富給葬送了。

1999 年 12 月 9 日，江澤民和當時的俄羅斯總統葉利欽簽訂了《關於中俄國界線東西兩段的敘述議定書》。這個條約構成了今後中俄邊界的法律文件。而這樁關係到國家領土的大事一直被江澤民隱瞞，直到幾年後，這個條約經俄方公布，中國人才得知江悄悄出賣了大片國土。1999 年 12 月 11 日的《人民日報》，上面官方關於此條的只有 100 多字的簡短介紹。

但在現實裡，在《議定書》中，江澤民出賣了 100 多萬平方公里的寶貴領土，相當於東北三省面積總和，也相當於幾十個台灣；江澤民還將圖們江出海口劃給俄國，封死了中國東北通往日本海出海口。江澤民出賣的領土有幾大塊，一塊是外興安嶺以南、黑龍江以北 60 多萬平方公里的「外興地區」，另一塊是烏蘇里江以東的「烏東地區」，有 40 萬平方公里，還有唐努烏梁海地區，有 17 萬平方公里，以及庫頁島，有 7.64 萬平方公里。

該《議定書》徹底否定了清朝康熙年間中俄邊界平等條約——《尼布楚條約》，承認了從中華民國到歷屆中共政府都拒絕承認的中俄不平等條約，包括《璦琿條約》、《北京條約》等。不僅如此，《議定書》還將大片未經簽約而被沙俄強占的領土，永久性地劃歸俄國，這其中包括 1953 年聯合國大會表決裁定為中國領土的唐努烏梁海地區（約 17 萬平方公里，相當於貴州省面積），還包括不平等條約《璦琿條約》承認是中國領土的江東六十四屯（3600 平方公里，相當於香港面積的 3 倍多），以及自金代開始即歸中國管轄、在《中俄尼布楚條約》中明確劃歸中國

的庫頁島（7.64 萬平方公里，相當於兩個台灣面積）。

軍隊後撤邊界五百公里不設防

歷史上俄羅斯多次入侵中國。民族英雄林則徐被道光皇帝發配至新疆後，覺察到沙俄蓄謀侵略中國的野心，臨終前幾個月曾大聲疾呼，告誡國人：「終為中國患者，其俄羅斯乎！吾老矣，君等當見之。」不幸的是，由於江澤民的賣國行徑，他以中共軍委主席的身分命令中國邊防軍後撤，500 公里不設防，而俄羅斯、哈薩克斯坦、塔吉克斯坦、吉爾吉斯斯坦 4 個國家不設防地帶只有 100 公里寬（只有俄羅斯濱海邊疆區的幾個地段例外）。

100 公里外，這 4 個國家共「擁有 13 萬兵力（其中俄軍為12 萬）、3900 輛坦克（其中 90％是俄羅斯）、5800 輛裝甲戰車（俄羅斯所占份額當時和後來都是 90％）、4500 門大炮、290 架作戰飛機和 434 架直升機」。而中共駐軍必須在 500 公里之外。

這個祕密是 2002 年俄羅斯新聞社軍事評論員維克多‧利托夫金披露出來的。原因是俄國有人大叫「吃了虧」，為澄清事實，說明俄國不但沒吃虧，還占了大便宜，利托夫金寫了這篇文章。確實是這樣，真打起仗來，人家在 100 公里外出擊，中共軍隊要從 500 公里外出擊。

也就是說，俄羅斯和前蘇聯各加盟共和國陳兵十餘萬，武器足備，而江澤民則自砍手足，讓中國士兵撤退。當時駐守在那的中共邊防官兵對這條約義憤填膺，不肯執行命令。為盡快後撤讓俄國滿意，江澤民把了解真相的北方邊防軍全部調往福建。

是什麼原因使江澤民如此迫不及待、一意孤行呢？庫恩在江

澤民傳記間接回答了這個問題。當時江澤民的領導地位不穩，江擔心自己在軍事國防上有任何差錯，鄧小平隨時可能會把自己撤掉，於是為了換取俄羅斯的全力支持，江澤民不惜拿國家土地作為見面禮，以確保俄羅斯一切順從江的要求，在江任期內別給他添任何麻煩。

出賣給其他國家的領土

對於中越、中印、中國和其他前蘇聯國家等領土爭端的解決，中共官方媒體也從來不敢公布條約的內容，所有出賣領土利益都屬於黑箱作業。

江澤民和塔吉克、吉爾吉斯以及哈薩克，簽訂了中塔吉邊界劃定協定、中吉哈邊界劃定協定等，基本放棄了所有爭端國土。例如他與塔吉克斯坦總統賴克莫諾夫簽約，將靠近帕米爾地區的2萬7000平方公里的爭議土地出賣給塔國，而中國僅得到1000平方公里。這是塔吉克的通訊社報導了有關條約內容，消息才在海外曝光。

江澤民在1996年出訪菲律賓，主動提出放棄南沙群島的主權爭議，共同進行經濟開發。

1996年11月底，江澤民訪問印度，簽署了《關於在中印邊境實控線地區軍事領域建立信任措施的協定》，為中印按照現在的控制線劃分邊界定下基調，這等於承認了麥克馬洪線，放棄了喜馬拉雅山南麓肥沃的9萬平方公里領土。

1999年12月30日，江澤民批准《中國和越南陸地邊界條約》，將雲南老山和廣西法卡山劃歸越南。

逮捕江澤民

第二章

二奸二假的大騙子

二代漢奸江澤民與其漢奸父親江冠千，曾雙雙搖身成為冠冕堂皇的人物。隨著習近平打貪清黨運動的深入，這一中共曠世醜聞已擺上檯面，不管江澤民怎樣拿死人作擋箭牌，其出賣領土、摧毀道統、殘害信仰群體的惡行，必遭終極惡報。

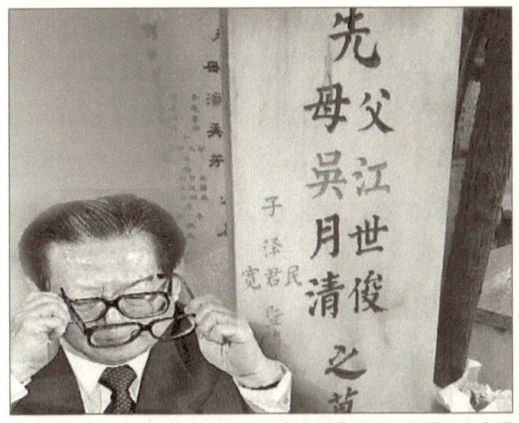

江澤民本人和他的親生父親江世俊都是日偽漢奸，而且江本人還是蘇聯克格勃特務。（大紀元合成圖）

第一節

官媒暗曝江澤民漢奸身分

江蘇檔案館將公布「漢奸檔案」

2013 年 12 月 27 日，大陸江蘇《揚子晚報》報導，江蘇省檔案局於 26 日下午召開新聞發布會，宣布首次公布一批民國江蘇政府檔案。這批「民國檔案」由省高院 30 餘位法官參與遴選，共包括 1500 件民國江蘇司法檔案刑事民事裁判文書，以原版影印書籍形式正式對外公開，共 10 卷，其史料和研究價值彌足珍貴。

報導稱，江蘇檔案館中還收藏著包括如社會普遍關心的「戰犯檔案」、「漢奸檔案」等，經開發研究後，日後都會陸續公開。江蘇檔案館位於青島路一號，檔案館部分資料對公眾開放。如果要查詢檔案，只需要憑身分證登記即可，不需交任何費用。不過，由於部分檔案涉密，查詢檔案前最好先預約申請。

據檔案館管理部主任張少敏介紹，2014 年位於夢都大街的江

蘇檔案館新館將正式啟用，屆時所有的「民國檔案」將全部數字
化，原件將封存起來進行保護。公眾需要查詢，只要在電腦上就
能看到影印的電子版。

隨後，大陸各地媒體網站如中華網、中國新聞網、國際在線、
新浪網等紛紛予以轉載、報導，但題目改為了《江蘇首批民國檔
案正式公開 漢奸檔案有望面世》，突出了「漢奸檔案」這一江澤
民的死穴。

江澤民父子的漢奸身分

其實江澤民的漢奸身分已於 2009 年 12 月 5 日就被揭露，當
時歷史學者呂加平發表了揭露江澤民「二奸二假」問題的公開信。
在信中，呂加平指江本人和他的親生父親江世俊都是日偽漢奸，
而且江本人還是蘇聯克格勃特務。

江澤民生父江世俊於 1938 年就參加日偽漢奸組織「和平救
國會」，南京淪陷後又供職於「南京臨時維持會」，為侵華日軍
效力。

1940 年 3 月，江世俊任汪精衛偽政府宣傳部副部長兼社論委
員會主任委員，成為汪偽政府直屬報刊《中華日報》的主筆和當
時最著名的漢奸作家胡蘭成的大將。

江世俊為了讓長子江澤民將來出人頭地，不但送江澤民去
學費不菲的揚州中學，還送他去汪精衛偽政府辦的偽中央大學讀
書。當時的南京中央大學是日軍培養高級漢奸和實施皇民化教育
的偽中央最高學府，從偽政府高級官員子弟中選拔幼苗，從小培
養。江澤民參加了第四期青年幹部培訓，並留有照片，日後成為

江澤民漢奸特務出身的鐵證，也是他揮之不去的夢魘。

因其父是日本漢奸，江澤民為了往上爬，於是不認生父，自稱是其六叔、中共烈士江上青的養子。

1955 年，在長春第一汽車製造廠工作的江澤民被單位派遣到蘇聯莫斯科史達林汽車廠實習，這期間克格勃間諜機關專門派了一名叫克拉娃的蘇聯年輕女特工與他聯絡。江不知是計，便一頭紮進美女的懷抱。

誰知克拉娃在江耳邊輕聲說出他的日偽漢奸上司李士群的名字，嚇得江淫意全無，六神無主，隨即就範，加入了克格勃遠東局，受命收集中共留蘇學生及中國大陸情報。作為交換，克格勃許諾不洩漏他的日偽漢奸歷史，在他回國前還可以與克拉娃風流快活，並給江一筆錢。

被蘇聯抓著把柄的、於 1989 年踏著「六四」學生的鮮血成為中共總書記的江澤民，分別在 1991 年、1994 年訪俄，先後與俄羅斯總統葉利欽簽署了《俄國界東段協定》、《中俄國家西段協定》；1999 年葉利欽訪北京時兩人又簽署了《關於中俄國界線東西兩段的敘述議定書》。割讓了 150 萬平方公里的土地（不包括外蒙）。默認了沙皇和滿清簽的九項不平等條約。

2014 年 10 月 30 日前後，中國大陸最大搜索網站百度突然解禁「江石溪」、「江世俊 奸漢」等詞，再曝中共前黨魁江澤民漢奸身世。每到中南海激烈權鬥的重大時刻，百度都會短暫解禁大量涉及江澤民集團迫害法輪功、活摘器官、「三退」以及江澤民醜聞等內容。

10 月 30 日前後，在百度網搜索「江世俊 漢奸」，出現「日偽宣傳部副部長江世俊簡歷」、「江撤民（江澤民）是漢奸江世

進（江世俊）的兒子嗎？」「江澤民在《人民日報》發表《滿江紅》紀念江上青」等內容。

10 月 30 日，百度則是解禁了「江石溪」的有關搜索內容，包括其生平經歷、政治主張、江氏譜系等，江石溪是江澤民的祖父，長子為江世俊。

江世俊是江澤民最忌諱的話題

江澤民父子充當漢奸、江澤民是日本培養的特務的歷史，早在 2009 年 12 月 5 日已被中國學者呂加平公開披露。

民間戰略研究者、中國二戰史研究會會員呂加平在 2009 年 12 月 5 日給中共中央相關部門公開信中說，江澤民的生父江世俊，排行老大，日寇侵華初期投靠日本，為汪精衛偽政府的宣傳部副部長。此後關於江世俊的事就成為江澤民最忌諱的話題。

據密級史料披露，江世俊曾參加日本偽漢奸組織「和平救國會」，又供職於「南京臨時維持會」，為侵中日軍效力。1940 年 3 月，汪精衛偽政府設立宣傳部，江世俊被委以副部長兼社論委員會主任委員，成為汪偽政府直屬報刊《中華日報》的主筆和當時最著名的漢奸作家胡蘭成的要員。

青年時期的江澤民曾是日偽特務。1949 年中共竊政後，江澤民為掩蓋他有個當大漢奸的父親的事實，謊稱自己 13 歲時就過繼給叔父江上青。江回家鄉揚州也不祭拜自己的生父江世俊，避之唯恐不及。

第二節

江澤民的真假父親之謎

江澤民的父親是漢奸江世俊，還是「革命先烈」江上青？

隨著習近平打貪清黨運動的深入，不管江澤民怎樣拿已過世的江上青作擋箭牌，其真假父親之謎，再度成為話題。

司馬璐談江上青

他 18 歲加入中共，在延安看過毛澤東和江青拍電影，身為圖書館館長不許美女館員上班進領導窯洞暢談「工作」而遭上司嫉恨；他聽過王明、張國燾、劉少奇、朱德的課，與周恩來、陳雲、董必武、潘漢年共過事，幾次脫黨幾次被找回；他 50 年代訪問台灣，見過蔣介石、蔣經國父子；1969 年訪問蘇聯時要見王明未果，婉拒蘇共支持其組建中共新黨……他擁有大量中共黨史第一手資料，人稱「當代中國政治人物活辭典」，連中共都要出錢向

他購買黨史著作……他就是後半生客居海外，年已 96 歲的反共義士司馬璐。有意思的是，他還和江澤民自稱的養父江上青（原名江世侯）相熟。1992 年在接受周義澄（筆名亞衣，曾任《中國之春》和《北京之春》雜誌的責任編輯）採訪時，司馬璐對周說：

「我的家鄉在江蘇海安，自小是個孤兒，很想讀點書出人頭地……。家鄉的一些兄長輩的左派朋友就引導和指點我讀書，其中有一位就是現任中共中央總書記江澤民的父親江上青。」

談到對江上青的印象，司馬璐說，「江上青的儀表非常帥，比江澤民看上去要好。他是個教師，戴副眼鏡……當時看上去生活過得不錯。他指導過我，但說到後來總是很隨便、輕鬆，跟你嘻嘻哈哈。」

「他（江上青）組織了一個遊擊隊，在蘇北皖北一帶活動，在一次與國民黨部隊的談判中被打死了。這是我後來在一個資料中看到的。」司馬璐回憶。

需要說明的是，江上青死時年僅 28 歲，那時江澤民已 13 歲，前者棄家在外為國共兩方做事，連自己老婆孩子都不管，如何能成為後者的「養父」？特別是後者從未脫離生父江世俊（江冠千）的撫養，生活優渥、上學瀟灑，皆因其生父是日偽知名漢奸高幹。因此，江澤民過繼給六叔江上青養育之說，完全是其自編自演的鬧劇。

江上青之死探究竟

司馬璐談到在資料裡看到江上青是與國民黨部隊談判時被打死，我們再看看江上青的另外一個熟人怎麼說。下文內容引自

yzdqmen 的博客。

姚奠中，章太炎最後七名弟子之一，國學大師、教育家、書法家。2013 年 12 月 27 日去世，享年 101 歲。習近平還對姚奠中逝世表示哀悼。

對《黨史文匯》刊登的竇應泰《江上青小灣子村殉國前後》一文，姚奠中曾指出文中有兩處嚴重失實。特別是兩處都提到了殺害江上青的人有「柏圩的柏玉孫」。

誰是柏玉孫？姚奠中說，「根據我的了解，應該是大柏圩的柏逸蓀。因為大柏圩再沒有任何名字與之同音相似的人，而柏圩就是大柏圩，也沒有另外一個村莊有此村名。」

那麼，柏逸蓀到底是什麼人呢？姚說：「他是我的同學，是章太炎先生蘇州章氏國學講習會七名研究生之一。當時正和我開辦著菿漢國學講習班，為淪陷區的三、四十名失學青年授課……由於柏在當地的聲望頗高，1939 年 7 月，八路軍新四軍皖東北辦事處成立不久，張愛萍就派劉玉柱來看望他……」

此後，柏逸蓀積極為（新四軍）部隊籌糧、籌款。張愛萍在一次群眾大會上還對柏作了表揚，並請柏參加大會，柏因路遠未能前往。柏逸蓀並沒有理由被竇文稱為「慣匪」和刺殺江上青。此後，柏繼續為抗日部隊籌集錢糧，劉玉柱也多次來聯繫。

yzdqmen 在博客裡引述江上青次女江澤慧回憶文章談到，1937 年七七事變後，揚州成立了以卞璟為團長，江上青為副團長的「江都縣文化團」，並於 11 月 22 日從揚州出發北上，沿途宣傳抗日，次年初到達安徽省政府暫住地六安。

該博文說，數月後，江上青幾經輾轉，在立煌縣（今金寨縣）再次與組織接上頭，並被任命為（中共）皖東北特別支部書

記,隨安徽國民政府第六區行政督察專員兼保安司令盛子瑾赴皖東北,開闢抗日根據地,江任專員公署祕書兼保安副司令、第五游擊縱隊司令部政治部主任。第二年即 1939 年 8 月 29 日,江陪同盛子瑾返回專署所在地管鎮途中,在泗縣小灣附近,江上青等 8 人遭襲身亡,江時年 28 歲。據多方資料顯示,這次襲擊的真正目標是盛子瑾,至今無法確認襲擊者是誰。但被襲擊人的公開身分是國民政府地方要員,襲擊者的身分十分可疑,不能排除江上青被「自己人」打死的可能。

朱潤生證實江上青不是江澤民養父

江上青究竟被誰打死,抑或是叛徒,留作歷史評說,真相總有一天大白。至於現在還活著的江澤民是不是江上青的養子,文學家朱自清的次子朱潤生揭示了真相。

朱自清家與江澤民家是揚州世交。朱潤生與江澤民曾是揚州中學同學。當年朱自清的父親朱鴻鈞被貶返回揚州後住在安樂巷,便與江澤民的祖父江石溪成為好友。

朱潤生披露,1944 年抗戰後期,朱家敗落,朱潤生輟學在家無事可做。在西南聯大任教的朱自清給老朋友、時任偽汪精衛政府宣傳部副部長的江世俊寫信求助,江世俊將朱潤生安排到其宣傳部下屬偽《中央日報》做了見習記者。抗戰期間,按照國民政府《懲治漢奸條例》和中共以往慣例,偽軍科級以上公務員,都被定為漢奸。

江澤民掌權後,朱潤生多次到江家造訪。雖然揚中校友眾多,但能與江掛上鉤並保持聯繫的也只有朱潤生一人。知道江澤民愛

到處題詞，據說揚州的什麼單位想得江的題詞便請朱潤生中間代勞，朱每次都能拿到。朱潤生還將自己與江澤民的大幅合影高懸於客廳。據中共人民網報導，1990年江澤民曾給朱自清之子朱潤生寫過一封信，信中回憶了兩家關係。

揚中校慶時，朱潤生便成了熱點人物，人們免不了要問他一些有關的消息。有一次，有校友問：「朱老，江主席的父親是江上青嗎？」朱潤生搖搖頭笑著說：「哪裡是啊！」又問：「那為什麼報紙上這樣說呢？」朱想了一想回答：「是記者搞錯了。」

江澤慧否認江澤民養子身分

江上青的次女江澤慧也曾否認江澤民的攀附。據江澤慧回憶文章記載，江澤民一直與生父江世俊一家生活，王者蘭去給丈夫江上青掃墓時，江澤民根本未去；江澤民也從未贍養過江上青遺孀王者蘭及其家人；江澤慧稱：「在我11歲之前，我唯一記得的就是無盡的貧窮饑餓。」江澤慧的回憶告訴大家：江澤民對待故去的江上青和其家人的冷漠態度，根本就沒有養父養子關係的可能。

在江澤民讓人代筆的傳記中，不惜筆墨寫了許多「養父江上青」的事蹟，而唯獨沒有寫生父江世俊。後來江澤民回揚州去祭祖，大談祖父如何如何，唯獨忌諱的就是談他的生父。

江上青亡故、其妻女困苦生活的日子裡，江澤民在幹嘛？1943年，江澤民從揚州中學畢業，來到日占的南京，在汪精衛日偽政府做高官的生父江世俊供養下，進入偽南京中央大學接受高等教育。

公開上書調查江澤民「二奸二假」問題的大陸學者呂加平，
2011 年被周永康把持的法院判刑 10 年。據呂加平披露，2003 年
有人專門去問時任中國林業科院黨委書記江澤慧關於江澤民自稱
的過繼問題，她回答說，江澤民沒有過繼給她父親江上青做養子，
她的幾個叔伯家也不知道江在「解放前」被大伯父江世俊過繼給
六叔江上青的事，過繼之事是江自己說的。這無疑也印證了朱潤
生的說法。

據相關資料披露，當江上青的兩個遺孤江澤慧、江澤玲忍饑
挨餓時，江澤民既彈鋼琴，又上偽中央大學，和其大哥江澤君「東
圈門裡醉，淮上尋芳翠」的享樂，與江上青的家境是天壤之別。

因為生父有不可告人的漢奸歷史，江澤民便謊稱江上青為其
養父，而且一直以「革命烈士」後代自居，以此隱瞞父子二代的
漢奸身分。

江澤民在位時美化漢奸生父

據新浪博客披露，被江澤民一手提拔的前揚州市長、南京市
長季建業，2013 年被開除中共黨籍和公職、交司法審判。其主政
揚州期間，打造了揚州所謂東圈門「江上青故居」，2003 年歲末，
當局將東圈門 16 號的門牌去掉，門牆改觀，而且在大門西側兩
三米處，又開了個並列的西大門，門式和裝飾與東大門相同，也
無門牌號，諱莫如深、撲朔迷離。

1928 年底，江上青被捕入獄，被學校除名，其父江石溪次年
搬家，租住東圈門 16 號。江上青又兩次被捕釋放後，多在外工作，
極少回家，甚至其父 1933 年病逝都未回家奔喪。揚州淪陷期間，

江上青同父異母長兄江世俊（江冠千）在「偽南京政府」任職直至抗戰勝利。該宅數易其主，中共建政時被充公，用作揚州「革命殘廢軍人學校」，1958 年後為揚州地委機關宿舍，東圈門街上老居民人人皆知。東圈門 16 號與其說是「江上青故居」，不如說是「江冠千公館」。

揚州當局為打造和擴大所謂「名人故居」，不惜將原居民掃地出門。揚州市委和政府明知漢奸江世俊為何人，仍然在《江上青史料陳列館》中，宣傳江冠千的所謂「遠大理想和廣闊胸懷」，並保留、打造和擴建「江冠千『公館』」，公開對江世俊進行紀念。貪官政客為諂媚主子江匪澤民，不惜移花接木，認賊為良，實在愚蠢至極，無疑得到江匪的默許和讚賞。

篡共竊國 真相大白

二代漢奸江澤民與其漢奸父親江冠千，曾雙雙搖身成為冠冕堂皇的人物，特別是江匪澤民竟最終爬上中共教主極位，這實在是中共建黨 94 年以來無以洗刷的奇恥大辱。隨著習近平打貪清黨運動的深入，這一中共曠世醜聞已經擺上檯面，不管江澤民怎樣自圓其說，怎樣拿死人江上青作擋箭牌，其出賣領土、摧毀道統、荼毒百姓、殘害信仰群體的惡行，必將遭到終極惡報。

第三節

揭江遭判十年
呂加平獲習陣營特赦

揭發江澤民「二奸二假」問題的大陸學者、中國二戰史研究會員呂加平，目前被保外就醫，正在家中調養身體。（知情者提供）

　　2015年2月17日下午，因揭露前中共黨魁江澤民「二奸二假」而被判刑10年的呂加平回到家中，外界不少人都很關注他的近況。對此，呂加平的兒子于浩宸向《大紀元》記者披露其父最新的消息，指其獲釋其實是得到了中共高層的「特赦」。

　　大年初一，呂加平的兒子于浩宸從北京回到老家看望了其父，跟他聊了外面的一些情況，于浩宸表示其父的心情、各方面都好很多了，剛出獄時他很緊張，仍處於高壓的狀態，現在緩和很多，心情放鬆之後，病情也在逐步緩解。

　　當時長沙監獄醫院還出了一份健康報告，稱呂加平的心臟很不好，經常會停跳，最長一次停跳達6.13秒，突然就沒有脈搏了。

于浩宸表示這有猝死的風險，目前在家中的呂加平主要是調養身體，再過一段時間，他會去醫院做一個全面檢查。

于浩宸說，呂加平在監獄中還研究能源方面的內容，搞一些有關節能的小發明創造，其父會繼續在家中研製一些小發明。據悉呂加平年輕時就喜歡這方面的創造，還曾申請了三十多項專利，有一些實用性小發明，曾被投入批量生產。

另外于浩宸還披露其父的保外就醫跟習近平的「特赦」有關。他說：「我父親出獄之前在醫院的時候，監獄的負責人要求他向上面打報告，當時他向湖南省的監獄管理局打了一份報告，表示病重要求出獄，同時獄方還讓他寫了一份給中央最高層習、李要求『特赦』的報告，他的報告遞交上去沒幾天，他就出獄了。」

他也表示，他們從其他途徑也聽說了這次出獄跟習近平的「特赦」有關。

這次他父親回家後，他們發現家周圍沒有任何的國保、警察或便衣監視。于浩宸介紹，當天呂加平被監獄的負責人送回家，當時他們交代了一些內容後，從那天後就沒有再露面，也沒有安插院子內的人監視呂加平，至少表面看不到任何這樣的跡象，也沒有人給他打電話，或找他要求怎麼樣。不過，于浩宸也表示暗地裡如何，他也不知道情況了。

于浩宸認為這也從側面表示其父是受到高層關注的，他估計下面所有的人沒有得到最高層的許可，也不敢有任何的動作了。這兩年他也通過不少人向中共高層遞交材料，同時他也獲悉這幾年來沒有任何級別的官員願意出面承擔這個責任，誰都不願意管。

他表示三年前開始為自己的父親呼籲，心情一直處於緊張狀

態。他也表明，其父的冤案會在一個恰當的時機提出，並要求翻案，但目前還不是時機。

另據于浩宸介紹，對於這次呂加平的出獄，平時為呂加平呼籲的網上民眾和一些關注呂加平的紅二代也特別高興，有表示祝賀的、有代向其父問候的、甚至還有網民在網上發起募款活動來幫助呂加平的。他還表示跟人的交往中發現，眾人都非常討厭江，江很不得人心。

第四節

江為何篡改「五七幹校」履歷

位於河南省焦作市博愛縣西南 10 公里處的磨頭鎮磨頭村裡，有一個國營農場叫博愛農場，也是當年中共一機部博愛「五七」幹校舊址，其前身為北京農業機械化學院河南分院與博愛農場所謂「場校合一」之所，1970 年改為一機部「五七」幹校。

很少人知道，江澤民曾經於 1977 年 2 月至 1978 年 2 月前（黃曆新年前），計一年時間裡在幹校任常務副校長。奇怪的是，不知出於什麼原因，江對這段歷史卻是既念又怕，矛盾詭異，甚至不惜在庫恩為其吹捧撰寫的《江澤民傳》中玩起移花接木手法，公開篡改這一履歷，這一切究竟是為什麼呢？

江對「五七」農場「意往情深」

農場有人記述，江於「六四」事件後當上中共總書記，卻對博愛農場念念不忘。1991 年 2 月初，江來河南考察工作期間，曾

兩次回顧起在「五七」幹校這段經歷，還特別委託河南省市中共官員代其向博愛農場職工拜年云云。

1996 年 6 月 3 日一早，江終於在離開農場 18 年後，又藉河南考察之際，來到博愛農場舊地重遊。有當事人撰文回憶，江格外興奮，「下車後直奔他原來辦公室……逐一看了當年用過的辦公桌、書櫃和木床，並高興地坐在原來坐過的木製摺疊椅上照像留念」。最後江不忘題詞癮好，為博愛農場寫場名，並和「老同志」們合影。江在此逗留 40 分鐘。到鄭州後，江擔心其臨場發揮的「蛙爬字」寫的不好，又寄來三份場名供選用，搞得農場一幫人受寵若驚。可見，江對其這段歷史十分在意，很享受。

江親自下禁令 防「故地」曝光

然而奇怪的是，查看當日官方報導，清一色的是「1996 年 6 月 3 日，江澤民視察了建設中的小浪底水利樞紐工程」以及江在當日又「視察唐宋八大家之首韓愈故里——韓園」，對於「五七」幹校興致高昂地探訪卻隻字不提，顯然是江親自下了噤聲令，只有博愛縣當地政府以縣誌形式記載，吹噓一番。

江好大喜功，一般對可能獵取的歌功頌德的機會絕不會放過。只需江一聲令下，官方媒體完全有能力把江的這段「五七」回訪深度包裝與加工，想怎麼頌就怎麼頌。其實，在這方面地方縣政府已經不客氣了，對於江「生活與戰鬥」過的地方，肉麻的稱江與大家「同吃、同住、同勞動、同學習，種菜、養豬、挖魚塘，還親自下地駕駛拖拉機，這裡遍布了其足跡，一草一木浸透其汗水。」但江似乎對此並不買帳，只求私底下的回味與藉慰，卻不

想讓大眾知曉自己的這段歷史。

當然，對地方芝麻官來講這是個拍江馬屁的好機會，江剛離開，博愛縣政府同年 6 月就把江的那間老房公布為縣級重點文物保護單位和所謂的愛國主義教育基地。

1997 年鄧小平死後，下面看到江的勢力逐漸坐大，2000 年 9 月，河南省又將其升級為省級重點文物保護單位。但動作上只限於地方自說自話，這些都未獲媒體高調報導，所以，在中國這麼多年，很少有人知道江的這段任職。

江簡歷 18 年間一語帶過　掩蓋「五七」履歷

翻開江對外公布的官方簡歷，會發現一奇怪現象，「1962 年後任一機部上海電器科學研究所副所長，一機部武漢熱工機械研究所所長、代理黨委書記，一機部外事局副局長、局長。1980 年後，任國家進出口管理委員會、國家外國投資管理委員會副主任兼祕書長、黨組成員。」即從 1962 年至 1980 年，18 年之久的時間，江卻一語帶過羅列幾個任職，「五七」履歷始終不見蹤影。

據「維基百科」介紹，五七幹校是「文化大革命」時期根據毛澤東《五七指示》精神興辦的農場，「幹校」是「幹部學校」的簡稱，意為集中容納中共黨政機關幹部、科研文教部門的知識分子，對他們進行勞動改造、思想教育的地方。

從 1968 年 10 月起各地興辦，至 1979 年 2 月官方宣告正式撤銷。期間，林彪出逃事件後，1972 年 4 月起，許多人被允許返城，五七幹校也漸趨衰落、冷清。據統計，中共中央直屬的國家機關在河南等 18 個省、區建立了 106 所五七幹校，遣送安置了

十萬多名下放幹部、三萬家屬和 5000 名子女。各省市地縣辦的低一級別的五七幹校接受改造的人數更遠多於十萬人。

幹校既是牛棚延伸，但又比牛棚火藥味略淡。與文革初期群眾批鬥相比，到幹校相對是解脫，享有限人身自由。雖仍有批鬥進行，但已降到次要地位，多不再是急風驟雨式的了。

中共官員往往把下放幹校經歷，看成是某種「苦勞」政治資本。例如，在前中共總理朱鎔基簡歷中，明確標註，「1970 年至 1975 年下放國家計委『五七』幹校勞動」；就連江的同輩黨羽，前政治局常委賈慶林也在其簡歷中寫明瞭，「1969 至 1971 年下放一機部江西奉新『五七』幹校勞動」。

庫恩《江澤民傳》「缺料」遭媒體譏諷

江在 2000 年找了一個美國人庫恩為他寫傳記，這個半句中國話都不會說的金融界人士庫恩既不是傳記作家，也不是記者，更不是中國問題專家，他是美國花旗銀行執行董事。據說庫恩在官方的安排下花了 4 年時間在中國採訪收集資料，2005 年 1 月，官方中文版的《江澤民傳》終於出版，取名《他改變了中國》。

有趣的是，這本以詳細年代記述江的傳記，卻惹惱一位作者。2011 年 9 月 8 日河南《商丘日報》（商丘網）刊文，題為《向庫恩先生提供一點史料》。作者稱 2010 年秋，參加在博愛縣召開的河南省雜文學會年會。會議間了解到，博愛縣有一個原一機部「五七」幹校舊址，曾是江工作和生活的地方，且在博愛縣委宣傳部主編的《博愛縣人文史料選編》中有詳細記載，1977 年 2 月至 1978 年 2 月前，江確實在這所幹校任常務副校長。

　　文中說，「但是，在庫恩先生所著的《他改變了中國：江澤民傳》第六章『在工作中學習是我的習慣』（1976 至 1985 年）裡，並沒有提到江澤民的這段經歷。」最後，文章作者以雜文風格諷刺庫恩，「有必要在適當的時候，瞄準適當的機會向庫恩先生進一言，把江澤民這段經歷的文字資料提供給他，以便在《他改變了中國：江澤民傳》再版的時候，能加進去這些內容。」

　　以下是《江澤民傳》中庫恩對江在那個時期的簡歷記述：

　　1972 至 1976 年，任一機部外事局局長；提升緩慢。

　　1976 年，毛澤東去世；「四人幫」被逮捕；十年動亂結束。

　　1976 至 1977 年，「文革」後被作為「14 人小組」成員派往上海恢復秩序。

　　1977 至 1980 年，回到北京，繼續擔任一機部外事局局長。

《江澤民傳》移花接木 把江變身「受改造者」

　　顯然，江的「五七」履歷被「1977 至 1980 年，回到北京，繼續擔任一機部外事局局長」給遮蓋了。是庫恩無形中有意漏掉了江不想曝光的一段經歷嗎？仔細勘察，發現並不那麼簡單，庫恩不但知道那段歷史，而且還要有意篡改，把江的「五七」履歷變身成中共官員經常炫耀一段「苦勞」資本。沒有江的需求與驅動，庫恩絕不敢擅自搞如此大膽的移花接木，還要能騙過全世界？

　　《江澤民傳》在書的最後 471 頁，出現了一個「江澤民生平年表」，給出了線索，這裡把相關的內容列舉如下：

　　1966 至 1976 年，在「文化大革命」中遭受惡夢般的經歷。（筆者註：江只是靠邊站）

1968 至 1970 年，受到嚴格的政治審查，被送進河南渤海農場「五七」幹校接受再教育。（筆者註：河南根本沒有這個所謂的渤海農場）

1970 至 1971 年，回到北京；任一機部外事局副局長，這是他的第一個正式的政府職務。

1971 至 1972 年，率中國技術小組在羅馬尼亞進行 15 個工廠建設的可行性研究。

1972 至 1976 年，任一機部外事局局長；提升緩慢。

1976 年，毛澤東去世；「四人幫」被逮捕；十年動亂結束。

1976 至 1977 年，「文革」後被作為「14 人小組」成員派往上海恢復秩序。

1977 至 1980 年，回到北京，繼續擔任一機部外事局局長。

可見庫恩把江 1977 年 2 月至 1978 年 2 月的河南博愛農場「五七」幹校當訓管人的副校長的一年履歷，提前九年發生，並增加一年跨度，還把農場用假名替代，再將江變身為被改造者，成了「1968 至 1970 年，受到嚴格的政治審查，被送進河南渤海農場『五七』幹校接受再教育。」

為了加進這段造假，庫恩在《1962 至 1976 年：「史無前例的破壞時期」（下）》章節裡不得不東拼西湊，結果造成時間上的大混亂，搬運過來的所謂「五七」幹校，在內頁裡乾脆連名字也不敢提了。

庫恩幫江偷出一年半 進行「五七」改造

庫恩明確寫道，江在 1967 年 9 月在武漢熱工機械研究所與

大學生華明春同住，並且「華和江在一起住了三年。」書中記載，華也親口說：「我們在一個小房間裡生活了三年多。」也就是說，至少到 1970 年 9 月，江都應該在武漢熱工機械研究所靠邊站。

令人吃驚的是剛講完華明春和江同住三年，庫恩就突然把江下放到「五七」幹校，庫恩寫道，「在停職近兩年後，江澤民被要求接受黨的嚴格審查，結論是在江的個人背景或政治行為中找不到任何嚴重問題。結果，江被送到『五七』幹校。」這裡庫恩居然都沒有寫出「五七」幹校的具體名稱，卻在其後對所謂的「五七」生活大加描寫，還引用江的所謂「親身感受」。

據庫恩自己的時間記述，江是在 1967 年 1 月回武漢後被停職的，顯然「在停職近兩年後」，應該是 1969 年 1 月不到，當時中共確實已經開始「五七」幹校的下放行動，大的時間能對上號，也就成為了最佳的移花接木時段。

可惜的是，庫恩太熱中於從華明春口中討好江，言談中華談及了時間，結果白紙黑字落下人證，上下文只要把時間擺明根本難以銜接。也就是說，1969 年 1 月此時，江還必須要在研究所和華一起再住上一年半，到 1970 年 9 月才能分身別的去處。

自以為聰明的庫恩使用了「在停職近兩年後」的模糊手法，再加上不寫明「五七」幹校的名稱，就讓江跟著這股潮流開始了「五七」生活，很煞有介事，還說「幾十年後，江仍記得農場那『塵土滿天、泥濘崎嶇的鄉村小路』。」接著，庫恩描述農場「江在農場住了一年多……除了按要求養豬和種小麥，他靠演奏樂器、練習書法和繪畫來打發時間。」「轉折即將來臨，幹校生活是江復出的第一步。」

江澤民篡改「五七幹校」任職履歷的目的

庫恩就是這樣，把江的「五七」歷史徹底改頭換面了。具體手法很老練，就是把江在武漢研究所靠邊站的三年，硬是給扣出一年多，配合「五七」幹校政策的啟動時間，採用模糊陳述，生生造出了一個江的虛擬的新「五七」履歷，江成了個時刻等待「復出」的「被改造」的「吃了很多苦」的幹部。而九年後那個真實的時刻要改造他人的文革打手「副校長」形象，則被庫恩給蒸發了，用一個「回到北京」就給掩蓋了。

常識可知，如果沒有江的授意，庫恩敢做這個超級欺騙嗎？這可是在給他心目中的所謂「永遠的江澤民」寫傳記，而且是全世界發行，庫恩賠得起嗎？

話也說回來，這個連中文都不會講的西人，沒人幫其布局，更哪裡能搞得清楚「五七」裡面的這等花花名堂。但是，庫恩被江選中的最大價值，恰恰在此，搞不懂才能接受指使的去做，後面不過是利益交換罷了。為江搞出這樣的形象「變身」，庫恩自然少不了江的回贈。

如果說，過去在公開文檔中，江只能是鬧心的模糊、遮掩這一「五七」履歷，那麼，庫恩的所謂的官方傳記，才真正的幫江圓了這個自上台以來的多年心病。再看「商丘網」的雜文作者，還希望給庫恩報史料，並盼其再版時更正。試問怎麼更正呢？難道要寫江有兩次「五七」幹校經歷不成？至此，江的極其低劣的小丑心理在這個「五七」履歷篡改中展露無遺。

「五七」幹校沒落期任職實際是 被鄧系遺棄發配

　　江忌諱其「五七」副校長經歷公開曝光，除了擔心形象外，也應還有其他原因。在1976至1977年「文革」後，江被作為「14人小組」成員派往上海恢復秩序。派江去是因為江熟悉上海，但按庫恩的說法江卻「很謹慎，沒有說多少話。」

　　也就是說，向來牆頭草的江，由於搞不清政治形勢判斷，耍滑頭寧左勿右，保守、消極怠工，其對文革清查的表現，實際上惹惱了文革後復出上台的鄧小平派系。此事一結束，1977年2月，江就被冷處理，從一機部外事局局長，發配到了無所事事的「五七」幹校當副校長。

　　那個時期，「五七」幹校早已走向沒落，江被冰凍了一年，眼看「五七」幹校被撤銷在即，江才有機會又回一機部外事局局長閒置，未獲提升。直到後來，江以「列士遺孤」身分攀上張愛萍、汪道涵等人，才開始真正竄升。可見，在「五七」末期被遣「幹校」當什麼副校長，在那個權力大轉移、機會隨處可獲的政治年代，實際上是被鄧系權貴遺棄的最明顯的表徵，在江看來這是非常丟臉的一幕，江自然心知肚明，更是怕被人點破。

江魔頭與磨（魔）頭淵源不淺

　　從玄學角度看，江作惡甚廣，被坊間稱為中共的大魔頭。「五七」幹校一年所待之地或許與其有某種淵源。民間有高人指出，「五七」幹校屬於磨頭鎮磨頭村管轄，磨頭諧音「魔頭」，魔頭套一回魔（磨）頭，江必有此遊。

　　更詭異的是，據農場介紹，雖然當時的房屋並不是富裕，但江住過的房子，待其回京後，就再也無人願意涉足，一直空置，直到 18 年後被列為「文物保護」。真可謂鬼氣太甚，懾人心魄，人本能避之。

　　說起來，中國有兩個磨頭鎮，江蘇省南通市如皋市下轄有個磨頭鎮，那是真有一大磨盤從河裡出土，磨頭因此得名。而河南這個磨頭鎮，卻與石磨沒有關係，當地傳說也很蹊蹺，「磨頭」竟然是一匹白馬偷吃草，「磨轉頭」回祠廟而得名「磨頭」。

　　傳說，當地農民為保護麥苗，每年黃曆 10 月初一各村都要唱戲，或開會，或出通告，實行「斷麥哨」，即不准再放牲畜吃麥苗。有一年「斷麥哨」後，人們發現麥苗還是不斷被吃掉，於是互相懷疑，甚至有人在村口罵街，鬧得鄰村人都反目為仇。

　　最後發現是附近的白馬寺牆上畫的白馬出來偷吃，被人發現後，磨轉頭逃回寺院。後來人們因白馬夜哨麥苗事件，把東邊的村叫「東罵」，西邊的村叫「西罵」，中間就叫磨頭村。後因兩個村名不雅，便把罵字改為馬字，從此就有了東馬村和西馬村。

　　這個傳說，解釋「磨頭」的由來有點牽強，但若是換成「魔頭」遭東罵西罵圍剿，到是很形象，令人聯想到當前江被國人隨處咒罵的情景。或許說不清的磨頭，原本就是魔頭名。江害怕鎮江，被「鎮」就從未到過鎮江，不知江是否也有感知，「魔（磨）頭」經歷令其興奮，但也擔心外界會聯想到「魔頭」而有所忌諱。

　　有趣的是，博愛農場和磨頭鎮政府，自江魔回磨（魔）鎮後，就互爭江的辦公舊址，最後磨頭鎮贏得管轄權，並修一道大牆，把農場就此分割開來，這下，江和魔（磨）頭真是永不可分了。

逮捕江澤民

第三章

踏著「六四」
學生鮮血上位

1989 年 5 月 19 日凌晨，趙紫陽進入天安門廣場含淚看望了絕食的學生。晚上 10 點鐘，李鵬重申了中共中央的立場：採取「嚴厲措施結束騷亂」。20 日凌晨 2 時，江澤民立即表態支持武力鎮壓學生。這個表態的大動作讓黨內大佬們找到了接班人。

江澤民支持鎮壓「六四」學運而被定為中共接班人。（大紀元合成圖）

第一節

老太太拒絕搬出中南海

　　2014 年 11 月，就在江澤民醜聞不斷在大陸網路上出現時，網路上還熱傳中共元老李先念的遺孀林佳楣拒絕搬出中南海的舊聞。林佳楣與兒孫們在中南海的大宅院曾是華國鋒任中共中央主席時的住宅。而華國鋒則是被陳雲、李先念逼下台。1989 年「六四」事件中，李先念又不擇手段推倒趙紫陽而推舉江澤民。

　　曾在中南海工作，熟悉中共高層運作的宗海仁，在其書《朱鎔基在 1999》一書中披露，按照中共慣例，在中南海辦公的中共高層和高級官員的配偶及家人可以居住在中南海，如果這名高層或高級官員去世，配偶及其子女應該搬離中南海，由中央辦公廳等機構在中南海外安置住宅，一般不是知名的胡同四合院就是西山等高級別墅樓。

　　但林佳楣自李先念 1992 年去世後，不顧流言蜚語，一直「違規」居住在中南海。據稱，朱鎔基上任中共國務院總理後，國務

院辦公廳行政司決定調整辦公樓，調整方案中包括騰出已故中共元老李先念遺孀林佳楣及其兒孫們居住的大宅院，並將其改作朱鎔基辦公室。但這一調整方案未能按原計畫實現，朱鎔基最後搬進了李鵬的原辦公室。

書中還透露，李先念遺孀林佳楣及其兒孫們居住的那套住宅，是 70 年代末汪東興為當時的中共中央主席華國鋒建造的。華國鋒下台時，李先念立即將在西皇城根南街九號的住宅對換給華國鋒，自己搬入了華國鋒的住宅。

陳雲等中共元老逼華國鋒下台

華國鋒職務的最大變遷是在 1981 年 6 月 27 日至 29 日召開的中共 11 屆六中全會上。該次會議公報宣布，胡耀邦接替華國鋒出任中共中央主席。鄧小平接替華國鋒出任中央軍委主席。據稱，在中共 11 屆六中全會前的 1980 年前後，中共政治局就連續開了 9 次會議，專門討論華國鋒問題。鄧小平的政治盟友陳雲等人在會上向華國鋒發難。

1980 年 11 月 11 日下午，陳雲在政治局會議上作了重要發言，稱揪出「四人幫」是華國鋒的「一個很大的貢獻」，但揪出「四人幫」後，局面使人「大失所望」，並稱華國鋒「當主席不適當」，「這件事不能再拖。12 大誰作報告決定下來，哪個當主席哪個作報告。」

陳雲還稱，曾和李先念對華國鋒提出，要有自知之明，「不要隨便丟掉已經有的這一點貢獻。」華國鋒在陳雲等人圍攻下敗出權力角鬥場，淡出政治舞台。

李先念倒趙紫陽推舉江澤民

1989 年胡耀邦去世引發中國最大規模的民主運動。趙紫陽因同情學生運動，反對鄧小平武力鎮壓的決定，同年 6 月被撤職，後被軟禁在家 15 年，直至 2005 年 1 月 17 日去世。

1989 年「六四」事件中，李先念積極把趙紫陽拉下馬，並大力推舉曾在下雪的夜晚給其二奶送蛋糕的江澤民任中共總書記。正因為此，林佳楣自認李家有恩於江澤民，於是賴在中南海不搬。

趙紫陽在其口述錄音中披露，1989 年「六四」學運中，李先念在掀起倒趙風當中是非常賣力、非常積極的，扮演了一個組織者的角色；「李先念那麼不擇手段、不顧場合、不講原則地反對我，含有個人感情因素，不僅僅是觀點上的分歧，表現出一種仇恨。」

在李先念的強力推薦下，江澤民踩著「六四」學生的鮮血，奪得中共最高權力。江是「六四」屠殺的最大受益者和最大罪犯之一，因此非常恐懼「六四」獲平反，2002 年卸去總書記和國家主席時，給政治局常委定了幾條規矩，其中一條就是不許給「六四」翻案。

說道江澤民與李先念的關係，就不得不回頭談起江澤民是靠什麼升官的

拉關係走後門上位的江澤民

江澤民仕途發展，一是沾了黨票的光，二是他很會溜鬚拍馬，拉關係上爬。

1956 年，30 歲的江澤民結束了在莫斯科史達林汽車廠的實習，

回到東北長春第一汽車製造廠。照理說江澤民是日偽中央大學培養出來的漢奸人才，並且在共產黨占領上海之前為國民黨服務過，充其量也只能是一個被觀察使用的改造對象。但是江利用其叔父江上青是共產黨的烈士的過繼給死人之說，成功地給自己弄了塊「烈士遺孤」的金字招牌，成了共產黨放心使用的幹部。這樣一來，他既是黨員幹部又是技術人才，真成了共產黨的香餑餑。

不過在技術上，江的同事們公認他業務不行。但是江澤民有個本事，按照東北人的說法是「賊能侃賊能唱」，功夫都長在嘴皮子上了。在工廠裡，江澤民與蘇聯專家關係最融洽，江澤民最拿手的職責不是攻克技術難關，而是陪同各類代表團參觀工廠，所以同事們譏諷的送他一個有50年代特色的洋外號：「客裡空」。客裡空是個蘇聯小說中的人物，其人說話「假大空」，愛鑽營，凡到辦真事時就露餡。

1966年，江澤民40歲時被任命為一機部在武漢新成立的武漢熱工機械研究所所長，並代理黨委書記。在武漢，同事們給他的稱號是「江牛皮」。1972年，江澤民擔任一機部的外事局局長，在那個物資匱乏的年代，跟外事沾邊的都能近水樓台先得月。江守在這個位子上，時不時地給領導「捎點」好東西，上下討好，左右逢源。那時江澤民主要討好的是汪道涵，結果後來真的用上了這關係。

提拔江澤民當電子工業部副部長的是江上青的另一位戰友張愛萍。據北京一機部的人回憶，江澤民工作並不太用心，但善於走上層路線。他會利用任何人，抓住任何機會。他經常利用大量的時間去設法認識、看望中央級、部級領導人。江隨身揣著一個小本兒，沒事兒就掏出來複習，裡面記著對他有價值的領導人以

及他們七大姑八大姨的生日、愛好等等。他還有一個本事，與現中央領導人和已故中央領導人的子女混得很熟。1989 年江澤民初去鄧小平家，搶著給小太子黨倒水，給鄧小平拿拖鞋的醜事至今還是太子黨們飯桌上消遣的談資。

江澤民在電子工業部的幾年間，並無大的建樹，倒是傳出了不少風聞。江在 80 年代訪問美國時，也曾溜到拉斯維加斯的紅燈區去看脫衣舞、嫖娼，回來用的是公款報銷。當時一般高級領導人還不敢如此出格，可是江澤民有在蘇聯和克格勃美女鬼混的歷史，去美國紅燈區嫖個娼在江來說不過嘗個鮮而已。後來，在江澤民手握黨政軍大權的十幾年中，中國的「娼盛」已經遠遠超過了先進的西方資本主義國家。中國民謠對江澤民的這一貢獻總結說，「男的不嫖娼，對不起黨中央；女的不賣淫，對不起江澤民」。

雪地站立 4 小時送蛋糕

1985 年，在上海老市長汪道涵大力推薦下，江澤民回到上海接任市長。上海是好幾位具有干政大權的中共大老每年過冬必去的地方，尤其是可以左右黨中央的陳雲和左右國務院的李先念，這都給了江澤民繼續巴結權貴往上爬的可遇不可求的良機。

在經濟改革上，如果說鄧小平是改革派的話，陳雲、李先念就是保守派。江澤民骨子裡是個鐵桿的保守派，見到陳、李的時候畢恭畢敬，伺候加奉承，為計畫經濟唱讚歌，但鄧小平方面，江也不敢得罪。在胡耀邦和趙紫陽的面前，江澤民完全是另一副嘴臉，還是要做一點改革的姿態的。

關於江澤民送蛋糕的事發生在 1986 年冬。時任中共國家主席李先念又來上海，住在賓館裡。一天晚上李召見了江澤民，並且一起吃了飯，席間無意中提到那天過生日。江澤民很納悶，李先念的生日他背得滾瓜爛熟的，明明是「1909 年 6 月 23 日」，怎麼在冬天過起生日來了。後來他想明白了。李先念在上海有個小老婆，是護士出身，不但對李體貼周到，還為李生了個兒子。於是，江決定給這二奶或小兒子送生日蛋糕。

當司機送江回家後，問他還有什麼事情可辦，江說沒有了，讓他回家。望著車子漸遠，江料定司機不會再看到他，連家門也沒進，立即偷偷出去買了一個大蛋糕。雖然天色不早，江還是毫不猶豫，未帶任何人，自己坐計程車再次去賓館。這時李先念正在接見別人，警衛看見江又來了，好心叫他進去，江搖搖頭，恭立在門口。不巧的是那天天氣寒冷還飄著雪花，而江澤民歷來車接車送，只穿了一件薄大衣，在外面站那麼久，凍得哆哆嗦嗦。警衛看江凍成這樣子，多次叫他進去，江只是笑笑一言不發。江知道這樣更能討得李先念和他的小妾對自己的好感。手提著蛋糕的江站了整整四個小時，被接見的人還是沒走，江後來在警衛的多次勸說下，只好把蛋糕留下，失望地回去了。李先念的訪客走後，警衛把蛋糕送進去並說江在外面恭恭敬敬站了數小時之久。李先念一時感動得不行，連聲說：「小江不錯，現在這種人很少啦！」

庫恩在《江澤民傳》中也承認：「江對李照顧得異常周到，以至於出現了一個毫無根據的謠言——說江澤民是李的女婿。」類似這樣的諂媚行徑最終使江澤民在「六四」前夕得到了最大的回報，江後來替代趙紫陽成為中共中央總書記。

第二節

踏著「六四」學生鮮血往上爬

照片：趙紫陽面前的江澤民

一張時任上海市委書記江澤民與中共總書記趙紫陽的舊照在網路流傳，照片中「最大看點」江的體位被眾網友嘲諷，稱「正是『王莽謙恭未篡時』」。

　　2012 年 10 月 17 日是已故前中共總書記趙紫陽誕辰 93 周年紀念日，民間紛紛舉辦悼念活動。與此同時，一張時任上海市委書記江澤民與中共總書記趙紫陽的舊照在網路流傳，照片中「最大看點」江的體位被眾網友嘲諷，稱「正是『王莽謙恭未篡時』」。

有人表示，在這張圖片面前，文字語言是多餘的，也是蒼白的。肢體語言是生動的、毫不掩飾的。此照片被上千網友轉發。更多網友評論說：「小媳婦剛見婆婆就是真誠。」「想起喜劇之王裡的台詞：做小鵪鶉狀。」「注意右邊的肢體語言。正是『王莽謙恭未篡時。』」「那時候的江澤民看上去多麼像現在城市裡的某種寵物。」「JIANG 不是一直驕傲於自己的英文好的嗎，不知道穿黑皮鞋配雪白雪白的襪子簡直就是……」

還有人表示，記錄人員穿的是拖鞋嗎？我暈，百事可樂當年就那樣了嗎？有人總結說：江體位，黑鞋白襪，拖鞋記錄員，百事可樂……一張照片能集中這麼多看點，著實不易。

胡耀邦之死引發「六四」

1989 年 4 月 15 日，被視為中共黨內開明改革派的胡耀邦因希望結束老人政治，希望鄧小平等老人退休，遭到中共一幫老人的打擊或廢除。這一天，一直鬱鬱寡歡的胡耀邦在一次政治局會議上突發心臟病，一周後去世。4 月 17 日，幾千名學生離開校園走向天安門廣場，學生打出了「悼念胡耀邦」，以及「鏟除腐敗」、「依法治國」、「打倒官僚主義」等標語。同時全國各地學生紛紛響應，舉行大規模集會、遊行、請願等。

當時中國經濟搞市場化的價格闖關，導致通貨膨脹率逼近20%，物價飛漲，恐慌的採購成了大城市生活的一個內容。同時，國營企業虧損倒閉很多，社會貧富差距迅速擴大。那時百姓最痛恨的就是「官倒」。中國從 1985 年開始對農產品收購價格、主要工業產品出廠價格和緊缺商品實行「雙軌制」，也就是能拿到

計畫內指標的，價格就很便宜，拿不到的，按照市場價購買，可能是體制內計畫價格的好幾倍。

由於有這個價格差異，很多高官的子女就開始倒賣這些計畫指標，俗稱「找批文」或「拿條子」。比如那時緊俏的鋼鐵、彩電等，中共太子黨們就倒賣這些進口指標和配額，民眾稱之為「官倒」。這為官商勾結搞腐敗提供了機會，中共太子黨們，如鄧小平的兒子等，都賺得腰包鼓鼓地。

有資料顯示，僅 1988 年，國家控制的價格雙軌制差價就在 3569 億元以上，約占當年國民收入的 30％。太子黨們利用權力盜賣批文而一夜暴富。

當時學生們打出了「悼念胡耀邦」，以及「鏟除腐敗」、「依法治國」、「打倒官僚主義」等標語，呼籲國家領導人和學生對話，促進政治改革，使國家走向民主和法治的道路。

4 月 17 日遊行的時候，清華大學的隊伍最前面的是幾位白髮老教授舉著一個白色條幅，上面寫著一位著名作家的話：「跪久了，站起來遛遛」。這是一語雙關的話，一是勸跪在人民大會堂外希望中央領導能出來和學生商談的學生們站起來活動活動，另一層含義是，過去幾十年的政治風雨中，中國知識分子實際上就是跪著的，給黨跪著，只能為黨唱頌歌，絕無機會挺起脊樑作為社會良知發出獨立的聲音，這次這些老教授們站起來了，公開走上街頭抗議當權者，這是中共當政後從來沒有過的事情，被中共視為一個危險信號。

4 月 26 日，《人民日報》發表社論：《必須旗幟鮮明地反對動亂》，把學生和平請願定性為「非法動亂」，社論稱：「這是一場有計畫的陰謀」，「其目的是搞散人心，搞亂全國」，「其

實質是要從根本上否定中國共產黨的領導，否定社會主義制度」
等等。

此社論一出，迅速把矛盾激化。5 月 13 日，學生在天安門開
始絕食，與此同時，成千上萬的北京市民、機關幹部、新聞記者
們紛紛湧上街頭支持學生。

與北京的《人民日報》「4．26」社論一樣火上加油的，是
江澤民在上海對《世界經濟導報》的整肅，它促使幾個中共黨內
大佬決意用武力屠城。

派陳至立整肅欽本立

《世界經濟導報》的創辦人及主編欽本立是一位 70 多歲很
受編輯尊重的老知識分子，他倡導民主，在 30 多萬高層次讀者
中信譽很高，在全國性的討論定調方面影響力極大。胡耀邦死後
的第四天（4 月 19 日），《導報》編輯們舉辦了一個研討會，會
上戴晴談到中國共產黨 70 年來的歷史和幾位總書記的命運。她
說黨的總書記都沒有好下場，因為都是「非程式權力更迭」。

4 月 20 日，得知《導報》將開闢專欄悼念胡耀邦，21 日下午，
上海市委書記江澤民派市委副書記曾慶紅、市委宣傳部長陳至立
找欽本立談話，要求他刪除嚴家祺、戴晴等人的發言。欽本立強
調政府同意報紙總編責任制：「出了事情我負責，反正江澤民同
志沒看過清樣。如果發表出去有什麼後果，不必市委、市委宣傳
部負責。」

江澤民沒想到欽本立是個鐵榫子頭，連曾慶紅都敗下陣來，
於是將此事告訴了《導報》的名譽理事長汪道涵。有汪道涵在旁

邊，江澤民聲色俱厲地要欽本立改清樣，汪道涵也搬出黨性原則來壓欽本立。當江澤民和汪道涵硬壓軟勸要欽本立同意刪節時，卻發現十幾萬份報紙都已印好了，並且四百份已批發給個體報攤。此外，還有相同數量報紙直接送往北京了，最後才追回兩萬份，但影響已經造出去了。

4 月 26 日《人民日報》發表社論後，在有 1 萬 4000 名黨員參加的大型集會上江澤民宣布停止欽本立的職務，並決定對《導報》進行整頓。

4 月 27 日，江澤民派劉吉、陳至立負責的「上海市委整頓領導小組」進駐《導報》。整起人來不比江手軟的陳至立對江澤民言聽計從。她遣散《導報》員工，還特別下禁令不許《導報》的編輯再做記者。

陳至立在欽本立癌症晚期，起不來床時，竟笑眯眯的去了病房。別人還以為她前來探望，誰知陳至立突然大聲宣讀了對欽本立的黨紀處分。看來陳不但要刺激這位 70 歲的老人早些死，還要他死也不得安寧。

趙紫陽表態後江被嚇呆

江澤民及其親信對於《導報》的粗暴處理引發了一場席捲上海乃至全國新聞界的抗議。第二天上海街頭就發生了大規模遊行，公開打出了「還我《導報》」和要求恢復欽本立職務以及言論自由的旗幟和橫幅。上海作協部分名人紛紛參加遊行，北京知識界和新聞界的著名人士致電江澤民，要求收回對欽本立及《導報》的處理決定。

4 月 30 日，中共總書記趙紫陽訪北韓歸來，當晚江澤民與曾慶紅飛赴北京，藉匯報工作探聽趙的態度。趙並未即時表態，反問江澤民：「你看呢？」江澤民支吾其詞，他發現和趙紫陽隔膜已深。趙紫陽看了一眼江澤民，接著說：「現在沒有時間談這個問題。」

江澤民用懇求的語氣說：「紫陽同志若不拿出意見，我和慶紅同志就不好工作，也不好回上海交代。」

趙紫陽只好表態了：「上海市委行事倉促地處理了《世界經濟導報》的問題，把小事化大，才讓自己步入了死胡同。」說完扭身便走了。據當時在場的人士透露，江呆呆地望著趙離去的身影足足有十分鐘沒有說出一句話來。

趙紫陽言辭之厲讓江澤民嚇得六神無主。江的紅顏密友陳至立說：「如果中央追究責任，就由我一人來承擔好了，絕不牽扯你。」從此江澤民和這個女人的關係更加親密了。事後，江澤民雖然安心一點，但還是到處找關係，希望知道黨內大佬們是什麼態度。他得到的反饋是中央意見分歧，趙紫陽的話不代表中央精神。

支持鎮壓而被定為接班人

1989 年 5 月 15 至 18 日，蘇聯總統米哈伊爾‧戈爾巴喬夫飛抵北京進行訪問。數百名來北京報導這一事件的記者都知道他們遇到了比兩國首腦舉行峰會更重大的新聞。視線被轉移到中共最不希望聚焦的地方。

政治局會議上談崩了，沒有實權的趙紫陽預料到自己將面臨

著什麼。5月19日凌晨，趙紫陽進入天安門廣場含淚看望了絕食的學生，他沒有請示政治局，他也不需要請示大佬們。這時他只是代表自己，做了自己想做的事。晚上10點鐘，李鵬發表了講話，重申了中共中央的立場採取「嚴厲措施結束騷亂」。兩小時後午夜時分，天安門廣場的一個大喇叭宣布實施戒嚴：中共已經決定要武力鎮壓學生。

20日凌晨2時，在李鵬講話後不久，江澤民立即以明傳電報的形式，第一個表態對中共中央的支持。這個及時表態的大動作走在所有省、市、自治區領導的前面，和給李先念送蛋糕產生的效果是一樣的。毫無疑問江澤民的表態讓黨內大佬們找到了可靠的接班人。庫恩在英文版《江澤民傳》第162頁提到（中文版中此內容被刪除），「早在5月20日，中共元老就內定江澤民獲提名成為新任中共總書記。」

第三節

北大學生藉書法嘲諷江

2013 年 9 月 5 日，《北京晚報》的一則名為《北大「圖樣圖森破」書法作品被撤下》的新聞，被門戶網站新浪轉載，引爆網路狂笑。「圖樣圖森破」是「too young too simple」的譯寫，當年因為前中共黨魁江澤民在香港媒體面前公然出醜，不顧體面的大罵女記者的這句「名言」，被民眾惡作劇的當作網路流行語，實質是在嘲笑江。

最耐人尋味的是，陸媒的這篇報導點明：在一些網友的使用中，也含有幸災樂禍的性質。而「圖樣圖森破」則是「too young too simple」的譯寫，也被廣泛地用於網路中，帶有調侃的意味。

江澤民目前每況愈下，人還未死，就已經被民眾罵的狗血淋頭，其幾個心腹鐵桿，如周永康等的貪腐醜聞都被國際媒體聚焦，大陸媒體如今敢如此嘲弄江，顯示民意洶湧。

據陸媒報導，北大教學樓掛出書法作品迎接新老同學，其

中竟有「喜大普奔」、「圖樣圖森破」等新潮用語。幾位教授看完表示很難理解,「教學樓是嚴肅的地方,應掛陶冶性情的藝術品」。隨後這幾幅書法作品被撤下。

這則新聞在深夜的大陸微博被瘋傳,網民議論紛紛,都指向江澤民。

很多網友留言說:「北大書法展『圖樣圖森破』被撤下。笑尿我了,這五個字豈是你等賤民隨便寫的嗎?!?!」「圖樣圖森破是有典故的。這個典故夠和諧 100 次了。」「圖樣圖森破,這學生以後政審估計沒戲了,竟敢用癩蛤蟆的名句。」「圖樣圖森破,什麼泰姆斯拿姨夫……蛤蟆知道了會不高興滴」。還有的說,「坐在華萊士漢堡店談笑風生」,「中國有句古話叫悶聲發大財」。

華萊士:江是一個獨裁者

在國際政治中,很少有國家領導人被媒體有機會記錄下如此真實的情緒表達,這段經典問答,配上江當時的面部表情與手勢身行,讓世界驚異於江的低級無聊。

更具諷刺的是,江提及的與之暢談的美國大記者華萊士曾直截了當點了江的痛處,華萊士與江澤民在 2000 年見面時涉及的問題,都特別敏感,像「六四」和法輪功,他都坦率直問。兩人間的對白「針鋒相對」。

華萊士:「你,對我而言,是一個獨裁者,一個權力主義者。」

江澤民:「我坦白說,我不同意你的觀點。」

華萊士:「我知道你不同意。但美國俗語說,如果你走起來

像隻鴨子，叫起來像隻鴨子，那你就是隻鴨子。一個獨裁者就是強行壓制者，無論對象是新聞自由、宗教自由，或私人企業自由。你現在是有點接近了。」

華萊士是《60 分鐘》節目的前王牌主持人，他的節目長期在美國十大收視節目中，占有一席之地，美國新聞界推崇他為「新聞拓荒者」，他於 2012 年 4 月 7 日去世，終年 93 歲。

不過，江澤民能拿華萊士那樣譴責的話語當成資本，臉比城牆倒拐還厚，這是厚顏到了極點。

逮捕江澤民

第四章

習近平抬高
江澤民的政敵

2014 年 6 月 25 日，在中南海針對香港白皮書事件展開激烈博弈之際，陸媒報導江澤民當年的對頭楊白冰葬禮受到最高「禮遇」，貶江意味濃厚。2015 年 6 月 14 日喬石離開了人世，追悼會當天中共下半旗致哀。喬石是唯一一個敢喝江澤民當面拍桌子的人。

6 月 14 日，喬石離開了人世。此前三天，周永康被宣判無期徒刑。有人說，喬石在完成十多年心願後安心地瞑目了。（大紀元合成圖）

第一節

習近平破規格出席楊白冰葬禮

2014 年 6 月 25 日，有陸媒刊出一篇上標題為《人民日報揭祕常委如何致哀》的報導，提到在 2013 年，中共政治局 7 常委至少 4 次全體出席「副國級」以上高官的葬禮，其中前中共軍委祕書長、總政主任楊白冰受到的「禮遇」最高。

當時圍繞著香港白皮書和「6·22 全民公投」，中南海正展開激烈博弈，在這種局勢敏感時期，陸媒突然把江澤民當年的對頭楊白冰拿出來說事，貶江意味非常濃厚。

中南海分裂 陸媒發聲釋信號

2014 年 6 月 10 日，在江派常委張德江和劉雲山聯手策劃下，中共「國新辦」拋出香港白皮書，變相改動「一國兩制」定義，引起香港各界的激烈反彈。6 月 11 日，中共國家副主席、港澳小

組副組長李源潮對白皮書表態。6 月 14 日，江派副國級高官、中共政協副主席蘇榮「落馬」。6 月 17 日，正在英國訪問的中共總理李克強和英方發表《中英聯合聲明》，避談香港白皮書。中共內部的分裂公開化。

6 月 20 日中午 12 時，香港「和平佔中」全民投票活動正式啟動。首日投票人數就超過 40 萬。到 22 日周日晚上，投票人數已超過 70 萬。

面對香港民眾空前強大的「抗共」聲勢，中共「國信辦」發出密令：「不報導 6·22 投票」。在 20 日投票超過 40 萬人後，包括「新華網」、「人民網」在內的中共黨媒已經連續多天在香港問題上「默不作聲」。但江派媒體對「國信辦」的密令置若罔聞。6 月 23 日，江派掌控的《環時》以《香港非法公投人再多，也沒 13 億人多》為標題發出社評，繼續煽風點火，刺激香港民眾，激化局勢。

在這種敏感局勢下，陸媒 6 月 25 日突然炒作楊白冰追悼會規格高的舊事，打中了江澤民的七寸，釋放出極不尋常的政治信號。

陸媒強調楊白冰葬禮規格高

2014 年 6 月 25 日，大陸媒體《鄭州晚報》刊出一篇題為《葬禮能讓常委全出席，最少到副國級》的報導，其上標題為《人民日報揭祕常委如何致哀》，報導末尾還特別標注「據人民日報海外版」。

報導稱，2013 年，中共政治局 7 常委至少 4 次全體出席「副

「國級」以上高官的葬禮，這4名中共高官分別是鄭天翔、劉復之、倪志福、楊白冰。在前中共軍委祕書長、總政主任楊白冰的追悼會上，本屆7名常委全部到場，前一屆常委主要成員也基本都出席了，「足見政治之禮遇」。而上一次同等規格的追悼會，死者是「正國級」高官華國鋒。

當天，大陸各大網路媒體紛紛對該報導加以轉載，有的直接在標題中注明「楊白冰禮遇最高」。

據大陸官媒報導，2013年1月21日，楊白冰的追悼會在北京舉行，中共新任總書記習近平率7名新任常委及胡錦濤、吳邦國、溫家寶、賈慶林到場送別，江澤民贈送挽聯花圈。

據知情人曝光，楊白冰擔任過的最高職務是政治局委員，本無需中共這麼高規格的送別儀式，習近平此舉最主要的目的是在政治上給楊家平反。

外界注意到，在之前的集體官方活動中，江澤民的排名都緊隨胡錦濤，居第二位。而楊白冰葬禮的排名是：第一位，胡錦濤；第二位，習近平，隨後依次是吳邦國、溫家寶、賈慶林、李克強、張德江、俞正聲、劉雲山、王岐山、張高麗等政治局常委，江只是排在張高麗之後。

這是江澤民首次被排名到中共眾多現任官員的最後，後來就多次出現了江澤民的活動官方媒體不報導的現象。

造謠離間 江曾拉下楊家兄弟

1992年，江澤民由於阻撓改革，鄧小平有意將他換下，鄧小平南巡時，楊家公開提出：軍隊為改革保駕護航，這令鄧小平有

底氣對江澤民帶話：誰不改革，誰下台。這令江對楊恨之入骨。

當時江澤民在軍隊沒有任何威信，軍隊高級將領根本不拿江澤民當回事，這已經是公開的祕密。鄧小平給江澤民安排的「顧命大臣」楊尚昆曾取笑江一摸槍就哆嗦，不知射擊是什麼滋味。

1992 年 8 月，鄧小平中風病危住進醫院，當時，中共 14 大人事權位安排正在緊張的進行當中。8 月下旬楊白冰召聚了高級將領 46 人，在北京召開「碰頭會」，商討軍隊人事安排。這些人數落江平庸無能，對軍事一竅不通，沒有魄力，無法勝任軍委主席的職務。

江聞息後大驚，欲置楊氏兄弟於死地。江系的軍師曾慶紅，給江出了個借鄧刀殺楊氏兄弟的計策。

當時主持軍委日常工作的楊白冰提出了一個晉升 100 名將軍的龐大名單，這個名單中幾乎清一色的都是「楊家將」的人。江澤民與曾慶紅把握住這次千載難逢的機會，到處散布謠言，說什麼「楊尚昆想取代鄧小平」、「楊尚昆、楊白冰試圖搞一場不流血的政變」、「鄧小平將不久於人世」、「楊尚昆想當軍委主席」等等。

曾慶紅通過同是太子黨的朋友劉京和俞正聲，讓他們和鄧小平的兒子鄧樸方聯繫，這兩人都曾在鄧樸方的殘疾人聯合會工作，與鄧家關係密切。曾慶紅讓二人大談「楊家將」的危險，要鄧家提防他們。隨後，曾慶紅親自和鄧樸方會面。

據可靠來源，曾與鄧樸方首先談了江的處境，大意是：江澤民從來沒有對「老爺子」（指鄧小平）不忠，他只是力不從心，因為楊尚昆實際上控制著黨政軍的實權，令江澤民沒法幹工作。特別是軍中事務，根本插不上手，完全聽命於楊，沒有最終拍板

權。在談了江澤民的處境後，曾慶紅特別向鄧樸方剖析了「楊家將」在軍隊中的勢力。

　　曾慶紅對鄧樸方說，楊尚昆、楊白冰的勢力過大，要在軍隊內徹底替換「老爺子」鄧小平的人馬。曾慶紅分析，楊尚昆在「六四」問題有明顯的平反意圖。曾慶紅摸著鄧小平的政治心病，「對症下藥」，在「六四」問題上大做文章，離間鄧楊關係。曾慶紅進一步恐嚇鄧樸方說，那樣的話，政局就要失控，「老爺子」就會被秋後算帳。

　　曾慶紅和鄧樸方見面之後不久，江澤民帶著總政治部副主任于永波一起親自拜見了鄧小平，當面向鄧小平指控楊氏兄弟有野心，要奪取軍權，當時中央軍委副主席劉華清也在場。

　　江澤民、曾慶紅通過多方管道把楊氏兄弟要「奪軍權」和「平反六四」的消息從四面八方傳到了鄧小平的耳朵裡。鄧中了江澤民和曾慶紅的陰謀。加上陳雲和薄一波的反對，鄧小平也只好放棄撤換江澤民之意，並且廢除了楊氏兄弟的軍權，舉薦劉華清、張震等老軍頭輔佐江執掌軍權。在 1992 年 10 月召開的中共 14 大上，楊氏兄弟被剝奪軍權，楊白冰明升暗降，成為有名無實的政治局委員。

　　但鄧內心深感江靠不住，給江澤民安排了接班人—— 49 歲的胡錦濤。當時鄧的此舉是給接班人安排接班人，等於是剝奪了江澤民自己選接班人的權力，這在中共歷史上是前所未有的。

第二節

陳希同舊部出書 揭露江澤民

　　2015 年 3 月，原北京市委書記陳希同的舊部賀陽寫的一本書將要面世。賀陽在書中回憶了陳希同經歷過的一些重大歷史性事件，牽扯到江澤民的構陷。

　　1989 年中共對學生民主運動進行血腥鎮壓，陳希同被普遍認為是關鍵人物，當時他任北京市市長。9 年後，陳希同以貪污罪和玩忽職守罪被北京高級法院判處有期徒刑 16 年。2013 年 6 月 2 日，陳希同因患癌症病亡。

　　賀陽認為，陳希同所以被定罪，是因為「政治問題」，陳希同認為江澤民的資歷不如自己。這一點與外界觀點相似，當時觀察家普遍認為，陳希同被法辦是因為他與江澤民內鬥失敗。

　　賀陽的書中有這樣一段往事。1995 年 4 月，時任北京市委書記的陳希同正在開北京市委常委會，中辦通知他，江澤民、李鵬等要找他談話。當時李鵬是總理，陳希同到了後，李鵬主談，說

陳希同經濟上有問題。陳希同當時就急了，一拍桌子：「我告訴你們，我陳希同對得起黨！對得起國家！」說完拿起包就走了。

賀陽寫道：「他這個樣子，能不被處理嗎？」

江澤民與陳希同結怨

據《江澤民其人》一書披露，「六四」後，陳希同自認維護中共江山有功，至少在政治局委員的位置上應該再上層樓，誰料想卻被江澤民撿了個現成便宜，心理自然十分不平衡。此外陳希同與鄧小平的關係非常好，在 1992 年鄧視察首鋼的時候公開宣稱陳是改革派，這些都給了陳看不起江澤民的本錢。

而江澤民想控制北京，要解決的最大問題就是陳希同。

江澤民好出風頭，嫉恨心又強。對於看不起他的人，心胸狹窄的江是一定會報復的。對於陳希同，江澤民一直又恨又怕。江澤民尤其感到不能容忍的還有幾件事。

第一件事，就是陳希同宴請趙紫陽的追隨者胡啟立。江澤民最怕趙系東山再起，因此對陳希同憤恨不已。

鄧小平 1992 年春天南巡，在陳希同的授意下，《北京日報》全文轉載了深圳報紙上關於鄧小平南方講話的內容，比《人民日報》還早了一天，令江澤民十分被動。陳的改革言論和表現，更突顯江的僵化和保守。江澤民對陳希同的痛恨又加深了一層。

不久以後，時任首鋼董事長的周冠五又與陳希同等人安排鄧小平視查首鋼，當時的中央政治局常委沒有一人到場。鄧小平說，我最近說的話有人聽有人不聽，北京市已經行動起來了，但中央一級還有人頂著不辦。鄧隨後要求陳希同「給中央帶話」，「誰

反對 13 大路線誰就下台。」

　　江澤民聽得背後直冒冷汗，通過中央辦公廳責問陳希同為什麼事先不向江澤民通報鄧的巡視時間。陳反駁說中辦應該向鄧辦了解鄧的活動安排，而不應向北京市發難。江澤民受到頂撞後更是怒氣衝天，氣恨不已，從此更下定了倒陳的決心。

　　1995 年初，陳希同聯合省級幹部，給鄧小平寫聯名信舉報江澤民。但是鄧把信交給了薄一波，讓薄看看他推薦的江澤民是個什麼貨色。薄一波看到陳希同這封檢舉信，不但不想繼續往下追究江澤民的問題，相反還暗自高興抓住了江的把柄，因為這就等於抓住了江的權力，可以好好利用和要挾江，為兒子薄熙來和親信等加官晉爵。於是薄一波把江澤民叫來，把信遞過去。江看過舉報信內容後，臉色發青、一身冷汗、戰慄不已，當場哀求薄一波在鄧小平面前為他美言，保住自己總書記的職位。薄一波表示盡力而為，並授意江要想以後不節外生枝，就必須把陳希同搞倒，做法上可以先從陳希同的周圍下手。

北京副市長王寶森「被自殺」

　　江打好如意算盤，就決定按照薄一波的建議，先從北京的副市長下手。經過一番精密的盤算，江澤民把槍口對準了王寶森。

　　1995 年，首鋼前董事長周冠五因經濟問題下台，其子周北方也被捕入獄。北京市祕書集團受賄案被曝光，副市長王寶森在同年 4 月死在了北京近郊懷柔縣一個叫崎峰茶的山上，官方的口徑是王吞槍自殺。而實際上從現場的腳印、創口、火藥、彈殼等線索可以看出：王是他殺而非自殺。一個明顯的證據是：現場只找

到了子彈頭，而子彈殼是幹警們用探雷器找到的，該子彈殼已經被踩入土裡。王死的地方人跡罕至，事發後又保護了現場，彈殼被「踩入土裡」只能說明王死的時候身邊有人。據國安內部消息透露，這個人就是江澤民派的國安特工。

王寶森的死使陳希同慌了手腳。按照中共官場的規矩，什麼能夠報導什麼不能報導，完全取決於最高領導人的喜好。然而王寶森的死既然通過中央電視台大播特播，這預示著權力鬥爭的風暴拉開了序幕。而周北方被判刑，讓鄧小平也不得不為自己考慮後事，如果與江交惡，鄧家的後代也可能會成為被江整肅的對象。陳希同見自己的舉報信送上去幾個月，江澤民竟然還在台上，說明鄧小平無意換馬。至此，陳終於知道自己是在劫難逃了。

而江澤民費了九牛二虎之力，最後搞出陳希同的貪污證據也不過是「自 1991 年 7 月至 1994 年 11 月，在對外交往中接受貴重禮物 22 件，共計價值人民幣 55.5 萬餘元。」這對中共高官來說，實在算不了什麼，甚至可以說「清廉」了。

1998 年被以貪污罪、疏忽職守罪判監 16 年。2003 年底，陳希同因為患膀胱癌保外就醫。出獄後，陳寫了五萬字的申訴書，指控江澤民對他的政治迫害，稱自己是權力鬥爭的犧牲品，並舉報江澤民父子的經濟犯罪問題。

江利用國安壞規矩與馬建落馬

2015 年 1 月，中共國安部副部長馬建落馬，令北京政壇震驚，因為，馬建是曾慶紅的親密馬仔。據大陸傳媒報導，馬建動用國安系統參與政商權鬥，包括在香港酒店安裝針孔攝像機，偷拍前

北京市副市長劉志華與情婦的淫亂視頻，深度介入令計劃、郭文貴案等，引起王岐山的憤怒。

外界分析，習近平動了馬建，相當於警告曾慶紅，其實在 20 年前，曾慶紅就違反中共規定，利用間諜特務捲入中南海政治內鬥，誰掌控特務，誰就掌握勝券。從此國安部的腐敗一發不可收拾。香港《爭鳴》2015 年 5 月號消息稱，當年北京一人士曾面諫江澤民「要遵守前輩定下的國安不得介入黨內鬥爭」之誡條。

事情起因於陳希同事件，其一指江使用國安突破陳的外圍——國安部人員打入江蘇無錫鄧斌集資活動，而後獲取北京市委辦公廳有關人員與鄧的關係證據，鄧很快被槍決，「證而不據」的有關材料亦未在後來的陳案中有涉及；其二是，江澤民動用國安力量抓陳私生活的把柄，把其搞臭，此亦為陳案審結後很快更換國安部長的原因。

無錫新興實業公司集資案是發生在 1990 年代，此案件牽連出陳希同、王寶森的腐敗問題，並間接導致王寶森死亡。1995 年 11 月 29 日，鄧斌等被判處死刑，並於當日上午執行槍決。

據國安內部消息透露，江澤民派出國安特工，把王寶森槍殺了，並偽裝成王自殺。在陳希同案公訴之前，江澤民就換了國安部長，江欲把其「壞規矩」那一章掀過去，但「不那麼容易，國安部的人一看破規矩可以升官也可以撈錢，誰不試一把。」

江澤民指使國安部門參與整垮政敵陳希同後，中共官場以竊聽、竊照、竊錄方式對付政敵已經非常流行，同時江派人馬也未免於此害，被人拿到醜行把柄的事例比比皆是。

第三節

喬石：
周永康、江澤民都害怕的人

2015 年 6 月 11 日，中共前政法委書記、政治局常委周永康被宣判無期徒刑，這也算是二十多年來中共第一次打破了「刑不上常委」的潛規則。獲知這一消息，時年 91 歲、一直對周永康極為不滿、曾寫信給胡錦濤、習近平要求懲治政法委的中共前人大委員長喬石和家人據說很高興。在三天後的 6 月 14 日，喬石離開了人世。有人說，他在完成十多年心願後安心地瞑目了。

喬石痛批周永康 《新紀元》3 年前報導應驗

在周永康的前任羅幹之前，喬石曾經是中共政法委書記，文革之後的政法系統基本是喬石建立起來的。1989 年之前，喬石按照胡耀邦、趙紫陽的改革方案，在司法系統準備搞黨政分開，政法委與公檢法分開。胡耀邦非常欣賞喬石那種低調務實的作風，

稱讚他是拚命三郎。凡是跟喬石共過事的人，都對他評價很高。

1998 年喬石退休後，從此基本絕跡公開場合，無論是奧運會開幕式或其他中共的慶典場合等，其他退休常委都出席了，唯獨喬石未曾露面。曾任國務院副總理的田紀雲在回憶文章中稱喬石「他工作穩重，為人厚道，光明磊落」。

在中共政壇上，喬石屬於改革派，有人說他最大的貢獻是 1993 年主持通過了修改憲法，不過也有人說，喬石退休後針對周永康、薄熙來、江澤民幹的幾件事，才真正體現其價值。

2012 年 2 月 6 日，前重慶市公安局長王立軍突然出逃美國領事館，掀起了一場震驚全球的中南海大海嘯。當時全球很多媒體都搞不懂這件事的重大影響力，而《新紀元》2 月 23 日即推出 8 萬字的特刊，並持續緊密追蹤事態發展，做出很多準確分析和預測。2012 年 3 月 29 日出刊的 268 期封面故事中，講述了「喬石籲給政法委動大手術」。

概述中寫道：「中共執掌政法系統的元老喬石，在退隱十年之後，2015 年初發聲痛批王立軍以及周永康治下的政法委。他認為在周任政法書記的這五年，中國法制出現倒退。喬石並且向北京建議，把法院從政法委管轄中抽出，以遏制『以黨代法』趨勢。

過去多年，政法委不僅管轄公安局、檢察院、法院和司法局，其轄下武警也擴張迅速，隱然成為中國的『內政部軍隊』，足具和正規軍隊分庭抗禮的態勢。而中共政法委不依法律行事的特點，導致公檢法腐敗墮落，成為中國社會不穩定的最大因素之一。」

當時《新紀元》還獨家報導了「喬石痛批政法委周永康」的消息，並披露：「北京消息人士說，中共政法界元老喬石最近致信胡錦濤和習近平，建議不要由公安部長當政法委書記，並抽掉

政法委對法院的管轄權。胡習雖未表態，但王立軍、薄熙來事件後，改革建議很可能成為整治周永康治下政法委的借鑒。」

結果 3 年後人們看到，習近平上台後搞的司法改革，很多都是採納了喬石的建議。

針對江澤民集團利用周永康掌控的巨大權力，習近平上台後成立了「國家安全委員會」和「中央全面深化改革領導小組」，把實權收歸到自己手裡，架空了江澤民在政治局常委中安插的張德江、劉雲山、張高麗的權力，這些安排也與喬石的建議有關。

據港媒報導，18 大前，時年 69 歲的周永康試圖打破中共政治局常委「七上八下」的退休制度（即 68 歲或以上要退下來），江澤民想讓周永康像喬石那樣升任中共全國人大委員長。「為了防止某個已退休的前領導人的反彈，周還制定了對其實行軟禁的措施方案，周並繼續四處安插親信黨羽。」報導中雖然沒有透露退休前常委的姓名，但有分析認為，這個前常委就是喬石。

拉下薄熙來 喬石起了關鍵作用

不但周永康害怕喬石的反彈，薄熙來的落馬過程中，喬石也發揮了不少作用。喬石對薄熙來重慶上任之後，抽調王立軍擔任當地公檢法司總管的做法不以為然，他認為這樣做法容易使地方官員胡作非為。面對後來果真出現的薄熙來、王立軍在重慶的胡作非為，藉唱紅打黑搞第二個文革，喬石非常生氣。

在李莊案發生後，喬石受彭真兒子的委託，找到退休的政法界元老，聯名寫信給周永康，要求罷免王立軍。他私下評價說，王立軍不是個好人。

法廣援引中國人權民運信息中心消息稱,當時喬石等人致函中央政法委書記的信,以 2009 年重慶哨兵被殺及搶走步槍案及系列重大命案無進展為理由,要求將王立軍免職。這也促成了王立軍在出逃前的恐慌。

拿下王立軍後,胡錦濤對是否拿下薄熙來還有些猶豫。據說胡錦濤和溫家寶等人是向中共元老「請益」之後,才做出調查薄熙來及其家人的決定,其中已退居二線的喬石起了關鍵作用。

喬石是江澤民的死對頭

除了周永康與薄熙來的落馬與喬石的推動有關之外,在中共政壇上,最嫉恨喬石的卻是原中共黨魁江澤民。

喬石 16 歲加入中共,組織過上海學生運動。他曾任中聯部長、中辦主任、中組部長、副總理、中央政法委書記、中紀委書記、全國人大委員長,中共黨政要職幾乎都被他幹過。喬石是中共 13、14 大政治局常委,一直被江澤民、李鵬視為最大的政治對手,15 大時被江澤民用陰謀排擠出局。

當年江澤民踩著「六四」學生的鮮血來到北京,據《江澤民其人》一書介紹,江很快發現,喬石是中共兩派元老鄧小平和陳雲都非常看好的人選。中共中央機關的人們也常常說喬石是憑真本事上來的,這讓江認為是故意在暗示他江某的無能,妒嫉心極強的江澤民不由得對喬石充滿嫉恨。

早在 1985 年,喬石就被鄧小平當成重點接班人來培養。江澤民上台後不搞改革,1992 年鄧小平南巡之前就想用喬石來替換江澤民,只是由於薄一波的勸阻而擱置。薄一波當時的理由是:

「事不過三」，中共總書記的位置，換了胡耀邦、換了趙紫陽，不能再換江澤民了。不過北京官場一直流傳一個暗語：「水落石出」，水代表江澤民，意思是說，喬石是江澤民的冤家對頭，喬石一旦出頭，就能把江澤民擊落。

出於嫉妒，江澤民此後想方設法壓制喬石。喬石一直主抓政法委，其手中權力使得江澤民忌憚。這也是後來江澤民拚命培植自己的心腹羅幹與周永康掌控政法委大權的原因之一。而且喬石一直執掌中樞，政治根基深厚，又主抓中共人大、政法國安大權長達 13 年，讓江甚為忌憚。

據說在中南海，只有喬石是唯一一個敢喝江澤民當面拍桌子的人，李木匠（李瑞環）只是在背面消極抵制。

中共 15 大前，江澤民再次與薄一波做了交易。薄答應向喬石施壓，逼喬石退休；江則答應要多多關照其子薄熙來。15 大時江澤民雖然以 70 歲為藉口逼退喬石，不過喬石也提出建立一套「七十而退」的規則，並公開講出鄧小平和政治局的決定，要讓胡錦濤接班取代江澤民。為此，被斷絕了後續官位的江澤民非常惱火，因為曾慶紅一直在想辦法在鄧小平死後廢除鄧指定的「隔代接班人」胡錦濤，江澤民繼續掌權或讓曾慶紅接替江澤民。

喬石提交的一份報告讓江澤民害怕了

從 1987 年以後，喬石就負責中紀委、政法委、綜治委，擁有多項實權。1998 年江澤民把喬石逼退休後，江徹底換掉原來喬石培養的一批政法系統的人，換上江自己中意的人，善於投機取巧、一心想搞點事以圖升官發財的羅幹當上了政法委書記。為了

往上爬，羅幹無中生有的誣陷法輪功對社會造成危害，為了給這個罪名收集證據，羅幹派出大量特務冒充法輪功。不過，在「真善忍」道德力量的感召下，很多特務後來都變成了真正的修煉人。

當時公安部很多官員學煉法輪功。法輪功氣功研究學會的義務負責人李昌，就是公安部計算機管理司的司長，法輪功創始人李洪志先生早期的很多傳功講座都是在公安部大樓裡舉行的。

由於周圍有很多人學煉法輪功，喬石對法輪功也很重視。1998 年，羅幹下令加強對法輪功修煉群眾的騷擾和破壞，很多群眾寫信給人大，反映公安部非法阻止群眾正常的祛病健身活動。於是在在 1998 年下半年，喬石負責組織了一次大規模調查。

據《江澤民其人》一書介紹，國家體育總局於 1998 年 5 月對法輪功進行了全面調查了解。9 月由醫學專家組成的小組為配合此次調查，對廣東 1 萬 2553 名法輪功學員進行表格抽樣調查，結果表明祛病健身總有效率為 97.9％。10 月 20 日，國家體總派到長春和哈爾濱的調研組組長發表講話說：「我們認為法輪功的功法功效都不錯，對於社會的穩定，對於精神文明建設，效果是很顯著的，這個要充份肯定的。」其間，大連、北京等地對法輪功功效的民間調查也得出了一致的結果。

1998 年下半年，以喬石為首的部分全國人大離退休老幹部，根據大量群眾來信反映公安非法對待法輪功煉功群眾的問題，對法輪功進行了一段時間的詳細調查、研究後，得出「法輪功於國於民有百利而無一害」的結論，並於年底向江澤民為首的政治局提交了調查報告。

據說江澤民看到這份報告後很害怕，他害怕這些正面信息傳播出去，不利於他想發動的鎮壓，就把這個報告給扣押了。

1999 年 2 月，美國一家權威性雜誌《US News and World Report》發表文章談到了法輪功在健身方面的好處，引用中共高幹子弟官員的話說：「國家體育總局局長說：『法輪功和其他氣功可以使每人每年節省醫藥費 1000 元。如果煉功人是一億，就可以節省 1000 億元。朱鎔基對此非常高興。國家可以更好地使用這筆錢。』」

對於周永康的被輕判，有分析認為，是因為周永康供出了曾慶紅、江澤民的罪行。2006 年 9 月 13 日時任商務部長的薄熙來訪德時曾失口說出：「下令活摘法輪功學員的是江澤民」這樣的重大信息。如今習近平藉司法改革，把法院的審查立案變成了登記立案，只要百姓去控訴，法院就必須立案調查。從 2015 年 5 月到 7 月 9 日止，已有逾 6 萬人遞交訴狀，控告江澤民對法輪功犯下群體滅絕的反人類罪。

面對周永康的悔罪與江澤民的被告，有位台灣學者風趣地說，《三國演義》中有句話叫「死諸葛嚇走生仲達」，如今是「死喬石震懾江澤民」，只要公布當時喬石做的「法輪功有百利而無一害」的報告，就能看清江澤民踐踏人類良知的邪惡之極。

喬石逝世訃告破慣例 習近平或另有考量

2015 年 6 月 14 日，原全國人大委員長喬石去世，人們注意到，其訃告沒有哀樂，也未能上頭條，打破了以往的慣例。聯繫此前 12 日紀念陳雲誕辰 110 周年，兩件事都在弱化老人們的政治影響力，外界猜測這是習近平的想法，顯示政治上的新常態。

喬石的訃告係由中共中央、全國人大、國務院、全國政協共

同發訃告，這也是繼 2007 年黃菊去世之後，第二次出現中共中央四個機構聯合發訃告的情況。

有評論稱，習近平執政後最突出的現象之一就是對老官員的諸多「貶抑」措施。胡錦濤時期，江澤民作為太上皇一直排名第二，比吳邦國、溫家寶等常委都靠前。而習上任之後，江、胡最初分別排在第二、第三，很快便挪到了現任七常委之後，而後更是一竿子支到了現任政治局委員之後。

以往每逢重大會議、節慶、葬禮等便長篇羅列的官員名單，也幾乎銷聲匿跡。譬如，以往每逢政壇元老去世，官媒央視的《新聞聯播》都會播出一長串名單，介紹逝者病重期間和去世後，某某某等前往探望送別等。現在則一概簡化。評論認為，這種做法的作用就在於，通過最大程度減少老官員的出鏡、見報，弱化其政治影響力，抵制老人干政。喬石在 1998 年卸任後，到此次逝世，17 年間，幾乎從未公開露面。

一些分析人士指出，此次喬石的去世和降半旗的舉措，或許也代表著中共官方的一種態度。北京的《新京報》在一篇社論中這樣評價喬石：「人們對喬石的懷念，正是反映當下中國社會對民主與法治的現實訴求，以及對未來的期許。」

追悼會當天，北京天安門、新華門、人民大會堂、外交部，各省、自治區、直轄市黨委、政府所在地，香港、澳門，各邊境口岸、對外海空港口，中共駐外使領館下半旗誌哀。

1949 年以來，中共曾經為 30 位國家和中共領導人降半旗致哀。這些人包括毛澤東、周恩來、鄧小平、陳雲、劉少奇、鄧穎超、董必武、宋慶齡、胡耀邦、葉劍英、劉伯承、朱德等元老和曾任的正國級領導人。喬石是 1998 年來第一個降半旗致哀的人。

逮捕江澤民

第五章

貪腐無度

中共前江派常委周永康落馬後，中共巡視組隨即進駐江澤民老巢上海。多年來，在上海靠著江家幫網絡建立貪腐王國、被舉報涉及多起巨額貪腐案的江澤民兩個兒子，成為外界關注點。

香港媒體報導，江綿恆（前）和江綿康（後）在上海圈的地都是批准使用的，但都是免費圈地，不掏一分錢。（大紀元合成圖）

第一節

江綿恆貪腐王國大起底

　　2015 年 1 月 3 日，江澤民一家三代新年登海南東山嶺的消息傳出，然後此新聞被部分網站轉載後，遭到中國大陸媒體全面封殺，原先轉載的網站也將消息刪除。其後，中科院上海分院 6 日上午召開人事調整宣布大會，江綿恆「因年齡關係」不再擔任中科院上海分院院長。中科院上海分院網站 8 日刊登這則信息後，成為外界關注焦點。

　　近年來，中國多起重大貪污案轟動國際，如「周正毅案」、「劉金寶案」、「招沽權證案」等，都涉及到江澤民家族天文數字的貪污受賄、侵吞公款。據悉，這些案件都與江綿恆有關；同時，江澤民還安插其長子江綿恆先後擔任中國科學院副院長、上海分院院長、「神舟五號」、「神舟七號」副總指揮等，為其今後掌控中共政、商、軍界鋪平道路。江綿恆在江澤民一手的安排下，成為名副其實的、「官商一體」的最高代表。

江澤民急調江綿恆任中科院副院長

1999 年 12 月 2 日，學術上毫無建樹的江綿恆被任命為中國科學院副院長，令外界大跌眼鏡。

《江澤民其人》書中揭露了江澤民急調江綿恆任中科院副院長的一些鮮為人知的內幕。1999 年江澤民鎮壓法輪功已經快 3 個月時，去北京上訪的法輪功學員仍源源不斷。同年「十一」期間，江澤民緊急召見時任中科院院長路甬祥，希望中科院組織一批院士宣揚科學和無神論，藉此「批判」法輪功。中科院當時煉法輪功的人相當多，社會影響力極大。因此，江澤民臨時決定將剛剛到上海冶金研究所擔任所長不到 3 個月的長子江綿恆馬上調中科院任副院長。

2005 年，江綿恆被任命為中科院上海分院院長。

2011 年 11 月 18 日，中共人力資源和社會保障部發出一則國務院任免國家工作人員的消息，其中江綿恆的名字赫然在上，不再擔任中國科學院副院長職務。

江綿恆從「神八」工程開始被排除在外

2003 年 10 月 15 日 9 時整，耗資 190 億的「神舟五號」載人飛船在酒泉衛星發射中心發射升空。

當年「神舟五號」爆出了一個最大冷門，江綿恆居然成了「神舟五號副總指揮」。中共的黨喉之一《光明日報》在同年 10 月 17 日更是利用「神舟五號」拚命吹捧江綿恆，讓各界震驚。

中國載人航太工程指揮部是負責「神舟五號」發射的最高機

構，由中共中央軍委委員、總裝備部部長李繼耐擔任總指揮。其他 4 名副總指揮除了江綿恆是外行之外，皆為資深專家。從江綿恆的學歷來看，與載人航太沒有任何關係。

2008 年媒體披露，江綿恆再次出任「神舟七號」副總指揮。從 2007 年開始，隨著曾慶紅下台，胡錦濤權勢開始抬頭，江綿恆從「神八」工程開始就被排除在外。

江綿恆突然被解除中科院上海分院院長職務

2015 年新年後，1 月 3 日北京時間下午 16 時 10 分，大陸多家媒體援引海南東山嶺微信公眾號發布的消息稱，88 歲的前中共黨魁江澤民在海南島著名景區萬寧東山嶺公開露面，當地消息稱他一家三代同遊。

港媒《明報》稱，江澤民到海南選擇登上東山嶺，當地人稱寓意要「東山再起」。時事評論員夏小強表示，江澤民此舉也是向北京和全國的江派勢力釋放「東山再起」的信號，直接挑戰習近平。

這則消息被大陸多家媒體引用後，消息突被全面封殺，已經轉載的也被刪除得乾乾淨淨。

1 月 8 日，中科院上海分院網站上出現了一則人事變動的消息，報導稱 1 月 6 日中科院人事局局長李和風宣布朱志遠任中科院上海分院院長。江綿恆則是「因年齡原因」不再擔任中科院上海分院院長職務。

公開資料顯示，2005 年 8 月 19 日，中國科學院人事教育局宣布任命通知：中國科學院黨組成員、副院長江綿恆兼任上海分

院院長。江綿恆現年尚未到 64 歲。按照中共慣例，規定省部級黨政正職離職年齡是 65 歲，但任期未滿的可延期 3 年；省部級副職離職年齡是 60 歲，但是有時也可以延期。

資料顯示，中國科學院分院眾多，除上海分院外，還有北京、南京、武漢、廣州、瀋陽等分院。這些分院 65 歲以上退休的院長為數不少，有的年齡高達 80 多歲，如武漢分院前院長伍獻文卸任時 83 歲、廣州分院前院長李達卸任時 74 歲、瀋陽分院前院長李薰卸任時 70 歲。

江綿恆從上聯投開始打造他的「電信王國」

據公開資料顯示，江綿恆從海外回國，於 1993 年 1 月到中科院上海冶金所工作；1997 年 7 月任上海冶金所所長；1999 年 11 月出任中國科學院副院長，並擔任中國網路通信有限公司（CNC）、上海汽車工業（集團）公司、上海機場集團公司等單位的董事會成員。

《江澤民其人》一書中介紹，1994 年，江綿恆用數百萬人民幣「貸款」買下上海市經委價值上億元的上海聯和投資公司（以下簡稱「上聯投」），開始了他的「電信王國」生涯。

表面上上聯投是國企，但實際等於江綿恆私產。由於他是江澤民的兒子，所以要錢有錢，要權有權，做生意包賺不賠，幾年時間江綿恆已建立起他的龐大「電信王國」。至 2001 年，上聯投和上聯投控股的公司已有十餘家，如上海信息網路、上海有線網路、「網通」等。業務相當廣泛，如電纜、電子出版、光碟生產、電子商務的全寬頻網路等。

在沒有中國網通（大網通）之前，江綿恆是「網通」老闆，但「網通」早已經讓江綿恆給折騰空了。為了解除江綿恆的危機，江澤民親自下令中國電信必須一分為二，分為「北方電信」和「南方電信」，把「北方電信」十個省固定資產白白送給「網通」。

2008 年，中國聯通與中國網通合併，成立新的聯通公司，包含了大網通、聯通的兩套人馬。

江綿恆涉「周正毅案」 在上海瘋狂圈地

江綿恆涉足的經濟領域不僅局限在電信行業，很多公司表面上是國企，實際已落入江綿恆私囊。

據報導，號稱上海首富的大地產商周正毅在 2003 年 5 月被查扣，周正毅因逃稅、操縱股票和不法貸款導致中銀香港分行總裁劉金寶被撤職。此案被稱為「中共建政以來最大的金融詐騙疑案」，調查結果直指江綿恆，因為當年宏力微電子公司成立時，劉金寶從中銀上海批出的十幾億貸款都是違規操作。

《開放》雜誌透露，在調查周正毅官商勾結圈地問題時，甚至已查到江澤民兩個兒子頭上。據說調查人員查到在緊鄰上海靜安區的普陀區，江澤民長子江綿恆和普陀區政府也以周正毅在靜安區的手法圈了一大塊地。江綿恆和江綿康在上海圈的地都是批准使用的，但都是免費圈地，不掏一分錢。

一直致力揭露「周正毅案」的上海維權律師鄭恩寵在 2007 年 1 月 23 日接受《大紀元》採訪時表示，已收到大量舉報江綿恆的材料，他相信消息來源可靠。

鄭恩寵舉例說，看到一份材料，舉報江綿恆所在的公司和上

海社會保險基金共同投資專案。他披露，曾舉報原上海市委書記陳良宇因私人工程強遷上海閔行區馬橋鄉旗中村的 1 萬 3000 畝土地，其實這塊地旁邊還有一大片土地，是江澤民的另一兒子江綿康，以中科院名義和閔行區政府共同圈的土地，名為閔行開發區紫竹園。

香港中國人權民運信息中心早年曾透露，江綿恆捲入了「周正毅行賄案」，胡、溫當局掌握江綿恆和周正毅的一卷談話錄音帶。2003 年 5 月 26 日晚，江綿恆與周正毅在一家歌廳會晤，期間江綿恆向對方透露了「國家機密」，包括前香港中國銀行總裁劉金寶的案情。

在江綿恆與周正毅會晤前，當局正在調查周正毅的行賄一案，周的手機已被監聽，警方已在江、周會晤的歌廳安裝了監聽器，兩人的談話全被錄下。當晚江綿恆離開歌廳後，中共公安部門立即拘捕周正毅，並把錄音帶送交中共高層。

江綿恆涉「劉金寶案」

早前媒體報導稱，劉金寶 1994 年開始出任中國銀行上海分行行長，江綿恆同年以數百萬元購下價值上億元的上海聯和投資公司。報導質問，江綿恆的錢是從哪裡來的？

此後，劉金寶平步青雲，1997 年調任中國銀行港澳辦事處副主任，再一路升到總裁、副董事長。2000 年江綿恆又創立宏力微電子公司，投資 64 億美元。

2000 年最轟動的新聞就是江綿恆與台灣企業鉅子王永慶之子王文洋合作組建宏力集團在上海浦東張江高科技園區建晶圓廠一

事，一度被稱為兩岸「金權太子黨」的超級合作。

在台灣媒體的連番追問下，王文洋透露他「投資」的 16 億美金資本，他自己其實沒出一分錢。幾十億資金都是江綿恆單方面出資，江綿恆才是真正的大老闆。江綿恆多年來一直對外隱瞞這個事實真相。

2005 年 8 月 12 日，吉林省長春市中級法院做出一審判決，劉金寶被判處死刑，緩期兩年執行，剝奪政治權利終身，並沒收個人全部財產。香港媒體披露，國際結算銀行在 2002 年 12 月發現一筆無人認領的中國外流資金，達 20 多億美元。劉金寶在獄中爆料，這筆錢是江澤民在中共 16 大前夕，為自己準備後路而轉移國外的資金。

江綿恆涉「招沽權證案」黑幕

早在 2007 年中共 17 大前最敏感的時期，海外「多維網站」報導了一篇題為《通了「海」的海歸美女》的文章。文中披露中共證券市場有史以來的第一大醜聞，涉案金額高達 1.2 萬億人民幣的「招沽權證案」黑幕。該案直接將江澤民、時任中共政治局常委、全國政協主席賈慶林、時任中共政治局常委黃菊、時任上海市委政法委書記吳志明等捲入其中。

文章披露說，由上海證券交易所及其高管劉嘯東製造的「招沽權證案」，是中共證券市場驚爆金融史的第一大醜聞，而劉嘯東是江綿恆在美國時的好友，劉的妻子、海歸美女劉敏是江澤民姨外甥吳志明的情人，劉嘯東夫妻倆成了替江家撈錢的代理人。僅這起「招沽權證案」就涉及 1.2 萬億人民幣，約 50 多萬中國大

陸股民因此傾家蕩產、血本無歸，直接損失 228 億元人民幣，間接損失 500 多億元人民幣。

中共 17 大前夕，中共財政部長金人慶突然出事，當時胡、溫正在徹查近 1000 億人民幣去向問題。據了解，金人慶未經朱鎔基批准及簽字，就把錢直接劃撥給了江澤民，而江把這些國庫裡的錢轉到了國外自己的祕密帳戶上。

江綿恆在醫療領域的黑手曝光

據公開資料顯示，「上海聯影」醫療科技有限公司（以下簡稱，「上海聯影」）是專業從事高端醫療設備及其相關技術研發、生產、銷售的高新技術企業。上海聯影籌建於 2010 年並於 2011 年 3 月正式成立，聯影醫療已在上海浦東新區張江高科園、嘉定工業區以及深圳育成中心分別建立了三大基地，總部基地位於嘉定，包含運營總部、研發中心及生產基地。

2013 年《大紀元》曾報導，上海這家醫療機構背景很深，在 CT 還沒有出產品時，就已經賣給包括 301 醫院等重大客戶。報導稱，一般大陸醫療器械送審需要一年以上，該機構只需 3 個多月就拿到了 CT 的審核證書。據悉，該醫療機構的 CT 成像質量卻極為不穩定，常有不工作的情況，引發怨言。

消息指，事實上，該醫療機構有江綿恆作為大後台。據悉，江綿恆曾在一次校園招聘宣講會時直言不諱，為此醫療機構站台。江綿恆利用其在中科院的關係，使該醫療機構與中科院下屬的研究院合作，直接騙取大量中共中央政府及上海政府資金。

2014 年 6 月 5 日《時代周報》藉習近平參觀為這家企業造勢，

以《上海聯影的新貴路：高端醫療設備加快國產化進程》為題進行報導。

　　文章特意表示：年初，由上海市政府批准成立、隸屬於上海市國有資產監督管理委員會的國有獨資有限公司——上海聯和投資有限公司（下稱「聯和投資」）出資 1.66 億人民幣，持公司 30.45％股份，成為可與聯匯智投資比肩的聯影第二大股東。這一國資背景股東的入駐，為上海聯影的未來發展帶來更多支持。從聯和投資的出資來看，這家「混合所有制」企業在「考察」前已得到極大的重視。

　　據悉，該醫療機構常有其他公司的訴訟狀投遞上門。2013 年上半年轟動學術界的美國聯邦調查局（FBI）逮捕美國華人教授一事，和該醫療機構有關。同年還有 3 名華裔研究人員涉商業受賄罪，也涉及了相關公司。

江綿恆涉足好萊塢夢工廠

　　多年來，江綿恆已經開展多方位的撈錢行動，瘋狂斂財。2012 年 5 月 17 日《紐約時報》的一篇名為《中國的「太子黨」們靠裙帶關係致富》的報導稱，上海好萊塢工作室夢工廠動畫最近宣布為進入中國被嚴密保護的電影市場邁開了大膽的一步，通過一筆 3.3 億美元的交易在上海創建一家動畫工作室，有一天它可能會成為挑戰推出過《功夫熊貓》和《超人總動員》大賣影片的加州工作室的競爭對手。

　　不過，夢工廠沒有張揚的是它最新、也是最重要的合作夥伴：61 歲的江綿恆。報導說，在今日中國，如夢工廠這般要通過江綿

恆這種中間人才能達成交易幾乎是理所當然的。分析家們說這正是中共分贓的方式，讓高級領導人的親屬在史上最大的經濟繁榮中中飽私囊。

江綿恆的董事頭銜「多得數不清」

上海商界人士曾稱，江綿恆的董事頭銜多得數不清。上海一些重要經濟領域都有他的份，甚至上海過江隧道、上海地鐵的董事會，他也有份。有位商人坐上海航空公司的班機，無意中發現空中雜誌上刊登的上航董事會舉行會議的照片，其中一人即是江綿恆，但上航正式股東名單則從未向社會公布過。江綿恆既被稱為中國「電信大王」，也是上海灘的「大哥大」。

2001 年 5 月，在香港舉行的「財富論壇」，江澤民帶了江綿恆出席，介紹給非富即貴的國際要人認識，特別是跨國公司的富豪們，以擴大江氏王國的實力，果然在中國申奧成功的第二天，江綿恆就開始與這些外國富豪們簽下大筆訂單。此時，江綿恆已經成了中共「官商一體」的最高代表。

這些年，江綿恆斂財的收入究竟有多少一直是一個謎。當年依靠其父手中總書記的權力，而大肆撈錢的江綿恆，其累積財富料遠超周永康家族。

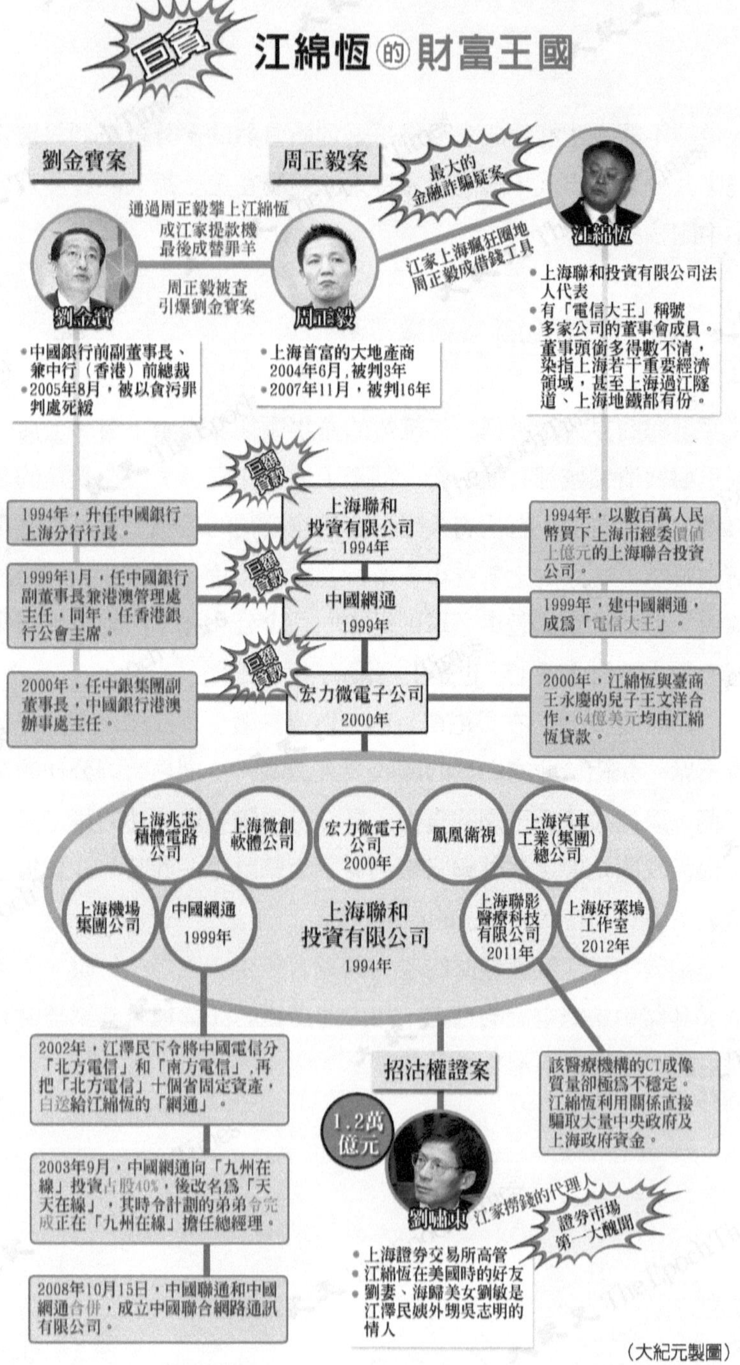

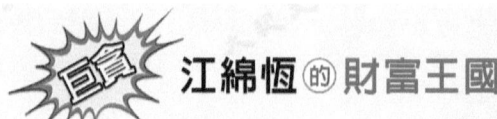

巨貪 江綿恆 的 財富王國

劉金寶案

通過周正毅攀上江綿恆
成江家提款機
最後成替罪羊

周正毅被偵查
引爆劉金寶案

劉金寶
- 中國銀行前副董事長、兼中行（香港）前總裁
- 2005年8月，被以貪污罪判處死緩

周正毅案

周正毅
- 上海首富的大地產商
- 2004年6月，被判3年
- 2007年11月，被判16年

江家上海瘋狂圈地
周正毅成借錢工具

最大的金融詐騙疑案

江綿恆
- 上海聯和投資有限公司法人代表
- 有「電信大王」稱號
- 多家公司的董事會成員。董事頭銜多得數不清，染指上海若干重要經濟領域，甚至上海過江隧道、上海地鐵都有份。

1994年，升任中國銀行上海分行行長。

巨貪資料

上海聯和投資有限公司 1994年

1994年，以數百萬人民幣買下上海市經委價值上億元的上海聯合投資公司。

1999年1月，任中國銀行副董事長兼港澳管理處主任，同年，任香港銀行公會主席。

巨貪資料

中國網通 1999年

1999年，建中國網通，成為「電信大王」。

2000年，任中銀集團副董事長，中國銀行港澳辦事處主任。

巨貪資料

宏力微電子公司 2000年

2000年，江綿恆與臺商王永慶的兒子王文洋合作，64億美元均由江綿恆貸款。

上海兆芯積體電路公司

上海微創軟體公司

宏力微電子公司 2000年

鳳凰衛視

上海汽車工業(集團)總公司

上海機場集團公司

中國網通 1999年

上海聯和投資有限公司 1994年

上海聯影醫療科技有限公司 2011年

上海好萊塢工作室 2012年

2002年，江澤民下令將中國電信分「北方電信」和「南方電信」，再把「北方電信」十個省固定資產，白送給江綿恆的「網通」。

2003年9月，中國網通向「九州在線」投資占股40%，後改名為「天天在線」，其時令計劃的弟弟令完成正在「九州在線」擔任總經理。

2008年10月15日，中國網通和中國網通合併，成立中國聯合網路通訊有限公司。

招沽權證案

1.2萬億元

劉嘯東 江家撈錢的代理人
- 上海證券交易所高管
- 江綿恆在美國時的好友
- 劉妻、海歸美女劉敏是江澤民姨姪外甥吳志明的情人

證券市場第一大醜聞

該醫療機構的CT成像質量卻極為不穩定。江綿恆利用關係直接騙取大量中央政府及上海政府資金。

（大紀元製圖）

106

第二節

清算江綿恆的風暴正在啟動

與江澤民有密切關係的上海光明集團原董事長王宗南被調查，預示有著「中國第一貪」頭銜的江綿恆被鎖定。（大紀元合成圖）

江澤民父子發跡地同時被查

中共 18 大習近平上台後，反腐力度不斷加大，多名江派核心人物如周永康、徐才厚等已落馬。江澤民家族也不斷遭習近平打擊。2014 年 7 月 26 日，上海光明集團原董事長王宗南因涉嫌挪用公款和受賄被帶走，隨後被公布立案調查。據悉，王宗南此前所任職的光明集團與江澤民有密切關係。據光明集團公司網頁稱，江澤民是「光明品牌締造者」；光明集團在 2006 年進行整合前的前身是上海益民食品廠一廠，江澤民曾任益民食品一廠第一副廠長。

分析人士說，王突然被調查，難與江派脫離關係，也成為處理江澤民的先兆。還有分析稱，王宗南這次被調查並非突然，預示有著「中國第一貪」頭銜的江綿恆被鎖定。

　　2014 年 7 月 29 日，周永康被中共當局立案審查。與此同時，中紀委巡視組開始對幾個與江澤民父子有很深關係的地區、地點進行巡查。

　　7 月 16 日，中共當局公布新一輪的巡查地點，上海、四川、河北、江蘇、中科院、一汽等江派窩點都包括在內。王岐山也在當日講話中稱：「哪裡問題集中就巡視哪裡，誰問題突出就巡視誰，巡視過後再殺個回馬槍。」

　　上海一直是江澤民的老巢，也是江澤民父子的發家之地。

　　7 月 31 日上午，中紀委第十巡視組專項巡視中科院工作動員會召開，巡視組組長令狐安稱，要查找貪腐問題，要發現是否有官員對「重大政治問題公開發表反對意見」，「對中央方針政策和重大決策布署陽奉陰違」等問題。

中國聯通的反貪風暴

　　自 2014 年 11 月 27 日中央第八巡視組進駐中國聯通以來，收到大量舉報信，強震不斷，聯通兩名高管被公布調查。

　　2014 年 12 月 15 日，聯通網路分公司副總經理兼網路建設部總經理張智江被調查。12 月 17 日，聯通信息化和電子商務事業部總經理宗新華被免去職務，隨後被調查。此外，聯通市場營銷部總經理熊昱遭網路舉報，廣東聯通黨委書記、總經理何飆也被處分。12 月底，中國聯通集團的實權高管、聯通國際業務部總經理閆波被曝在海外失聯多日，初步估計是私自出逃，其聯繫電話已關機。陸媒消息稱，中國聯通總部和各地分公司處級以上官員的因公、因私護照被要求全部上繳。

　　資料顯示，中國聯通現任董事長是原中國電信副總裁、自2004年11月就任聯通董事長的常小兵，他曾在2000年任信息產業部電信管理局局長，與2003年後任信息產業部部長的江澤民親信王旭東有不少交集。而聯通現任總裁陸益民則是前中共國家副主席曾慶紅的祕書，2007年曾在網通集團擔任高管，還曾任新聯通籌備組副組長。在聯通、網通合並後，任現職。

　　中國電信行業長期以來受江澤民家族控制，江綿恆的「電信王國」包括中國網通、中國聯通，還有中國移動。這些公司作為全球最賺錢企業，都成了江家的「錢袋子」。

財新網點名江綿恆當年的上聯投

　　大陸「財新網」在2014年12月30日發表題為《前高管宗新華被查聯通多人遭舉報》的報導，罕見點名江綿恆的上聯投。

　　文章稱，2008年，中國聯通與中國網通合併，成立新的聯通公司，包含了大網通、聯通的兩套人馬。大網通是在2001年的南北電信分拆中，由包括原郵電部下面的北方十省市的電信公司、原電子工業部牽頭組建的吉通以及中國科學院、原廣電信息網路中心、中鐵通信中心、上海聯和投資有限公司聯合組建的老網通重組而成。

　　有評論稱，這篇文章暗示目前聯通的被調查，其背後老闆是江綿恆。

　　2014年6月陸媒報導江綿恆陪同習近平參觀上海民企時，披露出的信息顯示上聯投已經「變身」成上海市政府的國有獨資公司。此舉，在當時就被認為是江綿恆在「脫殼」。

原中移動黨組書記張春江案發引爆中移動窩案

此前，大陸官媒連番報導中聯通、中移動亂收費醜聞，而且中移動被指投資逾 2000 億後失敗作結的 TD-SCDMA 網路項目又被大陸媒體揭示出來。

追查這些電訊、網路巨頭的發展軌跡，不難發現與江澤民家族關係千絲萬縷。江綿恆的「電信王國」覆蓋中移動、聯通和中國網通。習近平當局正加速清理江派餘黨，江派勢力掌控的電訊、科網業料受波及。

2015 年 1 月 8 日，中共官媒發表題為《專項巡視精準打擊反腐風暴刮向民航、通信等領域》的文章，明確顯示中紀委已經盯上了通信領域。

有報導稱，作為全球最賺錢公司之一的中移動，多年來沒有將利潤上繳國庫，而是進了江澤民、江綿恆父子的口袋。中移動前副總裁、前網通總經理張春江，被指是江澤民長子江綿恆的「白手套」（中間人），二人私交甚厚。張春江於 2011 年 7 月 22 日被判死緩，成為江澤民家族的替罪羊。

2013 年 12 月 26 日，財新網開闢「中移動窩案」專欄，稱從「2009 年底原中移動黨組書記張春江案發引爆中移動窩案，已有 14 名中層以上管理人員因貪腐落馬，涉案金額巨大」。

令完成與江綿恆的商業交集

2014 年 12 月 29 日，大陸財新網發表《令氏兄弟》長文。文章披露了剛落馬的令計劃兄弟與江綿恆的商業關係的細節描述。

文章中寫道，令完成 2003 年自新聞業轉行下海從商。在一份 2003 年度外資法人企業年檢報表中，令完成以全新的名字「王誠」出現在九洲在線有限公司的總經理一欄裡。

該報導當時已經點出令完成的九洲在線有限公司與江綿恆的中國網通有商業關係。

報導說，九洲在線成立於 2003 年 7 月，註冊資金 4.9 億元。2003 年 9 月，剛剛完成中國電信北方十省、「小網通」和吉通合並重組的中國網通集團公司投資令完成擔任總經理的九洲在線有限公司，占股 40%。之後不久，九洲在線更名為天天在線。

2014 年 10 月 23 日，大陸多家媒體引用《南華早報》的消息稱，大陸商人令完成正接受調查。2014 年 6 月 19 日，原中共山西省政協副主席令政策落馬。令計劃於當年 12 月 22 日落馬。至此，令計劃兄妹五人，除了令方針早逝，令狐路線是女性在山西老家外，其餘三名男性全部被抓。

江綿恆網路監控系統被斷後路

2014 年中共江派操作下拋出的香港白皮書衝擊一國兩制，引發近 79 萬人參與 9 月的佔中公投，公投期間系統遭到猛烈駭客攻擊。報導稱，首三位攻擊分別來自北京中科院轄下網路中心、中移動及俄羅斯科學院網路，其中中移動和中科院已占四成，背後均指向江綿恆。

此後，江綿恆網路監控系統被斷了後路。

2014 年 12 月 26 日，中共官媒光明網報導稱，CNNIC（中國互聯網路信息中心）的上級主管部門已經從「中國科學院」調整

為「中央網路安全和信息化領導小組辦公室、國家互聯網信息辦公室」。據知，該小組的組長是習近平。

報導稱，多年來 CNNIC 的上級主管部門一直是中國科學院，尤其 CNNIC 更是當時身為中科院副院長的江綿恆一手打造起來的。

《世界周刊》2002 年 6 月曾報導說，江綿恆公開鼓吹：「中國必須建立一個全國性的網路，獨立於互聯網之外。」此後，在江綿恆的大力推動下，「電子政務建設網吧技術監控系統」在中國大陸範圍內上馬。

《中國即將崩潰》的作者章家敦認為，江綿恆致力於在中國建立一個「獨立於互聯網之外」的全國性的網路，正是江澤民父子試圖全面控制中國網際網路的手法之一。而江氏父子要自己建網與互聯網對壘的真實目的，就是為了便於「給全中國人民洗腦」。

曾有業內人士披露，中共當局限制 Google、Facebook、Twitter 的實際操作都在 CNNIC 控制下，中國功能變數名稱解析在這裡進行。

有輿論認為，現在 CNNIC 管理權被習近平親自掌控的中央網路安全和信息化領導小組辦公室接管，意味著江家父子已失去花了十幾年功夫、處心積慮構建起來對「中國大局域網」的監控系統的掌控權。

第三節

江澤民父子昔日盟友處境堪憂

曾慶紅目前處於被「部分限制活動」
的狀態。

曾慶紅被「部分限制活動」

2014 年 5 月 14 日，前中共國家副主席、江派第二號人物曾
慶紅舉行「私人活動」，參觀了上海的韓天衡美術館。當時，曾
慶紅身邊出現了上海書記韓正及江綿恆。

對曾慶紅的此次「私人活動」，大陸正規媒體紛紛「失聲」，
只有一些門戶網站，如騰訊網等對此做了報導。連地方級別的媒
體、上海黨報如《解放日報》、《文匯報》等在 5 月 15 日也沒
有報導曾慶紅的參觀行程。

據報導，曾慶紅目前處於被「部分限制活動」的狀態。

2014 年 11 月 14 日，有大陸媒體援引中科院網站的消息稱，
7 日下午，原中共中央政治局常委、前人大委員長吳邦國，在上
海市市長楊雄、中科院上海分院院長兼上海科技大學校長江綿恆

等人的陪同下，參觀了上海工博會中科院展區。但是這次吳邦國的露面，沒有韓正的陪同。

2014 年 5 月 24 日，上海市委書記韓正、市長楊雄陪同習近平考察上海聯影醫療科技有限公司。在央視新聞聯播中出現江綿恆在現場為習近平做介紹的鏡頭，但是有關的報導中隻字未提江綿恆，只是稱：「公司負責人向總書記介紹這些產品擁有完全的自主知識產權……。」而香港帶有江系色彩媒體以《習近平考察上海聯影醫療公司江綿恆現場解說》為題對此進行報導。

外交系統彭克玉仍在為江綿恆捧場

2014 年 9 月 9 日，上海科技大學官網消息稱，江綿恆會見以色列前總理巴拉克，陪同江綿恆會見的人中，有曾在 2008 年紐約法拉盛事件中操縱攻擊法輪功的前中共駐紐約總領事、現任外交學會副會長彭克玉。報導稱，現在中共官場上，江澤民已被孤立，就連江派的官員們都盡量在和江澤民保持距離，以免引火燒身，被習近平和王岐山拿下。

一直追隨江澤民把迫害法輪功政策延伸到海外的彭克玉，出面陪同江綿恆會見外賓，顯示江澤民集團在法輪功問題上繼續抱團的意味明顯。同時，也從側面證實了當年彭克玉是受命於江澤民、周永康，在海外煽動仇恨、迫害法輪功。

2008 年 5 月，彭克玉在美國紐約法拉盛利用特務和幫凶連續幾星期攻擊和毆打法輪功學員的事件，曾經引起全球華人的關注，當時有十多個毆打法輪功學員的凶手被美國警察逮捕。

當年 5 月 22 日晚，《大紀元》收到來自「追查迫害法輪功

國際組織」的電話錄音證明，中共駐紐約總領事彭克玉承認中領館確實參與和策動了發生在紐約法拉盛的圍攻退黨中心義工事件。彭克玉在電話中明確表示，中領館官員和他本人都曾經前往現場，而事後則到某些親共僑社表達「感謝」和「支持」。

江家心腹楊雄命運未卜

資料顯示，1994 年，江綿恆創辦成立了上海聯和投資有限公司，並親自出任董事長和法人代表，首任總經理為現任上海市長楊雄。現任上海市委副書記、市長楊雄被指是江綿恆的心腹。2001 年 2 月，江綿恆安排楊雄進入上海官場，當時楊雄任上海市府副祕書長；2012 年 12 月，楊雄任上海代理市長，次年任市長。

2013 年中共兩會期間，上海曾發生令人震驚的萬隻死豬漂浮黃浦江事件。此後官媒不斷就此事件炮轟上海，民間調侃：楊雄攤上大事了！但是最後楊雄依然是上海市長。

但是在 2014 年年底，隨著一場踩踏事件的發生，楊雄的仕途再次受到聚焦。2014 年 12 月 31 日夜 11 點 30 分左右，上海外灘迎接 2015 年到來的民眾發生了嚴重的踩踏慘劇，官方數字稱，踩踏造成 36 人死亡，遇難者多為女性，最小的遇難者年僅 12 歲。

《蘋果日報》稱，慘劇發生在午夜前半個小時，上海東方衛視的外灘跨年晚會卻歌照唱、舞照跳，歡欣倒數放煙花，市長楊雄還露面講話賀年。

《明報》曾引述京城消息透露，外灘踩踏事件發生後，不等新年假期結束，中南海就召開「碰頭會」。消息稱，上海當局將受到嚴厲責罰，免職官員人數可能達雙位數，波及級別可能高於

2011 年上海靜安區大火受罰的官員。

上海跨年夜踩踏慘劇發生後，民間與官方問責聲一片。2015 年 1 月 6 日，中共副總理馬凱在講話中說，上海外灘新年踩踏事件「社會影響極其惡劣」。

財新網在 11 日的報導更是引發公眾的憤怒。文章稱，上海外灘跨年夜，當地部分官員曾在發生地附近吃豪華餐。這家「空蟬日本菜餐廳」最低價每人 1888 元，另外有 2888 元、3888 元三種，不點菜。據悉，餐廳屬於黃浦區國資公司，該區官員去吃飯可直接簽單。

時政評論員夏小強表示，中共副總理馬凱對上海踩踏事件的發言，用詞嚴厲，在此前同類事件中較罕見。這樣的定調釋放了上海市政府要對事故負全部責任的信息。因此對上海踩踏慘劇責任的追究，絕非只有上海黃浦區委書記、區長和市公安局長下台那樣簡單，上海市委書記韓正和市長楊雄，很大可能也將會被追究責任。

第四節

二兒子江綿康悶聲發財

相較於被稱作中國第一貪的「中國電信大王」江綿恆，江澤民的小兒子江綿康在媒體上一貫低調，但《大紀元》記者調查發現，這些年江綿康掌控上海市政建設油水最多的部門——上海城鄉建設和交通委員會，並成立了吸附於上的研究所、研究中心、企業、社團、出版刊物等，撈取了難以計數的利益。從目前有限信息中，也能初步勾勒出江綿康的上海發跡史。

江綿康頭銜多曝光率低

江澤民時代鼓勵中共官員悶聲發大財，江綿康將其父的策略靈活運用，並發揮到極致。從大陸「百度百科」目前資料看，江綿康擁有不少頭銜，但媒體對他的相關報導卻異常的少。百度百科資料顯示：「江綿康現兼任城市發展信息研究中心主任、上海市城市經濟學會副會長、上海城市地理信息系統發展有限公司董

事長（法定代表人）、《上海城市發展》雜誌社社長、中國 GIS
協會常務理事。上海市建設交通委正局級巡視員。」

　　從現有信息來看，江綿康從 1981 年開始至 2001 年，圍繞
著上海市政府的「上海城鄉建設和交通委員會」為中心「大展手
腳」，個人成立了研究所、研究中心、企業及學術研究性團體等，
同時發行出版跟城市發展相關的多種雜誌。

建學術社團發行刊物　卻無公開網站

　　「上海市城市經濟學會」是江綿康於 1981 年 3 月 1 日成立
學術性的社會團體，據「上海市社會科學界聯合會」網介紹，以
城市經濟理論和實踐為主要研究對象，掛靠上海市城鄉建設和交
通委員會，江綿康任學會會長兼理事長，祕書長是袁剛。並有單
位會員 16 個、個人會員 410 人的規模。

　　這個學術性社團還編輯出版公開發行《上海城市發展》、內
部發行的《城市經濟研究》等刊物。江綿康對外任《上海城市發
展》雜誌社社長，另有資料稱他至少擁有五種刊物。

　　但詭異的是，這樣龐大架構的社團，同時還發行多種刊物，
卻沒有公開的網站，很少有相關的信息。從僅有披露出的個別報
導來看，江綿康的這個社團與雜誌卻一直在運作中。

成立研究中心　網上個人信息刪除

　　據「上海工商企業名錄」網介紹，江綿康是上海城市發展
信息研究中心的法人代表，於 2001 年 2 月 15 日註冊，註冊資金

135 萬，職工 42 人，位於徐匯區宛平南路 75 號。

　　但江綿康的公開身分是以該研究中心主任名義對外進行活動。在《中國城市經濟》06 年期刊上，中國城市經濟學會成立 20 周年慶典，其中有江綿康作為上海城市發展研究中心主任的名義發表講話。

　　同樣的，上海城市發展信息研究中心，在網路上只有一個空殼網站，相關內容被全部刪除。

　　但 2011 年 2 月，「國家公務員考試」網上還有該研究中心招聘公告，並稱隸屬於上海市城鄉建設和交通委員會，從事上海城市建設與管理中長期發展戰略研究等工作。

江綿康頭銜令人眼花撩亂

　　目前上海城市地理信息系統發展有限公司，其官方網首頁一小段提示內容披露重要信息：「該公司是由上海市城鄉建設和交通發展研究院控股的高新技術企業，於 1993 年 6 月組建。」並稱由江綿康創建，任公司董事長。

　　但此網點擊進去，同樣看不到江綿康的有關介紹。而百度百科介紹，江綿康的確是上海城市地理信息系統發展有限公司董事長（法定代表人）。

　　而這個控股的上海市城鄉建設和交通發展研究院又是怎麼一回事？在上海市府的「城鄉建設和管理委員會」網上有一個消息：2012 年 8 月 15 日上海市政府內召開該研究院的成立大會，副市長沈駿舉行揭幕儀式並發言，市建設交通委主任黃融主持會議，新任上海市建設交通發展研究院院長江綿康在會上發言。

　　報導稱由江綿康的上海城市發展信息研究中心、上海市城市綜合交通規劃研究所、上海市交通信息中心和上海市城建熱線服務中心四家機構，經過整合歸併成立上海市城鄉建設和交通發展研究院（對外掛：上海市數字化城市管理中心）。

　　比較詭異的是，這樣大的動靜沒有見諸媒體，而是刊登在市政府的「城鄉建設和管理委員會」網上。該研究院辦公地址仍是原來江綿康的上海城市發展信息研究中心的位址：上海市宛平南路 75 號。

　　據 2013 年該研究院招聘公告顯示，隸屬於上海市城鄉建設和交通委員會的直屬差額撥款事業單位，該研究院還負責組織編制《上海市城市綜合交通發展研究報告》，編輯發行《上海城市

江綿康掌控上海城市建設最有實權機構部分關係圖

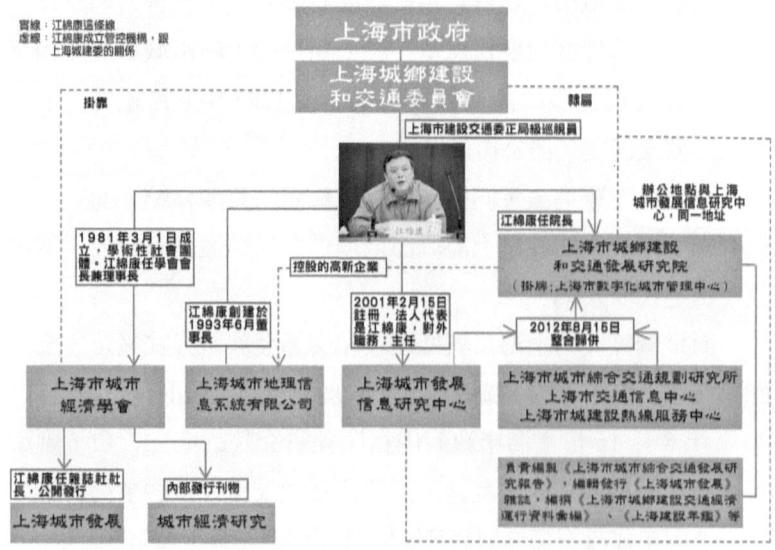

發展》雜誌，編撰《上海市城鄉建設交通經濟運行資料彙編》、
《上海建設年鑑》等綜合資料。

非正式職務 掌控最肥機構的實權

　　江綿康還有一個公開職務是上海市政府建設和交通管理委員
會局級巡視員，負責全市土地、拆遷、規劃、建築總協調工作。

　　上海知名律師鄭恩寵稱，巡視員不是正式職務，但是官位很
大，職權其實跟建設委員會主任一樣大。

　　鄭恩寵介紹，自己出獄後，連續多年從《解放日報》看到，
江綿康出現在官方評選上海建設委員會勞動模範名單上，而且名
單中只有兩位有圖片，保持在右邊的一張圖片就是江綿康。

　　鄭恩寵表示上海這麼大的城市，每年搞幾千個工程，又挖這
麼多的地鐵，它的市政建設、交通各方面都涉及大的工程，江綿
康搞這些研究，那是相當了不得的事情。

　　江綿康還有這些依附於城鄉建設和交委會成立的公司、企
業、社團、出版刊物，實際上掌控了市府這個最肥機構的實權。

　　鄭恩寵還稱，中央巡視組要查六大方面問題，其一是工程規
劃，江兩個兒子都涉及。像建工四公司這樣的執行單位，一個工
程幾個億，光公關費公開的就一個億，那像江綿康專搞建設研究
的院長，一年管多少經費，這個都是要跟老百姓講清楚的。

江綿康涉及的幾大案件醜聞

　　江綿康與其兄江綿恆早在 2007 年就被媒體廣泛曝光，涉及

周正毅案「東八塊」。上海幫安排周正毅以自己的名義拿下「東八塊」土地到香港圈錢，但實際周只取得其中兩塊，陳良宇弟弟陳良軍有一塊，江澤民大兒子江綿恆以上海聯合投資有限公司名義取得一塊，另一塊則被江澤民次子江綿康以上海市政府建設委員會名義占有。

鄭恩寵分析周正毅案事發，並不完全是東八塊居民告狀有功，實際是因為借錢太多驚動了胡、溫，胡、溫追查下來才發現問題，實際周正毅是江家幫的替罪羊。

另外江綿康、江綿恆兩兄弟還涉上海社保基金挪用案。2006年上海社保基金挪用案曾經轟動一時，上海市委書記陳良宇等20多名貪官和商界要員涉案。

2011年8月30日，維基解密公布美國駐上海總領事館2006年12月14日發往美國華府的一份密電，披露江綿恆和江綿康、前國務院副總理黃菊的女兒黃凡等數名中共最高層領導人的子女被捲入，但為了「維護黨的團結」，只會追究陳良宇的兒子。密電還提到市人大研究員也透露，江綿康通過陳良宇的兒子陳偉力涉入了此案。也因如此，陳良宇案草草收場。陳良宇從區長一路升遷至上海市委書記、直至中央政治局委員，都是江澤民一手提拔。

另外江綿康還被指涉西門子賄賂醜聞，其促成中國進口德國單軌列車的大生意。當時美國司法部文件披露，西門子中國公司在中國大陸涉嫌行賄，包括中國輸變電集團（Siemens PTD）、西門子交通（Siemens TS）和西門子醫療集團。

根據美國哥倫比亞特區地方法院公布的訴訟書，2002年到2007年間，西門子交通支付了約2200萬美元，給設在香港的商

業諮詢公司和相關機構，並通過這些機構對中共官員行賄，以得到總額逾 10 億美元的 7 個地鐵列車和信號設備項目。

當時就有報導稱，此案中國方面涉案人是江澤民的兒子江綿康。為了使受賄得來的錢直接存在國外，江綿康等在香港設立商業諮詢公司和相關具體運作機構，讓受賄看起來一切都「合法」化。

大陸網站至今還有尚未刪除的信息說，江綿康回國後曾在外企德國西門子公司工作，促成中國進口德國單軌列車的大生意。

揭露江綿康 鄭恩寵被抄家

2014 年 8 月 15 日，《大紀元》記者在網站發表《起底江澤民二兒子江綿康上海發跡史》文章，4 天後的 8 月 20 日上午，上海鄭恩寵律師遭到上海市公安局閘北分局的搜查抄家，被拿走兩部手機及 U 盤兩個。

鄭恩寵表示，這次公安主要是針對他揭露了江澤民二兒子江綿康鮮為人知的、涉及政府和官辦的 6 個房地產行業最高職務。另外他還提到自己多年前揭露的香港商人羅康瑞，在上海的第一個地產項目是城市酒店，領頭的是韓正，韓正時任共青團上海市委副書記和盧灣區區長。他質問：「羅康瑞是如何成為上海地產大佬？成為上海政協委員、全國政協委員、全國工商聯副主席的？」

目前中紀委巡視組正在上海進行調查並每天接待舉報者，外界輿論一致認為，中南海將在江澤民老巢上海拉開反腐風暴，閘北分局針對鄭恩寵的舉動，被上海市民認為是「頂風作案」。

逮捕江澤民

第六章

淫亂治國的江戲子

江澤民以中共國家元首身分出訪時，不分時間、場合，吟詩賦詞、引吭高歌的種種醜聞，引發國際譁然。

江澤民在西班牙受國王接見時，把公共場所當洗手間，掏出梳子當眾梳理，西班牙國王驚訝觀看。（AFP）

第一節

江澤民頻被陸媒「高級黑」

江澤民在大陸嚴格封鎖的網路上被戲
稱為「我蛤」,而宋祖英被稱呼為「我
英」,網友以此暗示二人的不軌戀情。
（大紀元合成圖）

「江選研討會」諷江引關注

一個名為「江選研討會」的微信公眾號在 2014 年 11 月出現,
時常發布一些關於江澤民的文章,調侃嘲諷江的意味甚濃。對於
這樣一個「攻擊」中共國家前領導人的網站能長期存在,這不得
不說是官方故意安排的。

如 2015 年 4 月在網路熱傳的「江選研討會」文章《江澤民
究竟掌握了幾門外語》,文章開篇就說:「每當背單詞看到 naive
時,我總會會心一笑,這是我們的暗號。」

而眾所周知的是,「naive」來自 2000 年江澤民罵香港女記
者的曝醜經典。此外,文章又藉江學日語「敏感」,暗示其漢奸
身世。

而發表在 2015 年中國新年前夕 2 月 12 日的《長者與 1990

年春晚》，描述了江澤民突闖春晚舞台，並與宋祖英握手的細節。作者以戲謔惡搞的筆調，還原了江、宋兩人當時見面的現場精神恍惚的狀態，讓人忍俊不禁。

1990 年的中國新年，由於在「六四」學生死難之後，北京還是一片肅殺氣氛。為了粉飾國內不安情緒，逃避國際的指責，當年路透社電文這樣形容「中國（共）領導人已分赴全國各地，開展馬年微笑運動」。該微信文章披露了江澤民和時任總理李鵬當年突然闖入春晚現場「慰問」的細節。

原文寫道：「後來就到了全場的閃光時刻，當時全場演職人員很多且不乏後面觀眾伸手向前，現場一度有點混亂，長者一路走過去……終於他走到了她的面前，她嬌羞的低了下頭，長者明顯愣了下，沒有問她『聲樂有幾種唱法』，我英只顧傻傻地笑……。握完手後，兩人好像都恍惚了，像踩在雲朵上一樣不知所措，長者一改之前的談笑風生，與後面的人只是機械性的握手，甚少話語。時年 23 歲熱氣騰騰的我英就這樣喚醒了長者心中的少年。」

據悉，江澤民在大陸嚴格封鎖的網路上被戲稱為「我蛤」，而宋祖英被稱呼為「我英」，網友以此暗示二人的不軌戀情。

歌手宋祖英在江澤民掌權期間大出風頭，江與宋兩人的淫亂醜聞盡人皆知。據傳江澤民除了正室王冶坪外，還有黃麗滿、陳至立、李瑞英及宋祖英等眾多情人。民間有順口溜說江澤民：「家裡養著貓頭鷹，出國帶著李瑞英，聽歌要聽宋祖英。」

在江澤民的眾多情婦中，宋祖英是江的最愛。宋祖英出身湘西苗家，被挑選上中央民族學院音樂舞蹈系。坊間傳說，就在 1990 年中央電視台的春晚上，宋祖英怯生生地演唱了一首《小背

簒》，被爺爺輩的江澤民相中，隨後在江的暗中安排下當起了江的「第一情婦」。江、宋初次握手的照片後來在網路熱傳。

據說江澤民到中共解放軍海政歌舞團看完演出後，在與宋祖英握手時偷偷遞給宋一張小紙條：「有事找大哥。」宋祖英後來春風得意時把紙條上的這段話告訴了別人。

對於「江選研討會」屢次發文諷江，有海外評論說，這個公然調侃江澤民的微信號居然沒有被封殺，證實江在習陣營的痛擊下，已然不妙。

陸媒暗點江澤民大量醜聞

2014 年 2 月 28 日，號稱大陸第一軍事門戶網站的「西陸網」發表《江澤民的一張照片竟把妻子王冶坪氣得夠嗆》文章。

文中除了附上江澤民兩張荒淫色相照片呼應標題外，在文字中，接連影射江澤民是遠華案後台、由外國人寫《江澤民傳》、江澤民被中共政治局迅速批准丟掉中共軍委主席職務，以及外交場合醜態百出等大量內幕醜聞。

該文開篇就提到曾轟動一時的廈門遠華走私案，江澤民當時聽中紀委官員彙報該案背後有後台，調查受阻，江怒稱：「現在我就是你的後台」、「沒有人的級別比我更高！」

然而，該案的背後後台就是江澤民，他為了力保兩名自己的親信賈廷安、賈慶林，殺人滅口掩蓋不可告人的犯罪祕密。

文章還提及美國作者庫恩寫的《江澤民傳》，稱庫恩曾到中國簽名售書，並特意點出該書在江澤民卸任中共軍委主席之前出版。

文章稱該傳記的賣點是由於外國人執筆，引起大陸讀者神祕感，認為會有揭祕式的東西。並直接引用外界批評，稱把江「描寫得過於正面」、「粉飾了中國的很多問題」。

《江澤民其人》一書披露，江澤民一直想寫自傳，組織成立了專門寫作班底，但是該班子通過走訪得到的材料都是江澤民的醜事，其中包括他篡改出身等事情，江大怒，將寫作班子解散。之後，第一本傳記由中國問題專家加拿大人杜林撰寫，他採用的是中共官方消息來源和第一手資料，但是這本書也沒有令江澤民滿意。

最後急於從中共政治局候補委員升為常委的曾慶紅出了個主意：找個完全不懂中文的外國人當槍手最好。美國花旗銀行的執行董事庫恩被選中。

文章中還寫道江澤民請辭中共軍委主席的事情，2004 年 9 月 1 日，江澤民給中共中央政治局寫信，請辭中共中央軍事委員會主席的職務。19 日，即獲得批准。

據《江澤民其人》記載，他的「請辭」是弄假成真。江澤民在請辭信中強調自己經過「慎重考慮」，提出「請辭」中央軍委主席。他相信自己提拔的人最後會「挽留」他。

9 月 13 日，中共中央政治局召開擴大會議，被江親手提拔起來的中央軍委委員徐才厚、梁光烈、廖錫龍、李繼耐等表態支持江澤民提出的「請辭」。9 月 14 日，離四中全會召開還有一天時間，政治局討論江澤民去留的會議，從下午一直開到晚上近 11 時才結束，最後決定江下台。江澤民的軍師曾慶紅一看風頭不對，也贊成江下台。

江澤民此時已無回天力，「請辭」假戲變真戲。

文章還附上了兩張能夠讓江澤民妻子王冶坪氣得夠嗆的照片。一張是江澤民與李瑞英的合照，還有一張是江澤民色眼看會場上的服務小姐。

江澤民不僅以貪腐治國，更是以淫亂治國，自己也是淫亂醜聞滿身。在中共兩會等重大會議時期，總會有江澤民緊盯服務小姐的醜態照瘋傳網路，成為民眾的笑談。

江澤民也有好幾名姘婦，較著名的有黃麗滿、陳至立、李瑞英和宋祖英。《江澤民其人》一書披露，中共央視女主播李瑞英是江澤民與宋祖英苟合之前的情人。此女相貌平平，但會故作媚態，每年政協會議都缺不了她。李瑞英有幾年是江澤民出訪時必帶的央視女主播，白天在電視上當傳聲筒，晚上給江澤民擺脫寂寞。

陸媒曝江澤民訪俄曾被冷落

2015 年 5 月 11 日，大陸媒體高調報導習近平 9 日出席俄羅斯閱兵式受到的禮遇及款待，文章認為中方幾乎要「喧賓奪主」了。

隨後，文章話峰一轉，提到「揭祕江澤民在俄閱兵式後的講話」，稱在 20 年前，同樣的活動、同樣的地點，中共的領導人卻被冷落。

文章援引《江澤民出訪紀實》一文稱，1995 年 5 月 9 日，江澤民參加俄羅斯反法西斯戰爭勝利 50 周年慶典活動，在當晚的慶祝宴會上，歐美國家領導人紛紛上台致辭，江澤民卻沒有被安排上台講話。

江澤民馬上找人向葉利欽的辦公廳主任提出致祝酒辭的要求。然而，對方沒有答應，並撤走了台上的麥克風，準備表演節

目。此時，江澤民站起身來，直接用俄語抗議，在俄方同意之後，江澤民大秀俄語，發表祝酒辭。

官媒洩江澤民去哈佛遭反對醜聞

2015 年 5 月 16 日，微信公號俠客島再次發文，披露其最近在美國採訪哈佛大學費正清中心第二任主任傅高義（Ezra Feivel Vogel）的內容，以及 2015 年初在傅高義位於哈佛大學的家中對他的專訪內容。

其中談到 1997 年，中共國家主席江澤民訪問美國時到哈佛大學演講一事。那時傅高義任東亞研究所長。傅高義稱，江到哈佛大學演講，是他頂著壓力促成的。那時，哈佛一些右翼學者因為「六四」緣故，不願讓中共領導人來。

哈佛大學法學院資深研究員郭羅基曾在《枉費心機的一場雙簧》一文中披露，1997 年 10 月 26 日至 11 月 3 日，江澤民訪美。文章表示，江澤民到哈佛演講，不是應校長的邀請，而是由東亞研究中心主任傅高義張羅的，規格不高，與其中共國家主席的身分並不相稱。文章稱，當時會場外站滿了抗議的人，傅高義主持會議，校長魯登斯基根本沒有露面。據說，江澤民是想到哈佛來得個榮譽博士學位，最後並未如願。

江澤民在 1989 年「六四」事件中踏著學生和市民的鮮血爬上中共總書記的位子，其在位期間在國際舞台上以作秀聞名，被稱為「江戲子」。

第二節

江一組出醜照轟動國際

2014 年 2 月 10 日，西班牙最高法院向中共前黨魁江澤民發出國際逮捕令，讓江澤民醜聞再被世界聚焦。江澤民任中共黨魁時，在外交場合戲子般的表演和賣弄，醜態百出。其中江澤民 2002 年訪問冰島時在國宴上突然站起來高歌一曲，及其妻子王冶坪當時尷尬難看的表情，整個情景被外媒以大幅彩色照片詳細報導，引發國際譁然。

江澤民高歌跳舞賣弄

2002 年，江澤民冰島訪問時，在冰島總統舉辦的國宴上，吃著半截飯的他，突然站起來高歌一曲，令在場賓主都錯愕不已。江澤民老婆王冶坪當時哭喪著臉，面部表情十分尷尬。一旁的中方人員對江投去不屑的目光。冰島總統則目不斜視，表情尷尬。整個情景被冰島最大的日報以大幅彩色照片詳細報導，江澤民讓

2002 年江澤民冰島訪問,在冰島總統舉辦的國宴上突然站起來高歌一曲,令在場賓主錯愕不已。

國際媒體好一頓挖苦。

　　江澤民這種不顧外交禮儀和場合、隨時高歌跳舞賣弄的醜聞時有發生。

　　1996 年江澤民出訪菲律賓,晚上菲律賓總統拉莫斯在遊艇上宴請他,江澤民突然拿起麥克風高歌了一曲貓王的《溫柔地愛我》(Love me tender)。

　　1999 年 10 月 24 日,江澤民在法國參觀一座博物館時,拉起總統希拉克夫人貝娜黛特的手就跳起華爾茲舞來。這件事讓希拉克非常不悅,認為是給自己難堪。而法國民眾更是義憤填膺,認為是對整個法蘭西民族的侮辱。

　　2002 年 2 月 21 日,江澤民在人民大會堂設宴歡迎美國總統布希。江澤民當著在場百餘名嘉賓高歌一曲《我的太陽》,美國總統布希馬上鼓掌,並接著半開玩笑地請國務卿鮑爾唱一首小夜曲。鮑爾禮貌地微笑拒絕。晚宴中,江澤民又拉著美國第一夫人勞拉跳舞,跳完之後又先後拉著美國國家安全顧問萊斯及駐北京大使夫人莎拉共舞。

1999 年 10 月 24 日江澤民不顧禮儀，拉著法國總統希拉克夫人跳舞。（AFP）

江澤民「拿錘子鐮刀彈鋼琴」

1999 年 3 月 30 日，江澤民在奧地利總統克萊斯蒂爾的陪同下參觀薩爾斯堡莫札特故居。故居內最有價值的收藏品是莫札特 1785 年在維也納購買的一架鋼琴，據說除他本人，世界上還沒有第二個人彈過。鋼琴前掛著「禁止觸摸」的德、英文告示。

誰知，在奧地利總統介紹完這架鋼琴後，江澤民竟一屁股坐下來，開始彈奏《洪湖水，浪打浪》。江的突發舉動讓在場熟知奧地利文化背景的中共大使館陪同人員大為吃驚和羞愧，而奧地利總統有心阻止江澤民，但又顧及外交禮節，表情十分尷尬。

在奧地利人心目中，莫札特就像聖人一般。對莫札特文物的褻瀆，就是對整個奧地利的羞辱。第二天，奧地利媒體鋪天蓋地頭條用大標題「醜聞」報導此事，《多瑙日報》更刊登了一幅漫畫：江拿著錘子和鐮刀彈鋼琴。

江澤民對莫札特文物的褻瀆，就是對整個奧地利的羞辱。圖為 1998 年 7 月 3 日江澤民在哈薩克斯坦總統納扎爾巴耶夫（右二）陪同時突然彈琴唱起哈薩克民歌《可愛的一朵玫瑰花》取悅翻譯女子。（AFP）

「江戲子」梳頭 驚呆西班牙國王

　　江澤民 1996 年 6 月下旬去西班牙訪問。西班牙國王卡洛斯請江澤民一起檢閱三軍儀仗隊。令卡洛斯吃驚的是，江澤民居然在這個時候，突然拿出一把梳子，在國王面前梳理頭髮。江把公共場所當洗手間，掏出梳子當眾梳理，搔首弄姿，西班牙國王驚訝地張著合不上的嘴在旁觀看。

　　晚上在西班牙歡迎國宴上，江澤民坐在王后右側，再次在攝像機面前梳頭。6 月 25 日，西班牙第一大報《國家日報》和其他許多報紙以頭版頭條刊出新聞圖片：「卡洛斯國王看江澤民梳頭」。很快，全球多家報紙進行了轉載。

　　江澤民在電視鏡頭前梳頭有許多次紀錄。1993 年 3 月，北京召開全國人大會議時，江澤民坐在主席台中央，拿起梳子旁若無人、專心致志的梳頭。法新社曾把這張照片傳遍了全世界。

　　1995 年 10 月 24 日，江澤民在聯合國「世紀寶鼎」前演說，

面對世界各國的攝影記者，又一次從西裝內側口袋中拿出梳子梳頭。

江澤民不顧禮儀 王冶坪難堪

2002 年布希訪問北京，江本該將王冶坪介紹給布希夫人，卻反將她攔在後面，另一隻手推開布希，場面尷尬。

2002 年江在布希農場吃烤肉，下車後不顧老婆王冶坪，獨自揚長而去，不等主人邀請，率先登門入室。布希夫婦只得一邊一個安慰王，無奈攙扶著王跟隨其後。

同年，布希訪問北京，江本該將王冶坪介紹給布希夫人，誰知反而一把把她攔在後面，另一隻手推開布希，讓準備上前去與布希夫人握手的王冶坪措手不及、臉色大變。布希緊皺眉頭，低頭思索，表情痛苦。

在外媒眼中，江澤民不分時間場合地吟詩賦詞、引吭高歌、賣弄英語，在大庭廣眾之下摳鼻孔、死盯著女人不放等出人意料的醜態已是常態。

第三節

宋祖英淫亂被偷拍
背後主使嚇壞老江

誰有能力把江宋幽會這個極其隱密的過程以「完全是專業版」的品質偷拍出來？為什麼有人敢在江還沒有全退的時候這樣叫板？這些問題想起來就讓江不寒而慄。（大紀元合成圖）

【編按】下文摘選自《大紀元》2004 年發表的《江澤民其人》第 22 章《四面楚歌出偽傳 九評中共起風雷》。

　　2004 年除夕的晚會又開始了，一樣是主持人高分貝的嗓門，一樣是各路藝人竭盡全力地搞笑，江澤民卻怎麼也高興不起來了。宋祖英的節目本來年年都是開場第一個的，這次卻被拿到了中間靠後的位置，給人感覺江已經開始失勢。更糟糕的是，民間已經出現了公開的挑戰聲音。

　　2004 年 2 月 21 日，北京學者、中國二戰史研究會會員呂加平向中共中央、人大代表和政協委員寫了一封信，要求調查他所聽說的一些有關江澤民的事情和傳聞，信中詳細談到江澤民與宋

祖英之間的醜聞，包括江如何往宋祖英手裡塞紙條、如何讓宋離婚、如何暗地與宋通姦、如何動用國庫為宋在維也納和悉尼辦演唱會、如何挪用海軍軍費給宋祖英辦歌舞劇以及如何為討好宋而動用 30 億元修建國家大劇院等。

江澤民克格勃特工身分陸續被揭

早在 2003 年 3 月 26 日，呂加平就通過內部管道致函胡錦濤和其他 8 位中共政治局常委，同時抄送中共中央各大機關部委，要求正式立案調查江澤民的政治歷史問題。

無獨有偶，半年後中國民主黨法國分部主席吳江在他長達 5 頁、8000 字的研究報告中引述前蘇俄情報局官員的回憶錄指出：江澤民是潛伏在中國的一名老牌克格勃特工。

江於 50 年代留學莫斯科期間，在蘇聯情報部門聲稱要揭露其欺騙中共組織部門、隱瞞漢奸歷史的威嚇下，在蘇聯特務提供的女人和金錢的誘惑下，祕密加入了克格勃遠東局，負責收集中共留蘇學生及中國大陸各種情報的任務。

威脅公布江宋性亂光碟 切中江要害

呂加平發表這封信之後，遭到江澤民的報復，失蹤了三天。後來網上出現一份最後通牒的帖子，聲稱若不釋放呂加平，就把江宋性亂光碟公布在網上。令人驚訝的是，這個匿名帖子發出之後第二天呂加平就被釋放了，顯然帖子切中了江的要害。

但問題是，誰有能力把江宋幽會這個極其隱密的過程以「完

全是專業版」的品質偷拍出來？為什麼有人敢在江還沒有全退的時候這樣叫板？這些問題想起來就讓江不寒而慄。

2004 年 5 月，海外還出現了「踩江」的呼聲。

7 月 1 日，在香港的 50 萬人大遊行中，港人為爭取民主自由打出了各色橫幅，其中「踩江」的橫幅和圖片格外引人注目。當時很多路人都參加了「踩江」活動。曾慶紅指示把這個消息作為重大動態上報給胡錦濤，但胡的答覆是：「人民群眾自己的事情就讓他們自己去解決吧！」曾慶紅聽後半天說不出話。

習江大戰 江澤民「三英」醜聞被擺上台

2014 年 7 月，大陸「中國第一軍事門戶」「西陸網」歷史欄目以《江主席的一張照片竟把妻子王冶坪氣得夠嗆》為題刊發頭條文章，以「高級黑」的方式披露不少江澤民的醜聞，並配發一些圖片。

江澤民曾在專機上接受其情婦之一、央視李瑞英的採訪，及一張江澤民在兩會期間色瞇瞇盯著美女服務員的照片。

江澤民荒淫成性早已不是祕密，其和情婦們的傳聞早已在民間和官場中廣泛流傳。除江澤民的原配王冶坪外，他的情婦到底有多少恐怕他自己也數不清。廣為人知的有宋祖英、李瑞英、黃麗滿、陳至立。

江澤民的情婦宋祖英、李瑞英及原配王冶坪被民眾併稱為「三英」，並被輪番擺上台。中國民間流傳的順口溜譏諷江澤民，看戲摟著宋祖英，出訪帶著李瑞英，家裡養著貓頭鷹（王冶坪因相貌被民間稱作「貓頭鷹」，而「鷹」與「英」同音）。

自薄熙來倒台後，江澤民的心腹鐵桿周永康被拘押，案件待公布。近期，接近中紀委的消息人士稱，江澤民的政治管家、「軍師」曾慶紅傳被關押在天津，接受祕密調查。外界認為，曾慶紅被抓意味著習近平對江澤民集團的清理已觸及該集團的最高層，進入了實質性的階段，最後江澤民也難以倖免。

中共 18 大後，作為江澤民姘頭的宋祖英醜聞不斷被中共喉舌曝光，江、宋淫亂不斷被影射，成為江失勢的風向標。在習江大戰的敏感時期，江澤民與其幾個情婦的醜聞連番被陸媒攞到台上。

2014 年 5 月底，大陸媒體高調報導中共央視《新聞聯播》主持人李瑞英退出《新聞聯播》的消息，暗示李瑞英是被強制退下的。此消息被指折射的是江澤民失勢的信號。

李瑞英是江澤民與宋祖英苟合之前的情人，曾是江澤民出訪時必帶的央視女主播。李瑞英有一次採訪江澤民的畫面在央視《新聞聯播》播出，李好像不是在採訪，更像是在撒嬌。

後來，中共中紀委在通報被查處官員時密集使用「與他人通姦」一詞，「通姦」成為網路熱詞，也被外界認為是公開江澤民與情婦淫亂的前奏。

第四節

劉曉慶拒絕江大哥
遭冤獄 422 天一夜白頭

2014 年 6 月 29 日，59 歲的劉曉慶在微博分享劇照，再次挑戰年輕女性角色，她寫道：「我扮演青年、中年、老年的主人公春兒，及春兒的媽媽。」

當年大陸著名影星劉曉慶在鄧小平家被江澤民看中，但劉曉慶不買帳，還把江澤民擠兌一番，從此埋下禍根，後被江澤民陷害入獄。江澤民幾年之後又看上了有幾分像劉曉慶的宋祖英，並成了宋的「大哥」。江澤民失勢後，黨媒不斷發表「高級黑」文章，暗喻江與姘頭宋祖英的醜聞。如 2013 年黨媒刊登標題《揭祕劉曉慶早年獄中生活》文章，重提江澤民這一醜聞話題。

文章寫道，從 2002 年 6 月 20 日到 2003 年 8 月 16 日，劉曉慶因為涉嫌偷稅熬過 422 天的牢獄生活。從風光的中國影后、億萬富婆淪為階下囚，巨大的落差使得劉曉慶的坐牢充滿了話題。

報導說，劉曉慶毫不避諱地談論她待過的監獄，但絕口不提

獄中的苦。不過，知情人士獲悉她進監獄後曾幾度放聲大哭，由此不難想像她當時的心情與生活。過去從不認為「有什麼困難是不能克服」的她，進了秦城監獄才終於知道什麼是無能為力。

在監獄的日子，劉曉慶與其他 3 名女子擠在一間 5 平米（2米寬、2.5 米長）的小牢房內。牢房裡沒有窗戶，只能打地鋪，夏天 4 人比肩而臥，都熱出了痱子。飯菜當然也及不上她過去的風光，每次律師們去看她時都會買一份 10 元的盒飯，而她每次都把盒飯吃個精光，那種享受的模樣就像如今吃大閘蟹。

劉曉慶還透露，當年被判監時最怕被槍斃。她當時以為自己這一生再也不能演戲了。當知道自己沒被判槍斃時，她認為除了死以外，其他都是小事。劉曉慶說，在獄中的 422 天，她每天都洗冷水澡，並跑八千多步，她看成這是一種鍛鍊，自己亦因此而變得成熟。

劉曉慶在鄧家被江澤民看中

據說，江澤民剛知道鄧小平家的門從哪邊開時，樂得屁顛兒屁顛兒的，門兒裡的人很多，誰是誰還摸不清，所以江澤民無論見了誰都一點不馬虎，對孩子照樣點頭哈腰——萬一這位是鄧小平的孫子、外孫子呢。甚至連來訪的小客人，江澤民都屈尊搶著給他們倒水，他知道能進鄧家的孩子來頭兒一定大。

鄧小平是四川省人，劉曉慶也是四川省人；鄧小平掌握大權的時候，劉曉慶正是中國最紅的電影明星。劉曉慶也成了鄧小平家中的貴客，坐上賓，深受鄧小平全家的喜歡，並對鄧小平全家有一定的影響力。劉曉慶說話又有趣，凡是她在時場面

都熱絡。

江澤民那個時候嘴巴上抹了蜜，雖然在年齡上做劉的長輩綽綽有餘，可還是把她使勁兒抬到輩兒上，一口一個「曉慶妹妹」、「曉慶妹妹」，叫得那個甜！

劉曉慶可不吃這一套，她保持著高度警惕，絕不和江平了輩兒，為了斷江的邪慾，劉曉慶硬用「江叔叔」把「曉慶妹妹」給巧妙地撅了回去。這一點她就和宋祖英不一樣。

據太子黨說，當年在鄧小平家裡江澤民管劉曉慶叫「曉慶妹妹」，而劉曉慶裝糊塗，管老江叫「江叔叔」，江碰了一鼻子灰，從此種下禍根；後來，江澤民遞給長的有幾分像劉曉慶的宋祖英一張小條稱自己是「大哥」，於是宋祖英踢開了自己稱之為「大哥哥」的丈夫，倒入江爺爺懷裡，從此過上了《好日子》。

「曉慶妹妹」譏諷「江叔叔」

劉曉慶在四川軍區當過兵，雖是文藝兵也下過連隊、受過軍訓，可江澤民不知為何拿槍都發抖。有太子黨說，想當年劉曉慶擠兌起江澤民來，不但端著架式、拿腔拿調兒，還踩著鑼鼓點兒：「您一天兵都沒當過，曉慶我還拿過槍呢！」

劉曉慶譏諷道：「您還拿槍啊，您應該閃遠點兒，您別走了火把自己的大肚囊子給崩了！」

在大家的哄笑聲中，江澤民抱著肚子呵呵一樂，有時還誇「曉慶妹妹」幾句，那架式真讓人覺得，這人不錯，肚量大，開得起玩笑。誰知道等到時機成熟，他的報復之心真是可怕至極！

厄運中的「神祕人物」

江澤民在 1989 年「六四」後取代了趙紫陽做了中共總書記。1997 年 2 月鄧小平去世，去世的前幾年已經精氣神兒不夠，江澤民趁機抓權。

1993 年國稅局開始注意劉曉慶，查她的帳，都到了掘地三尺的地步，也沒查出毛病。貼身跟蹤她的人問：「妳到底得罪了哪個大人？」2002 年末，劉曉慶的偷漏稅問題一時成為全球華人圈子裡的新聞，新華網說 1996 年劉曉慶出現了偷漏稅問題。然而，1993 年查時沒偷稅，1996 年卻敢讓自己的帳出了毛病？

挑起這事件的主要人物叫王建中，是江澤民人馬派進曉慶公司耍陰謀的人，這個被稱作「不知從哪裡鑽出來的」王建中在媒體面前躲躲閃閃，但目地很明確，要置劉曉慶於死地。

據《重慶商報》報導，曾為王建中告劉曉慶欠款 1000 萬案出任原告方律師的重慶紅剛律師事務所的朱紅剛透露，在劉曉慶涉嫌偷稅案中，王建中「的確起了不少作用」。與之配合的還有一個鮮為人知的神祕人物，她就是為司法機關提供了最「致命證據」的李姓女子，朱律師說，她才是劉案最關鍵的核心人物。

報導引述朱律師的話表示，該女子與王建中不同之處在於，她是女人，心比較細，所以一直「留了一招」。報導說，王建中一進公司就要管帳，那個新進來的李姓女會計從進來那天起就每天都把公司的帳「記錄」下來。這就是為什麼 1993 年沒問題，1996 年帳面開始有了問題。

2002 年底，劉曉慶的案子還沒有結論，江澤民就已經讓人把她的所有房產、連公司的房產都變賣了。原先說經過半年的辛

苦追擊查實她偷稅 13 萬，又變成 196 萬，但幾天之後就莫名其妙的變成了 1400 多萬，案子沒了結，就趕快先把她的 19 棟房子全用市場的三分之一價格拋出去，抄了她的老窩，讓她活無立錐之地。

江澤民讓辦案的人直接了當的告訴劉曉慶，只給她留一條命，條件還是閉嘴。

劉曉慶於 2003 年 8 月 16 日被取保候審，在她為期一年的取保候審期滿之前，檢察院做出不起訴決定，但因為此案，劉曉慶賠付了 8000 多萬人民幣，她說：「我原本就一無所有，現在只不過回到原點……但失去的是短暫和有價的，得到的卻是長久和無價的。」

自中共 18 大江澤民失勢後，中共喉舌大力報導劉曉慶影視娛樂、風光再婚等各種新聞，並翻炒劉曉慶的秦城監獄生活，暗示劉曉慶被江陷害的內幕等。

從江澤民構陷劉曉慶一案中可以看出，江是何等小肚雞腸，而且妒嫉心、報復心極強。這也為理解江妒嫉法輪功創始人打下了伏筆。

第五節

中共官員淫亂成風
王岐山連呼「怎麼辦」

　　2015 年 6 月，有《動向》雜誌報導，王岐山在的第 56 次中紀委常務委員會上大倒苦衷：中共官員涉及婚外情、嫖娼及權色交易十分普遍，令其深感頭疼。

　　報導說，王岐山列出的 2013 年、2014 年中共黨政官員的腐敗案件中，涉及婚外情、權色交易方面占 65％，其中在經濟領域腐敗案中，85％都涉及婚外情、權色交易。在接獲舉報的公職人員腐敗案件中，涉及婚外情、權色交易方面近 70％。

　　此類淫亂行為在中共體制內不涉及違法犯罪，但如果嚴肅處理，將有一大批高官下台，中共黨政機關將面臨癱瘓。

　　雖然王岐山連說「怎麼辦」，無計可施，不過自古「萬惡淫為首」的古訓已起作用，有跡象顯示，近年官場性病盛行，黨官淫亂已經自嘗苦果。

　　據《爭鳴》雜誌 5 月號政法委消息，近三年落馬被判刑的地

廳、省部二級高官 1470 多人,其中有 1200 多人患有不同程度性病在接受治療,包括剛被判刑的前國資委主任蔣潔敏、前四川人大主任郭永祥、前廣東省政協主席朱明國。

外媒報導,2004 年 9 月,中紀委、中組部曾下達文件,明確規定:凡屬個人行為患上性病、淋病,患上愛滋病毒感染,經查核,一律撤銷中共黨內外職務。但由於調查發現中共黨政官員患性病人數大幅上升。中紀委和中組部又轉而採取姑息政策,結果是官員性病以更大規模蔓延。

落馬後未審先死的中共前軍委副主席徐才厚在 16 大升任中共中央書記處書記後,體檢時就被發現患有性病,但被避過。17 大升為中共中央政治局後,在體檢時又被查出性病,而且被列為嚴重一級。前中共政法委書記周永康從 2005 年 3 月以來也長期患有性病。

據 2008 年一項統計,近 5 萬中共黨政官員是愛滋病患者,因「風流」或吸毒而感染上的,也是在各階層愛滋病患者中,占有比例最高的階層。

2015 年 6 月,《中國人權雙周刊》第 159 期發表作者范富勝題為《竟有「妓女」常到省委來討債一來自西安的奇聞》,原來是陝西省委辦公廳機要交通處工作的一位張處長和一位姓司的兼任司機的幹部,他們幾年前就成了一家所謂美容美髮店的老主顧,後來他們又把省委的一名勵小捷祕書長和一位姓張的祕書長也帶來成為「朱姐」和「王姐」床上的常客了。6 月 3 日,姓朱的小夥子就是代表「朱姐」和「王姐」來向勵小捷等嫖客討要「嫖債」約 8 萬人民幣。最後事情鬧到上級,最後單位以虛報某會議人數的辦法還了 3 萬,還欠 5 萬。

逮捕江澤民

第七章

北約空襲 被江掩蓋的事

1999 年 5 月 8 日，中共駐南斯拉夫的使館被北約轟炸，中國民眾群情激憤。《新紀元》獲悉，中共駐南斯拉夫使館被炸事件藏驚天黑幕。其背後黑手涉近年落馬的原天津市公安局長武長順、國家信訪局副局長許杰等當年構陷「4·25」事件的江派人馬。

1999 年 5 月 12 日江澤民向轟炸事件遇難者家屬誌哀。殊不知此事件暗藏江的陰險計畫。（AFP）

第一節

密謀誣陷法輪功
天津武長順遭惡報

武長順積極跟隨江澤民集團迫害
法輪功，其落馬成中共迫害法輪
功遭惡報的又一案例。（大紀元
資料室）

原天津市公安局長武長順於 2014 年 7 月 20 日落馬。據悉，武長順是 1999 年祕密策劃構陷法輪功學員 4 月 25 日「包圍中南海」事件（即 4・25 萬人上訪事件）的具體操作人。該事件正是江澤民發動對法輪功全面鎮壓的直接導火線。

中紀委 2014 年 7 月 20 日宣布，中共天津市政協副主席、天津市公安局局長武長順接受調查。7 月 24 日，武長順被免職，成為「18 大」後天津首個落馬的省部級高官。

中國大陸媒體澎湃新聞網報導稱，據一位知情人士透露，武長順疑因巨額受賄被調查。該知情人士還表示，武長順被宣布調查後，相關部門人員已對武長順進行了財產檢查，在其家中查出的物品、財產總價值逾億。

公開資料顯示，武長順 1954 年 1 月於天津出生，擁有工商管理碩士、工學博士與高級工程師資格，但有關資料並未透露其學歷。

武長順 1970 年加入天津警隊擔任交通大隊民警，此後一直在市公安局交通部門任職，歷任天津市公安局交通民警大隊團支部副書記、團委副書記、政治處副主任、中隊副隊長、科長及副處長。

1992 年 6 月，武長順擔任天津市公安局黨委常委、副局長，並兼任天津市交通管理局黨委書記、局長；1998 年 9 月，升任天津市公安局黨委副書記；2003 年 2 月，不再兼任交通管理局書記、局長。

2003 年 6 月，武長順兼任武警天津市總隊第一政治委員、黨委第一書記；2005 年 11 月起，兼任中共天津市委政法委副書記；2011 年 10 月起擔任天津市政協副主席，但仍繼續掌管警隊。

傳行賄周永康 武長順躲過「雙規」

其實，早在 7 年之前的 2007 年 6 月，就有消息稱武長順被「雙規」。

2006 年夏，原天津市檢察長李寶金案發，有關武長順的議論在天津民間不脛而走。

一年後，2007 年 6 月 3 日，中共官方宣布時任天津市政協主席的原天津市政法委書記宋平順自殺身亡，武長順亦被調查的傳言再度甚囂塵上。

當時，武長順被「雙規」之說在天津迅速蔓延，武長順其時

也鮮有露面。然而，令人大跌眼鏡的是，4 年後，他又升任天津市政協副主席兼公安局長，成為副省級官員，全面接了宋平順的班。

大陸媒體財新網記者獲悉，武長順之所以能躲過「雙規」，與時任中共政法委副書記周永康的包庇有關。

多名線人表示，宋平順事件發生後，武長順確曾遭有關部門調查，但被周永康以北京奧運安全為由保下。

一名與武長順關係密切的人士證實，武長順與周永康的關係的確不錯，周永康很賞識武長順。未經證實的天津坊間傳聞稱，武長順此番涉險過關，花費數千萬元。

構陷法輪功武密謀「4．25」事件

1999 年 4 月 25 日有上萬名法輪功學員赴中南海上訪，轟動國際。由宋平順和武長順長期把持、處於大調整中的天津公安局，與該上訪事件有直接聯繫。

該事件是當年中共江澤民集團發動迫害法輪功的導火索，而之前發生的天津市公安局對當地法輪功學員的暴力抓捕事件，則是「4．25」事件的真正起因。

1999 年 4 月，當時中共政法委書記羅幹的連襟、科痞何祚庥在天津青少年博覽雜誌上刊文《我不贊成青少年練氣功》，暗示煉法輪功會出問題、甚至「亡國」。許多法輪功學員因此前往該雜誌編輯部講清真相，但天津方面卻出動防暴警察，驅趕法輪功學員，並毆打逮捕 45 人。天津方面稱，鎮壓命令來自北京，天津解決不了，讓法輪功學員去北京反映情況。

1999 年 4 月 25 日，超過一萬名法輪功學員到中南海上訪，當時由於警方帶路，把人流導向中南海府右街，形成了所謂的「圍攻中南海」事件。上訪在時任總理朱鎔基調解下暫獲解決，法輪功學員隨之半和散去。

數萬名法輪功學員於 1999 年 4 月 25 日自發性地到中南海附近的中央信訪辦和平上訪，整個過程秩序良好。(大紀元)

作為天津政法首腦人物的宋平順與中共中央的政法頂頭上司羅幹密謀構陷所謂法輪功學員「4．25」包圍中南海事件，最終導致江澤民直接發動全面鎮壓法輪功。之後，羅幹被江塞進了政治局，而宋平順則享有了政治資本，成為江、羅手下的紅人。

據悉，武長順也是「4．25」事件的具體操作人。當時武長順是天津市公安局黨委副書記，是時任天津政法委書記宋平順的最得力助手。

鐘桂春曾經是北京公安的一名政保科長，二級警督。從 1978 年開始對氣功和武術感興趣。1990 年開始跟隨法輪功創始人李洪志大師學習法輪功。因為修煉和支持法輪功，鐘桂春於 1993 年年底和 1994 年年初遭受公安內部蓄意恃權開除，因此而廣為中國大陸、特別是北京各界體制內人士所知。

談到天津事件，鐘桂春作為內部人士指出，顯然是天津公安

有意把事情搞大，蓄意通過何祚庥等幾個科痞在雜誌上發表攻擊法輪大法的文章，來試探法輪功的反應。法輪功學員去向天津雜誌社講明真相時，天津市故意不解決，把事情弄大，特別是天津市公安局抓了近 50 名法輪功學員，而且時任公安局長還造謠「天津市公安局一個人都沒抓」，故意放話說天津市解決不了，讓法輪功學員去北京找上一級處理，才會有「4·25」北京上訪事件。鐘桂春說，法輪功學員明明是去請願，卻被抹黑、誣陷，說成是「圍攻」，旨在為鎮壓法輪功製造「證據」。

曾親身參加「4·25」的原中科院學者劉靜航也談到了中共政法系統的構陷。她談到，從何祚庥的蓄意挑事，到天津公安施暴抓人，再到讓學員上北京，都不是地方公安無上面指令就敢做的。

劉靜航表示，1999 年 4 月 24 日晚，法輪功學員進京，大多是搭乘大轎車，要經過許多路卡和檢查站，沿路警察絲毫不加阻擋；北京城裡街頭一下增加那麼多人，有的還在打聽哪裡是信訪辦，有的已到了西安門大街、中南海附近，警察也不驅趕、不報告。在受嚴密監控下的北京，這是完全不可能的。

4 月 25 日，又有警察把沿著信訪辦站立的法輪功學員隊伍領進了府右街，並在警察指揮與安排下，使隊伍成為對中南海「包圍之勢」。劉靜航說，善良的法輪功學員怎麼也想不到中了中共政法系統暗中策劃構陷法輪功的圈套。

武長順的後台宋平順或「被自殺」

2007 年 6 月 3 日，宋平順「自殺身亡」。此後宋平順的親信

武長順曾多次被傳接受調查或協助調查。

中共中紀委稱，宋平順道德敗壞，包養情婦；濫用手中權力，為情婦謀取巨額不正當利益。情節嚴重，影響惡劣。

宋平順把持天津公安政法 20 多年，其真實的主子是前中央政法委頭子羅幹。外界認為宋平順突然死亡可能是涉及政治勢力的核心黑幕而遭政治滅口。

時政評論員張傑連表示，天津建立了現代化的監控中心，監控網路遍布國內外，宋平順權極一時，呼風喚雨，成為了江、羅手下的紅人，天津自然也成為鎮壓法輪功的重災區，成為全國殘酷鎮壓的地區之一。

在這個層面上看，當時作為天津政法委書記的宋平順本人掌握著震驚國際的「4‧25」事件的大量機密，也是該事件真相的關鍵人物。

張傑連文章揭露，在宋平順任期內，天津地區共有 73 名法輪功學員被海外人權組織證實為遭迫害致死，以及數萬人被殘酷迫害，血債累累。宋曾多次密令天津公安：「打死法輪功人沒事，對待法輪功不怕流血！」這樣一個江、羅的鐵桿人物，也一定是江、羅活體摘取法輪功學員器官罪惡的直接執行人，天津的器官移植數量也直線上升。另據舉報，各大軍醫院都涉嫌參與活體摘取法輪功學員器官的罪惡。

而武長順是宋平順一手提拔的心腹，從天津公安系統的交管局起家，直至公安局長、武警天津總隊第一政委。有消息稱，武很早就被宋平順看中，收為心腹，武對宋亦步亦趨，指哪打哪。

迫害法輪功 武長順終遭惡報

武長順也積極跟隨江澤民集團迫害法輪功。

據明慧網報導，武長順 2003 年起任職天津市公安局長期間，殘酷迫害天津法輪功學員，有數千名法輪功學員被綁架、遭洗腦迫害、被勞教和非法判刑。天津已有 92 名的法輪功學員被迫害致死。

2006 年 3 月 7 日晚，靜海縣 5 名法輪功學員向民眾講真相遭惡人舉報，武長順直接指使並派人到靜海縣蹲點迫害法輪功學員，致魏同雲等 5 名法輪功學員被非法判刑。

2006 年，武長順親自召開處級以上會議，布署對天津法輪功學員的迫害。全市 18 個縣市都參與了突擊綁架法輪功學員。

2006 年 12 月，武長順在與計程車司機（信息員）的對話會上稱，2007 年要增加計程車司機信息員 3000 人，將法輪功列為主要蒐集信息的目標，對提供有效信息者獎金最高達 2 萬。武長順並給全市計程車司機下發《信息工作手冊》。

2014 年 8 月 11 日，中共官媒報導中還披露一個細節：幾年前天津一名年輕警察生病住院，需要換腎，武長順親自出面尋找腎源，公安局刑偵隊還幫忙墊付 30 萬元的醫藥費。目前，江澤民集團憑藉「第二權力中央」政法委系統，活摘法輪功學員器官、牟取暴利的反人類罪已在全球範圍曝光，官媒報導武長順親自出馬尋找腎源，是否在暗示武長順知曉並參與活摘法輪功學員器官的罪行？

武長順因迫害法輪功被「追查國際」組織追查。

善惡必報是天理。近年來大批中共高官罕見地密集落馬，其

中大都是積極追隨江澤民迫害法輪功、活摘器官的核心成員,如王立軍、薄熙來、周永康、徐才厚、李東生及蘇榮等,武長順落馬成中共迫害法輪功遭惡報的又一案例。

第二節

國家信訪局副局長落馬 牽出一大冤案

中共國家信訪副局長許杰被當局調查，消息傳出後，大陸訪民拍手稱快。信訪機構形同虛設，應立即撤銷這些信訪機構。（知情者提供）

2013 年 11 月 28 日，中央紀委監察部網站公布國家信訪局副局長許杰正接受調查，消息傳出，大陸訪民拍手稱快。近年來中共製造無數冤案，信訪機構勾結政法委作惡，訪民遭遇悲慘。許杰的上位或與 1999 年 4 月 25 日萬人和平上訪事遭扭曲有關。

就在三中全會結束後不久的 2013 年 11 月 28 日，王岐山掌控的中央紀委監察部網站發布消息稱，國家信訪局黨組成員、副局長許杰目前正接受調查。不久中共中央組織部有關負責人證實，中組部已決定免去其領導職務。

許杰，1955 年 3 月出生。1989 年任中辦國辦信訪局辦公室

副主任、主任；1992 年 1 月至 1993 年 6 月掛職任山東省昌邑縣副縣長；2000 年 9 月任國家信訪局辦公室主任；2005 年 6 月任國家信訪局黨組成員、副局長。

消息傳出，民間一片叫好。自由撰稿人鄭俠武表示，好消息！這就是不聽人民訴求的下場！也有民眾表示，這消息來得遲了，強烈要求查辦過去十年歷任國家信訪局局長！

大陸訪民胡先生對《大紀元》記者表示，這些年來中共各級政府製造了無數冤案，導致上訪人數不斷增加，上訪過程中有多少人被無辜關押！中共信訪機構勾結地方政法委，作惡多端，各級信訪局長對待訪民，態度蠻橫冷漠。他們給無數訪民製造悲劇，是加害別人者，現在他們也嘗到了惡果，成了悲劇的犧牲品。這個體制就是讓人互相加害。他還表示，看到這個消息是感到高興，但是這個體制沒有改變，整個社會還是沒有公道可言。如果真是法制國家，就不必要有信訪這個機構。

近年來每到「敏感」時期，數萬名截訪人員就在北京布控，或直接到國家信訪局等國家機關門口進行攔截。全國各省及地市一級黨政在北京都有長駐機構，這些駐京機構主要工作就是「劫訪」。上訪人想盡一切辦法避過地方黨政的圍追堵截，有的甚至傾家蕩產來到北京或省會，然而卻因截訪連信訪部門的門都沒有辦法進。還有甚者因此被毆打、被限制人身自由、被勞動教養，甚至「被精神病」。

很多民眾表示，信訪本來是接待群眾來訪、幫助群眾解決問題，是聯繫群眾的一個管道。但實際，非但沒有發揮管道作用，反而成為增加的一道黑幕。不如乾脆撤銷信訪機構。

1999 年 4 月 25 日發生在信訪辦的冤案

中共官方沒有公布許杰落馬的原因，從其簡歷上看，許杰 1989 年就在信訪部門工作，1992 年到山東掛職一年後回來，官方沒有解釋他在 2000 年 9 月升任國家信訪局辦公室主任之前的經歷，不過有內部消息稱，他的升職與江澤民迫害法輪功有關，特別是 1999 年 4 月 25 日爆發的法輪功「中南海萬人上訪」事件被歪曲報導有關。

1992 年法輪功由李洪志先生從吉林長春開始傳出，短短幾年由於在祛病健身和提升道德方面的神奇效果而迅速傳遍全中國。但由於法輪功是信神的，而共產黨搞無神論，從一開始中共就暗中採取各種方式阻撓。1996 年《光明日報》刊登詆毀法輪功的文章；1998 年，時任中共政法委書記羅幹先定罪後調查，先內定法輪功為「× 教」，再命令公安在全國「祕密調查」，然而結果均是「未發現問題」。

1999 年 4 月 11 日，羅幹的連襟何祚庥在天津一雜誌上撰文誣蔑法輪功，部分法輪功學員前往出版社講述真相。4 月 23 日和 24 日，天津市公安局動用防暴警察毆打和非法逮捕了 45 名法輪功學員。法輪功學員在天津市政府被告知：公安部介入了這個事件，你們去北京才能解決問題。

出於對政府的信任，天津、北京、河北附近的法輪功學員 4 月 25 日自發來到國務院信訪辦。因為人數眾多，聚集在信訪辦周圍的府右街和西安門大街，緊鄰中南海。當日時任國務院總理朱鎔基和法輪功學員代表進行了對話，合理解決了天津暴力抓人事件。晚上學員們安靜散去時，地上一片紙屑都沒有，連警察扔

的煙頭都被撿拾乾淨。

法輪功學員所表現出的和平理性，得到了國際社會的高度評價，「4‧25」上訪被稱作「中國歷史上最理性平和的大規模上訪」。然而江澤民出於妒嫉，強行把和平上訪歪曲成「圍攻中南海」，並於 1999 年 7 月開始全面迫害法輪功。

「朱鎔基帶我們走進中南海。」

原北京中國科學院博士研究生、法輪功學員石采東曾在明慧網上公開回憶他的那次上訪經歷《中科院博士：4‧25 我隨朱鎔基進入中南海》。當時正在中科院地球物理研究所攻讀博士學位的石采東一直忙於實驗，直到 4 月 24 日晚才從法輪功朋友那得知天津無端抓人的事。

他回憶說：「我性格比較內向，又長期埋頭唸書、做科研，不太過問世事，面對這種非法、無理的打壓，就覺得自己該做點什麼，去國務院信訪辦直接反映情況可說是當時的唯一選擇。」

4 月 25 日那天是周末，石采東一個人 7 點半左右就搭公共汽車到了信訪辦所在地府右街。北京的 4 月天亮得早，那時街道兩邊的人行道已站滿了法輪功學員。

「我很少出來，就想先轉轉，找個認識的人了解一下情況。後來人越來越多，多得不見盡頭。大家具體也不知該怎麼做，男女老幼的學員都安安靜靜地等著裡面的人出來聽大家反映情況，沒有人喊口號、大聲喧嘩、交頭接耳什麼的，有的捧著書在看，有的在煉功。我走過一個小區，看到街對面的小公園外面，有好

多人在排隊上廁所，很自覺地排隊。那天人雖多，感覺交通跟平時差不多的通暢，騎自行車的也來來往往的，一點都沒有人多雜亂的感覺。」

「我繼續往南走，在街道兩邊，在十字路口，看到學員自己在幫助疏散人流，維持秩序，還有學員拿著垃圾袋收集垃圾，整個現場秩序井然；穿著制服的警察很悠閑，有的與學員搭話，有的在相互聊天。倒是隨處可見一些穿著便衣的年輕人在忙著拍照，拿對講機報告情況，如臨大敵。」

大約 8 點多，剛經過中南海西門，石采東就聽到身後人群中響起了掌聲，在這片寧靜中顯得格外清脆。「我轉身回看，只見朱鎔基和幾個工作人員正從對面大門朝學員走來。大家都高興地鼓掌，準備圍上去反映情況，這時有學員提醒大家原地不動，維持好秩序。」

朱鎔基大聲問道：「你們到這來做什麼呀？」站在門口的學員，從穿著舉止看，大多是從京郊來的。剛聽到問話，好像不知如何作答，沒人吱聲。好一會，才有人回道：「我們是法輪功學員，來反映情況。」

「你們不是有宗教信仰自由嘛！有什麼問題，你們派代表來，我帶你們進去談。你們誰是代表？也沒法和你們這麼多人一起談呀！」朱鎔基接著說。

石采東首先自告奮勇地站出來，大家也紛紛舉手，都想進去反映情況。「朱鎔基說人不能太多，就在學員中點了我們三個先站出來的學員。」

誰扣押了朱鎔基的批示？

朱鎔基帶他們三人進入中南海，邊走邊大聲問：「你們反映的情況我不是做了批示嗎？」學員都很愕然：「我們沒看到呀！」來到中南海西門傳達室，朱鎔基就吩咐工作人員去找信訪局局長和副祕書長。

不久，四位中年官員「受總理委託」來到傳達室裡，與學員代表會談，了解情況。在登記學員情況時，石采東才知另外兩名法輪功學員，一位是北大某電腦公司的女職員，另一中年男學員是位下崗工人。

那位女學員首先說：「何祚麻在天津《青少年科技博覽》上發表誣蔑法輪功的文章，天津法輪功學員到雜誌社澄清真實情況，卻被公安抓了40多人，希望能盡快釋放他們。」

「又是何祚麻？！」一個官員低聲嘟噥。「不就一個何祚麻嗎？！」信訪局的那位負責人邊記錄邊說，語氣中透出幾分輕蔑。當時北京高層很多人都知道，何祚麻就是那個把馬列主義和高能物理「結合」在一起，靠吹捧毛澤東的「毛粒子」、無產階級的「無粒子」而當上科學院院士的科學痞子。

「法輪功修煉『真、善、忍』。我們通過修煉親身受益，就告訴自己的親朋好友，就這樣人傳人，心傳心，修煉的人越來越多。現在，一些地方學員煉功受到干擾，我們希望有一個公正合法的修煉環境。」中年男學員補充道。

「還有《轉法輪》本來是公開出版發行的，但國家新聞出版署禁止出版，我們希望允許《轉法輪》公開出版發行。」石采東重提了以前請願信中的訴求。

　　他們三人你一言我一語地陳述著。「歸納起來，我們當時反映的情況主要有三點：一是希望天津盡快釋放法輪功學員；二是允許《轉法輪》公開出版發行；三是希望能有合法的修煉環境。接待的官員表示將向國務院和中央領導彙報我們的情況和訴求，希望大家盡快離開。」

　　出來後，石采東向等在外面的學員介紹了會見的情況。「因沒得到明確的答覆，大家仍留在原地，安靜等待著。雖還是初春，中午的太陽仍很曬，中南海附近的人卻越聚越多，可現場秩序依然很好。」

　　覺得已反映了心聲，因還有另外的事情要處理，石采東從中南海出來後不久就離開了。晚上大約 9 點，他決定再去中南海。在半道上遇見返回的學員，聽說當天下午，國務院領導又找了當時北京法輪大法研究會的學員了解情況，事情已基本得以解決後，大家都已靜靜地離開了。

　　在此過程中，石采東覺察到周圍一直有人在留意著自己的一言一行。「可能我被當作上訪的組織者、負責人了。後來同事告訴我，當晚就有人查我檔案，發現我一直都是個安分守己的好學生，令他們很失望。我後來還是一直被監控，電腦裡下載的一些大法書籍都被人換成了武俠小說。」

　　黨委書記用自己的經歷勸告石采東不要再上訪，否則會毀掉前途；導師也說去中南海可不是小事，經歷過歷次運動的他們都知道共產黨肯定會秋後算帳。「可我不知道怕，也沒把它當回事，不就是去反映個真實情況嗎？依舊照常上班、做實驗、寫論文，心裡很坦然。」

　　「然而那年的 7 月，中共發動了對法輪功的滅絕迫害，『4‧

25』和平上訪被歪曲成『圍攻中南海』，被當作鎮壓的藉口。我
們當時大部分人都在中南海的西、北面，南邊和東邊都沒站人，
行人出入自由，沒對政府工作造成任何影響，怎麼能算『衝擊中
南海』？而且他們對法輪功迫害的預謀，早在 96 年『光明日報
事件』就開始了，真是『欲加之罪，何患無辭』！」

　　到了 2001 年，江澤民發動的對法輪功的迫害越來越不得人
心，為了給繼續鎮壓編造藉口，羅幹等人找了河南幾個人冒充法
輪功學員到天安門「自焚升天」，利用自己導演的這齣「天安門
自焚」慘劇，煽動輿論為更血腥的鎮壓開道。法輪功是佛家功，
杜絕包括自殺在內的所有殺生，但由於江澤民掌控了所有國家機
器，很多百姓因此被欺騙了，很多人敢怒也不敢言。石采東也不
時地被騷擾綁架，最後不得不用國際合作機會來到了美國。

　　國家信訪局副局長許杰到底幹了哪些傷天害理的事，還有待
繼續調查，不過從時間上來看，許杰當時就在信訪局，隨後被提
拔為辦公室主任，幾年後提拔為副局長。江澤民當時的用人原則
是：只要跟隨他迫害法輪功，他就優先提拔，薄熙來就是一個例
子。

　　2014 年 6 月，許杰被開除黨籍，有關其受賄、「違紀」、與
他人通姦等問題已經移送司法處理。

第三節

獨家：
北約空襲南斯拉夫使館真相

中共駐南斯拉夫使館轟炸事件造成三名記者身亡，江澤民以此製造、煽動仇恨，並轉移焦點，國內與國際都暫不再關注「4‧25」萬人和平上訪事件。圖為轟炸事件後，多倫多華人上街抗議。（AFP）

　　北京時間 1999 年 5 月 8 日，中共駐南斯拉夫的使館被北約轟炸，官方稱有三人死亡。事後，美國稱是「誤炸」。《新紀元》獲悉，中共駐南斯拉夫使館被炸背後藏驚天黑幕。

　　時任中共總書記的江澤民堅持不停止祕密在使館內設立助塞爾維亞、黑山建設米波雷達天線技術觸怒美國，並故意隱瞞北約對中使館展開轟炸的多次事先警告而蓄意造成「新華社」、《光明日報》記者夫婦的死亡以煽動仇恨，事件背後涉更大陰謀。

消息稱，中共駐南斯拉夫使館被炸身亡的是「新華社」女記者邵雲環、《光明日報》記者許杏虎和其妻子朱穎。真正身亡的還有十多名工程師，當時都是從事該米波雷達項目。中共官方的報導刻意隱瞞了這些信息，目的為掩蓋江澤民刻意升級與美國的衝突，而製造這場爆炸。確切死亡人數至今仍無法獲證實。

江有意觸怒美國 隱瞞美國警告

江澤民為了分散當時中國國內及國際對總理朱鎔基和平解決法輪功學員「4‧25」上訪問題的注意力，以及扭轉中共黨內高層對其一意鎮壓法輪功很不認同的尷尬局面，並為度過「六四」十周年危機。於是，在這個敏感時刻仍故意堅持中共駐南斯拉夫大使館繼續幫塞、黑建設米波雷達天線技術項目，進而觸怒美國，並刻意隱瞞美國多次通過國家間內部溝通途徑發出的「若再不停止，要轟炸」的預先警告，直接造成了這起震驚中外的「五‧八」國際事件。

隨後，江澤民利用「五‧八」事件挾持了整個中共政治局，為其在當年 7 月份公開鎮壓法輪功鋪路。

由於中共駐南斯拉夫使館的協助，使得南聯盟軍隊成功擊落當時最先進的美國 F-117 隱形戰機，觸怒了美國和北約。

美國通過外交途徑多次要求中共放棄對南聯盟的支持無效後，對中共使館展開轟炸。轟炸之前對江澤民發出警告，但江澤民出於需要轉移國際對萬名法輪功學員到中南海信訪辦上訪獲和平解決事件的高度關注，故意不理會美國的多次警告，仍堅持在使館繼續進行幫助塞、黑建設米波雷達天線技術的敏感軍事項

目,激怒美國採取軍事行動。

消息稱,當時美國總統克林頓曾親自給江澤民打電話發出最後通牒,但江澤民刻意隱瞞這些消息。江澤民的心腹曾慶紅事後還通過各種管道對國際放料,江澤民因為不滿美國,那段時間故意不聽克林頓的電話。

法輪功「4‧25」和平上訪 國際高度讚揚

1999 年 4 月 11 日,文痞何祚庥在天津教育學院的《青少年博覽》雜誌上發表文章攻擊法輪功,稱法輪功會像白蓮教一樣亡黨亡國。為澄清真相,一些法輪功學員前往教育學院反映實情。4 月 23 日,天津公安動用 300 多名防暴警察毆打法輪功學員,並抓捕了 45 人。學員要求放人,天津公安稱是執行上級命令,讓學員到北京上訪解決問題。

從 4 月 24 日晚開始,法輪功學員紛紛自發前往位於中南海西側府右街的國務院信訪辦。4 月 25 日早上,上萬名法輪功學員從四面八方湧向市中心。起初警察在通往天安門的各個路口攔截,後來警方帶路,把人流導向中南海,最後形成了所謂「圍攻中南海」,其實都是警察安排的「包圍」。最後在時任總理的朱鎔基出面調解下,法輪功學員平和散去。

這就是震驚中外、被稱作「中國上訪史上規模最大、最理性平和、最圓滿的上訪」的「4‧25」法輪功學員萬人大上訪。

國際社會評價說,事件雙方所表現出的和平理性是中國歷史上從來沒有的,當時國際社會對朱鎔基也大加讚揚。但是這些都成了後來 7 月份,江澤民直接鎮壓法輪功的導火索。

政治局不支持鎮壓法輪功 江澤民怒火中燒

此前報導稱，時任政治局委員羅幹通知了時任中共總書記江澤民這一事件。江澤民個人對於法輪功和法輪功創始人李洪志先生廣受歡迎早就感到妒嫉和憤怒，對朱鎔基在這件事情上的處理和受到讚譽更是無法忍受。

2001 年 2 月 5 日美國有線電視（CNN）的報導稱，江澤民決定鎮壓法輪功，可能與其希望在政治局中加強自己的權力有關；並指中共中央政治局中，時任總理朱鎔基、時任副主席胡錦濤、時任政協主席李瑞環和時任人大委員長李鵬都認為江澤民使用了錯誤的戰略。

1999 年「4‧25」法輪功學員上訪後，江澤民曾召開常委會試圖打擊法輪功。但是時任政治局常委的朱鎔基、胡錦濤、李瑞環、尉健行、李嵐清都投了反對票，只有李鵬投了棄權票，江澤民的計畫一度在政治局流產。

江澤民當時面臨非常尷尬的局面，一意想要鎮壓法輪功卻沒人理會，朱鎔基反而因為這個事件「出盡了風頭」，自認為已經做了十年中共老大的江澤民「怒火中燒」。

早有消息稱，當時江澤民「一下子站起來」，指著朱鎔基的鼻子喊道：「糊塗！糊塗！糊塗！亡黨亡國啊！我很痛心，我們的同志政治敏銳度如此之低。法輪功問題不抓緊解決，會犯歷史性的錯誤！」

但是，1999 年 3 月開始的美國與南聯盟的戰爭意外地給了江澤民一個機會。

中共在科索沃戰爭中扮演角色的真相

1999 年 3 月 24 日，美國、北約開始與南聯盟開戰，而中共與南斯拉夫關係一直不錯。當時國際媒體報導稱，中共駐南斯拉夫使館充當南聯盟軍隊的信號中轉站。

1999 年 10 月 19 日的《觀察家報》引用美國和歐洲情報機構的消息來源稱，中共駐南斯拉夫使館充當了南聯盟軍隊通訊中轉站。同時文章還引用三位北約官員的話稱，在 4 月份，北約就懷疑中共使館監控北約的巡航導彈攻擊貝爾格萊德，同時還幫助（南聯盟）開發反制策略。

中共當時在使館內幫助塞、黑建設米波雷達天線技術。依靠中共提供的這種老技術，南聯盟曾經成功擊落一架美國 F-117 隱形飛機，最後南聯盟還將此飛機的殘骸交給中共，使得美國軍事機密外洩，美國為此大為惱火。

其實這些都幾乎是公開的祕密。2010 年「中國雷達之父」王越做客央視的中國新年特別節目，向公眾披露中共雷達技術的研發情況時候就說，當年科索沃戰爭時期，南斯拉夫人是用老式米波雷達發現的美製隱身 F-117 轟炸機，並用普通 SA3 導彈擊落的。他只不過沒有明說，這些技術都是由中共所提供。

江多次刻意隱瞞美國和北約的轟炸行動

美國和北約對中共這種暗中幫助南聯盟的行為非常惱火，並不斷警告中共高層為此可能付出的後果，放棄對南聯盟的支持。最後在當地時間 5 月 7 日晚間即將轟炸使館之前，事先給了江澤

民最後通牒。

　　但是當時的江澤民，正苦於找不到一個扭轉其政治頹勢，鎮壓法輪功的機會。當時由曾慶紅提議，羅幹參與，江澤民最終祕密設下一個「局」：雖然事先得知中共駐南斯拉夫使館會被炸，但不做任何的通報和故意不採取停止措施，故意將事件鬧大、鬧得越大越好。

　　江澤民、曾慶紅設計這一舉動在當時的目的就是轉移視線，即把國內和國外的視線從法輪功問題上轉移到中共駐南斯拉夫使館被炸問題上，將中國民眾激情先消耗掉一部分，爭取時間，為後續的鎮壓和成功度過「六四」十周年忌日做準備。

外交官：江故意讓中國記者被炸死以煽動仇恨

　　曾是中共駐歐洲的一名中共高級外交官知道此事件真相，他透露：「江澤民為將事件鬧大，故意讓三名中國記者白白送死，在江澤民有意刺激美國的情況下，在美國發出最後通牒警告後，明知道美國要轟炸使館，故意不安排三位中國記者撤離，有意造成中國記者被美國炸死的慘狀來煽動仇恨，將事件鬧大來達到轉移國際對法輪功萬人上訪中南海事件的視線。」

　　這名中共高級外交官在中共駐南斯拉夫使館被炸事件發生後，十分「心寒」，主動離職轉為經商，脫離了中共。十年前，他在美國華府街頭看到法輪功學員在發關於法輪功學員 1999 年「4・25」中南海上訪真相材料時，非常感慨地對法輪功學員說：「我知道你們說的都是真的，我知道的內幕更多。」

　　當然，知道此事件真相的並非只有這名中共外交官，還有其

他多方消息來源和消息管道將此事件的真相披露出來。

曾慶紅早準備好計畫 只等美國行動

中共駐南斯拉夫使館被北約轟炸，這件事情發生在當地時間5月7日晚間11點多，北京時間是5月8日上午5時。事發當天北京時間下午3點，曾慶紅、羅幹已經安排特工人員開始行動，北大還出動校車輸送學生。

當時曾慶紅在背後操控，各大高校都接到通知，讓學生們上街。當時曾慶紅聯合時任中辦主任、江澤民的心腹王剛、以及時任政法委書記羅幹等早早就準備好了文件，5月8日一發生此事，文件就馬上下發到各個高校、公安部門。所以才迅速出現了，清晨「出事」，北京一些學校校車下午就開始接送學生上街的事情。下午4時30分，北京大學、清華大學、北京師範大學、北京航空航太大學、中央民族大學、首都師範大學、北京理工大學等幾十所學校的學生都在美國駐華使館前集結。

按照中共慣例，北京時間5月8日凌晨事發，中央政治局常委會在上午進行討論，定下五條決定，接著針對「五‧八」事件起草文件，應對計畫，下發各個高校，高校向公安部門申請遊行許可（「六四」後遊行就必須要事先申請），公安部門批准，再到各個高校組織開會，落實遊行和抗議事宜。但是這些在半天多一些的時間內就被全部完成。

當時，第一批到美國大使館示威的人被打了，有人說是被使館門口等簽證的人給打了，但其實是給使館門口的警察打的，打人的是新派去的便衣警察，本來負責4、5、6月份敏感期使館區

的治安，當時還沒接到可以遊行的通知，一見有人來遊行，先打一頓再說。

北京某大學組織學生抗議示威，有個年級共 100 多人，「上面」要求需一半的人數參加遊行，報名結果只有兩名，最後系裡以「表現記入檔案」相要挾才湊夠了人數。參加遊行的人知道有組織撐腰，「有點過激行為、做點出格的事，不但不會惹麻煩，還會得到某種鼓勵」。

當時遊行都受到監控

歷經了「六四」風波的江澤民，當然也明白遊行不能失控的道理。所以在北京，配備有盾牌、棍棒的警察與武警嚴守大使館，但對抗議活動並不阻攔，主要是監控學生。

中國各地公安部門都在一天內迅速批准了各地的遊行申請，這也是自「六四」以來的首次，也是「效率極高」的一次。

江澤民策略「外硬裡軟」 胡錦濤背黑鍋

當時江澤民定下的策略就是「外硬裡軟」，表面看上去對美國非常強硬，但是實際卻很軟弱，出於對胡錦濤不支持打壓法輪功的不滿，江澤民當時硬讓副主席胡錦濤出面「背黑鍋」。

1999 年 5 月 9 日 18 時，中共副主席胡錦濤就以美國為首的北約襲擊中共駐南聯盟使館，發表電視講話為事件定調僅是輕描淡寫的「強烈譴責以美國為首的北約的野蠻行徑」，同時反而對遊行抗議表示擔憂：「要防止出現過激行為，警惕有人藉機擾亂

正常的社會秩序⋯⋯」

胡錦濤出面說了這些話，遭到民間很大的詬病，矛頭都被指向胡錦濤。

1999 年 6 月 16 日，美國總統特使皮克林在北京向中共報告使館事件調查結果，稱這次事件是「悲劇性誤炸」。

7 月 15 日至 16 日中共代表團和美國代表團就此事在北京舉行了第一輪談判。7 月 28 日至 30 日舉行了第二輪談判。12 月 16 日，中美兩國政府就美國轟炸中共駐南斯拉夫大使館的賠償問題達成協議。

此前中共官方一直「質疑」的「誤炸」行為，也在 2000 年 5 月 7 日「五・八」事件一周年的時候就告一段落。

在「五・八」事件上，美國處於有苦說不出的狀態，一方面對中共支持南聯盟，獲取美國先進飛機技術心懷不滿，但是轟炸他國使館確實是違反國際法，最後只是認定此舉是「誤炸」，而且命令並不是由白宮做出。江澤民在其中更是有不可告人的陰謀，所以對所謂「五・八」事件真相的要求上最終是不了了之。

江利用「五・八」事件挾持政治局

「六四」十周年才過不到幾天，江澤民針對法輪功的鎮壓計畫全面展開，其中標誌性的事件有兩個。第一個是其在 1999 年 6 月 7 日中共中央政治局會議上關於抓緊處理和解決「法輪功」問題的講話。這次講話的內容於 6 月 13 日在中共內部祕密傳達。

在要「大力增強凝聚力、戰鬥力」對抗美國的前提下，江澤

民以此挾持了中共政治局，對法輪功採取行動，「中央已同意李嵐清同志負責，將成立一個專門處理『法輪功問題領導小組』。李嵐清同志任組長，丁關根、羅幹同志任副組長，有關部門負責同志為成員，統一研究解決法輪功問題的具體步驟、方法和措施。中央和國家機關各部委、各省、自治區、直轄市要密切配合。」

同時這個講話中江澤民對法輪功造了相當多的謠，來證明當時這個決定並沒錯。這個講話的言外之意就是，誰反對鎮壓法輪功，反對「大力增強凝聚力」，誰就是在「五‧八」事件上裡通外國，誰就是在賣國。

江製造「五‧八」事件為全面鎮壓法輪功贏時間

「五‧八」事件之後，中國民眾群情激憤，江澤民如願以償轉移了視線，國內與國際都暫不再關注法輪功問題。從 4 月份開始，一直到 6 月份，不斷有江澤民準備開始鎮壓法輪功的蛛絲馬跡，但是因為「五‧八」事件成為當時媒體最大的熱點，一切都遭到了掩蓋，也為江澤民在 7 月份全面開始鎮壓法輪功贏得了時間。同時，江澤民又利用「五‧八」事件挾持了整個政治局，以對抗美國為由，讓反對者全部消聲，為 7 月份鎮壓法輪功鋪路。

同時，能在 1999 年「六四」十周年之前成功攪亂視線，安然度過這個危險期，並以此挾持政治局，對江來說，當時是一個「巨大勝利」。江澤民鎮壓法輪功計畫的另一個標誌事件就是「610」辦公室的成立。

江澤民真正在意的只是法輪功

江澤民、曾慶紅夥同時任政法委書記羅幹，在「五‧八」事件中一步步執行自己的計畫，其中重要的一步就是在 1999 年 6 月 10 日成立了「中央處理法輪功問題領導小組」，因其成立時間簡稱「610 辦公室」，由李嵐清、丁關根、羅幹負責，李嵐清任組長。其相應的政府部門叫「國務院防範和處理 X 教問題辦公室」。

此時，輿論仍然在關注「五‧八」事件，6 月 16 日美國總統特使皮克林在北京向中共報告使館事件的調查結果成為熱點。

實際上，在朱鎔基調解了「4‧25」上訪以後，4 月 27 日，中共中央辦公廳就印發了《江澤民同志給政治局常委及其他有關領導同志的信》。

1999 年 6 月 7 日，江澤民在中共中央政治局會議上講話更是承認只在意法輪功。

在講話中，中共駐南大使館事件只是寥寥幾句話，江只是稱，「這激起了中國人民和全世界愛好和平人民的極大憤慨」，但是這次講話，江卻承認一直在思考對付法輪功，「4 月 25 日以來，我一直在思考，我們黨已經搞了近 80 年的革命和建設，掌握著國家政權，有 250 萬人民軍隊，有 6000 多萬黨員，有一大批高中級領導幹部，為什麼卻讓『法輪功』這樣的問題冒了出來……」

「610」辦公室的出現，也使得中共在後來從中央到地方實際上有兩條指揮系統和權力機構，因「610」可在任何時候根據鎮壓法輪功的需要，超越所有權力機構來調集資源調整國家政策。

1999 年 7 月 20 日，江澤民對法輪功的鎮壓全面展開。

第四節

非暴力抗爭的典範

（此文是旅美學者胡平在 2009 年一次人權集會上的發言）

　　一位藝術家朋友為今年（2009 年）設計了一種文化衫。在潔白的 T 恤衫上，印下四組阿拉伯數字：50 30 20 10。

　　這四組數字是什麼意思呢？

　　50，指的是 50 年前，也就是 1959 年發生在西藏的藏人抗暴事件。

　　30，指的是 30 年前，即 1979 年的民主牆運動。

　　20，指的是 20 年前，即 1989 年的八九民運和六四屠殺。

　　10，指的是 1999 年 4 月 25 日法輪功中南海請願事件，到今年整整十年。

　　記得在 10 年前「4·25」這一天，有上萬名法輪功學員聚集在北京中南海附近向國務院請願。整個活動持續了一整天。由於

這次事件發生在「六四」事件十周年前夕這樣一個極其敏感的日子，又是發生在中南海這樣一個中國極其敏感的地方，所以立刻引起全世界的關注。

「4‧25」事件最令人驚異的是，中共當局事前居然「毫不知情」。於是很多人懷疑法輪功有一個祕密組織。不過我很快就了解到事實並非如此。一位基督教牧師的朋友親口告訴我，在「4‧25」事件前兩天，他正好住在北京一位朋友家中，聽朋友說起法輪功要向國務院請願。他這位朋友並不是法輪功學員，也不是在什麼機要部門工作。可見法輪功這次行動事前並沒有保密。想來中共的安全部門事先是聽到消息的。

和其他不少宗教或信仰相比，法輪功要算很溫和的了。它一不主張禁慾，二不主張獨身，三不主張吃素，四不主張出家出世，五不主張上貢修廟，六不主張禁醫禁藥。如果連法輪功都要算「X教」，其他這些宗教或信仰又當如何論處呢？

我還從親戚朋友那裡了解到不少關於法輪功的情況。我的中學同學裡就有法輪功學員。有位女同學因為傳《九評》給拘留過好幾次，一出來就繼續傳。我還聽親戚講到一位鄰居老太太，是退休的小學校長，因為到北京上訪被抓回來關進看守所。那個監室關的都是小偷妓女，你偷我摸，又打又鬧，很不安寧。這位法輪功老太太關進去沒多久，居然使那些小偷妓女都變老實了，那個監室也成了模範監室。不只一個懂氣功的中醫師告訴我，法輪功的功法確有獨到之處。

法輪功的集會遊行場面都很大。印象最深的是那次聯合國舉行各國政府首腦高峰會議，來自專制國家的反對人士和受迫害群體紛紛趁此機會組織集會遊行，曼哈頓聯合國大廈附近一帶成了

抗議的海洋，其中還免不了出現了一些火爆場面。紐約市政府出動大量警察，還從外地借調來很多警察維持秩序。在形形色色的抗議隊伍中，就以法輪功的人數最多，佇列最長，服裝最整齊，最守秩序。旁邊值勤的警察忍不住對記者說：「要是遊行示威的都像這樣，我們就沒事幹，就不用來了。」

10 年來，中共當局對法輪功進行了非法的系統性、滅絕性的打壓，法輪功卻居然打不垮，壓不倒。法輪功為爭取信仰自由而展開的和平抗爭，英勇壯烈，可歌可泣。

法輪功的抗爭已經成為當今世界上最大的人權運動之一。法輪功對非暴力的堅定執著，尤其令人感佩。法輪功為中國，也為全世界，樹立了一個非暴力抗爭的典範。法輪功在當前中國的維權運動中扮演了重要角色，我們相信，法輪功還必將在未來中國的道德重建中發揮重大作用。

逮捕江澤民

第八章

江澤民最妒嫉的人

法輪功創始人李洪志先生，不僅受到其上億弟子的愛戴與景仰，也受國際社會尊敬與感佩，受國際褒獎超過 3000 份，曾列名「世天才百強榜」，並 4 次被提名諾貝爾和平獎。李洪志先生的無數成就卻無端引來江澤民的妒恨……

2012 年 4 月 29 日，7400 名台灣部分法輪功學員在中正紀念堂排出李洪志大師的圖像，場面殊勝壯觀。（大紀元）

第一節

全球影響力最大的華人之一

全世界很多民眾在準備過年的同時，也在準備寄給法輪功創始人李洪志先生的新年賀卡。圖為 2015 年台北部分法輪功學員給李洪志師父拜年。（大紀元）

「李洪志先生傳出的法輪功開創了一個新的世紀、一個全新的覺醒時代，開創了一個集體懺悔慚愧感恩的時代。他讓生命從混亂中恢復秩序，最終恢復到真善忍的生命常態。」

2015 年 2 月中旬，全世界很多人在準備過年的同時，也在準備寄給法輪功創始人李洪志先生的新年賀卡。過去 10 多年裡，給李大師賀年已經成為很多中國大陸家庭過年的一大喜事。儘管中共一直誣陷誹謗李大師，但李大師早已備受全世界各民眾信賴、尊敬和景仰。

以 2009 年為例,「明慧網」上登載了一封致李老師的感謝信,全文如下:

尊敬的師父您好:

請允許我這樣稱呼您,可能受家母的感染。其實我比媽媽更早地接觸法輪大法,但是沒有媽媽有毅力,沒能堅持下來。通過發生在身邊親人身上的種種事例,讓我深切體會到法輪大法的美好。不知道用什麼語言來表達對您的感激之情。

原先媽媽體弱多病,什麼冠心病、心絞痛等,經常生氣抽過去,在我的記憶中,媽媽經常半夜暈過去送進醫院。是法輪大法救了她,自從煉了法輪大法,有了那麼強的生命力。雖然已 60 多歲了,精神就像年輕人一樣充滿朝氣。

我的二哥,在我媽媽未煉大法之前,整天遊手好閒,不務正業,打架鬥毆,無所事事。自從媽媽煉上了大法之後,經常教育二哥按大法法理及真善忍的標準做一個好人。現在二哥家庭幸福美滿,事業蒸蒸日上,成為行銷行業的佼佼者。

我的小弟在一次車禍中,頭骨摔得七裂八瓣,腦漿溢出,被醫院判為死刑。是大法給了他第二次生命,而且一天比一天好。我的小姑,身患癌症,自從煉上大法之後,癌症已消失得無影無蹤。

看到這些奇蹟,他們身邊的有緣人,也紛紛走入大法的行列中。我的叔叔、我的大哥及我所有的家人都感受著大法帶來的恩惠。所以,我寫此信來感謝師父的大恩大德。您所做的一切是無人能比的。從今以後,我要做一個好人。最後由衷地說一聲:「法輪大法好」。

恭祝師父節日快樂!

黑龍江省李佼陽及李氏家族和明真相的親朋好友共 66 人跪拜

2009 年 12 月 26 日

中共誣陷的謊言已無人相信

2013 年，一群正義人士成立了「李洪志大師傳奇」專題網站
（http://li-hongzhi-master.org/），該網主要以明慧網為本源，以「洗
冤正名」、「再現輝煌」為傳播核心，彙集了很多有關李洪志大
師的真實情況，令中共的造謠謊言不攻自破。

1999 年 7 月 20 日中共開始公開打壓法輪功，大陸媒體以「文
革」式的手段鋪天蓋地展開反法輪功宣傳。初期，央視每天動用
7 個小時，播出各種誣衊抹黑法輪功和李洪志大師的節目，全國
2000 家報紙，1000 多家雜誌，數百家地方電視台和電台，也開
足馬力搞「大批判」。短短半年之間，誣衊和批判法輪功的文章
高達 30 餘萬篇次，平均每天 1666 篇，令無數不明真相的人對法
輪功產生錯誤認知。

中共大量歪曲、篡改和編造謊言，比如官方稱李大師鼓吹「世
界末日」，把李大師在一個講課錄像中提到「所謂地球爆炸的事
情是不存在的」的「不」字給故意刪減掉。中共還誣陷李大師「逃
稅、斂財、住豪宅」，但中國氣功協會的記錄顯示，李大師辦班
收費在全國是最低的，10 天班新學員總只收 40 元人民幣，老學
員 20 元，而其他氣功師僅辦一天班就收 100 元左右。且李大師
每次都是和當地氣功協會合作，收費和報稅都是由當地氣功協會
負責，李大師只是收取一些勞務費、差旅費和工本費等。

央視還造謠說李大師在長春開運街 5 號有所謂「豪宅」，其

實那個房主雖然也叫李洪志這個名字，但卻是同名同姓的另一個人。這房子本是那人準備給兒子結婚用的，一日突然被公安借去，警察往屋裡搬進很多佛像和金銀珠寶，才炮製出那一幕假象交給央視做出摸黑節目。李大師住在長春解放大路 103 號，那是極為普通的舊樓房 4 層一個單元。

李大師在海外對其弟子講法中曾提到，「也有的人說，李洪志是不是百萬富翁？你可以把我當作百萬富翁，億萬富翁，千萬億富翁，都行！因為我擁有的是人類所有的錢財都換不來的！」「比如說，我有一億的學員在學法，如果我現在說一句，大家每個人給我一塊錢吧，大家想一想，一人給我一塊錢我就是億萬富翁，而且大家隨時都會給我，你就把我當成億萬富翁好了！有的人還到處了解我，說賣書賺了多少錢。我告訴大家，我在中國正式出版社出版的書，稿費每次幾千塊錢人民幣，所有都加在一起給了我兩萬多塊錢人民幣，合幾千美金吧，就這麼多。」

16 年來，經過法輪功學員不斷講真相和正義民眾的幫助，李洪志大師到底是個怎樣的人，人們已經有了全新的認識。一位大陸民眾在給李大師的生日賀卡中寫道：「假如一位醫生治好了我的絕症，我會感激他一輩子；假如一位老師教給了我人生的真諦，我會永遠尊敬他；假如一個人把我從毀滅的邊緣救回來，我會永生永世不忘他的恩德，而您就是這樣的恩人！」

功法神奇 震驚醫界

2012 年 2 月，明慧網曾發表了《五份調查報告顯示法輪功祛病健身效果》（http://www.minghui.org/mh/articles/2012/2/5/252728.

html）。文中首先舉出了 3 個案例。具有「中國歌王」之稱的著名男高音歌唱家關貴敏，快 70 歲了還在舞台上高歌，但早在 1983 年，39 歲的他就因肝病而退出舞台，直到 1996 年學煉法輪功後才恢復健康。

「中國歌王」著名男高音歌唱家關貴敏年近 70 歲仍在舞台上高歌，但早在 1983 年 39 歲他就因肝病而退出舞台，直到 1996 年學煉法輪功後，才恢復健康。（大紀元）

李其華離休前是共軍 301 總醫院的院長，這是中共軍隊中最好的醫院，中共最高領導人都在 301 醫院治病，但該院卻無法醫治李其華和其老伴的病。1993 年學煉法輪功後，他見證了法輪功不藥而愈的神奇，認識到法輪功才是真正的更高的科學。

曾在哈佛醫學院工作的汪志遠，如著名科學家霍金一樣，患有絕症「漸凍人」病，但學煉法輪功的當天就出現奇蹟，3 個月後他就完全恢了復健康。

法輪功祛病健身的神奇功效，幾乎每個法輪功學員都有深切感受。全球做過 6 次調查。被調查者中，不少是患有絕症或疑難病症者。他們煉功後身體康復，令醫學界震驚。有人覺得放鬆可以治病，心理安慰可以緩解病情，不過，安慰劑或放鬆等心理療法並不能如此大規模的、具有普遍效應的在數千萬人身上出現。

一般的安慰劑最多只能提升 10 ～ 30％的功效，而法輪功能

提升 90％以上的治病有效率，這是西方實證醫學無法解釋、但又不得不承認的奇蹟。

上億人只要真心修煉，乙肝、白血病、糖尿病、癌症及各種疑難病症很快就被清理了，學煉者很多在身體和精神兩方面同時昇華。法輪功神奇的袪病健身效果，驗證了愛因斯坦的預言：「如果真有一個信仰能夠處理現代科學之所需，那只有佛學了。」（「If there is any religion that would cope with modern scientific needs, it would be Buddhism."- Albert Einstein）

修煉者是中國主流民眾

16 年來人們發現，法輪功修煉者並不像中共宣傳所稱「是一群迷信、愚昧的人，是被社會邊緣化的人」，相反，法輪功修煉者是中國當時各行各業的主流群體，他們遍布社會各階層、各行業，是個非常龐大、非常寬容的群眾團體。

道家傳功是要挑徒弟的，只有德大的人才傳，耶穌也曾說，富人上天堂，比駱駝從針眼穿過都難，但法輪功對修煉人是沒有挑選的，誰想學就可以來學，法輪功的所有書籍、教功錄像都可以從網上免費下載，人們想來就來，想走就走，來去自由。

法輪功也沒有花名冊，就跟民間的橋牌協會或自行車俱樂部一樣，鬆散管理。不過外界發現，法輪功學員一般都很能堅持，一旦學了，很多人就一直在煉，哪怕政府打壓，也有不少人在家裡煉。

在法輪功修煉者中，有總統級別的高官，世界一流的專家教授、成功的商業人士、高級技術人才、藝術家等，也有曾經是社

會最底層的流浪漢、監獄囚犯、黑社會老大等等，甚至出現很多一字不識、70多歲的文盲老太太學煉法輪功後能閱讀《轉法輪》的奇蹟。

在美國曾有位基督徒做過調查，發現他接觸的法輪功朋友，具有大學以上學歷者占絕大多數，他們是華人中的精英，很多人是著名大學的教授、博士、碩士，不少是商界大老闆。

法輪功如今洪傳全世界114多個國家和地區，人們不論性別、年齡、種族、地域、膚色、語言、信仰、文化、職業、家庭、性格多麼不同，都有一些相同之處：他們共同尊敬一個老師：李洪志大師；共同遵守一個標準：真善忍；共同實踐著一個承諾：事事處處做個好人。

法輪功洪傳全世界 140 多個國家和地區，不同族裔的主流人士共同尊敬一個老師：李洪志大師；共同遵守一個標準：真善忍。圖為 2014 年 5 月 10 日部分紐約法輪功學員在中央公園晨煉。（大紀元）

他們給人們的普遍印象是：真誠、善良、忍耐，生活簡單，生活習慣健康，不抽菸喝酒，不做傷害他人、違背良知的事。

提升道德 教出一群好人

法輪功能提升修煉者的道德，這是很明然的，因為李大師

要求學員按照真善忍做好人。在中共沒有打壓法輪功之前,一些大陸媒體記者也自發地報導了一些法輪功學員為社會做的好人好事,如義務為家鄉修路、拾金不昧、改掉損人利己的自私行為等。

很多中共官員學了法輪功後,明白了衡量好壞人的唯一標準是真善忍,而不是中共官場上的所謂政績、關係。很多學員表示,學大法後他們再也不幹歪門邪道、損人利己的事了,因為天上有無數的眼睛正看著自己,神目如炬,做壞事會暗室虧心。

中共人大前委員長喬石對法輪功進行調查後得出結論:法輪功對任何政府、任何團體、任何個人都是「有百利而無一害」的大好事。那麼試想,假如更多人來學法輪功,中國的整個社會風氣也就會變好,人人管自己,也就不需要那麼多警察了。

感召力亙古未見

法輪功能提升人的道德,讓全社會受益。但卻因學煉法輪功的人數超過了中共黨員人數,江澤民竟悍然發動對法輪功的鎮壓。

1999 年中國有近億民眾學煉法輪功。鎮壓開始後,成千上萬的法輪功學員堅持真理,不畏生死,上訪喊冤,呼籲還李大師清白,很多學員被抓被迫害,甚至喪失生命。

一位中國大陸學者曾說:「在這紅塵亂世,能讓 1 億人洗心革面、修心向善,能讓千千萬萬的普通人放下生死,堅持真理,這樣的偉績人類從未有過。

當初耶穌受難時,12 門徒中沒人敢承認自己是耶穌的弟子,而如今李大師受誣陷,數百萬法輪功學員冒死到天安門請願,呼

籲還師父清白，由此可見李大師的感召力亙古以來絕無僅有。」

　　正因為妒嫉李大師的感召力，江澤民發動了這場至今仍未結束的大迫害。

江澤民妒嫉 發動大迫害

　　據《江澤民其人》一書披露，1998 年夏天，長江出現夏季洪水。本來不大的一場洪水，卻因為江澤民寧願國家危險也不願他家的風水龍脈受損，便否定專家們提出的開閘洩洪方案，一味要求「嚴防死守」，藉機調動百萬軍隊在武漢抗洪。

　　江澤民到武漢視察時，看見一群人在第一線奮力加固堤壩，工作非常勤奮。江以為這是群共產黨員，就把他們叫來，想讓媒體報導宣傳一番。哪知一問，才發現是武漢某煉功點的法輪功學員，他們自願來堤壩幫助軍隊幹活。李大師教他們做好人，這些學員就去做好事。江聽後很不高興。

　　據中共內部消息，江澤民鎮壓法輪功，一個主要原因就是他妒嫉李大師。1999 年 4 月 25 日，法輪功學員自發到天安門上訪，當時江澤民坐在防彈車裡偷看，只見現場秩序并然。大家說來向中共高層請願，一下子就出現幾萬人，得到總理朱鎔基解決問題大承諾後，說走，幾萬人一下就散開了，走後地上連張紙片都沒有，收拾得乾乾淨淨的。

　　在江澤民家裡，他的妻子王冶坪和孫子江志成當時也學煉法輪功，江澤民覺得他們都聽李大師的了，他就沒有權威沒有臉面了。「4‧25」之後，江澤民不顧其他常委的反對，要鎮壓法輪功，藉口之一就是：「法輪功和中共爭奪群眾」。

贏得崇高國際聲譽

法輪功並非宗教，無宗教場所或宗教儀式，也無戒律，李大師僅是無條件地對全世界 70 億人公開了往高層次上修煉的法理。早在 1994 年李大師就去了美國。1994 年 8 月 3 日美國休士頓市授予李洪志老師榮譽市民和親善大使。不久李大師以「傑出人才」身分獲得美國永久居住權。

1996 年 10 月 12 日休士頓市長宣布這一天為「休士頓李洪志大師日」。公告中說：「作為一門高層次的精神修煉體系，法輪大法的創始人，李洪志先生贏得了世界人民的尊敬和讚賞。法輪大法基於宇宙特性真、善、忍。法輪大法強調改善健康，並帶領真修弟子走向圓滿。」

「法輪大法超越了文化和種族的界限，讓宇宙真理響徹地球的每一個角落，並在東西方差異間架起橋梁。李洪志先生孜孜不倦地將法輪大法從中國洪傳至世界各地，同時也影響了許多國家難以計數的人的生活，贏得了崇高的國際聲譽。」

2001 年 3 月 14 日，美國自由之家隆重向李洪志師父及法輪大法協會頒獎。2007 年在「世天才百強榜」排名中，法輪功創始人李洪志大師名列第 12 位，是當今全球影響力最大的華人。2009 年李洪志大師榮獲「精神領袖獎」，並 4 次被提名諾貝爾和平獎。2009 年 9 月 24 日，亞太人權基金將「傑出精神領袖獎」授予李洪志大師，以感激李大師在提升人類道德以及傳播中華傳統文化方面的巨大貢獻。

10 多年來，世界各國政府機構、議員、團體組織等對法輪大法和李洪志大師頒發褒獎超過 3000 份；通過支持法輪功的決議

案 373 個，支持信函 1180 封。這些都代表著國際社會對江澤民當局詆毀、鎮壓法輪功的譴責，也是對李洪志大師及法輪大法正信群體的肯定與支持。

大陸知名的妙絕法師曾表示，李洪志先生傳出的法輪功開創了一個新的世紀、一個全新的覺醒的時代，開創了一個集體懺悔慚愧感恩的時代。他讓生命從混亂中恢復秩序，最終恢復到真善忍的生命常態。

法輪大法超越了文化和種族的界限，讓宇宙真理傳遍地球的每一個角落。圖為 2015 年 5 月 14 日，8000 多名來自世界各地的部分法輪功學員參加紐約法輪大法修煉心得交流會。（大紀元）

「六四」民運領袖之一唐柏橋多次讚歎，李大師帶領法輪功學員在中國的道德重建方面起到了其他任何一個群體起不到的作用，而且法輪功學員非暴力的和平抗爭方式，對全世界的人都有啟發作用。比如退黨運動，實際上起到了改變人靈魂深處的作用。面對中共空前的迫害，法輪功在這麼艱難的情況下還做得這麼好，是奇蹟，也是榮耀，值得人類歷史學家好好研究。

第二節

李洪志大師的故事

　　1992 年 5 月 13 日，在過 41 歲生日那天，李洪志大師第一次向這個世界傳授了他的「法輪大法」（簡稱法輪功）。如今「法輪功」這三個字傳遍世界，在中國大陸幾乎人人都聽說過「李洪志」。

　　從 2002 年以來，美國國會先後通過 188、304 和 605 號決議，強烈要求中共立即停止迫害法輪功，然而這場依靠鋪天蓋地的謊言宣傳和暴力支撐起來的迫害，十多年來一直在神州大地上持續到今天。江澤民曾多次派人暗殺李大師，所幸都未能得逞。

李洪志大師榮獲 1993 年健康博覽會「邊緣科學進步獎」和「受群眾歡迎氣功師」稱號。（明慧網）

　　無論是在 1999 年被中共打壓之前，還是被打壓 10 年後的今天，尊崇李洪志大師的「法輪功學員」、「大法弟子」、「大法徒」，一直都有一億多人，占了全人類總人口 70 億的七十分之一；在海外人們都尊稱他為「李洪志大師、李老師、Master Li」，他撰寫了數百萬字的傳法著作，包括《轉法輪》等，多達 40 餘部，被翻譯成了 30 多種文字，在全世界 114 個國家和地區廣為流傳；他和他的學生們在全球獲得的褒獎高達數千份。

少年修得絕世功夫

　　遠遠看去，中國地圖就像一隻金雞，而金雞目就在吉林長春。那裡有著中國十大名山之一的長白山。5A 級國家風景區裡的白雲峰，享有「千年積雪為年松，直上人間第一峰」的美譽，是東北境內最高峰。李洪志大師就出生在離長白山不遠的公主嶺。1951 年 5 月 13 日，辛卯玉兔年四月初八，在中國一個普通家庭裡，李洪志大師降臨人間。

　　童年時代的李洪志大師便異於同齡。他天資聰穎、生性善良，主動承擔起看家、做飯、劈柴、看護弟妹的事務，小夥伴們也都喜歡和他玩，因為和他在一起，總有種安全感。

　　在 1994 年首次出版的《轉法輪》一書中，有一個由法輪功研究會整理的《中國法輪功創始人李洪志先生小傳》，裡面講述了李大師的成長過程。李洪志大師從很小的時候就開始修煉，據他的師父們講，從他在娘胎裡就跟上他了，不過直到四歲時，李洪志大師自己才意識到有師父在管他。

　　第一位師父是佛家獨傳大法第十代傳人全覺法師。由於李洪

志大師當時年紀小，師父開始只教他心性修煉，不教外形動作。當然，同其他祕傳徒弟的功法相似，一般人是看不到這位師父的，所以即使李洪志大師修煉多年，周圍人也渾然不知他是個修煉人。

那時假如他跟小朋友打了架，他會無緣無故、一個接一個地栽跟頭，總也站不穩，有時候手都摔出血了。如果他心裡還不服氣，會突然來幾個大孩子揍他一頓，直到他認錯，師父才會露出笑容。

八歲時，李洪志大師突然感覺眼角裡多了點東西，慢慢看清了那是「真、善、忍」三個字，別人看不見，而他隨時都能看得見。師父告訴他，真，就是要做真事，說真話，不欺騙，不說謊，做了錯事不掩蓋，將來達到返本歸真；善，就是要有慈悲心，不欺負人，同情弱者，幫助窮人，要樂於助人，多做好事；忍，就是在困難時，在受到屈辱時，要想得開，挺得住，不怨不恨，不記不報，能吃苦中之苦，能忍常人難忍之事。

從八歲那年起，李洪志大師就具足了大神通。與夥伴們捉迷藏時，他只要一想「別人看不見我」，誰也就發現不了他，甚至拿著手電筒照到他臉上也說看不見。木頭裡有又長又鏽又彎曲的釘子，他用手輕輕一摳就出來了。和小夥伴們一起在雪地玩，跑跳中他便會騰空而起。若發現兩個人要打架，只要他想讓另一個人別過去，那個人就真的過不去。小學四年級時，一次放學後書包忘在教室裡了，教室門窗都鎖了，怎麼辦？他一想進去，人就進到教室了，再一想，帶著書包就出來了。這種穿牆術讓他自己都感到驚奇。一次他想，停在玻璃中間不知是啥滋味，就這麼一想，人就在窗戶玻璃中停住了，他立刻感到滿身滿腦子都是玻璃

碴子，太難受了，趕快出去。當時李洪志大師不知道什麼叫特異功能，他還以為人人都是這樣呢！

李洪志大師從小就樂於助人，無論做什麼事首先想到別人。看見馬路上有塊石頭，他生怕別人走路絆倒，會將它揀起來扔到一邊去。上小學時一次放學路過南湖邊，聽人喊「有人掉到水裡了！」他二話沒說脫了衣服就跳進水裡，很快游到那人旁邊，鎮靜地告訴他：「你喘口氣，別亂動，我能將你救上去！」那人果真服服貼貼。當他把那人拖到岸邊時才發現，那是一個比他高大得多的大人。這樣救人的事發生過多次，但李洪志大師從不與人提起。少年李洪志大師有著慈悲心腸，每當看到電影或小說中有好人受苦受難的情節時，總是淚水漣漣。

12歲那年全覺法師告訴他，還將有其他師父來傳授他各門各派最精華的東西。最先來的是八極真人，他把李洪志大師帶到沒人的地方，傳授他道家的內外兼修，還陪他煉馬步站樁，一站就是幾小時，常常是汗如雨下，而身體卻煉得柔軟如棉，堅硬似鐵。每當夜深人靜之時，無人知曉之處，寒來暑往，日復一日，不知雙手磨出多少繭子，汗水濕透多少衣衫。功夫不負有心人，少年時期的李洪志大師，功夫已達到世間法的上乘。

1974年以後，大道師父走了，又來了一位佛家女師父，主要是傳授佛家功理和功法。這時李洪志大師雖然只有24歲，但功力已經達到很高層次了。1982年李洪志大師從部隊轉業到長春市工作，煉功就更加刻苦了。

隨後十幾年裡，幾乎每到一個層次就換一位師父，每到一個層次都要經歷一場磨難，很多磨難是常人難以想像的。經過幾十年的刻苦修煉，李洪志大師修得絕世功夫，他不僅僅在功力上達

到了極高層次，更重要的是李洪志大師看到了宇宙的真理，看到了宇宙中早已存在的更多、更美好的東西，看到了人類的起源、人類的發展和人類的未來。

獨創法輪功

不過在日常生活中，在外人眼裡，李洪志大師只是一個靦腆內向的普通人，同事們只覺得他憨厚、誠實，誰都願意接近他。李洪志大師從不與人爭辯，有人不理解，說他傻，該得的不得，該要的不要。他的確是到了那個境界，常人的各種慾望、個人的利益都拋置於腦後，一切順其自然，淡泊視之，泰然處之。面對著冤枉和責難，旁人都替他抱不平，而他卻一笑了之。

在修煉界有個說法，比如西藏活佛轉世，老活佛在生前把自己的功夫傳給其他修煉人，等小活佛轉生出來後，這些修煉人再把老活佛的法回傳給他，這樣一代代的流傳下來，外人很難知道誰是這法的真正主人。1996年5月27日李洪志大師在短文《驚醒》中寫道：「其實我今世的幾個師父所傳我的東西，也是在數世之前我有意叫他們得的，等緣份一到，安排他們再回傳於我，從而啟悟我法之全部。」

就這樣，在經過漫長歲月的準備後，李洪志大師開始傳授他的「法輪大法」。

在《轉法輪》中李洪志大師寫道：「道家修煉真、善、忍，重點修了真。所以道家講修真養性，說真話，辦真事，做真人，返本歸真，最後修成真人。但是忍也有，善也有，重點落在真上去修。佛家重點落在真、善、忍的善上去修。因為修善可以修出

大慈悲心，一出慈悲心，看眾生都苦，所以就發了一個願望，要普度眾生。但是真也有，忍也有，重點落在善上去修。我們法輪大法這一法門是按照宇宙的最高標準——真、善、忍同修，我們煉的功很大。」

功法適合現代人

沒傳法前，李洪志大師已經預知到未來會有很多人學煉法輪功。為了盡量減少對現代人日常生活的干擾，李洪志大師從一開始就把自己的生活建立在普通大眾之中，因為他知道，他的學生會從方方面面模仿學習他。跟其他氣功師不同的是，李洪志大師並不專門吃素，普通大眾的食物他都能吃，只是對吃什麼從不挑剔，他也結婚，還有個女兒。

1991 年 40 歲的李洪志大師開始向社會公開傳授他的法輪功，不過早在 1984 年李洪志大師就著手把原來歷代單傳、挑徒弟祕修的功法，改編成適合現代人忙碌生活的普及功法。比如法輪功第一套功法中有個「抻」的動作，別看表面一個抻直、抻長的動作，另外空間會演化修煉出什麼，這些都需要非常龐雜、非常精細的設計，改動一點都非常難。也因為是他自己的法，李洪志大師才能改動得了。在現代社會傳功，來的人心性高低不同，根基悟性不同，身體素質不同，如何讓更多民眾能從法輪功修煉中身心受益呢？李洪志大師為此費盡了心血。

1989 年功法成型後，為了確保萬無一失，真正對社會負責，李洪志大師首先在小範圍內帶了幾個徒弟。經過兩年多的觀察，這幾個徒弟均達到了很高的層次。比如，「三花聚頂」在其他功

法裡需要經過十幾年乃至幾十年的苦修才能達到的，而這幾個徒弟有的兩年就達到了，足見法輪功功法之高妙獨特。

糾正一切不正確狀態

法輪功建立在中華數千年修煉文化的基礎之上、非常博大精深。要了解法輪功，最佳辦法就是不帶任何觀念的通讀《轉法輪》，李洪志大師說他把他的一切功和法都融入《轉法輪》一書中了。不過簡單地說，法輪功就修煉三個字：「真、善、忍」，其功法最顯著特點之一就是李洪志大師會給每個真正學煉法輪功的學員下一個「法輪」。

法輪是有靈性的、旋轉不停的高能量物質體，存在於另外空間。真修者讀法輪大法原著，或聽或看李洪志大師的講法錄音錄影，或跟隨法輪功學員學煉，只要真心修煉，誰都可以免費獲得這個珍貴無比的法輪。

法輪內旋度己，從宇宙中吸取大量能量，演化成功；法輪外旋度人，發放能量，普度眾生，糾正一切不正確狀態；在修煉者附近的生命體都會受益，所以修煉法輪功能達到「法煉人」的時時被煉著的狀態，是對他人、對自己、對社會都有百利而無一害的高德大法。

法輪功還有個不同於所有修煉功法的最大特點，李洪志大師在《轉法輪》中講到：「就是誰煉功誰得功的問題。據我看現在所有的功法，包括歷代的佛道兩家和奇門功法都是修了人的副元神（副意識），都是副元神得功。」而法輪功是修煉主元神，要求學員自己明明白白修心性、去執著、實修昇華，「叫你自己真

正得功，這是開天闢地頭一回。」

法輪功第一期學習班

憶長春第一期法輪功學習班》的作者回憶，第一期法輪功學習班是在五中的階梯教室舉辦，參加學員 180 人。以下是作者的回憶：

「師父講課非常準時，講課時沒有講稿，就是一張小紙條。師父講完法之後開始教功。第一期班時，每人給了一本小冊子《法輪功》，12 頁，比現在的雜誌小一圈，都是單線條畫的煉功動作。師父教功的時候是手把手的教，一邊教動作，一邊給大家清理身體。

當時我是什麼都不懂，幾堂課下來，真是一身輕，上樓像有人推著，走多遠都不累，就是願意走，多遠都不坐車……

當時各種氣功門派特別多，師父傳功，那些所謂的氣功師也來聽，還有練各種氣功的。他們在場上大聲講話，像蒼蠅似的直嗡嗡。有個學員帶著一個十多歲的小女孩，在師父講課的時候她就『哇哇』地大哭大鬧。師父的課就講不下去了。有一個『氣功師』站起來到跟前給調理，那架勢是想在人前露一手，結果不行。又有兩三個『氣功師』比劃了一陣，還是不行。只見師父從台上下來，到小孩兒跟前用手在她頭上拍了三下，她立刻就停住了哭鬧。會場上驚噓聲一片，緊接著響起了雷鳴般的掌聲。再後來出現一些干擾，師父就用手指在講桌上點幾下，一切就都平靜了……

一期班結束之後，我身上最明顯的有兩件奇異的事：一是平

地摔跟頭，沒磕沒絆的就是摔跟頭，一連摔倒了十幾次，不疼也沒任何受傷。無意中我發現這是師父在給我治病。我原來患肋軟骨炎，肋骨都鼓出來了，身子都是偏的。這些跟頭摔得我身體正道了，骨頭也平乎了。另一件事就是回家煉靜功，單盤上腿，坐在地上打坐，一閉眼睛，我的身體就繞著圈的滿屋轉，臀部和腿還沒離地，可就像長了腿似的，睜開眼一看，轉到那邊去了，再一會又轉回來了，就這樣持續了二十多天。一煉到兩側抱輪時，頭就轉，轉得像撥浪鼓似的，耳朵裡邊還在打鼓。手一撂下來，頭也不轉了，耳朵也不響了。我原來第三節頸椎壓迫神經，腦袋都疼，這一下就把我的頸椎病搖好了……

我煉法輪功不到半年時間，十幾種病都好了，天目也開了，而且一人煉功，全家受益！我女兒得過垂體瘤，手術後醫生說生育能力特別低，結婚後八年了沒有孩子。我煉功後，我女兒生了個小姑娘，全家人別提多高興了，都讚佩大法神奇。孩子非常聰明，三歲半就會念《轉法輪》，對師父特別恭敬，現在都上初中了，功課特別好。看到師父給我們做的這一切，我開始明白師父傳功是『不講條件、不講代價、不計報酬、也不計名的』，『完全是出於慈悲心。』」

全國 56 期法輪功學習班

在第一個法輪功學習班之前，中國氣功科學研究會就在認真考察的基礎上，充分肯定了法輪功的功理功法和功效，把法輪功接納為其直屬功派。從一開始，李洪志大師就走得很正。從 1992 年 5 月 13 日到 1994 年 12 月 30 日期間，李洪志大師在大陸舉辦

了56期法輪功學習班，參加學員6萬多，這些班的正式名稱叫「法輪功傳法面授班」，都是由當地官方的氣功協會舉辦，氣功協會負責租場地、賣票和納稅等事項，他們提取辦班收入的40％，其餘的60％由李洪志大師用來支付交通、住宿、資料和隨同工作人員的生活費等。

當時中國流行帶功報告，氣功師要從自身打出強大的功給人治病，非常消耗體力和功力，一般氣功師一天一場報告會就收費100元一人，最低的也要50元，不過李洪志大師每個學習班上課9至10天，總共才收40元，老學員還減半，只收20元。有些地方的氣功協會嫌收費太低，辦班期間還給李洪志大師臉色看，但李洪志大師堅持這樣做。經常旅途奔波十多天下來，李洪志大師基本沒有剩餘的收入。

當時李洪志大師先後到過長春、北京、太原、山東冠縣、武漢、廣州、山東臨清、貴陽、齊齊哈爾、重慶、合肥、天津、山東墾利、遼寧凌源、石家莊、大連、錦州、成都、鄭州、濟南、湖南郴州、哈爾濱、吉林延吉這23個城市親自傳授法輪功。上海沒舉辦過法輪功班，而北京辦了13期，是辦班最多的，長春7期，廣州5期。接下來這6萬多學員就像種子一樣，把法輪功迅速推向了全中國。

1993年4月，李洪志大師撰寫的《中國法輪功》由軍事誼文出版社出版發行，1994年9月，李洪志大師親自演示法輪功的教功錄像帶由北京電視藝術中心發行，1994年12月，李洪志大師的主要著作《轉法輪》由廣播電視部下屬中國廣播電視出版社出版發行。至此，人們從修煉中獲得身體和精神的巨大飛躍，在親朋好友和民間的口耳相傳中，法輪功如雨後春筍般在各地蓬

1994 年 3 月，李洪志大師和部分石家
莊「法輪功學習班」學員合影。
（明慧網）

勃發展。

1995 年 3 月 13 日，李洪志大師受中國駐法大使館的邀請，
在巴黎中使館文化處舉行了一場講法報告會，辦了第一個海外法
輪功學習班，法輪功正式走向海外。同年 4 月 14 日，李洪志大
師來到瑞典哥德堡舉辦了第二個海外法輪功學習班。從那以後，
李洪志大師只傳法，不再做功法傳授，學員學功都按照錄像、書
籍或到煉功點上學煉。

從一開始法輪功就強調修煉完全出於自願，法輪功沒有任何
約束人的組織機構，沒有辦公室，也沒有花名冊，不強迫任何人
修煉，修煉者來去自由，各地輔導站也只是義務為人服務，沒有
任何報酬或名利，只是奉獻。

大陸媒體的正面報導

從 1992 年 5 月至 1999 年 7 月的 7 年間，據中國公安部內部
調查，大陸煉法輪功的人數達到 7000 萬至 1 億，大陸媒體也做

過不少正面報導。如 1996 年 1 月，《轉法輪》被《北京青年報》列入北京市十大暢銷書。1997 年 3 月 17 日，《大連日報》載文《無名老者默默奉獻》，報導古稀老者因修煉法輪功為村民義務修路 1100 多米的事蹟。1998 年 2 月 21 日，《大連晚報》報導大連海軍艦艇學院法輪功學員從大連自由河冰下三米救出一名落水兒童。1998 年 7 月 19 日，《中國經濟時報》以《我站起來了！》為題報導河北邯鄲家庭婦女謝秀芬在癱瘓 16 年以後，因煉法輪功恢復了行走能力。

　　1998 年 11 月 10 日，《羊城晚報》以《老少皆煉法輪功》為

1998 年 11 月 10 日，《羊城晚報》報導廣州一法輪功煉功點 5000 人大型晨煉，及患高位癱瘓的女子在煉法輪功後恢復行走能力。（明慧網）

題報導了廣州烈士陵園等處法輪功煉功點 5000 人的大型晨煉，及患高位癱瘓、全身 70％部位麻木失靈的廣州皮革迪威有限公司統計員林嬋英在煉法輪功後恢復了行走能力之事。1998 年 11 月 24 日，上海電視台報導法輪功已傳遍歐、美、澳、亞四大洲，在上海及世界其他國家廣受歡迎的情況，稱全世界已有一億人在煉法輪功。1999 年 3 月 4 日，哈爾濱市法輪功輔導總站被哈爾濱市公安局評為拾金不昧先進單位。

1999 年恐怖大王從天而落

然而僅僅因為法輪功修煉者的人數超過了中共黨員人數，時任中共黨魁的江澤民，便不顧政治局其他所有常委的反對，在 1999 年 4 月 25 日法輪功萬人上訪後，江澤民一人決定了要鎮壓法輪功。不過早在 1998 年初，李洪志大師就以「傑出人才」的身分移民美國，全家定居紐約。

1999 年 7 月 20 日，大量法輪功輔導員被抓，22 日，中共宣布取締法輪功。當天李洪志大師在《我的一點聲明》中寫道：「我是個修煉中的人，向來與政治權力無緣，我只是在教人修煉。一個人要想煉好功就必須做一個道德高尚的人。事實上我做到了這一點，使一億多人成為好的人，更好的人。」然而中共不顧這些事實，還是向上億民眾舉起了屠刀。

「1999 年 7 月恐怖大王將從天而落」——這是 16 世紀最著名的法國預言家諾查丹瑪斯在其著作《諸世紀》中，唯一明確指出具體時間刻度的預言。《諸世紀》對其身後數百年間的事情作出了驚人準確的預言。

萬民敬仰

儘管中共已經肆意誣陷誹謗李洪志大師十多年了，但每到佳節，如中國新年、元旦、中秋節等節日，特別是李大師的生日，也就是「世界法輪大法日」，全世界的法輪功學員和敬仰李大師的廣大民眾，都會以各種方式表達自己對李大師的問候和祝福。選在生日這天傳法，李大師曾解釋說，因為「我這一生就是來傳這部法的」。

每年李大師生日這天前後，在大陸的法輪功學員都會冒著生命危險，製作各種精美的賀卡，寄往海外，每次明慧網、《大紀元》等網站都會收到上萬份賀卡，還有各種祝福錄像等，寄託人們對李大師的感激之情。

正如一位大陸民眾在給李洪志大師的生日賀卡中說：「假如一位醫生治好了我的絕症，我會感激他一輩子；假如一位老師教給了我人生的真諦，我會永遠尊敬他；假如一個人把我從毀滅的邊緣救回來，我會永生永世不忘他的恩德，而您就是這樣的恩人！」這話可以說代表了億萬法輪功學員和受恩於李大師的廣大民眾的共同心聲。

2012 年李大師過生日時，還收到一封特別的大陸來信。寫信的是江蘇省灌雲縣的普通民眾，他們通過《大紀元》等海外媒體給李洪志大師寫了一封公開求救信，隨信附上了當地共產黨員們在 2007 年 12 月 8 日的集體退黨聲名書與簽名信。

信中反映了灌雲縣官商勾結，霸占了村民土地，政府大肆抓捕上訪民眾，9 名村民被判刑，無數村民被拘留勞教。2011 年 5 月 13 日上午，當地發生一起暴力拆遷致死的慘劇，事後公安還

來搶屍，遭民眾抵制。5月14日村民把現場照片和錄影發給《大紀元》，並說，「在這種情況下，只有向尊敬的法輪大法李洪志大師求救，請求李大師救救我們。」

就在《大紀元》15日登出這封求救信的第二天，當地政府便宣布與死者家屬簽署了和解協議，據知情者透露，當局對外聲稱賠償金是160萬，而私底下賠償金將近翻了一番。

如今，越來越多的民眾看到真相後，對李洪志大師充滿了敬意，他們說：「法輪功了不起，法輪功的師父更了不起！」

第三節

還原真實的李洪志大師

　　中共在打壓法輪功之初，為了給迫害編造藉口，鋪天蓋地污衊李洪志先生。16 年過去了，真相的顯露正在還李洪志大師清白。

有關生日、逃稅、豪宅的誣陷

　　中共宣稱：「李洪志為何要將生日由 1952 年 7 月 7 日改為 1951 年 5 月 13 日呢？其目的是稱自己是釋迦牟尼轉世。」李洪志大師表示：「政府在文革時把我的生日搞錯了，我只是把錯了的生日改回來而已。」

　　一位大陸民眾說，全球 70 億人口，平均到 365 天，每天都有上千萬人過生日，其中什麼樣的人都有，生日相同又能說明什麼呢？法輪功從來沒有提過與釋迦牟尼佛有什麼關係，假如是篡改生日，費那麼大勁，改了又不用，何苦呢？這無疑是中共的誣陷。

　　中共還謊稱李洪志先生逃稅，靠非法出版法輪功書籍和音像

製品「斂財」。事實上李洪志大師的《轉法輪》在大陸出版後，他獲得的全部稿費只有 2 萬多元人民幣。很多民眾表示，當時大陸有一億人學煉法輪功，只要李老師開口說每人交一元的學費就可以成億元富翁了，每人交 10 元學費，李老師就是十億富翁，然而學法輪功從來都是免費的，互聯網上還能免費下載複製法輪功的一切書籍和音像資料。

　　十多年來各地法輪功學員寫了不少回憶文章，他們看到的李老師總是吃穿非常簡樸，家裡生活一直都很清貧。李老師連夏天的襯衣都沒有多的，外出講課，經常是夜裡把衣服洗乾淨，第二天再穿。吃的也是最省錢的，經常一連十幾天，天天吃方便麵。早期李老師剛到北京時，風餐露宿，十分艱苦。

　　中共誣衊李老師在長春住豪宅，不過民眾調查發現，李老師在長春市解放大路 103 號西門四樓一號的家，在一棟破舊的老式住宅樓裡。儘管全球有很多法輪功受益者想送貴重禮物給李老師以表敬意，但都被他謝絕了。

李洪志先生與母親的原長春住宅，位於一棟普通而陳舊的公寓四樓（左圖）。家房門被一張 1999 年字樣的封條封著（右圖）。大陸民眾攝於 2000 年 3、4 月間。（明慧網）

關於吃藥問題

關於吃藥問題，李洪志大師澄清說：「有消息說我不叫人吃藥，事實上根本沒那回事。我只是講了一個修煉與吃藥的關係。我使一億多人得到了健康的身體，無數危重病人成了健康的人，這是事實。而有些在生命非常危險時期的病人與精神病人，我一向不叫其學法輪功。可是有人在我不知道的情況下非要學，那麼出現的死亡的個別人能說是我的學員嗎？我也從來沒見過沒被管的人學了幾個動作就不會死了。那麼醫院可以治病，就不應該有人死在醫院裡了嗎？」

有人粗略推算過，假如法輪功不能祛病健身，就按中國大陸每年平均死亡率萬分之六十五來計算，一億人中七年內就應該有 400 多萬人正常死亡，1998 年中共官方調查發現，1 萬 475 名接受調查的法輪功學員，痊癒者占 41.5％，基本康復者占 36％，好轉者占 20.4％，合計有效率 97.9％，自我感覺無變化者僅占 2.1％。這不正好反過來證明法輪功祛病健身有奇效嗎？

4.25 中南海法輪功上訪事件

中共誣陷李洪志大師時經常提到北京中南海「4.25」萬人上訪，說是李洪志大師一手策劃遙控了「圍攻中南海」，不過上訪的法輪功學員都說，他們是自願行使憲法賦予的上訪權利，而且關鍵問題是，「4.25」是合法上訪，人們也根本沒有包圍中南海，更沒有攻擊中南海。

一位老人說：「法輪功救了我的命，現在有人想誣陷李老師，

我要不去上訪，我就沒良心！別說滴水之恩湧泉相報了，凡是尊重事實的人都應該站出來說句公道話。法輪功讓上億人身心健康，受益的人都應該來上訪，沉默就是在幫助謊言橫行！」

據公安內部人員透露，1999 年 4 月 25 日那天一大早，警察遠遠就把各個路口擋住了，後來在警察帶領下，想去府右街國家信訪局的法輪功群眾才得以進入。據當時人們繪製的示意圖顯示，法輪功學員根本就沒有靠近中南海，長安街的新華門、中南海西門外府右街東側，都沒有法輪功學員，中共宣稱的所謂「包圍中南海」、「圍攻中南海」，都是違背事實的謊言。那天上萬名法輪功群眾靜靜地站在街邊，沒有口號、沒有標語，來往車輛人流暢通無阻。人群離開後，地上連警察扔掉的煙頭廢紙，都被法輪功學員撿起來帶走了。

現在很多大陸民眾都認識到，「4.25」上訪是公民意識的覺醒，因為「4.25」捍衛了人類正統價值觀「真、善、忍」，法輪功學員為抵制惡行挺身而出、維護社會公義的善舉義行，是人類最寶貴的精神財富，也是中國人最欠缺的法制意識。

「搞政治」之說

孫中山說：「政治乃管理眾人之事」。在自由國度裡，民眾享有參政議政的權力，然而中共卻把參與政治貼上了反面標籤，只有中共才有資格搞政治，其他人都被剝奪了應有的權力。

法輪功一再強調，修煉人不參與政治。法輪功就是教人做好人，講究因果輪迴，講究人各有命。

截至 2015 年 7 月，中共迫害法輪功長達 16 年，至少 3800

多名有名有姓的法輪功學員被海外人權組織證實是被酷刑迫害致死，還有至少 200 萬名法輪功學員被活摘器官。法輪功站出來曝光被中共掩蓋的事實真相，被中共攻擊為「搞政治」，在酷刑折磨與「搞政治」之間，哪個應該被譴責呢？假如「搞政治」能幫助講清真相、能制止迫害，人們為何不可參與其中呢？

如今 16 年過去了，人們看到李洪志大師帶領法輪功學員們不斷講真相，讓很多中國人，包括那些曾經迫害法輪功的惡人們都認識到自己的罪過，洗心革面重新做好人，讓更多人看到邪不壓正這個真理，看到中華民族的文化血脈被法輪功在海外保留和弘揚開了，看到 2 億多民眾退出中共黨團隊組織從而獲得新生，人們慢慢理解了李大師拯救世人的洪大慈悲，敬佩之情逐漸取代了疑惑和責難。

天不言自高，地不言自厚。李洪志大師的偉績是中共的誣陷無法遮蓋的，歷史正在還李洪志大師清白。

法輪功簡介及大事記

法輪功也稱法輪大法，是由李洪志先生於 1992 年 5 月傳出的佛家上乘修煉大法，以宇宙最高特性「真善忍」為根本指導，按照宇宙演化原理而修煉。經億萬人的修煉實踐證明，法輪大法是大法大道，在把真正修煉的人帶到高層次的同時，對穩定社會、提高人們的身體素質和道德水準，也起到了不可估量的正面作用。

法輪大法的最主要著作《轉法輪》裡，包含了從修煉入門到修煉圓滿所需的一切法理。學煉者只要不斷的反覆通讀《轉法

輪》，就會逐漸領悟到修煉所需的許許多多的高深內涵。

網路版《轉法輪》請見：http：//falundafa.org/book/chigb/zfl.htm

圖解法輪功大事記

編按：應大陸讀者要求，以下簡單介紹法輪功，進一步了解請詳見明慧網 http://www.minghui.org/。圖片來源：明慧網。

法輪功是上乘的佛家修煉大法，以宇宙特性「真善忍」為原則，包含五套舒緩、優美的功法動作，1992 年 5 月 13 日開始在中國社會公開傳授。法輪功認為，「真善忍」是宇宙中最根本的特性，也是衡量宇宙中好與壞的標準。修煉者只要反覆靜心通讀《轉法輪》，努力按照書中要求，提高個人心性並輔以煉功，短時期內就能達到意想不到的高層次，返本歸真。

據明慧網報導，法輪功一切活動都公開、免費，五套功法簡單易學，不分男女老少都可自願參加。目前《轉法輪》一書已被翻譯成 38 種語言，全球有 100 多個國家及地區的 1 億多民眾修煉法輪功。全世界有 110 多個法輪功網站，法輪功在海外獲得了超過 3000 項褒獎與支持議案。

然而在大陸，法輪功遭受史無前例的迫害已經 16 年，上億民眾的基本人權被剝奪，數百萬人被害死，甚至被活體摘除器官。江澤民集團為鎮壓法輪功而動用的財力達國家經濟資源的四分之一。

■ 1992 年 5 月 13 日，李洪志先生首次在中國東北長春市開始公開傳功講法。到 1994 年 12 月 21 日，李洪志先生應中國各地官方氣功科學研究會邀請，先後在中國各地舉辦講法傳功班 56 次，每期約十天，數萬人次親自參加傳授班。

1993 年 3 月李洪志先生在武漢第二期傳授班上講法傳功。

■ 李洪志先生 1992 年 12 月率弟子參加北京「東方健康博覽會」，成為該屆博覽會中榮獲獎勵最多的氣功師；法輪功的神奇治病效果在博覽會引起廣泛關注。

1992 年 12 月北京東方健康博覽會期間所拍到的景象。

■ 1993 年李洪志先生再次率弟子參加北京「東方健康博覽會」，榮獲博覽會最高榮譽「邊緣科學進步獎」和大會「特別金獎」及「受群眾歡迎氣功師」的榮譽稱號。

■ 1994 年 12 月，李洪志先生出版《轉法輪》。截止目前，《轉法輪》已被翻譯成 38 種語言，還有更多語種的翻譯正在進行。

《轉法輪》已經被翻譯成 38 種語言。圖為 2002 年在新加坡舉行的年度世界書展。

■ 1995 年 3 月，李洪志先生開始到海外傳播法輪功，先後在法國、瑞典、悉尼、美國、台灣、德國、新加坡、瑞士等國家和地區講法。

1995 年 4 月李洪志先生在哥德堡辦學習班。

2000 年部分法國法輪功學員在艾菲爾
鐵塔前集體煉功。

　　■至 1999 年，法輪功已廣傳 30 多個國家和地區，據中共公
安部調查估計，煉法輪功的人數達到 7000 萬至 1 億。

1998 年 5 月瀋陽市法輪功學員在煉功。

　　■ 1999 年 6 月 10 日，在當時中共國家主席江澤民的個人意
志和獨裁權力下，中國大陸成立了凌駕於國家憲法和法律之上的
全國性恐怖組織「610 辦公室」，開始抓捕迫害法輪功學員。

■ 1999 年 7 月 20 日，中共江澤民政權開始全面鎮壓法輪功，運用國家機器造謠，誣衊和構陷法輪功及法輪功修煉者。迫害範圍之廣，手段之殘暴為現代歷史所罕見。

2000 年法輪功學員在天安門廣場和平請願，遭到警察及便衣的毆打。

■ 1999 年起至今，法輪功學員在全世界和平講真相，全世界各國政府機構、議員、團體組織等對法輪大法和創始人頒發的褒獎及感謝狀超過 3000 項。自 2000 年起，李洪志先生四度獲諾貝爾和平獎提名。

■ 2001 年 1 月 23 日下午天安門廣場發生了所謂的五人「自焚」事件。同年 8 月 14 日，國際教育發展組織（IED）發表聲明指控整個事件是由中共政府一手導演的。

警方在天安門自焚偽案中擺弄防火毯。

■ 2003 年成立的「追查迫害法輪功國際組織」，由全球法律界人士近百人組成。主要任務為在各國提出控告迫害法輪功的凶手：中共國家主席江澤民已被告上聯合國及美國等多國法庭，並已開始審理或認定其有罪，江若因私事出國即被逮捕；另有九名對迫害法輪功負有責任的中共官員也已在歐洲和北美被起訴，其中湖北省公安廳副廳長趙志飛已被美國法庭宣判有罪，若其再入境美國就會被逮捕。

■ 2006 年 3 月，多位證人指證中共在遼寧省瀋陽市蘇家屯設立祕密集中營，關押數千名法輪功學員，活體摘取器官牟利並設焚屍爐毀屍滅跡。據透露，在中國類似的集中營有 36 個。消息傳出之後引起外界強烈關注。

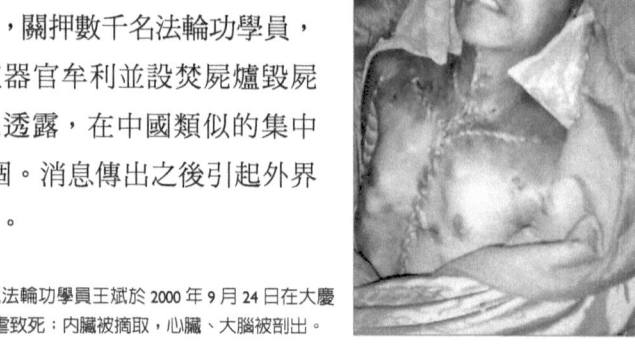

黑龍江省 44 歲法輪功學員王斌於 2000 年 9 月 24 日在大慶男子勞教所受虐致死：內臟被摘取，心臟、大腦被剖出。

■ 2006 年 4 月 4 日成立「法輪功受迫害真相調查團」（CIPFG），成員由全球五大洲共 400 多位各國政要、律師、醫生、記者等社會菁英義務組成，負責全面調查中共非法關押法輪功學員的勞教所、祕密集中營以及對法輪功的迫害真相。

■ 2006 年 7 月 6 日公布了針對中國集中營活體摘除法輪功學員器官並焚屍滅跡的暴行的獨立調查報告，結論為：「根據我

CIPFG 成員、前加拿大外交部亞太司司長大衛‧喬高（左）、CIPFG 華府代表基斯‧威爾（中）與美國國會眾議員伊麗安娜‧羅斯 - 雷婷恩。

們現在所知道的部分，我們很遺憾的得出了這些指控都是真實的結論。我們相信直到今天仍然持續不斷有大規模法輪功學員被摘除器官。」報告全文可從線上下載，網址為：http://investigation.redirectme.net。

　　■ 2007 年 8 月 9 日至今：「法輪功受迫害真相聯合調查團」在希臘點燃「人權聖火」，巡迴全球。在世人關注北京奧運之際，呼籲國際社會揭露並制止中共不斷加劇對人權的侵犯迫害，尤其是對法輪功群體的迫害屠殺。接力經過全球五大洲 30 國、包括香港和台北在內的上百座城市，喚醒國際社會重視中國的人權問題。

　　■ 2008 年 1 月 1 日，「法輪功受迫害真相聯合調查團」（CIPFG）在香港發起全球「百萬簽名」反迫害徵簽活動。到同年 7 月 20 日，已有橫跨歐、亞、美、非、澳五大洲，126 個國家，超過 115 萬以上的民眾簽名支援反對中共迫害。

逮捕江澤民

第九章

李東生和央視
殺人不見血

李東生是「天安門自焚」偽案的媒體策劃者、實施者和傳播者。他利用央視向全中國以至國際散播謊言，進行一場超大規模「殺人不見血」的精神欺騙與思想謀殺。最終，李東生成為江派人馬筆桿子和槍桿子兩手都抓的代表，是迫害法輪功的元凶之一。

（大紀元合成圖）

第一節

周永康頭號馬仔李東生的罪行

　　2013 年 9 月，繼周永康在石油幫的心腹蔣潔敏落馬不久，海外傳出周永康在政法委的心腹李東生、曹建明被拘查的消息。《新紀元》報導此事後，人們一直在等待進一步的消息。三個月後的 2013 年 12 月 20 日，中共中紀委監察部網站發布正式通告稱：「中央防範和處理 X 教問題領導小組副組長、辦公室主任，公安部黨委副書記、副部長李東生涉嫌嚴重違紀違法，目前正接受組織調查。」此通告雖然只有短短 59 字，卻包含了巨大豐富的內涵。證實了海外「小道消息」的準確性。

「610 辦公室」的來由

　　人們注意到，中紀委在介紹李東生時最先說他是「中央防範和處理 X 教問題領導小組副組長、辦公室主任」這個中共官方很少對外公開的身分，最後才說他是公安部副部長，也就是暗示，

中紀委追查他的「嚴重違紀違法」是在這個特別小組中的事。

《新紀元》以前報導過，「中央防範和處理 X 教問題領導小組」成立之初叫「中央處理法輪功問題領導小組」，是江澤民一意孤行在 1999 年 6 月 10 日成立的臨時性黨務機構（簡稱「610 辦公室」），當時中共政治局其他六名常委都在此事上反對江澤民。

1999 年 4 月 25 日，中共政法委書記羅幹讓其連襟何祚庥拋出所謂「法輪功會像白蓮教那樣亡黨亡國」的謊言，在天津抓捕了大量煉功群眾，並引導群眾到北京上訪。4 月 25 日這天，聞訊而來的部分北京、天津、河北法輪功學員到位於天安門附近的府右街國家信訪局上訪，當天朱鎔基本圓滿解決了此事，同意放人並支持法輪功自由煉功，但江澤民看見上萬法輪功學員如此「有組織、有紀律，比軍隊還聽話」，便妒嫉攻心，加上為了藉政治運動樹立其權威，於是當天晚上，江澤民寫信給每個政治局常委，要求鎮壓法輪功。

據知情人向《新紀元》透露：「李鵬投了棄權票，朱鎔基、李瑞環、尉健行、李嵐清都投了反對票。」六比一，按理說鎮壓法輪功無法通過。但江的藉口是，在共產黨控制下的中國，不能容忍一個不受共產黨控制的組織發展到如此規模，否則，他們終有一天會取代共產黨。

當時李瑞環說：「你這種擔心是不是你自己高抬了氣功？」朱鎔基還引用調查數據說：「法輪功能祛病健身，為國家節約了很多醫藥費，煉的人很多是中老年人和婦女，他們想煉就煉唄。」哪知江一聽，馬上像蛤蟆一樣跳得老高，又喊又叫地舉著雙手咆哮道：「糊塗！糊塗！糊塗！亡黨亡國啊！」「滅掉！滅掉！堅決滅掉！」

為了讓政治局六個常委同意他的鎮壓，江澤民還指使曾慶紅

命令在紐約的特工送回一份假情報，謊稱：法輪功得到美國中情局每年數千萬的資助，法輪功有海外背景等等。於是在謊言加高壓下，江澤民為首的中共，向上億善良民眾舉起了屠刀。

於是江澤民仿照毛澤東一意孤行發動「文革」時，成立超越法制、凌駕在正常機構之上的「中央文革領導小組」的伎倆，江澤民成立了「中央處理法輪功問題領導小組」，因其成立時間是1999 年 6 月 10 日而被叫作「中央 610 辦公室」。

中共高層先後任此小組組長的有李嵐清、羅幹、周永康，歷任中央「610 辦公室」主任的有王茂林、劉京、李東生，這些人都因迫害法輪功而血債累累。

「610」通過政法委控制公安、法院、檢察院、國安、武裝警察系統，還可以隨時調動外交、教育、司法、國務院、軍隊、衛生等資源，迫使政府機構配合其對法輪功的迫害。該機構從成立、組織結構、隸屬關係、運作和經費各個方面都打破了中共政權的現有構架，並有超出中國現有憲法和法律的權力和任意使用的資源。由於「610 辦公室」全面控制了所有與法輪功有關的事務，因而成了江澤民迫害法輪功的私人指揮系統和執行機構，是一個類似於納粹蓋世太保的龐大犯罪組織。

長期以來，中共一直對「610 辦公室」諱莫如深，概因其迫害法輪功而臭名昭著，同時法輪功問題是中共的禁忌話題，隱藏駭人聽聞的迫害內幕，極其恐懼真相曝光。

美國國會稱 610 是「法外機構」

資料顯示，1999 年 6 月 10 日，江澤民強行下令成立了中共「中

央處理法輪功問題領導小組」，下設中央處理法輪功問題領導小組辦公室（對外稱「中央 610 辦公室」）。2000 年 9 月，國務院防範和處理 X 教問題辦公室成立，與中央「610 辦公室」合署辦公。兩者一個機構兩塊牌子，列入中共中央直屬機構序列。兩個辦公室皆與中共中央政法委合署辦公。該辦公室內設一局、二局、三局。當時「610」組長是江澤民的好朋友李嵐清。2002 年李嵐清退休後，羅幹擔任「610」組長，2007 年後是周永康。

什麼時候「610」處理法輪功問題小組改為處理 X 教問題小組呢？1999 年 10 月，江澤民會見法國《費加羅》報記者時，隨口把法輪功稱為 X 教，在沒有經過中共人大立法和國家批准的情況下，江澤民就憑自己一句話，就把法輪功誣陷為了 X 教，「610 辦公室」也相應改名為「中央防範和處理 X 教問題領導小組」。

由於違背法律，名不正、言不順，中共歷來不敢公開大肆宣傳「610 辦公室」的存在，當國際社會質疑其罪行時，中共一度還否認「610」的存在。不過當定罪李東生時，第一個涉及罪行的職務就是「610」副主任，要不是中紀委在其官方網站上公布消息，外界都不知道李東生從 1999 年 6 月 10 日成立之初，就是「610 辦公室」的副主任。

美國國會及行政部門中國問題委員會把「610 辦公室」稱為是中共管理的國家安全「法外機構」（extralegal, Party-run security apparatus），就是不受法律管轄的無法無天的機構。2012 年 10 月 10 日，美國國會在 2012 年度報告中引用明慧網的統計資料表示：「610 仍然在大力度實行迫害法輪功政策，至 2012 年 6 月有 3533 名法輪功學員被迫害致死」。

中共 18 大之後，獨立機構「美國國際宗教自由委員會」

（International Religious Freedom）在一份報告中表示，中共成立凌駕於法律之上的組織「610 辦公室」，又稱為「再教育中心」，正企圖「剷除」法輪功。該報告指稱：有「大量的法輪功學員被監禁，而且那些拒絕放棄信仰的人將遭受酷刑，包括羈押中死亡的可信報導及拿其成員做精神病實驗。」法輪功學員被拘留人數的準確數字難以統計。美國國務院 2012 年報告還表示，中國勞教所中官方記錄的 25 萬囚犯中，至少有一半是法輪功學員。聯合國酷刑問題特別報告員估計，在拘留期間，被指控的酷刑受害者中三分之二是法輪功學員，並呼籲對中共官方批准的活摘法輪功學員器官的指控進行獨立調查。

江胡鬥、江習鬥核心是法輪功問題

李東生 1955 年 12 月出生在山東諸城。有消息說，1970 年代初，李東生被選中當上了華國鋒的警衛，後來還當上了兼職攝影師。雖然鄧小平上台後華國鋒被貶，但善於攀附權貴的李東生馬上轉向。上海復旦大學新聞系畢業後，他分到中央電視台工作，在隨後 20 年裡，相繼被提升為新聞部時政組副組長、政文部副主任、新聞採訪部副主任、主任、新聞中心主任和副台長。

李東生的升遷，與他討好當時主管宣傳的政治局常委李長春有關。在 2002 年至 2009 年任職中宣部期間，李東生聽從中宣部部長李長春的指使，嚴控媒體。他不僅是 2005 年《新京報》事件和《冰點》事件的幕後黑手，還是中宣部臭名昭著的「新聞閱評組」的具體主管者。他大拍李長春和劉雲山的馬屁，並因此贏得了二人的信任。

　　但李東生從一個媒體人，變成掌控 200 萬刀槍的公安副總警監，誰主導了這個變化呢？

　　《新紀元》2013 年 12 月出版的暢銷書《周永康垮台的驚天內幕》獨家披露了相關祕密。答案很簡單：表面上是李東生性賄賂周永康，周提拔了李東生，其實是江澤民為了逃避清算而不得不在政法委新梯隊尋找自己的代言人，如同江澤民選中薄熙來、周永康一樣，為的是延續對法輪功的鎮壓，以至於後來當權者無法對其罪行進行處理。

　　書中獨家披露了周永康是如何變成「江主席的人」的。一方面是周永康殺妻後娶了風傳是江澤民妻子王冶坪妹妹的小女兒賈曉燁（一說是李東生將供職央視的賈曉燁性賄賂周永康），另一方面是江澤民主動安排指使的。當時羅幹由於年齡大，必須退休了，而胡錦濤又是反對鎮壓法輪功，因此江澤民、曾慶紅急需物色人馬接替羅幹的政法委書記職務，繼續推行鎮壓政策。

　　《新紀元》曾報導，據一名「610」官員透露，2001 年江澤民在一次布置對法輪功打壓的會議上表示，原各地「610」辦公室是以各地政府名義設立的，但由於公安、國安、司法等部門消極對待等現象已經使得「各地法輪功事件不但沒有減少的趨勢，反而越演越烈」。會上江提出要在國家安全廳、公安廳、各地公安局也增加設立相應的「610」辦公室，這時胡錦濤說：「增加『610』機構得增加人員編制，經費不少。」江立刻大怒，衝著胡錦濤咆哮道：「都要奪你權了，什麼編制不編制、經費不經費的！」江在鎮壓法輪功上要求胡錦濤「要錢給錢，要人給人」。

　　胡錦濤雖然照辦了，但江澤民明白胡錦濤在心裡是反對鎮壓法輪功的，江深恐一旦胡真正掌權就會否定自己的鎮壓政策，並

且會在強烈民怨的敦促下清算這場不該發生的政治迫害。於是，擔心被胡錦濤否定，一直是江澤民的最大「心病」，這也是江澤民怨恨胡錦濤的最根本原因，並以此做出了一系列「戀權不放」的布署，如在中共 16 大中把政治局常委從七人增加到九人，目的是把羅幹塞進去，在 17 大中也搞九人常委，拚命把周永康和李長春塞進去，在中共 18 大上，劉雲山、張德江、張高麗也是江派拚死拚活搶得的七分之三的位置。

隨後進行的 20 多年的「江胡鬥」以及現在正在進行的「江習鬥」的核心問題，就是法輪功問題，因為江澤民在 1999 年挑選提拔官員的主要標準就是是否在鎮壓法輪功問題上能否出賣良知幫助江澤民，誰欠下的法輪功血債越多，誰就最贏得江澤民的信任和提拔，薄熙來、周永康就是這樣升官發財的。

李東生因為會搞誣陷而被江周看中

書中披露說，1990 年代末期，一心想往上爬的中央電視台副台長李東生，與曾慶紅的弟弟曾慶淮將旗下的美女主播介紹給政界要員，以擴大自己的影響力。常常參加他們小型聚會的美女們包括宋祖英、湯燦、王小丫、蔣梅和賈曉燁等。參與聚會的中共高官主要是曾慶紅的關係網和羅幹等政法系統人馬。

當時周永康正準備出任四川省委書記。由於曾慶紅是周永康的拜把兄弟，兩人都是好色之徒。通過曾慶紅的關係，曾慶淮和李東生將賈曉燁介紹給了周永康。當時李東生希望湯燦可以跟隨周永康，但顯然周永康對賈曉燁與江澤民的親戚關係更有興趣。

當周永康與賈曉燁發生婚外情後，不久就傳來其分居的妻子

在一次神祕車禍中喪生的消息。了解內情的原中國人民公安大學法律系資深法學專家趙遠明堅稱，周妻是被周永康謀殺的。2013年12月有海外媒體報導說，據周永康的兩名前司機供認，周下令通過車禍的方式謀殺其前妻。兩名司機都是武警，被捕後判處15至20年徒刑，但僅關押了三、四年就釋放了，後被安排到石油系統工作。其中一名司機成為車隊副隊長，另外一名調往山東中石油，成為副總經理。薄熙來事件後，兩名司機再次被捕，供認當年是受命謀殺。

周永康由於有曾慶紅和江澤民外甥女婿的雙重關係，外加小聚會上的特殊友誼，周很快建立了與羅幹的親密關係，並最終成了羅幹政法委書記的接班人，最後進了政治局做了常委，兼中央政法委書記。而從中「拉皮條」的中央電視台副台長李東生，最終也從宣傳系統轉入政法系統，成為公安部副部長。

但這裡面還有一個被人忽視的祕密，就是江澤民想要利用李東生在造謠宣傳方面的「特殊本領」來為其迫害法輪功出力。大陸媒體報導，1994年4月1日，央視新聞中心推出了每天一期的新聞評論性欄目《焦點訪談》，李東生是主要創意、組織、終審者之一。《焦點訪談》節目是李東生的「成名之作」。於是在1999年6月10日，江澤民任命李東生為「610辦公室」副主任，李東生的升官之道其實從那時就打通了，不過這條升官之路，也成了李東生通向地獄的毀滅之路。

《焦點訪談》利用並欺騙殺人犯造假

1999年12月29日，《焦點訪談》的「鄒剛殺人案」是一起

利用殺人犯造假的案例。據追查國際調查報告顯示，39 歲的鄒剛是松花江林業總局種子站職工，從小就有幻聽、幻視、幻覺等精神異常症狀，案發前兩天其精神已嚴重錯亂。案發前一天，家屬為給鄒剛治療曾聯繫哈爾濱太平精神病院。

但《焦點訪談》節目為了配合當局鎮壓法輪功進行構陷，欺騙鄒剛如果配合說是練法輪功練的保他不死。然而，當鄒剛被利用完後仍被處死滅口。

2000 年第二期《黑龍江內參》刊登的《對自稱法輪功練習者鄒剛犯罪情況的調查》中表示，記者會同公安及有關部門對鄒剛的犯罪情況進行調查，初步查明，除鄒剛自稱是「法輪功」練習者外，未發現其有練法輪功的其他證據。而且據法輪功經典書籍《轉法輪》第七講第一節「殺生問題」有明確規定：「煉功人不能殺生。」

李東生是「天安門自焚」偽案的媒體策劃人

李東生編造的謊言，最出名的就是所謂「天安門自焚案」。2001 年 1 月 23 日中國新年除夕，當時在江澤民對法輪功的迫害難以為繼的形勢下，天安門廣場上發生了幾人點汽油想燒死自己、而隨後即被帶滅火器的巡邏警察撲滅的「天安門自焚案」。

中央電視台不但對這個突發事件進行了最快報導，還有長鏡頭、短鏡頭的各種現場錄像播放在《焦點訪談》裡面。中共當局高調把事件栽贓在法輪功頭上，謊稱他們是想「自焚升天」。如此殘害生命的行為，激起了被洗腦操控的大陸民眾的憤慨，江澤民一夥由此達到了讓民眾仇恨法輪功的效果，從而令迫害升級。

不過人們很快發現，那些自稱法輪功學員的自焚者或者根本不練法輪功，或者生還者事後長時間消失在公眾視線裡。法輪功作為佛家功法，一再強調不能殺生，包括不能自殺。另外，天安門廣場執勤的警察怎麼會恰巧在當天背上滅火器巡邏呢？警察為何手拿滅火毯卻等待自焚者面對鏡頭高喊幾句貌似法輪功的口號後才滅火呢？中央電視台怎麼會事先把多個攝影師安排到樓頂或東、南、西、北不同方位，拍攝不同角度的畫面呢？而且把《焦點訪談》的鏡頭放慢就能看出，那名號稱被燒死的女子在火中奔跑時，被警察用硬物擊打頭部而死，那個包著頭臉，切開氣管還能唱歌的小女孩，不是在演戲，就是創下世界醫學奇蹟。

七個月後的 2001 年 8 月 14 日，一連串的質疑被「聯合國國際教育發展組織」證實：所謂「天安門自焚事件」是「政府一手導演的」對法輪功的構陷，涉及驚人的陰謀與謀殺，該「錄影分析」被拍成紀錄片《偽火》在國際上廣泛流傳，並於 2003 年 11 月 8 日在第 51 屆哥倫布國際電影電視節獲獎。

當時李東生就是這個世紀偽案的媒體策劃者、實施者和傳播者。這個偽案不但一度激起了中國人對法輪功的仇恨，也一度愚弄了全球 70 億人。這種超大規模的「殺人不見血」的精神欺騙和思想謀殺，讓李東生血債累累，成為江澤民「血債幫」的主要成員，他後來的升遷也就順理成章了。

王博案：《焦點訪談》移花接木 搞欺騙

2002 年 4 月 7 日至 8 日，《焦點訪談》推出節目《從毀滅到新生——王博和她的爸爸媽媽》，把由於迫害而造成的王博一家

的骨肉分離歸罪於法輪功，完全是顛倒黑白。

事實上王博和其父親王新中都是在勞教所被折磨得精神崩潰的情況下被暫時強制轉化的，在接受《焦點訪談》記者採訪時，他們所談的和最後觀眾看到的，是大不相同的內容，也就是說，李東生任意篡改了受訪者的話。

後來王博在揭露《焦點訪談》造假時說：「我被綁架到北京新安勞教所，連續六天不讓睡覺，灌輸顛倒黑白的謊言，看歪曲法輪功的錄像，強制洗腦。用那裡警察的話說：『我們就是用對付間諜的辦法使你精神崩潰！』」被轉化的王博告訴其父親自己被轉化後，內心矛盾，精神壓抑，生不如死。

王新中也披露了被強迫轉化過程：「24小時不讓睡覺，天天如此。在被斷章取義、偷梁換柱的種種謊言和誹謗錄像的欺騙下，再加上多日不讓睡覺的精神摧殘下，我迷迷糊糊神志不清，就這樣被所謂的『轉化』了。這絕不是我的本願。」

王新中表示當自己看到播出的節目後，「為《焦點訪談》如此卑鄙的嫁禍、歪曲誣陷的『偷梁換柱』手段而感到震驚。」節目將其全家修煉和自己遭「610」毒打的情況刪掉了，內容被移花接木，製作成醜化修煉人、惡意攻擊法輪大法的內容。

《焦點訪談》將江氏集團利用國家機器對法輪功學員的殘酷折磨、強制轉化美化成「春風細雨」、「和善勸導」，就是這樣利用各種造假、欺騙手段製作了一些各地法輪功站長、甚至是法輪功總會工作人員轉化的視頻，矇騙其他法輪功學員，並誣衊法輪功學員「不顧家庭」、「破壞家庭」、「泯滅人性」等。

在妄圖轉化法輪功學員的同時，李東生主編了《良友周報》在2001年9月第36期及12月8日第48期刊登誣陷法輪功的文章，

同時，李東生還大力的對未成年的中、小學生進行洗腦、毒害，誣陷法輪功，以達到全面迫害法輪功的目的。2002年《小學生報》寒假合刊總第 1597 至 1611 期裡，中高年級版 2002 年一至八期均刊登了誣陷法輪功文章，這些報刊的總編就是李東生。

各地訪談節目仿照央視造假

由於《焦點訪談》節目配合中共鎮壓，策劃造假，請人扮演法輪功學員等，因此各地的訪談節目都學樣，真人真事的「訪談」也變成請人來演。最出名的是鬧出大笑話的石家莊電視台的訪談節目《不孝之子》。

2011 年 8 月石家莊電視台《情感密碼》的訪談視頻《我給兒子當孫子》爆紅網路，男嘉賓許峰遭到千夫所指，致使他不敢上街，後因不堪壓力才說出了真實情況：他只是演員，他從來沒有虐待自己的父親。

許峰後來發表聲明，「希望大家能還我一個清靜」，並找到媒體一再強調自己是個演員，不過演了一場戲。此事曝光後，引起民間憤怒，電視台竟如此玩弄大眾感情？！其實自從得知央視編造誣陷法輪功的「天安門自焚案」後，很多大陸民眾都把焦點「訪」談稱為焦點「謊」談，「央」視稱為「殃」視。

追查國際：李東生犯下反人類罪行

2013 年 11 月 21 日，國際性非政府非營利的「追查迫害法輪功國際組織」發表了關於中央「610 辦公室」主任李東生的調

查報告。報告稱,從中央「610 辦公室」成立以來,李東生就擔任副主任,負責反法輪功宣傳。李東生在任央視副台長期間主管《焦點訪談》節目,中共迫害法輪功開始,該節目在收視率最高的黃金時段大量播出反法輪功節目,據不完全統計,從 1999 年 7 月 21 日到 2005 年的六年半中,央視共播出 102 集反法輪功的節目。其中從 1999 年 7 月 20 日開始到年底的五個多月就占了 70 集。

2002 年 8 月 26 日中宣部召開的全國宣傳部長會議上,李東生通報了反法輪功宣傳的情況。2001 年 4 月 9 日李東生以中共代表團特別顧問的身分參加聯合國人權委員會第 57 屆會議期間,就婦女問題作專題發言造謠抹黑法輪功。4 月 17 日,李東生藉接受採訪,在聯合國人權會議上發表反法輪功言論。

作為對一個信仰團體的迫害,中共對法輪功學員進行的轉化洗腦是整個迫害的核心。為此,中央「610 辦公室」成立了教育轉化工作指導協調小組,負責全國的轉化洗腦工作,李東生任該協調小組的組長。2001 年 6 月 15 日,李東生在武昌視察時,對武昌區投資 260 萬興建教育轉化基地表示肯定。濰坊市反 X 教協會曾編寫了《教育轉化實踐與探索》一書,李東生對此作出批示並建議在全國深度開發利用。

「追查國際」的報告說,在江澤民集團發起的針對法輪功修煉者長年的迫害中,一方面在早期開動全國宣傳機器對法輪功造謠誣衊妖魔化,欺騙中國民眾和國際社會;另一方面,則針對法輪功學員的信仰進行轉化洗腦迫害,所有的酷刑虐殺都是為完成轉化洗腦指標而實施的。李東生先後以中央「610 辦公室」副主任和主任的身分,從 1999 年 7 月至 2013 年 12 月落馬前一直在

直接操作指揮進行這兩方面迫害，犯下了反人類罪行。本報告提供的證據只是其罪行中的很小一部分。追查國際希望知情者繼續向他們提供李東生和其他嫌犯迫害法輪功的證據。

獨家：李東生離開央視後依然掌控央視

2013 年 12 月，《大紀元》獨家獲悉，曾任央視副台長的李東生，從央視離任後仍忠於江澤民、周永康，指揮調動手下馬仔對法輪功的誣衊報導嚴控、把關。

消息指，李東生著力扶持多名「小兄弟」，其中最重要的一個就是主管新聞的現任中共央視副台長孫玉勝。李東生在 2002 年離開央視後，繼續操控孫，通過新聞頻道嚴加監控，發表了涉及法輪功的各項誣衊報導，以及掌控相關輿論導向性事件。

消息還稱，李東生的胞弟李福生，還被安排擔任了體育頻道投資公司的總裁。在其運作下，李東生 2009 年雖然因為醉駕軋死人，但是獲得其在新聞中心的「兄弟」頂罪，後此「兄弟」又擔任央視一大型賽事公司總裁，通過中美合資的形式將國有利益進行轉移，李東生在央視的巨大政治影響力可見一斑。

由於誣陷法輪功賣力，李東生因此也得到江派人馬的大力提拔。2000 年 7 月，李被提拔為廣電總局副局長；2002 年 5 月，被提拔為中共中央宣傳部副部長。2009 年，李東生被周永康跨部門調到公安部擔任副部長，李東生成為江派人馬筆桿子（文宣）和槍桿子（公安）兩手都要抓的代表。同年，李還出任「610 辦公室」主任，成為迫害法輪功的元凶之一。

第二節

天安門假自焚疑點曝光

　　中共前政法委書記、「610」組長羅幹犯下的最大罪行，是借用公安和中央電視台策劃出「天安門自焚案」，也令他和李東生、曾慶紅之流，比希特勒的納粹宣傳部長戈培爾還要臭名遠揚。

　　2001 年 1 月 23 日下午，北京天安門廣場「突發」五人自焚事件。事發僅兩小時，中共喉舌新華社以超乎尋常的速度向全世界發出英語新聞，聲稱「自焚者是五名法輪功學員」。但美國之音記者打電話向北京公安局和公安部查證，答覆竟是不知道有這回事。中共喉舌的宣傳搶到了公安調查的前面。如此快速發布消息，暴露了這非突發事件，而是一場準備充分的陰謀。

　　緊跟著央視推出了攻擊法輪功的「自焚新聞」、《焦點訪談》，而且強制全國各界、各企事業單位觀看，反覆「學習」。

　　國際社會質疑，央視自焚錄影有遠景、移動拍攝的近景，還有多個自焚者在不同位置的特寫，並且錄下了聲音，顯然是攝影

師做好了準備才能做到的專業拍攝。2002 年上半年，參與這個節目調查的女記者李玉強在「河北省會法制教育培訓中心」曾當眾承認，「天安門自焚」播出的畫面是假造的，廣場上的王進東腿中間的雪碧瓶子是他們放進去的，此鏡頭是他們「補拍」的。

2001 年 8 月 14 日，在聯合國宣導和保護人權附屬委員會第 53 屆會議上，天安門自焚案被當場揭穿。國際教育發展組織（IED）發言說：「我們的調查表明，真正殘害生命的恰恰是中共當局……我們得到了一份該事件（天安門自焚案）的錄影片，並從中得出結論，該事件是由這個政府一手導演的。」該聲明已被聯合國備案。據《大紀元》獲悉，羅幹是利用河南公安廳設計出此誣陷案。2012 年河南連續發生多起火災，公安廳很想找個方式「將功補過」，於是在羅幹策劃下，經曾慶紅、江澤民同意，在中央「610」指揮下，央視副台長、「610」副主任李東生聯合河南公安廳上演了這個所謂「法輪功為了升天而自焚」的鬧劇，藉口珍惜生命，從而煽起不知情群眾對法輪功的仇恨。

自焚騙局至少 15 個疑點

2002 年 1 月北美中文電視台「新唐人」製作了揭露 2001 年「天安門自焚真相」的紀錄片《偽火》（False Fire），該片從各國參賽的 600 多部影片中脫穎而出，於 2003 年 11 月 8 日榮獲第 51 屆哥倫布國際電影電視節榮譽獎。該獎項在紀錄片領域享有盛譽，其歷史僅次於「奧斯卡」

從央視錄像至少可發現 15 個令中共無法自圓的疑點。

疑點 1：央視畫面上警察先到位，然後自焚者才開始點火。

疑點 2：天安門廣場巡邏的警察，怎麼會背個滅火器？後來央視辯稱是車載滅火器，但有行家指出，車載滅火器最多四公斤，畫面上那種八公斤的滅火器絕不是隨車滅火器。

疑點 3：突發事件，火燒起來幾分鐘就滅了，央視電視台記者簡直太幸運了，他們怎麼可能撲捉到這個鏡頭，而且還是長鏡頭、短焦距全方位的都有？

疑點 4：那個所謂被燒死的劉春玲，央視畫面顯示她是被後面一個武警用類似警棍的硬物擊中打死的。外國記者去她河南家中調查，發現她是個坐檯女，周圍人從未聽說她練法輪功。

疑點 5：大面積燒傷後說話底氣十足，劉春玲的 12 歲女兒劉詩穎氣管割開了，還能唱歌，外國醫生稱除非是醫學奇蹟。就在劉詩穎徹底恢復後，突然一天死了，因為有人怕她洩露實情。

疑點 6：自焚未遂者自稱是法輪功，但講的話完全違背法輪功理論。法輪功嚴禁殺生，包括殺死自己。他們所說的所謂冒白煙黑煙的說法，與「德」與「業」毫無關係。

疑點 7：劉葆榮自焚前「喝了半瓶汽油」才往身上倒：喝到肚裡的汽油無法燃燒，而且還會令人嘔吐中毒，她喝油幹什麼？

疑點 8：劉葆榮先看到別人燃燒，還是看別人沒動？說法前後矛盾。

疑點 9：1996 年已開始煉功的女兒陳果，1997 年又在母親的影響下開始煉功？2014 年陳光標帶到紐約的所謂自焚毀容母女，自焚前已經很多年不煉法輪功了，她們信的是河南那個劉雲芳。

疑點 10：三個真假王進東：官方先後報導給出的王進東照片，從臉型、耳朵和聲音鑑別，是 3 個不同的人在扮演。自焚「王進東」的坐姿不是法輪功的打坐，而是武警的散坐。

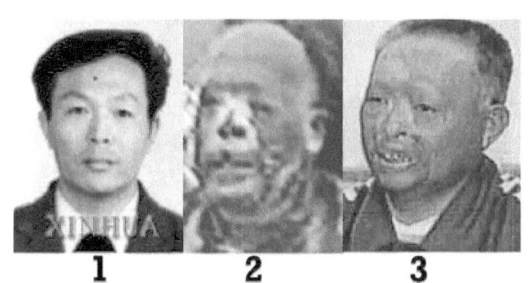

官方先後報導給出的王進東照片，從臉型、耳朵和聲音鑑別，是 3 個不同的人在扮演。

疑點 11：警察一手拎着的所謂滅火毯，是晴綸毯，屬於助燃物，真正的滅火石棉毯很重，得兩個人才舉得起來。

疑點 12：發稿速度異常、內容前後不一，英文稿最先出，連公安局都不知情。先說有 5 人自焚，後來又變成 7 人。

疑點 13：自焚者燃燒的不是汽油，因為不管有多少汽油，它們都會在一瞬間同時燃燒，並發出「砰」的一聲響，整個過程只有短短的幾秒。而央視拍到的延燒畫面長達幾分鐘。

疑點 14：滅火時有個武警目不斜視地從旁走過，這舉動違背人性。這邊在著火，人們都會看的，除非事先告訴不許看。

疑點 15：不符合「中國國情」的執法行為。具有中共特色的警察應該會先一腳將「王進東」踹倒，然後用腳踩住他的頭；如果「王進東」企圖喊口號，那還得馬上堵住他的嘴。

一位看了《偽火》的油庫老闆說，「那個『自焚』的鬧劇實在是拍得很拙劣，不是中國沒有能人，應該是不太敢讓太多的人參與進來吧，畢竟那是一個見不得人的陰謀⋯⋯」旁邊人聽了都說：「見過不要臉的，還真沒見過這麼不要臉的，」接著在場所有的人都登記退出了中共的黨、團、隊組織。

第三節

參與自焚誣陷 央視多人遭報

央視主播羅京死於淋巴結癌

2009 年 6 月 5 日，中共喉舌央視主播羅京患淋巴結癌不治死亡，死時年僅 48 歲。

有報導稱，羅京於 2008 年 5 月央視內部體檢時，查出身患淋巴癌，並於 8 月份因「瀰漫大 B 細胞淋巴瘤」住進北京腫瘤醫院，接受了多次化療。報導稱，羅京在患病期間，口腔嚴重潰瘍，舌頭潰爛，疼痛難忍，不能說話，不能吃飯、喝水，被癌症折磨得生不如死。護士邢桂芝透露：「羅京喝一口水，疼得把眉頭都糾結在一起，我們就給配了麻藥，漱完口之後再吃藥、吃飯。每頓藥他都沒有落下。」羅京求生慾望強烈，愈強烈，死亡過程愈長，他嘴的痛苦愈大。

自 1999 年 7 月 20 日，中共開始誣衊、鎮壓佛家上乘修煉大法——法輪功以來，羅京一直以冷酷表情、凶惡眼神播報大量誣

巋法輪功的假新聞。尤其是中共在 2001 年 1 月 23 日當天自編自導的「自焚偽案」，配合江氏集團，栽贓、陷害佛家大法，在廣大民眾中傳播仇恨種子，這是對神佛的藝瀆，其罪惡不言而喻。

有評論稱，在中共江氏集團 1999 年後長年對法輪功的迫害中，喉舌媒體成了攻擊「真、善、忍」信仰群體，用來「名譽上搞臭」的武器。13 億中國人被愚弄，善良的修煉團體被誣陷、抹黑，不明真相的人帶著仇恨的心理對待信仰並實踐真理的人們。羅京為了收穫名利，已將自己的靈魂和良知賣給了魔鬼。他造謠栽贓用的是嘴，而他患淋巴結癌，出現了口腔潰瘍，舌頭潰爛等併發症，讓他疼痛不堪，無法講話，正是善惡必報的真實寫照。

陳虻死於癌症 末期痛不欲生

陳虻，前中央電視台新聞評論部副主任，在被胃癌折磨九個月後，於 2008 年 12 月 23 日死在北京腫瘤醫院，死時 47 歲。據悉，陳虻最後被癌症折磨得死去活來，痛不欲生。

據「明慧網」報導，陳虻是 2001 年 1 月 23 日中央電視台「天安門自焚案」紀錄片的製片人。中共江氏流氓集團在迫害法輪功陰謀破產的情況下，在中國人過大年之際製造了「天安門自焚」偽案，用毀滅活生生的人命為代價，欺騙民眾，煽動仇恨，為升級迫害法輪功學員鋪平道路。陳虻是這個構陷法輪功的所謂《焦點訪談》節目的兩名製片人之一。

「天安門自焚」偽案被國際教育發展組織（IED）認定為當年的十大造假新聞，在聯合國大會上中共受到強烈譴責。

逮捕江澤民

第十章

走出馬三家 廢除勞教所

《走出「馬三家」》披露了馬三家女子勞教所酷刑，文中多次提及某些酷刑「原來只用於特定類型人員」，最終駭人的酷刑蔓延勞教所、監獄，甚至波及所有中國人。2013年中共廢止勞動教養制度，但迫害「特定類型人員」——法輪功學員仍在進行。

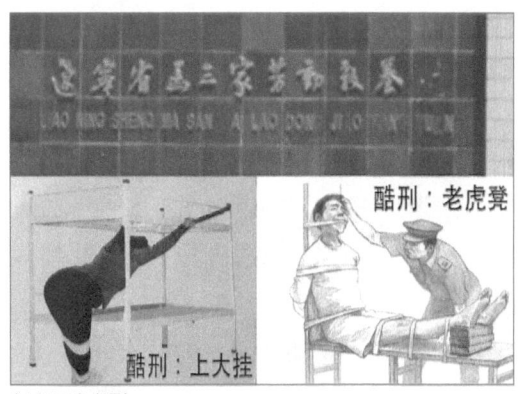

（大紀元合成圖）

第一節

中南海在馬三家問題上
深度分裂

2013 年 4 月 7 日，大陸傳媒《Lens》雜誌發表《走出「馬三家」》一文，披露了遼寧馬三家女子勞教所令人怵目驚心的酷刑，在中國引起轟動。但是第二天大陸各大網站轉載的《走出「馬三家」》一文都被刪除，微博也開始刪帖。不過，有些大陸網站的轉載未被刪除。

4 月 11 日人們發現，刪除這篇報導的有：《Lens》雜誌網、雅虎、網易、騰訊、中華網、鳳凰網、青島新聞網等；沒有刪除的有新浪網、北方傳媒網、環球財經網、好男人網、法治天下網、天和財富網、溫商網、中國市場調研在線、青島網絡電視台、中國西部開發網，人民網用遼寧省官方開始調查的報導替代了原來那篇揭黑報導。

了解中共官場運作的人都知道，這一發一刪的背後都是有原因的，絕不是偶然，裡面直接牽扯到中共高層兩派之間的較勁與

搏擊。中共內部的矛盾鬥爭一直在暗地裡進行，但從來沒有像現在這樣公開展現在百姓面前，裸露在全世界人面前。

一位北京知情人士向《新紀元》透露，習近平這邊想依法治國，想廢除勞教，但江澤民派系怕清算，竭力阻撓。

「（2013 年）1 月初，習叫孟建柱宣布要在今年廢除勞教，兩會時，張德江拖著不辦，張管人大嘛，結果人大沒提勞教案。劉雲山更是把持宣傳口，前不久習出訪時，劉就開會定調媒體大方向，簡直是對著幹。現在高層爭得很厲害，兩邊都不讓，互相拉鋸，搞得很分裂。」

《南周》事件 習陣營提廢除勞教

中共 18 大之後，很多人沒想到，「江胡鬥」會如此迅速地轉變成了「江習鬥」。胡錦濤以 18 大全退，換取與習近平政治上的緊密聯盟，而且在中共黨內高層達成默契，結束老人干政，「讓江澤民徹底退出政壇」。然而江澤民不甘心失去權力後的坐以待斃，頻頻題詞露相，叫板「習八條」，同時，江派政治局常委劉雲山密令廣東省委宣傳部副部長庹震，藉《南方週末》的新年題詞封殺習近平的「憲法夢」，引發「南方週末事件」。

習近平因此憤怒。1 月 7 日中共政法委書記孟建柱在中共政法會議上宣布，今年（2013 年）內停止使用勞教制度。消息剛一發出，就被新華網、中央電視台、《人民日報》等轉載，但數小時後，這三家官媒都刪除了這條消息。

當時《新紀元》就評論說，這一登一刪，反映出江習鬥的激烈。回顧近期中共黨魁執政的特色，江澤民時期靠的是腐敗特權

來籠絡人心，胡錦濤時期就是諸侯割據的各自為王，表面上叫「集體領導」，但九個常委各管一攤，胡錦濤名義上有統轄權，但實際沒有實權。

同樣的局面出現在習近平開始主政時期。比如張德江要壓著不提出廢除勞教的提案，習近平乾著急也沒用，再比如劉雲山掌控的媒體宣傳，他要不登習的「憲法夢」，習也處於被動處境，除非習拉下臉，非常嚴肅、非常強烈的要求劉雲山。據說，南周事件後，習在中南海會上批劉雲山「添亂」。

張德江阻止廢除勞教提案 被曝光三大醜聞

2013 年 3 月中共兩會上，雖然張德江作為中共人大委員長，扣住了有關廢除勞教制的提案，但在 3 月 9 日的記者招待會上，人大法工委副主任郎勝公開表示，勞教制度改革不久將有成果。

郎勝在解釋廢除勞教制需要時間時說：「這樣一個執行了幾十年的制度，要進行改革也還有一些工作要做。比如說現有的一些體制機制需要作出相應的調整安排，再比如說現有的法律有關規定需要進行清理和修改，還有一些專門的工作要做。……我想用不了太長的時間，這項工作一定會有成效展示給大家。」

在此之前，2 月 5 日雲南省宣布，「即日起，包括涉嫌國家安全、反覆上訪、醜化領導人形象等在內的勞教審批全部暫停」，2 月 25 日，廣東省也宣布停止審批新的勞教。

人們從《走出「馬三家」》得知，一個小小的馬三家勞教所一年收入就上億，全國有 350 多家勞教所，十多年下來，其黑錢有多少呢？廢除勞教所遭遇的阻力之大，也告訴人們黑幕有多

深。最關鍵的一點是，大陸勞教所是器官移植醫院的器官庫，很多勞教人員、特別是每個法輪功學員一進入勞教所，就被抽血化驗，一旦有人出錢需要某種特定器官，勞教所就可能有人會突然「病死」或所謂「回家」了，其實是被害死了。

據知情人士透露，前中共全國人大委員長吳邦國在兩會前確定，有中共黨員身分的全國政協委員與人大代表，在兩會上對勞教制度「可以討論，不允許提案」。張德江在人大內務司法會議上公開指責列席會議的孟建柱：「在勞教制度存廢重大是非方面立場出現偏差，陷入『激進改革』的敵對勢力圈套。」

不過，李克強在兩會最後的記者會上主動提到勞教制度，稱勞教制度改革方案將在年內出台。兩會結束後不久，人們就在海內外網站上看到很多張德江的貪腐醜聞。

2013 年 3 月 26 日，中國新聞網採訪了「7・23」動車相撞特大傷亡事故中倖存的兩歲半女童小伊伊，這位動車事故的最後一名得救者。落下九級殘疾的孤兒小伊伊，經過近兩年的治療，被叔叔項餘遇接回溫州老家。

2011 年 7 月 24 日據中共喉舌中央電視台記者報導，「24 日凌晨四時許，浙江溫州境內的動車組列車追尾事故共造成 34 死 191 傷。事故現場經過生命探測儀顯示，列車上已無生命跡象。」此時距事故發生尚不到八小時。而有受害者家屬稱在事發五小時到達出事地點時，「現場已停止救援，他們說沒有生命跡象了。」而下達停止救援命令的正是在現場指揮搜救、時任國務院副總理張德江。

然而溫州市公安局特警支隊支隊長邵曳戎拒絕停止搜救。「萬一有生命跡象呢？怎麼向人家交代？」他和身邊幾個人堅持

繼續在橋面上搜救。事發 20 小時後的 24 日 17 點 40 分左右,他們在 D3115 次列車第 16 節車廂進行搜救中發現了依然活著的小伊伊,同時還找到了八具遇難者遺體。假如張德江不下令停止搜救,更多人會有存活的希望。

3 月 27 日,《爭鳴》雜誌披露說,2013 年 1 月下旬,前廣東省省長黃華華曾向王岐山遞交一封致中共政治局、全國人大常委會黨組、中紀委的信件及附件,長達四萬多字,舉報黨組內高層在廣東的貪腐情況,其中包括張德江。

舉報稱,黨內高層在廣東貪腐、侵吞、揮霍資金、財產等情況是怵目驚心的,是經過收集、調查及其他人士協助得來的。據黃華華表示,被點名在廣東持有別墅、豪宅的高官有前政治局常委、國家副主席曾慶紅,以及曾培炎、唐家璇、肖揚、當時在職的李長春、劉淇,18 大晉升的張德江、張高麗、杜青林等。

早在 2009 年 4 月 13 日《證券日報》報導,張德江的妻子辛樹森是年薪百萬的銀行高管。「多家銀行高管薪酬超標」,其中就包括張德江妻子、時任建行副行長的辛樹森。3 月 24 日,薪酬超標等舊聞再被外界翻炒。

據建行年報顯示,多家銀行高管薪酬雖然已從 2007 年有所下降,但還是在百萬以上。建行董事長郭樹清的薪水已經從 2007 年的 179.5 萬元(人民幣,下同)降到 156.9 萬元,而行長張建國和副行長辛樹森的薪水也分別降到 156.1 萬元(之前 177.4 萬元)和 140.9 萬元(之前 155.1 萬元)。

就在媒體不斷曝光張德江這個從北韓留學歸來、靠「六四」壓制學生「穩定有功」從而被江澤民重用的江派人馬醜聞時,2013 年 4 月 9 日,也就在江派人馬開始刪除馬三家黑幕報導時,

北京市第二中級法院突然開始受理深圳航空有限責任公司 20.3 億資金被非法挪用案，深航原高級顧問李澤源、原董事長趙祥等六名高管一起出庭受審，趙祥甚至身穿病患服帶口罩出庭。他們被控挪用深航 20.3 億元資金，導致高達 7.5 億元的資金至今未還。曾三次入獄的李澤源當年掌舵深航，四年時間給深航留下近百億的財務黑洞大案。

2005 年，當時名不見經傳的李澤源出資 27 億元人民幣，擊敗中國國際航空公司（國航）、中信集團、平安保險乃至外資巨頭，入主深航，轟動海內外。而李澤源當年之所以能夠空手套白狼，除了違規借用關國亮（新華人壽前總裁）八億元資金，背後更牽涉多名中共黨政軍高層以及高幹子弟，其中包括時任政治局委員、廣東省委書記的張德江。

中共 18 大前，北京政壇知情人士曾透露，在深航案的陰影下，張德江進入政治局常委的希望應該已經破滅，他「18 大入常無希望」，「大概也只能接受這樣的政治安排」。

但是薄熙來的倒台給了張德江一個機會。在江派幾乎後繼無人的情況下，張德江在重慶做了一段時間的書記後，最終入常。就連江派在海外的媒體也承認，張德江入常本來並無希望，但是薄熙來的下台給了他這個機會。

誰在拆習近平的台？

就在 4 月 7 日這一天，習近平在海南召開的博鰲論壇上談到，「不能這邊搭台、那邊拆台，而應該相互補台、好戲連台」，人們一般將此話解讀為針對國際形勢，不過，這也是習近平在國內

處境的真實寫照。

比如習近平這邊想「依法治國」，那邊就有張德江、劉雲山等人拆台；習近平想有個「和平發展」的環境，江派徐才厚、王軍等人，就背地裡操控北朝鮮叫囂戰爭；習近平想處理釣魚島爭端，梁光烈、周永康等人就煽風點火，激化矛盾，鼓動人們上街遊行；習近平想公布官員財產，曾慶紅就以會引發「社會上大混亂」為藉口加以威脅，曾慶紅還公開講，馬列主義和憲法從來沒說不許官員家屬經商，周永康也利用手中控制的特務機關威脅說，如果七常委公布財產，就讓他們難堪，最終讓他們下台；習近平想懲治薄熙來，就有周永康、王軍、「烏有之鄉」的人跳出來保薄⋯⋯

概括來說，中南海已出現高度分裂狀態，這種分裂的態勢比歷史上任何時候都更明顯更強烈，雙方激烈對抗，公開叫板。

江澤民從破害信仰入手，踐踏法律、侵害人權，一旦法律從政法委這個口子開始洩漏，整個社會也就坍塌了。強權對一個人的不公，就是對全人類的不公，像似惡性腫瘤般會蔓延侵蝕整個肌體。

這次王岐山布署的曝光馬三家事件，可以說是高層對此問題的「壓力測試」。就像結束文革時那樣，先是推出張志新、林昭等人慘遭酷刑迫害的故事，激起民眾對惡行的憤慨，然後順理成章地廢除以前的惡政，為後面的平反開路。此前，官方不是宣判了一起因抓捕訪民、開設黑監獄而被判刑的政法委僱傭人員嗎？不過，如何真正廢除勞教、消除酷刑、懲罰惡人，是當時擺在北京當局面前必須回答的一份考卷。

第二節

最早被施以酷刑的「特殊群體」

原光大集團的處級幹部張連英（左）因不放棄修煉法輪功在瀋陽馬三家勞教所九死一生。圖為獲得自由後的張連英一家人。（張連英提供）

　　2013 年 4 月 7 日，當張連英在新浪網看到那篇近兩萬字的獨家調查《走出「馬三家」》時，她有點吃驚。大陸雜誌社、官方控制的網站，怎麼會公開登出揭露中共政法委樹立的「先進典型」馬三家勞教所的殘酷黑幕呢？

　　張連英，原中國光大集團財務處的處級幹部、大陸標準白領階層。2008 年奧運前她被北京公安綁架後，強行關進了馬三家，兩年半死裡逃生的經歷，令她對馬三家刻骨銘心。

一個法輪功學員在馬三家的遭遇

　　當張連英看到《走出「馬三家」》這篇報導時，五年前她因修煉法輪功而被關押在馬三家的那近 1000 個漫長的日日夜夜，

再度浮現在她的眼前。她能夠理解大陸記者和大陸媒體暫時不敢點出「法輪功」這三個字，但她堅信真相必將公布於眾。

2011 年流亡到美國的張連英對媒體說：「馬三家警察有三句名言：『馬三家就是要叫你們什麼時候想起來都哆嗦！』『每年有兩個死亡指標，誰要，給誰一個！』『不轉化就別想活著出去！』」

張連英和丈夫牛進平修煉法輪功後，按照「真善忍」的標準來指導自己的日常生活，身心受益良多。然而 1999 年 7 月 20 日之後，江澤民發動對法輪功的迫害，把這個家庭拋向了驚濤駭浪。因為為法輪功遭受不白之冤上訪，張連英先後三次被非法勞教，十幾次差點被害死。

2006 年歐洲議會副主席愛德華・史考特（Edward McMillan-Scott）到中國調查人權狀況時，牛進平向他講述了發生在自己身旁的法輪功學員遭受的殘酷迫害，此後，張連英一家成為中共政法委打壓的重點。2008 年 4 月，夫妻倆再度被綁架，牛進平被關進北京團河勞教所，而張連英被專門送到馬三家，北京警察稱：「我們就不信沒人能轉化你！」

「我來馬三家時一下車就看到，勞教所樓前站滿全副武裝的警察。當時是夏天，我頭被戴著坦克兵冬天的厚棉帽，全身被纏裹著黑色厚的鬆緊練功帶，被堵著嘴，雙手被銬，車窗用布簾遮擋，路途十多個小時，在路上我幾次噁心得嘔吐，他們才給我取下堵在嘴上的東西。

他們把我從車中拖出來，我就高喊：『法輪大法好！』『天滅中共，退黨、團、隊保平安，沒有共產邪黨才有新中國！』幾個男警就像瘋了一樣的撲了上來，他們使勁揪我的頭髮把我拖下

車，一男警用手使勁摳我的嘴，並用手指甲深深摳進我臉上的肉裡，一直把我拖進樓裡，在一樓大廳幾個男警對我拳打腳踢大打出手，隨後把我往樓上拖。在樓梯上三大隊大隊長張君接著摳我嘴，手指甲又深深摳進我臉上的肉裡，我整個臉鮮血順臉往下淌。到了三樓，隨後將我雙手吊銬在上下鋪鐵架子的上面，一男警不停地用手銬和拳頭向我臉上毆打，隨後他們就用開口器撬我嘴，撬不開，他們找來食堂炒菜用的大杓子，往我嘴上掄砍，鮮血流了一地，一人砍完又換一個人砍，鮮血染紅我的衣服，染紅了大塊的地磚，惡警打了我很久才住手。

接下來，他們揪著我的頭髮把我捆綁在死人床上，一個帶著黑框眼鏡叫石宇的女警，又用杓子砍我嘴，揪我頭髮。三大隊的大隊長張君，就是那個管理科長馬吉山的老婆，兩口子一樣心狠手黑，揪我頭髮，用繩子使勁勒住我四肢和全身，看著我鮮血不住流的嘴，馬吉山還嫌不夠又去找來繩子，在我嘴上來回拉動。鮮血染紅了繩子，染紅了衣服，他還嫌不夠，又去找來說是破壞神經的藥片，往我嘴裡灌，還問我手麻不麻，舌頭麻不麻。還放個錄音機播放辱罵我師父的錄音，夜晚打開窗戶放蚊子進來咬我，不讓我睡覺，一女警，見我閉上眼，就用長木桿捅我腳心。

第二天生活衛生科的科長于文和一個不知姓名男警用滴著水的雨傘尖杵我嘴說：『妳看妳還有人樣嗎？』幾天後當我看自己被打得滿臉青黑色，雙眼也被打得青腫，多處深深的手指甲摳的血印印在臉上，一張臉十分恐怖，看了渾身忍不住顫慄。心想，我一定要活著出去，我要叫全世界都知道中共幹了什麼！

2008 年 7 月 14 日至 9 月底，僅兩個月，我被上了 10 次『大掛』，日夜不能睡覺，多次被電棍電，被男警毆打。

由於不轉化，堅持信仰，我被上了二十多次押刑，被押掛上後，有時幾天幾夜都不放下，持續長久的疼痛使我衣服濕透，頭髮也一根根飄落在地上；有時衣服被撕爛，被扒的一絲不掛的押掛起來，特管大隊大隊長潘秋妍揪我乳頭，還拿床板往我身上掄打，直到被押昏過去，潘秋妍還曾拿相機給我錄像，並說：『給妳錄像，把妳不穿衣服的樣發到明慧網上去，讓他們都看一看。……』」

就這樣，張連英在馬三家苦熬了兩年半。等勞教期滿時，馬三家還因為她「不服從管教」而加刑 15 天。

8109 篇文章講述馬三家的祕密

十多年來，馬三家勞教所一直是中共重點樹立的典型，強迫法輪功學員放棄信仰的「轉化先鋒單位」。2001 年馬三家獲得中共「勞動教養先進單位」稱號，女警察蘇境因迫害賣力而獲「全國英模二等獎」，獎金五萬元。在超越人體承受極限的煉獄般的摧殘下，馬三家保持了最高的轉化率。中共政法委在這裡創立、積累迫害的「經驗」，然後向全國其他勞教所、監獄推廣，結果這些惡行就在全中國蔓延，受害者也波及到所有中國人。

4 月 9 日美聯社評論說，「中國雜誌《Lens》對馬三家勞教所的虐待報告跟法輪功精神運動成員十年前向國際社會作出的投訴相吻合，該報導給中國改革派廢除勞教制度補充了彈藥。新一屆中共領導層說，他將改革勞教制度並承諾在年末之前推出計畫。一些法律專家說，《Lens》雜誌的報導應該會增加變革的勢頭。」

很多人權組織表示，大陸雜誌刊登的這篇《走出「馬三家」》，只是談到普通上訪人員的經歷，而法輪功學員遭受的苦難遠遠不止這些。法輪功在海外創辦的明慧網，從 2000 年至 2013 年，共有 8109 篇報導，包括期刊文章，揭露和抨擊馬三家勞教所對法輪功學員的身心迫害。大陸著名律師高智晟就因揭露中共勞教所摧殘法輪功學員的三封公開信，而多年被關押在監獄裡。

比如，大連法輪功學員王雲潔，2002 年 5 月 14 日正在上班時被泡崖子派出所警察抓走，在沒有任何理由、也沒有通知家屬、更沒有得到王雲潔簽字的情況下，6 月 4 日，王雲潔被綁架到馬三家勞教所。幾個月的單獨關小號，警察包夾輪番不許她睡覺，被關在陰暗的水房、廁所、倉庫、地下室等地方，罰站、罰蹲，受盡折磨長達半年後，王雲潔依然不放棄信仰。

2002 年 12 月 3 日，遼寧省公安廳來了一批所謂的「轉化團」，又開始了近一個月的對法輪功學員的殘酷迫害。領頭的是孫姓公安廳副廳長，以及原本溪戒毒所所長郭鐵英等人。這幫警察用高壓電棍長時間電擊王雲潔的右乳房，還把床單撕成布條，強行把王雲潔雙腿雙盤上，用布條把她的手、腿全都綁上，並將頭和雙腿緊緊地連在一起，成為一個球狀，又用手銬將雙手從身後吊銬起來。後來王雲潔因乳房潰爛，於 2006 年 7 月含冤去世。

明慧網在 2006 年 3 月還登出了從馬三家勞教所倖存下來的法輪功學員，出獄後演示他們在馬三家遭受的數十種酷刑。詳情請見「馬三家勞動教養院部分酷刑展示一覽表」http：//www.minghui.org/mh/articles/2006/3/1/121865.html。

如果說 62 歲的上訪勞教人員王桂蘭用自己的陰道傳遞祕密

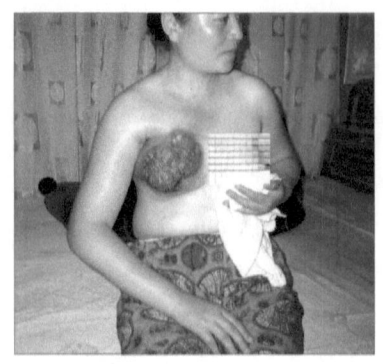

法輪功學員王雲潔遭受中共惡警以高壓電棍長時間電擊右乳房，導致乳房潰爛，於 2006 年 7 月含冤去世。（明慧網）

日記令人驚愕，而變態惡警對法輪功女學員陰道實施的邪惡罪行，更令人震驚。

遼寧本溪法輪功女學員信素華回憶她在馬三家女二所的遭遇時這樣寫道：「馬三家的男惡警不但強姦女法輪功學員，狠狠地踹陰部，女惡警還用三把牙刷綁在一起，刷毛沖外，插入女學員的陰道，在裡面來回刷，有的還用電棍放入陰道裡面電等……」

在馬三家勞教所，這樣踐踏人類尊嚴的暴行幾乎天天發生，每個不放棄信仰的法輪功學員基本上都被折磨過。比如法輪功學員齊玉玲被電棍電乳頭；張秀傑被電棍電、打，還被電陰道部位，被電得昏死過去；王曼麗被電棍電到失去知覺；李小燕被管教用四個電棍電她的頭、腳心，把她的肉都電糊了，逼她轉化……

據海外人權組織報導，2000 年 10 月，中共前政法委書記羅幹在馬三家勞教所蹲點之際，馬三家勞教所的警察將 18 位女法輪功學員扒光衣服投入男牢房，任男犯強姦，導致至少五人死亡、七人精神失常、餘者致殘。

馬三家的警察公然叫囂：「什麼是忍？『忍』就是把你強姦

了都不允許上告！」許多女學員告訴親人：「你們想像不到這裡的凶殘，邪惡……」

為了讓法輪功學員放棄對「真善忍」的信仰，馬三家警察除了用性摧殘、酷刑折磨、精神迫害外，他們還給法輪功學員服用破壞腦神經的藥物，直接把人變成瘋子。更可怕的是，中共還活摘法輪功學員的器官以牟取暴利。

張連英回憶說，她多次被勞教所強行抽血化驗，差點被活摘了器官。據國際人權組織調查，僅在 2002 年至 2006 年間，中共用於移植手術的器官就有四至六萬個無法解釋來源，被指控為屠殺法輪功學員後偷盜來的器官。追查迫害法輪功國際組織於 2015 年 6 月 20 日首次公開統計數據，前中共黨魁、軍委主席江澤民親自下令活體摘取法輪功學員器官，致使超過 200 萬人遭到殺戮。

走不出的馬三家困局

2013 年 4 月 7 日，大陸很多網站，如網易、搜狐、騰訊、新浪等，大大小小近百個網站，幾乎都刊登轉載了《Lens》雜誌這篇報導。《Lens》雜誌隸屬於財訊集團，曾經是王波明創辦的《財經》雜誌旗下的一個關注社會、文化、歷史、生活等問題的影像新聞雜誌，2012 年獨立發行後，依然跟王岐山等高層有密切關係。

新浪網等網站在轉載這篇文章時，給出了新的標題：《揭祕遼寧馬三家女子勞教所：坐老虎凳綁死人床》，文章一開篇就講述了一段令人難以想像的「走出馬三家」的方式：

「2013 年 2 月初，一位新近解除勞動教養的女訪民找到大連人王振，交給他一封用蠅頭小字寫在皺巴巴紙上的『呼籲書』。

這是一封從勞教所發出的要求廢除勞教公開信，簽名者中包括王振的妻子劉玉玲。劉玉玲 2012 年 8 月被判勞教，眼下仍在遼寧馬三家女子勞動教養所裡羈押。這位女訪民告訴王振，『呼籲書』是她包在裹緊的小塑膠卷內，藏在陰道裡帶出勞教所大門的。」

自古以來人們聽說過「大雁傳書」、「鴿子報信」，人類歷史上還從來沒有從女人陰道裡傳出來的公開信。然而在現實中國，僅僅在馬三家勞教所就不止發生了一次。

「這個情節，像是一年多前王桂蘭經歷的重播。2011 年 9 月，62 歲的王桂蘭走出了馬三家女子勞教所的鐵門。出門之前，她的身體經過了搜檢，防止夾帶違規物品。無人想到，王桂蘭在陰道內藏匿了一卷同宿舍學員劉華寫的《勞教日記》。『過關』之後，她一身冷汗。」

接下來，這篇原文兩萬字、上網發表時刪成 1.5 萬字、以類似檢察院起訴調查書的格式，集中講述了幾個因遭遇不公而去上訪的普通民眾被公安強行關進馬三家後的親身經歷。劉華、陸秀娟、朱桂芹、趙敏、王桂蘭、梅秋玉、王玉萍、郝威、蓋鳳珍、李平、胡秀芬、曲華松，劉玉玲……作者在採訪這些被關押上訪者的同時，還採訪了馬三家內部人士肖溪（化名）和馬三家勞教院原副院長彭代銘，以及瀋陽勞教局的人。

「廉價勞作、體罰、蹲小號、被電擊、上『大掛』、坐「老虎凳」、縛『死人床』……通過勞教人員講述、相關物證、文字材料、訴訟文書和知情人士的口述，此文試圖還原一座女子勞教所內的真實生態，為時下的勞教制度破冰立此存照。」

就在這篇文章上傳網上幾小時內，跟帖、轉載、閱讀的人數就達 50 多萬人。香港作家廖偉棠說：「讀完我至今心顫，人類

得多麼變態才能對同類施以這樣惡行？而且這一切發生在 21 世紀，我們的同一大地上，就在我們上網、吃飯、睡覺的同時，一個個集中營如常運轉！請大家盡力轉發，促進罪惡被遏止，向揭露黑暗的記者與媒體致敬。」

人間地獄 一年上億的創收

按照中共紙面上的勞教制度，殘疾人、病人、孕婦都不判勞教，每天教育學習時間不少於三小時，每天勞動不超過六小時，不能施加酷刑，手銬不在特殊情況下不使用，勞教人員勞動後還有報酬、享有醫療、健康、衛生等權力、家人能來信、來訪等等。不過現實中，這些都成了一紙空文，真正執行的全都與規定的相反。

比如在馬三家幹活：「王玉萍入院時趕上了訂單高峰期。她坐在染血的舊棉花上鉸扣眼，「每天要做 800 條棉褲，還要打包。一天 20 個小時在車間。」王玉萍睡覺不脫衣服、不洗臉、洗腳，「留著勁兒幹活去」。

「生病不是免於勞動的理由。賈鳳芹保留的勞教所衛生所注射通知單顯示，她因為『昏迷待查』和『眩暈待查』輸液，得到的優待不過是『照顧勞動不加班一天』，而非休息。」

「高峰時期，馬三家的勞教人員超過 5000 人，無償勞動產生出龐大的效益。」彭代銘說，當時一年外出勞務的收入就過千萬元，加上種地和工廠的收入，總產值一年近一億元。

「勞教產生的龐大效益，也引發了腐敗效應。勞教生產車間的效益無需上繳財政或司法廳，勞教院自身即可支配，卻沒有財

務公開制度。「幾千畝地和廠房的租金、車間加工收入，幹警沒得到福利。」肖溪說。

「原來只用於特定類型人員」

文章介紹了馬三家勞教所使用的一些酷刑。在令人心驚膽戰的現場描述中，讀者往往很少注意到，所有這些酷刑「原來只用於特定類型人員，後來卻使用在普教身上。」

如文章不止一次地強調：「女教所的『小號』不止一種。據勞教人員說，最狹小的懲戒室寬一米多，長兩米，原來只用於特定類型人員，後來卻使用在普教身上。」……肖溪則對《Lens》雜誌記者證實，「老虎凳」和「死人床」都是勞教所裡使用的器具，前者本是專用於特殊群體的，以後被用在普教身上。後者則是應付犯人絕食的裝置。

這意謂著，所有這些酷刑原本都是針對一個特殊群體的，隨後蔓延到整個中國，波及所有中國人。

人們不禁要問，那些最早被施以酷刑的人是誰？他們在哪裡？假如當初我們就阻止了勞教所對他們施以這些酷刑，今天，一不小心成為訪民的我們，會遭受這樣的痛苦嗎？

最早被施以這些酷刑的群體就是：法輪功學員。

馬三家與薄熙來被掩蓋的最大罪行

前政治局委員、重慶市委書記薄熙來已被判處無期徒刑，中共官方公布了他的七大問題，不過薄熙來最主要的罪行卻被掩蓋

著，特別是他在主政遼寧時期，為了快速升官，他緊跟江澤民鎮壓法輪功，並第一個犯下活摘法輪功學員器官的罪行。

1999 年 7 月 20 日中共宣布取締法輪功之後，全國各地的法輪功學員到北京上訪。由於中共搞株連政策，很多善良的法輪功學員為了不牽連其他人，拒絕上報自己的姓名和地址，當時到北京上訪的學員非常多，北京附近的派出所、勞教所和監獄都裝不下了，而且東北三省修煉法輪功的人數最多。

為了推行其迫害政策，同時解決關押法輪功學員的具體問題，1999 年 8 月 10 日至 15 日，江澤民竄至遼寧，為他個人發動的迫害法輪功政策尋找積極執行、配合的地方官員，而此時的薄熙來正想討得江澤民的歡心，只要江澤民答應提拔他，讓他幹什麼，他都願意。

於是薄熙來馬上加大力度鎮壓大連的法輪功學員，與此同時，在江澤民的批示撥款下，薄熙來擴建了很多監獄，大批的法輪功學員因此都被運到了大連以及後來薄熙來就任省長的遼寧省。大連及整個遼寧省很快成為全中國迫害法輪功的最慘烈的地區。

因積極配合迫害法輪功學員，1999 年江巡視後不久，薄被提拔進了遼寧省委，2000 至 2001 年期間薄當上了遼寧省委副書記、代省長，2002 年成為省長。薄熙來一當上遼寧省代省長，就下令新建、擴建了瀋陽馬三家勞教所、龍山教養院、沈新勞教所等，使遼寧省成為迫害法輪功最嚴重的地區之一。

時任中共政治局委員、政法委書記羅幹，中共公安副部長劉京等鎮壓法輪功的元凶，多次親自到遼寧坐鎮，中共司法部還撥專款 100 萬元給馬三家「改善」環境，而與馬三家同一城市的、

以迫害法輪功手段殘酷著稱的張士教養院獲賞金40萬，龍山教養院獲賞金50萬。

薄熙來個人也嘗到了「甜頭」：他越是積極鎮壓法輪功，他越會得到江澤民提拔，也能從國家財政中得到越多的經費，越有利於他個人從中撈取錢財。

據大陸媒體報導，2000年7月初，江澤民暗中直接指揮的中共中央「610辦公室」的負責人王茂林、董聚法等，在視察馬三家教養院後，對其「成績」給予肯定。「610辦公室」的另一負責人劉京還多次往返馬三家教養院，促使江澤民決定撥專款600萬人民幣給馬三家教養院，命其速建所謂的「馬三家思想教育轉化基地」。

2003年經薄熙來批准，遼寧省投資10億元在全省進行監獄改造，僅在瀋陽于洪區馬三家一地就耗資五億多元，建成中國第一座監獄城，占地2000畝。1999年以前，馬三家連年虧損，連電費都繳不上，鎮壓法輪功開始後，當地政府對於從省內各地押送到馬三家的法輪功學員，按每人一萬元撥款。

隨著薄熙來罪行被揭開，欠下法輪功血債的江派人馬逐一浮出水面，江澤民一手發動的殘酷迫害，無法、也不可能與薄熙來案切割，其他涉案要犯就是前任中共中央政法委書記周永康等人和中共前任總書記江澤民。

人類必須擺脫過去的黑暗才能走入未來。全體中國人都必須直接面對這樣的問題：是什麼造就了馬三家？為什麼會有馬三家？怎樣才能避免馬三家繼續或再次出現？

若非如此，中國人永遠不可能走出馬三家這一黑色夢魘。

第三節

大陸勞教所的性摧殘駭人聽聞

中國古人常說「士可殺，不可辱」、「打人不打臉」，然而在當今中共的勞教所裡，為了強迫法輪功學員放棄信仰，中共警察所使出的招數都是慘絕人寰、喪盡天良的，其中對人體的性摧殘這種正常人都難以啟齒的下流行徑，卻成了大陸勞教所普遍推行的官方「手段」，成了勞教所反人類、反道德、反良知、反人倫的最骯髒、最惡毒、最令人難以承受的酷刑。

中共對外宣稱大陸有勞教所 350 家，關押了 16 萬人，但民間普遍認為實際數字遠遠不止這些。幾乎在每個勞教所，很多堅定的法輪功學員都經歷過這種難以陳述的性摧殘。明慧網刊登的人權報告《中共對男性法輪功學員的性迫害》一文中，列舉了 180 多名法輪功學員的親身經歷，其遭遇之慘烈，折磨場景之卑鄙惡毒，讓正常人噁心難受、極度厭惡，難以捧讀。

男性侵犯是大陸勞教所的家常便飯

電擊生殖器是中共警察最常用的卑劣手段。一般是用電警棍電擊，還有一種是接在電工用的搖表上，受刑者一般被銬在床上或老虎凳上，無法動彈，同時警察還常常往法輪功學員身上潑冷水，以增加導電效果。

經歷過電擊酷刑的法輪功學員回憶說，電擊生殖器時，讓人瞬間感受到「凌遲」是什麼滋味，身上的肉似乎正被無數把刀一片片割下來，呼吸極度困難，掙扎在死亡的邊緣，從頭頂到心臟再到小腹及下體，都感到極端痛苦難熬，每一分每一秒都像一個世紀那麼漫長，真是生不如死，恨不得一死了之⋯⋯

除了電擊，還有捏彈睪丸、拔光陰毛、繩紮生殖器，針刺針紮、車輻條牙籤插進陰莖；生殖器抹糖水，放抓螞蟻去咬的「螞蟻上樹」；唆使犯人雞姦；被他人生殖器塞入嘴侮辱；被犯人強行手淫，電擊法輪功男學員生殖器，逼迫女學員觀看等等。中共勞教所性虐待的原始動機是為了達到「610」要求的所謂「轉化率」指標，時間一長，性虐待就成了獄警們整治人的惡習，甚至把折磨人當成了樂趣。

比如在遼寧撫順市教養院，法輪功學員袁鵬被長時間「開飛機、掰腿、手摳肋骨、捏睪丸」等酷刑迫害，疼得咬斷了自己的舌頭；在大連教養院，60多歲的老年法輪功學員潘世吉，被剝光衣服，電擊肛門及小便處。惡毒侮辱人格的酷刑使老人心理嚴重受創。

在廣東省三水勞教所，警察經常電擊法輪功學員，常常多根電棍一起上。一分所四大隊分隊長郭保思就時常赤膊上陣，每

天三次充電電擊法輪功學員。當被法輪功學員斥責他的禽獸行徑時，郭保思公開叫囂：「我就是流氓！」他不但以電棍電擊，還拳打腳踢，口出骯髒下流的污言穢語。

2003 年，在山東省王村第二勞教所，警察王力凶狠地拿兩根電棍電擊法輪功學員楊少帆的生殖器，楊痛苦地嘶叫，汗水與淚水交織在一起，整個人像被水泡著一樣；在長春市朝陽溝勞教所，當時 54 歲的法輪功學員胡世明被扒光衣服後，澆完冷水澆熱水，燙得背部全是大水泡，還被惡警用 3 萬伏特電棍電生殖器；河北省唐山市法輪功學員、原遼寧部隊導彈發射營營長、60 多歲的張文亮，在邯鄲市勞教所被惡警電擊全身和生殖器，全身肉皮被燒焦，沒有一塊完好地方。

在山東濰坊昌樂勞教所，法輪功學員王平曾被惡徒辛成林拿對折起來的皮帶，發瘋似的抽打下身，用手指憋足了勁狠彈王平的生殖器，每彈擊一下，就痛得王平在地上翻滾幾次，直到王平的生殖器被彈腫充血才罷了手。圍觀的普教人員毫無人性地說笑著，還用下流的語言侮辱王平。

在鄭州市白廟勞教所，法輪功學員宋旭 2001 年被惡警卑鄙的一根一根往下拽陰毛，四川警察還給這個酷刑取名為「拔菠菜」；吉林省岔路鄉法輪功學員張真，在九台市飲馬河勞教所被警察捏睪丸後，被迫害得精神恍惚。

吉林九台市勞教所經常將法輪功學員全身衣服扒光，放在冰冷的水泥地上，用塑膠管在腋下，大腿根等處，四個人一起用塑膠管擰，有的法輪功學員陰莖、陰囊都被擰沒了，痛得他們昏過去，甦醒後如不肯放棄修煉，就將手腳銬在死人床上繼續折磨。法輪功學員喬建國就受過這種迫害。

　　還有的警察用橡皮筋紮緊法輪功學員生殖器的根部，不讓排尿，從而讓人全身發脹、膀胱脹痛，最後導致腎臟疼痛，外人卻看不出來。還有的惡警用繩子纏在生殖器上來回用力拖拽，往起吊，肉皮都被拽掉，腫的嚇人，之後留有很大的疤痕。有的還用縫衣針、牙籤往陰莖上猛紮，有的還往上面抹辣椒水、碘酒、雙氧水等。在四川省樂山市五通橋看守所，惡警還發明一種酷刑叫「火爆龜頭」，用紙纏在陰莖上點燃，燒燙受傷的陰莖起泡化膿糜爛，異臭難聞。

　　最惡毒的是在重慶永川監獄，惡警把拒絕「轉化」的法輪功學員衣褲脫光，將上身綁在床上，下身雙腳分開定在床下，叫犯人「雞姦」，重慶江北區法輪功學員羅向旭在 2000 年就遭受過這樣的差辱折磨。

「只有地獄的魔鬼才會把折磨人當成樂趣」

　　中共勞教所的所有這些惡行並不是個別警察偷偷摸摸私下使用，而是公開的官方行為：都是上級領導「支持」的。在大連教養院，原大連港理貨員、大連市中山區法輪功學員曲輝，因堅持修煉法輪功，被大連教養院非法酷刑折磨，生殖器被電擊潰爛，頸椎骨折，高位截癱，最後被折磨得奄奄一息後用擔架抬出了教養院。

　　當時曲輝的妻子劉新穎（大連市婦產醫院護士），因修煉法輪功也被關押在大連教養院非法勞教三年。在家屬強烈要求下，妻子被保釋出來照顧曲輝。此時，曲輝全身功能衰竭，腎、肺功能衰竭，靠輸液維持生命，全身多處褥瘡，骨頭脊椎露在外面呈

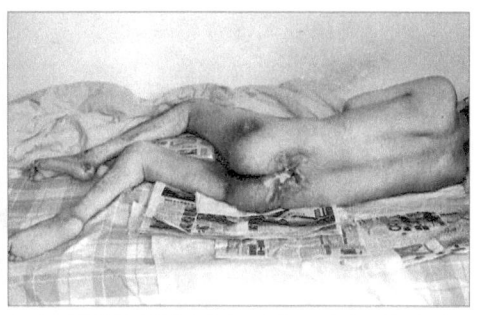

左圖：曲輝被迫害前的全家福。右圖：曲輝在勞教所裡遭受苦役、洗腦、酷刑，生殖器被電擊折磨潰爛，頸椎骨折，高位截癱，最後被折磨得奄奄一息用後擔架抬出了教養院。（明慧網）

黑色，散發著惡臭。多年來只能躺在床上，自己不能翻身，大便一直都是妻子用手掏。

在教養院期間，曲輝被折磨得多次昏迷。一次醒來聽一個名叫韓瓊的醫生檢查後說：「沒事，還可以打。」此人後來被提拔為大連教養院醫院的院長；一個名叫喬威的惡警一邊打曲輝一邊獰笑著對旁邊的人說：「多少年沒這麼過癮了。」

法輪功學員呂開利是大連起重機技術信息部工程技術人員，2001 年 7 月的一天，因絕食抗議迫害而遭大連勞教所惡警景殿科等大打出手，用兩根高壓電棍電擊。暴徒電擊呂的陰莖、大腿內側，並在其大腿內側和陰莖上寫下低級下流的語言，呂的耳朵則被電成了麵包狀。對呂人格污辱和身心摧殘的整個迫害過程中，八大隊大隊長劉忠科親自在現場督陣。

黃紅啟，大連理工學院機械系博士，在大連教養院因拒絕「轉化」，多次遭惡人毒打、頭頂紮針、皮鞭抽、坐老虎凳等酷刑折磨，耳膜被打穿，鼻子因野蠻灌食致殘，還被電棍電擊生殖器等

敏感部位，後被迫害得精神失常。

　　大連勞動教養院警察行惡時，還經常恬不知恥地說：「我這就是代表政府，對你們進行『轉化』！」由於作惡太多，大連教養院中隊長雍鳴久遭惡報摔死在石頭上；中隊長姜濤 50 歲不到猝死；分隊長李亮瘸腿，殃及父親和妹妹病死。

　　哈爾濱市長林子勞教所還把法輪功學員的睪丸用水沾濕，用多根電棍電擊，還有的用打火機燒陰毛、擊打睪丸等。那種對人性的踐踏，對人尊嚴的侮辱，人類的語言都難以描述。用惡警自己的話說：法輪功學員是供他們玩的，想怎麼摧殘就怎麼摧殘！他們也承認，對法輪功學員使用的迫害手段、招數，甚至比電影上所描繪的二次大戰中德國法西斯都殘忍，有過之而無不及。

　　2003 年 6 月某日，哈爾濱長林子勞教所五大隊會議室裡，趙爽對法輪功學員說：「共產黨信任我，將我調到五大隊任隊長，就是收拾你們法輪功。……我就讓你們活受罪，……讓你生不如死。在我這裡不老實，我就掐你 XXX（指生殖器）。……你們上網說我是流氓隊長，這說對了，我就是流氓。……我最大的特點是好色，玩女人我是……（話太髒不能複述）」

　　在河南省許昌市第三勞教所，惡警的口號是：「寧可打死也要將其『轉化』；如有絕食者，即使餓死也不放人。」除了殘酷毒打外，就是齷齪的性摧殘，幾乎每個堅定的男法輪功學員都經歷了這些酷刑，不少在人撕心裂肺的慘叫中昏死過去，陰莖腫得拳頭大，排尿都非常困難。如法輪功學員彭紅顏，被用繩子綁住陰莖，不讓他解手，不讓睡覺，猛拉綁著陰莖的繩子折磨他，用木刺打他的大腿內側，彭紅顏被折磨得行走不便，每走一步，腿上的鮮血常常染紅厚厚的衛生紙。

被迫害致死的部分案例

劉新年，曾任中國財產保險保定分公司紀檢委辦公室主任，因修煉法輪功，被河北省保定勞教所惡警張謙殘忍的用冒出藍光電火花的 20 萬伏特高壓電棍長時間電擊最疼痛最敏感的生殖器，最終導致他含冤離世。在天津勞教所的唐堅、遼寧錦州市南山監獄的阜新市法輪功學員崔志林等，也遭受同樣的酷刑而含冤離世。

遼寧省燈塔市柳條鎮東廣善村法輪功學員白鶴國，2002 年被非法關押進大連南關嶺監獄，被警察折磨致死。屍體瘦得皮包骨頭，全身是傷，頭頂腫脹，舌上有傷口，腿被打斷，睾丸被踹爛。2009 年南關嶺監獄體檢，100 多名警察有十幾人查出患各種癌症，知情的民眾表示，這是他們迫害法輪功學員所遭受的惡報。

王斌，黑龍江省大慶油田勘探開發研究院計算機軟件工程師，曾獲國家科技進步二等獎，連續三屆院職工代表。2000 年 5 月因進京上訪被非法關押到大慶東風新村男子勞教所受盡折磨，當時二大隊的教導員馮喜叫囂「不轉化死路一條！」在其指使下，44 歲的王斌被打死。經值班醫生

劉新年曾任中國財產保險股份有限公司保定分公司紀檢委辦公室主任，因修煉法輪功被酷刑折磨，含冤離世。（明慧網）

白鶴國 2002 年被關押進大連南關嶺監獄，被警察折磨致死。（明慧網）

44 歲的王斌被打死，王斌的心臟、大腦等器官被野蠻摘走，遺體慘不忍睹。（明慧網）

檢查，其睪丸被打爛一個，頸部大動脈被打斷，鎖骨、胸骨、十幾根肋骨被打折，鼻孔被煙頭插入燒傷，身體黑紫。更令人髮指的是，王斌的心臟、大腦等器官被野蠻摘走，遺體慘不忍睹。

原中鐵山橋集團機一車間數控銑工、河北山海關法輪功學員鄧文陽，2007 年 9 月被從家中綁架，送保定勞教所約十天後被迫害致死。遺體上有被電擊的痕跡，睪丸凹陷、上有血跡。

長春電視真相插播勇士之一雷明（已因酷刑迫害致死），生前曾遭長春市公安一處惡警殘酷的非人折磨，當被劫進長春市鐵北看守所時脫衣服檢查時，滿號房的人都驚呆了，滿身的傷啊……慘不忍睹。牢頭總結了一句：「以前我不相信法輪功被迫害這麼嚴重，今天我徹底相信了。這共產黨要完了。」

對男性法輪功學員性迫害嚴重的勞教所

對男性法輪功學員施以嚴重性酷刑的勞叫所包括，黑龍江省哈爾濱市長林子勞教所、黑龍江省綏化勞教所、黑龍江省大慶市東風新村男子勞教所、黑龍江省鶴崗市勞教所、吉林省長春市朝陽溝勞教所、吉林省長春市奮進勞教所、吉林省九台市飲馬河勞教所、遼寧省瀋陽市馬三家教養院、遼寧省葫蘆島教養院、遼寧省錦州勞教所、遼寧省鐵嶺市勞動教養院；遼寧省盤錦市教養院、遼寧省丹東教養院、遼寧省撫順市教養院、遼寧省大連市教養院、天津雙口勞教所、河北省保定勞教所、河北省唐山市荷花坑勞教所、河北省邯鄲市勞教所、河南省鄭州市白廟勞教所、河南省許昌市第三勞教所、山東省男子勞教所、山東省濰坊市昌樂勞教所、山東省王村第二勞教所、四川省綿陽市新華勞教所、重慶市西山

坪勞教所、湖北省武漢市何灣勞教所、湖北省獅子山戒毒勞教所、湖北省沙洋勞教所、湖南新開鋪勞教所、上海市勞教所；浙江省十里坪勞教所、貴州省中八勞教所、廣東省廣州市第一勞教所、廣東省三水勞教所……

中共對女法輪功學員性虐待案例

中共對法輪功女學員的性摧殘就更是讓人難以訴說。

為了讓法輪功學員放棄信仰，幾乎每個女學員都被勞教所剝光衣服進行所謂「檢查」，其實就是施以人格侮辱。還有，當來例假時，勞教所不許女學員用衛生巾，而是讓血順著大腿流出來，那種精神折磨讓一般人難以忍受。

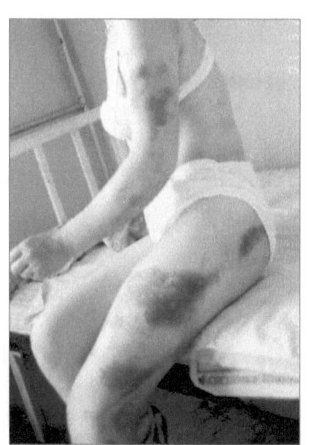

幾乎每個女學員都被勞教所剝光衣服進行所謂「檢查」、人格侮辱並施以拳打腳踢。（明慧網）

一名北京法輪功女學員在張貼法輪功傳單時被一名公安攔下當眾毒打，該公安並對路人吼叫：「她是法輪功學員，是反動分子，就算我打死她也不算啥。」毒打過後，該公安把這名女法輪功學員拖到橋下，撕破她的褲子，強暴了她，之後坐在她身上，用盡全力將警棍插入她的陰道中。

在河南十八里河女子勞教所裡，吸毒犯在警察隊長的指使下，用盡各種下流手段殘害法輪功學員。如扒光女學員衣服，捆

上繩，往陰道裡塞髒抹布，塞滿後用腳踩，用牙刷往陰道裡捅。讓還吸毒犯兩隻手抓住學員的乳房用力往下拉，鮮血因此順著乳頭往下滴。在被上繩前不讓大小便。用女人用過的衛生巾抹上糞便再用透明膠布黏在學員嘴上。

在廣東幾乎所有看守所、勞教所的警察都毒打女法輪功學員的乳房、下身，用電棍電乳房和陰部，用打火機燒乳頭，將電棍插入陰道電擊，將幾把牙刷捆綁一起，插入陰道用手搓轉，用火鉤鉤女學員的陰部；男警察當眾亂摸女學員的敏感部位，侮辱學員，手段極其下流殘忍。

瀋陽馬三家勞教所裡，法輪功學員因不放棄信仰，經常被扒光衣物，赤身露體站在錄像機前受凌辱；長時間赤身露體站在雪地裡挨凍；陰部遭受電棍電擊。

震驚世界的魏星艷案和河北涿州強姦案

魏星艷，重慶大學高壓輸變電專業三年級碩士研究生。2003年5月11日魏星艷因講法輪功真相被非法抓捕。5月13日晚上，警察把她抓到沙坪壩區白鶴林看守所的一個房間，叫來了兩個女犯人強行扒光了她的衣服。魏星艷抗議：「你們無權這樣對我！」這時竄進來一個身著警服的警察把魏星艷按在地上，當著兩個女犯人的面強姦了她。魏星艷正告惡警：「我記住了你的警號，你逃不了罪責。」

從那以後，魏星艷絕食抗議迫害，被強制灌食並插傷了她的氣管和食管，造成她不能講話。5月22日奄奄一息的魏星艷被送進重慶市西南醫院，由許多「610」警察日夜看守，去探視的人

也遭到盤查、跟蹤、抓捕。

強暴案曝光後，重慶官方不但不查處犯罪警察，反而追查、抓捕報案人，重慶大學也配合竭力掩蓋事實真相。不但「對外一律不承認有魏星豔這個學生，不承認有高壓直流輸電及模擬技術專業（或高壓輸變電專業）」，還修改大學網站，轉移了與魏星豔同住一層學生宿舍樓的女生，並綁架了數十名法輪功學員，至少有八位法輪功學員被非法判刑多年，他們是潼南農業銀行職工魏曉君、重慶大足縣防疫站科長黎堅、重慶聚賢科技開發公司總經理陳庶民、副總經理盧正奇、重慶醫藥工業研究院何明禮、重慶光學儀器廠職工劉範欽，還有袁湫雁、殷豔。

2005 年 11 月 24 日晚，河北省涿州市東城坊鎮派出所警察將法輪功學員劉季芝（女，51 歲）和韓玉芝（女，42 歲）從家中抓走後。25 日下午，警察何雪健把劉季芝帶到一間屋裡，劈頭蓋臉的暴打，隨後又把劉季芝按倒在床上，撩開她的衣服用電棍電擊乳房。看著電出的火花，何連說：「真好玩！真好玩！……」這時屋裡另一個警察王增軍惡狠狠的說：「揍她，使勁揍她！」

於是何雪健上來要強姦劉季芝，劉季芝在拚命掙扎中說：「不要幹這種事！你是警察，不要犯罪，傷天害理呀！你是年輕小夥子，求求你放過我老太婆。」何雪健置若罔聞，只顧瘋狂的強暴了劉進行。過程中何還不斷狠命的抽打劉的臉與狠掐脖子。警察何雪健在強暴了與其母親一般年齡的劉季芝後，獸性未盡，又強暴了韓玉芝。整個過程警察王增軍一直在場，卻沒有任何制止施暴的舉動。之後，兩位受害人被強迫拖地、幹雜務，直到她們的家屬分別被勒索 3000 元後才得以回家。3000 元相當於當地一個農民整整一年的收入。

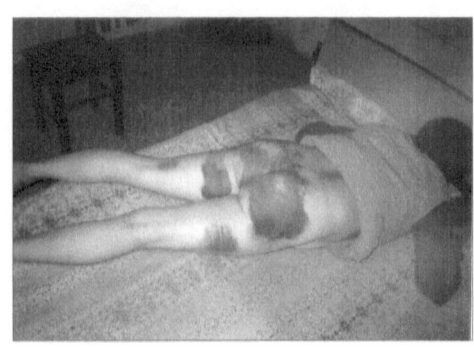

法輪功學員劉季芝慘遭毒打
並姦污，臀部、腿部多處外
傷。（明慧網）

　　然而，災難遠遠沒有結束。為了掩蓋事實，河北涿州市東城坊鎮惡黨政法委書記宋小彬、綜治辦柴玉喬、西瞳村惡黨支書楊順，跟蹤、恐嚇受害人家屬，並對西瞳村所有的法輪功學員進行監控。東城坊鎮還開了一次全鎮書記、村長擴大會議。會上傳達了河北省公安廳懸賞 10 萬元尋捕兩名受害人，企圖推翻此案，還要對受害人再罰款 4000 元，然後送勞教。

　　何雪健行惡時，正是聯合國酷刑專員在中國考察的時候，但官方一直隱瞞此事，包庇作惡警察。後來何雪健患上了陰莖癌，醫生將其陰莖和睾丸全都切除，此後何喉結退化，聲音尖細，蹲著如廁，不但要吃男性激素，還要忍受癌症和治療的痛苦。村民說，這僅僅是惡報的第一步。

酷刑從對法輪功蔓延到對全體中國人

　　由於江澤民對專門鎮壓法輪功的政法委和「610 辦公室」給予了「法外授權」、「作惡授權」的權力，導致大陸公檢法司的徹底墮落。不過，中共政法委的惡行並不會只局限在對待法輪功

身上，而是很快蔓延擴散到對待所有中國人身上。

2008 年 2 月，人權律師高智晟寫的文章《黑夜黑套頭黑幫綁架》在網路上發表，文章首次披露了高律師被中共警察非法綁架後遭受的酷刑折磨，其中包括用電棍電擊生殖器、把牙籤捅進生殖器的性摧殘。

中共惡警在不間斷的酷刑折磨高智晟三天兩夜後猖狂叫囂：「對法輪功酷刑折磨，不錯，一點都不假，我們對付你的這 12 套就從法輪功那兒練過來的。」並要求高智晟說說「搞女人的事」，「說沒有不行，說少了不行，說的不詳細也不行，說得越詳細越好」，並無恥的宣稱「幾位大爺就好這個」。

同時，對維權人士的打壓，比如維權人士郭飛雄，中共也照樣採用了電擊生殖器的酷刑。

在中共歷史上，從「肅 AB 團」到張志新，從法輪功到高智晟、郭飛雄，我們看到中共的流氓本性從來沒有改變過，不管是對婦女、對男子，不管是對平民、對律師，不管是對異議人士還是對黨內人員，中共從來沒有猶豫過、手軟過。連中共自己都沒有個殺人的標準，它要殺誰，只要它想殺的，它就會凶相畢露，毫無人性的摧殘人的肉體和靈魂。

2013 年 12 月 28 日，中共第 12 屆全國人大常委會通過了關於廢止有關勞動教養法律規定的決定，勞動教養制度正式廢止；同時，對正在被執行勞動教養的人員，解除勞動教養。但是，由於對法輪功的迫害政策並沒有停止，更多法輪功學員不是被勞教，而是被判刑進了監獄，有時情況變得更加惡劣。

逮捕江澤民

第十一章

從大師到徒弟的傳奇

李有甫，中國大陸中醫和氣功領域的大師級人物，在人生顛峰時刻卻苦苦探索人生真諦，追覓多年，終獲真法，從而從一名大師變成一名徒弟，再翻寫一頁傳奇。

中國中醫和氣功領域中的知名人物李有甫。學煉法輪功之後，這位大師級人物慶幸成為億萬大法弟子中的一員。圖為李有甫在煉法輪功第五套功法。（新紀元）

李有甫拜過多名武術名師，也練過多種門派的武功，除了「太極拳」之外，他也是「八卦掌」高手。圖為李有甫在練他的成名武功「鞭桿」。

在一般人的概念中，想要修煉的人大多是社會上的貧寒不得志之士，西方有句諺語說：「想讓富人上天堂，比駱駝鑽針眼還難。」不過，法輪功的修煉卻第一次打開了大門：任何人，只要想學，都可以免費學煉法輪功。在法輪功修煉者中，上至總統級官員下至流浪漢，各個階層的人都有。有人曾在美國做過一項調查，發現在美國學煉法輪功的人，絕大多數都是有高學歷的成功人士，很多還是教授、總裁、知名藝術家等等。

下面這個人物故事，只是法輪功整體的一個小縮影，不過讀者從中能夠近距離感受到什麼是法輪功。

李有甫一戰成名，是在 1982 年的全國民族體育比賽上。當年已經 33 歲的李有甫，憑著一支三尺多長、拇指粗的鞭桿，使得滿堂震驚，並獲得了這次比賽的武術冠軍。

那時李有甫還是山西大學的武術碩士生。之後的十多年，李有甫從武術進入了中醫和氣功的領域，逐漸成為中國響噹噹的大

師級人物，並且成為中國人體科學研究中心的副研究員。他是兩位武術名家陳盛甫、陳濟生的高徒，也是中國少有的既有武術功底和氣功功能，又有理論研究功底的大師，後來更成為中國中醫和氣功領域中的知名人物。

2007年陽春3月的洛杉磯，已是花團錦簇。李有甫在他整潔的家中，接受了《新紀元》的專訪。李有甫給人的第一印象是和善、謙遜，對慕名而來者也是恭敬有加，彬彬有禮。他文氣的外表，儒雅的氣度更像個學者，只是在舉手投足中流露出習武人的陽剛。他話不多，不願談論自己，在記者的再三詢問下才提起過去的成績，語調平和舒緩，不急不躁。幾次採訪下來，記者也領略到了他如太極拳一般行如流水、剛柔相濟、孜孜探求的性格。

自古英雄出少年

「鞭桿是中國西北的武術技法，融合了刀、槍、劍、棍的手法創立的，既攜帶方便，又不像刀槍那樣容易傷著人，而且動作多變，技巧高超，既進攻靈活，又防身實用，非常好。」李有甫介紹說，「最早是明朝的一員大將發明的，明朝滅亡後，這位將軍出家當了和尚，後來傳了幾代後就傳到了陳老師，他又傳給了我，非常好的功夫。」

李有甫說的陳老師，是山西大學的陳盛甫教授，也是中國的第一位武術教授。不過李有甫拜陳盛甫為師，並不是考上山西大學武術碩士之後，而是在「文革」期間。

李有甫出生在河北大廠縣的農村。大廠雖然離北京不遠，但在1960年代初中國大飢荒時期，民眾生活也十分困難。「我11

歲那年遇上三年大飢荒，村裡集體吃大鍋飯。全村一、兩百人每天到隊裡領取一頓稀粥，稀粥清得就跟洗碗水一樣。我們村有個小個子會計滿臉麻子，為人很凶。他掌杓時說不給誰吃就不給誰，動不動就打人，一次我看見他把一個飢餓的老人家打暈在地，而他自己卻在一旁大吃大喝，既抽煙又喝茶。有次他把我家的那杓稀粥也扣了，我和母親就餓了一天。還有一次我大哥把部隊上省下的生活費寄給母親，卻被會計把錢全搶走了。」

就這樣，麻子會計成了李有甫練武的最初動力。少年李有甫喜歡看書，尤其是岳飛傳和楊家將的故事，經常讓他心潮澎湃，因而下定決心習武。

第一位老師是李有甫同學的父親。這位啟蒙老師擅長摔跤，對基本功要求非常嚴格。李有甫每天清晨五點起床練功，從未間斷。啟蒙老師對武德要求也十分嚴格，不許和不懂武功的交手，也不許打架。麻子會計後來並沒有挨打，應該感謝李有甫的這位啟蒙老師。

初顯武功救同學

李有甫堅守啟蒙老師的教導，從不外露功夫，直到 1968 年。

1966 年，李有甫 16 歲，考上了山西太原鐵路機械中等專業學校。然而很快就到了「文化大革命」，沉迷於武功的李有甫，成了一個逍遙派，即不參加任何派系的游離分子。

1968 年的夏天，某造反派組織把李有甫的幾個同學堵在了一個街道內毆打。李有甫知道後前往探視，被對方數十人堵截。對方二話未說上來就動手。「我當時並沒有想打架，只是本能抵抗，

他們有槍有刀，但很快被我打倒了好幾個人。對方有槍，我跑的時候被一個人抱住了，我沒多想拳頭就上去了，但挨在他的頭停了下來，可能他心有所動，就把我放開了。」

這是李有甫少有的和人動手的一次事件，結果竟然成為當地青少年的傳奇故事之一。「他們傳得很玄乎，但其實也就幾分鐘的事情。」

拜武術教授陳盛甫為師

那一年，李有甫在山西大學的「牛棚」裡找到了武術教授陳盛甫。「陳老師當時已 70 多歲了，正被關牛棚，每日挨批鬥。聽說我要拜他為師，他很驚訝。他看了看我，叫我第二天早上六點到他家樓下等他。當時我住的學校離老師家要走 40 至 60 分鐘的路程，我擔心遲到，早上四點就起床出發了。等五點多我剛到他家樓下，老師就下樓來了。」

「他讓我演示了一遍我會的東西，說我有基礎，練得也用功，但我的方法不對，於是收我為徒。據後來老師說，他開始也沒指望我什麼，他對每個學生都一樣。相反他表揚過很多人，但從來沒表揚過我。」

李有甫回憶，陳教授經常表揚師兄弟們，這讓他好幾年心裡不好受。後來才知道老師的苦心。「老師說他一直在觀察我，一般來學武的，學了三年、一年或幾個月就走了，可我跟著他堅持了十年。十年中我一直很尊重老師，練得也很刻苦，無論天寒地凍還是烈日炎炎，我每天一大早風雨無阻的從大老遠趕來學武，儘管幾年裡老師只教了我一套拳法，我就默默地在那練，從不打

擾他。」

後來陳盛甫傳授給李有甫其他功夫。他不但精練了長拳、底功拳、八卦、太極、刀、槍、劍、棍等功夫，還繼承和研習了老師獨特的功夫——山西鞭桿。練武之餘，老師也教他靜坐氣功、站樁、八段錦、易筋經、五禽戲等氣功養生法。

1979 年，李有甫獲得山西省傳統武術項目業餘組冠軍，1982 年憑著鞭桿，獲得了全國比賽的冠軍。

太極高手陳濟生的門下高徒

1977 年中國恢復高考，沒有讀過高中和大學的李有甫，自學大學課程，參加了研究生的考試，因為英文不合格，直到 1981 年才考上，成了陳盛甫的武術研究生。陳盛甫教授把這位得意門生，介紹給了自己的結拜兄弟、山東濟南武術協會主席、山東武術館館長陳濟生。

「他的武功很高，據說他年輕時參加全國擂台賽，那些武林高手、冠軍們和他比武時根本碰不到他的身體，瞎打一陣，反把自己累倒了。我學的是陳濟生老師的『靜功太極 108 式』。一般的太極拳練數十分鐘，而他的 108 式要練三個小時。練習時老師要求我頭上頂個球，無論怎麼動球不可落地。」

「陳濟生老師還教我打坐，後來還傳了我『活步太極拳』、『遊身八卦掌』、『迷魂掌』、『閃劍』等祕不外傳的高深功夫。陳老師常說，慢練就是快練，當真的慢下來達到入靜狀態時，在別人眼裡你就快得不行。後來我才明白這是走了另外空間，兩個時空概念不一樣。」

武術是分層次的，最低層武術重點是攻擊，高一層的就是防守，再高一層就是不攻也不防，隨心所欲，出神入化。「陳老師說他收我為徒，一是因為有師兄弟推薦，二是他發現我天性不喜鬥也不驕傲，於是他要傳我祕不傳人的點穴術，一伸手就能把人點死了，非常高超的手法。我聽後說我个想學，老師很吃驚，很多人想方設法求他教這個他都沒傳。我說我想學能救活人的本領，而不是把人害死，於是老師還傳了我解穴的高級手法。」

1989 年快 90 歲的陳濟生老師臨終前要把最後的本領祕傳給李有甫，但他因為工作忙未能及時趕到，老師含著淚對自己的小兒子說：「有甫不來，我將這東西帶走了，從此沒有了。」李有甫現在說起這事，仍然唏噓非常：「遺憾的是老人家連身邊的兒子也未傳。我常常為此感動難過，人們常說學生要尊重老師，其實老師珍惜學生勝過學生自己對待自己。」

從「救母」到「救人」歷程

李有甫要救人的想法很早就有了。他是孝子，母親多病，他早就開始研究針灸和經脈穴位等書籍，還真的大大減輕了母親的病痛。

「最開始我只是看書，照著書上經脈穴位圖找穴，在自己身上紮針，後來認穴和下針的感覺，大多也是從那時開始的。」

太極是內家功法，練到一定層次身體會非常有感覺。李有甫說，陳濟生老師教的 108 式太極，和別的太極非常不同，內氣在身體經脈中行走的感覺也非常不同。練功之餘，李有甫也攻讀了大量中國傳統中醫書籍，包括《黃帝內經》、《傷寒論》和道家

的《雲集三千》等，並開始了他的「救人」歷程。

找到了獨特的治病方法

李有甫和兩位被他治好病的
俄羅斯小朋友。

「我一般用針灸、點穴和中醫結合的方法給人治病。今天上午還有個美國婦女帶著她剛出生兩個月的兒子來看我。他們夫妻倆 40 多歲了一直沒孩子，丈夫家三代獨子，西醫、中醫都試了，還花了幾十萬做人工受孕，兩次都失敗了。後來找到我，我就跟他們解釋，母親就好比土壤，要讓種子發芽就需要合適的陽光、水分、營養等成分，要按自然規律來調理人體機能，不能強行硬用試管嬰兒的外在辦法。他們接受我的觀點後，經過幾個月的調理，她就懷孕了。那孩子長得真漂亮！」

1992 年，李有甫去俄國科學研究中心工作幾個月後要離開時，有一個女孩叫阿琳達，四歲，患有代血病，血細胞壞死，20 項血液指標中只有兩項正常，人瘦得皮包骨，連頭髮都乾枯焦黃。她父母找到李有甫治病，小孩怕疼不能紮針，李有甫就用耳部按

摩的方法為她調理，兩個多月後她的血液檢查全正常了。

另外一個男孩患有嚴重的癲癇，每天發作五次以上，正吃飯時發作了，會把舌頭咬傷；正走路突然就會倒下，沒法正常生活。李有甫為他醫治幾個月後，基本上不發作了，發作起來也很小。

「關於點穴，我也是把武術、氣功和中醫結合在一起用的，給很多人治好了病。比如懷柔職工大學有個人上山打獵，不小心從山上摔下來，骨頭沒壞，但整個人就是動不了，像植物人一樣昏死過去了。我一看就知道是閉了穴道，用手點了幾下，那人就站起來了。1990 年《中國青年報》，《中華兒女》等報導我之後，全國很多人來找我治病，效果都不錯。」

「2004 年，有個基督教的牧師，58 歲，他也是我家人的朋友。一天夜裡 12 點了，他太太打電話說他有中風跡象，當天晚上就病重了，送醫院急診，第二天早上醫院說腦死亡了，沒救了，連他姐姐和兒子都同意醫院的說法，準備火化了，但他太太還想試試，就悄悄找到我，我就以朋友的身分進到急診室給他紮針，兩周後他沒生命危險了。醫生很吃驚，她太太就跟醫院講了實話，說她請了中醫給他治療。醫院說中醫效果這麼好，那就繼續治療吧。我給他全面治療幾天後，他就從危重病房換到普通病房，後來到了護理中心。他身上連著的七、八條管子，什麼氧氣管、輸液管、導尿管等，醫生說他一輩子都摘不掉的，我紮針後全撤了，現在基本恢復正常了。」

遙診功能的掌上乾坤

1987 年，經朋友介紹，在山西大學當講師的李有甫到北京參

與了由錢學森主持的人體科學研究，並在中國人體科學研究學會下屬的研究中心擔任副研究員。

「當時中國，能搞科研的，很少有武術、功能底子，而有武術和功能的人，卻很少能搞研究的，所以我就成了少有的又有功能、又能搞研究的一個人。」李有甫的功能，是「遙診」，即不接觸，甚至不見面就可以知道別人的疾病。

由於苦練太極，李有甫掌上的感覺十分敏銳。當他看到掌上五行八卦分布的說法後，發現如果自己想像把別人放在手中，手掌上會有不同的感覺。「手掌上的各個部位，和人體器官相對應，又有冷、熱、脹、痛、麻等九種不同的感覺，所以就可以知道別人的病症所在。」

這樣的功能，在目前講究「科學」的中國，不但科學人員難以相信，就連中醫都持懷疑態度。李有甫在北京骨科醫院進行合作研究，一位老中醫當場請他演示。這位老中醫曾經留美，歷來不信氣功和功能。結果李有甫告訴他說，老人有冠心病、十二指腸潰瘍，右腿有關節炎。「老中醫半晌不出聲，最後一拍桌子說，從今天開始我相信氣功了。」

「我主要是從科研的角度，測試人體功能的準確性。我有遙診功能，一般我坐在房間裡，讓人從屋外進來，我把手一伸或看他們一眼，不用任何儀器，也不用接觸他們身體任何部位，我就能說出這個人有什麼病，他現在身體的感受。旁邊該單位的醫生幫我做記錄，事後對照這個人自身的感受和他的病歷卡，發現我的診斷很準確。」

「一天我能這樣遙感診斷十幾個人。我先後在北京積水潭醫院、262 醫院、中國科學院民族所、清華大學等單位，對共計約

4000 人進行了遙診，準確率幾乎 100％。後來不少北京高層，包括國家主席，部長、將軍一級的，也請我去幫他們診病，他們都覺得很好奇，花幾十萬元才檢測出來的病，我看一眼就能說出來，於是不少人都相信了氣功是真正的科學。」

現任中共解放軍國防大學政治委員劉亞洲，也曾經見過李有甫，請他遙測妻子李小林（前中共國家主席、全國政協主席李先念之女）的健康。李有甫告訴他說，李小林有失眠症，而且右腿受過傷，劉亞洲證實了失眠症，但卻否認腿傷的事。在李有甫的堅持下，劉亞洲打電話給妻子，最後證實他妻子前一年被車撞傷右腿，但沒有告訴劉亞洲。

「人的大腦就像一池清水，靜下來就可以看到反射的景物。」

見證轉世輪迴

「由於我對武術、氣功、中醫這三方面都有親身實踐和切實的研究，1987 年我被聘為北京傳統醫學研究所常務副所長，中國人體科學學會研究中心副研究員，開始與中醫醫院、北京中醫大學的研究人員一起研究氣功和特異功能現象。我接觸了很多具有特異功能的小孩，證實他們真的能看到過去發生的事，能透視人體看病，能具有搬運功能。」

「舉個輪迴轉生的例子。我曾在人體科研中心對特異功能的青少年進行雙盲測試，分別讓他們看同一個人的前世，接受測試的這三、四個少年分別在不同的城市，互相之間未見過面，更不認識，但他們看到的結果都是一樣的。」

「比如有個殘疾女青年很出名（這裡就不說她的名字了），

兩歲時被火車軋斷了雙手，後來她學會了用腳寫字，還研究甲骨文。我就讓這些特異功能的小孩看她為什麼會沒了雙手。一個北京孩子說她前世是個很惡的動物，用手幹了很多壞事，所以這世得還業。一個在廣州的孩子說的跟北京的一樣，還說她這世比較善良，下輩子還可能修得正果。另外還有個孩子看得更具體，說她前世是個蜈蚣，修得一定的能量，那些觸手都變得白白的，但它害死了很多人，這輩子她生下來時手很白。後來她自己證實說生下來時兩隻手雪白，很好看。」

「還有位著名編輯，現在已去世了，當時我用天目看他的前生，看到一個好像獅子一樣的動物，但毛比獅子少。那些特異功能的孩子說他是個神仙的坐騎：麒麟。我還遇到一個病人，他從腰以下整個下身到腳後側，每天疼得要命，但怎麼檢查都查不出毛病，就是疼。後來發現他上輩子是個當官的，經常打人，把人屈打成招，所以這輩子輪到他遭同樣的苦了。」

「早在 1975 年，我在一個武術老師家裡看到一本書叫《識天機》，是預言中國每年會發生什麼的。老師只允許我在他家看，不許借也不許抄。出於好奇，我就把第二年（1976 年）要發生什麼的描述背了下來，我現在都還記得上面寫著：『人馬聚燕南，金殿王者興。犬吠三千里，骨肉各分帳。』」

「當時不懂這是什麼意思，事後才明白，1976 年周恩來死後，有十萬多名學生聚集到天安門廣場搞紀念活動，結果被說成是『反革命暴亂』。天安門廣場就在燕山的南邊。那一年華國鋒當上了國家主席，登上王者寶座。那年還發生了唐山大地震，死了幾十萬人。不但北京、天津受衝擊，連新疆那邊也鬧地震。地震前動物是很敏感的，狗一直叫個不停。晚上人們不敢住在屋裡，

在外面搭起塑膠小篷子，一家人分別住在不同的棚子裡，分帳而睡。」

「有功能的人是能事先知道很多事的。1989 年『六四』學生運動前，我就感覺推算出要發生流血事件，但沒想到那麼殘酷。」

上下追尋 苦求正道

高強的武功，神奇的功能以及響亮的名氣，並不能給李有甫帶來真正的滿足。「我看了很多相關書籍，中醫的、道家的，我感覺到很多書其實講的是修煉，也感覺到應該有更高的層次，但如何提高，卻找不到門路。」

「自從我開始練氣功以後，特別是特異功能的研究，讓我明白人是有過去世的，這世界是有另外空間存在的，另外空間裡有各種各樣的生命，有佛、道、神，也有低靈、爛鬼等，而唯物論否定另外空間的存在，把人的認識完全局限在我們看得見摸得著的物質空間裡，這樣的世界觀是看不到宇宙真相的，於是我開始在宗教中尋找人生真諦，我相信宗教中說的都是真的。」

「我有個特點，喜歡鑽研。我不看別人怎麼做，我就願意自己思考，探索事物的真相。來美國後我繼續研究各種宗教色彩的修煉方式，嘗試了許多修佛、修道的法門，也有些收穫，但最後總感到這些琳琅滿目的文化在裝飾人類的同時，其基本內涵都失傳了。按照書上講的練，怎麼練也提高不大，書中講的話好像在兜圈子，讓人理解不了背後更深的含義，於是我就不停地尋找，苦苦地探索，最後終於找到了。」

1993 年，兩位美國華僑想在洛杉磯興辦氣功和中醫康復中

心，在北京找到了當時已經頗有名氣的李有甫。後來因為合資人意見不和，康復中心沒有正式開張，但卻把李有甫引到了美國。

李有甫說：「當時我在廟裡教人無數，也看了許多佛經，經常打坐，能夠背《金剛經》。但其中的道理，卻沒有人能夠告訴我。後來發現，其實那些人自己也不知道。」

喜得大法 熱淚橫流

1996 年，尋尋覓覓的李有甫終於找到了他認定的高層次修煉方法。

中國著名歌唱家關貴敏是山西人，和李有甫早就相識。在報紙上看到關貴敏到洛杉磯演出的消息後，李有甫便尋上門去，老友相見，談話十分投機。李有甫說了到美國之後的情況，也談到了苦於無法可尋的苦惱。結果關貴敏告訴他說，自己已經開始修煉法輪功。

「當我第一次拿到《轉法輪》時，我一口氣讀完了全書，一邊讀一邊流淚。48 歲的我激動得淚水直流：我尋覓了半輩子，結果終於在美國找到了答案，李洪志老師在書裡都講出來了。我突然明白了，我過去所經歷的一切，都是為我今天理解法輪功而做的準備。」

那種迷途中見到光明的喜悅讓李有甫非常激動，因為他覺得終於找到了一個能實實在在教人修煉的具體方法。「修煉兩個字，修在先煉在後。法輪功直接講出了『德演化成功』，『心性多高功多高』的修煉原理，而且法輪功層次很高，李老師把不同層次不同的法都講出來了。」

剛得法的時候，李有甫每天打坐兩個多小時，抱輪兩小時，讀書兩小時，虔心投入。「我覺得能學煉法輪功是件非常寶貴、非常幸福的事。我也常給我的武術學生、中醫學生還有我的病人們推薦法輪功，讓他們也來感受法輪功帶來的幸福。

「以前我由於工作忙睡眠時間短，經常頭痛，練了 30 多年的武術、氣功和中醫，也沒治好這個病。剛煉法輪功沒多久，頭痛病又犯了，而且非常厲害，我在給病人把脈時手都疼得直顫抖，回家都開不了汽車。我知道這是在消業，李老師在書中講明了病產生的根本原因，回家後我就打坐，疼得再厲害也不停，就這樣打坐了一宿，天亮時才迷糊了會，從那以後，我再沒有頭疼過。」

不二法門和「捨」的難關

法輪功主要書籍《轉法輪》中，對心性有這樣的解釋：「心性是什麼？心性包括德（德是一種物質）；包括忍；包括悟；包括捨，捨去常人中的各種慾望、各種執著心；還得能吃苦等等，包括許多方面的東西。人的心性方方面面都要得到提高，這樣你才能真正提高上來，這是提高功力的關鍵原因之一。」

對李有甫來說，「捨」是一大難關。

由於法輪功要求「不二法門」，煉法輪功不能同時修煉其他氣功，作為內家功法的太極拳，也屬於一種氣功修煉。

放棄已經練了 20 多年而且已頗有造詣的太極拳，對李有甫來說並不是一件容易的事情。「讀完《轉法輪》後，我覺得這才是真法真道，我決定不再練『太極拳』、『遊身八卦掌』、『迷魂掌』了，因為我探求的是真理，誰能揭示宇宙真理我就學什麼。」

　　「當時我正準備出一本關於道家功易筋經的書，馬上就要定稿了，我決定不出了，還有以前我用特異功能給人診病治病的記錄，厚厚幾本，我通通把它們燒了，因為我不想留這些，以後用來顯示，這些都是我要放下的。」

　　但如此的捨仍然不夠。法輪功要求弟子不能用功能給人治病，李有甫再放棄使用「遙診」的絕技，不再使用功能診病。

　　李有甫先後被 Samra 和 Alhambra 中醫大學聘請為中醫教授和武術教授，主要教授學生太極拳和中醫理論。

　　「1999 年 3 月我參加了洛杉磯法輪大法修煉心得交流會，會上和大家分享了我初學法輪功的經歷。交流會那天，我感覺到了師父要來，感到了很強的能量。一想到要親眼見到師父了，我的眼淚就止不住地流，以前我見過很多名人，再高級別的人都見過，從來沒有這種激動的心情。這是千萬年的緣分，這是我從來沒有經歷過的殊勝的事。」

　　「師父對人很和善，他聽了我的發言後對我說：『以前練的功，好的都留下了。』我聽了很感動，費了好大勁才忍住不讓眼淚流出來。」

太極拳心法已丟失

　　「煉了法輪功之後，我發現以前的那些功能都還存在。」李有甫說：「師父處理的都是些不好的東西，原來正法修煉的東西，還保存著。」

　　對於這位太極高手，如何比較法輪功和太極拳呢？「太極拳的心法已經失傳了，這是師父說的。」李有甫解釋說，太極的煉

法還在，但修法已失。「修煉嘛，修在先煉在後，但如何修心的法則，其實早就不在了。只知道不停的練，以為苦練就可以長功，其實不是這樣的。」

太極拳高手之間，也經常切磋，輸贏勝負之間也經常有爭執糾紛存在，李有甫說，有時候也有很多不好的事情存在，那是修心之法已經不在的緣故。

「以前我練道家功練得好時，晚上睡覺就感到身體在空中飄，很舒服自在，那時候感到飄到雲彩之上。後來煉法輪功後，我也感覺身體上飄，但經常是飄到地球外邊去了，感覺地球越來越小，後來太陽也越來越小。一次衝到銀河系之外了，到了宇宙空間中，周圍黑黑的，速度非常快，當時想說我還得回去修煉，叫起師父的名字，結果一下子就回來了。那種層次是非常不同的。」

「在研究佛經時我看到這樣一個故事。釋迦牟尼佛出生後不久，他父親找來一個相面的人預測他的未來。開始，相面的根據三、四千年前古印度的預言推算這位太子是轉輪聖王轉世，但仔細推算發現不對。轉輪聖王是來正全世界的法，教全世界的人向善，締造全人類新文化的，而這個太子的使命只是佛陀。」

李有甫認為，自己以前練過的東西和法輪功不可同日而語，並不在一個境界中，所以不能加以比較。而過去被人稱為大師，現在也被他當成了笑話。

「我常感嘆人類還能有這樣美好的修煉機緣，還能有這樣純正高深而又實實在在的高德方法，能修煉法輪功是我一生最大的幸福，那種幸福美妙的感受難以言表。」

珍惜千古奇緣

李有甫是武術和氣功界的名人。不少中醫和武林中的人，因為他而開始修煉法輪功，但也有人不願意相信。李有甫說，「關鍵還是看他們看重什麼，有人看重自己那些東西，守著自己的理論和功能不放，當然就不會修煉法輪功。」

「有人說《轉法輪》文字不規範，我就告訴他們，這本書是給全世界每個人準備的，不管男女老少，有知識的還是沒文化的，人人都要能聽得懂，所以師父用了最淺白的語言講了最高深的道理。『大道至簡至易』，複雜了並不一定是好。」

他說以前背過《金剛經》、《嚴楞經》等佛經，但不明白他們講的是什麼，提高不了，而《轉法輪》卻是字字洩露天機，很多高層次的理都講出來了，一步一步怎麼修，遇到問題怎麼按照「真善忍」的標準行事，這些《轉法輪》都講得清清楚楚，裡面的內涵極深。

「佛經中早就講過，現在是末法時期，以前的法都度不了人了，要等轉輪聖王傳新法時才能得度。佛陀說：『依法不依人，依意不依語』，靜下心來讀就會有收穫。若有心要修煉，錯過了這千古機緣那是太可惜了。」

如今，李有甫已經從「大師」重新成為一名普通的法輪功弟子，在 1999 年 7 月 20 日中共鎮壓法輪功之後，李有甫也在街上發真相傳單和參加反迫害活動。而他在大學的講課當中，也多了一項「講真相」的內容。

「我想不通江澤民為什麼要迫害法輪功。我見過很多不同門派的氣功，為了掙錢，他們玩的那些江湖把戲，如吃託，他一舉

手就能讓人應聲倒下，這些騙術我都能看穿。法輪功這樣正的法，假如中國多一些人學煉法輪功，中國就會成為君子國、神仙國，法輪功百利而無一害，江澤民鎮壓法輪功，是幹了件最大的蠢事，不但害了百姓，害了國家，也害了他自己。」

「我曾為基督教牧師治病，事後他的教友們都問我：『他當時都被醫院判死刑了你還去救他，你不怕萬一治不好擔責任？要中領館的人趁機誣陷法輪功怎麼辦？』我當時沒想這些個人得失，我想到的只是救人。法輪大法好，這是千真萬確的事。迫害持續一天，我們的反迫害就繼續一天，直到迫害結束。」

「我過去所謂的大師，只是常人水準上的大師，在真正修煉者面前，我還是個小學生，在真正修煉層次上我只是剛入門的學徒。而以前走過的所有的路，現在看起來，都是為了最後的得法做了準備、鋪墊。」

逮捕江澤民

第十二章

奇女子
與中國辛德勒名單

為了堅守真理,她們無懼冤獄與酷刑;掙脫鐵幕後,她們挺身國際揭露中共的邪惡迫害。而他為了營救遭受酷刑的妹妹和滿紙非親非故的蒙難者名單,毅然放棄美國優渥生活,回到中國被投冤獄……

遼寧商人李偉續放棄在美國的安逸生活,回國幫助營救遭受酷刑迫害的法輪功學員。(李偉續微博)

第一節

逃離家園的故事

2005 年李偉勛在美國國會大廈前煉功。

保外就醫搶救期間逃離中國

2005 年 9 月 27 日，華盛頓 DC 法輪大法學會在美國國會 Rayburn 大樓舉行記者招待會，感謝美國政府為安頓被中共迫害的法輪功學員李偉勛所做出的努力。在新聞發布會上，李偉勛，一名從中共鐵蹄暴政下逃出的女人講訴了自己由於修煉法輪功，在大陸看守所被折磨得奄奄一息，在保外就醫期間才得以逃離中國的經歷。

此前 7 月，美國國會很有影響力的眾議院司法委員會主席 James Sensenbrenner 寫信給負責接納難民的美國國務院，敦促國務院認真處理法輪功學員申請難民的案例。國會也在多項決議案

和多次聽證會上對法輪功學員的境況表示關注。

在美國政府和國際難民機構的協助下，李偉勛在經歷多年顛沛流離後終於獲得了自由，她說：「雖然我今天獲得了自由，可是我的哥哥，一個沒有修煉法輪功的人，因為營救了我和其他的法輪功學員而被判處了8年徒刑，至今還在大北監獄受折磨，在裡面被迫害得頭髮都白了。」

李偉勛的故事開始在美國流傳⋯⋯

李偉勛1957年5月26日出生在遼寧。父母都曾是部隊裡的「中共老黨員」，家有一個哥哥，三個妹妹，她和丈夫都在瀋陽重型機械集團公司的分黨委部門工作。一個無神論的中共黨員是怎樣成為修佛修道的修煉人呢？

「我高興啊，止不住想笑出聲」

李偉勛說：「我是1996年春天偶然遇到法輪功的。文革時爸媽受到衝擊，9歲的我就負責全家七口人的做飯和洗衣。那時人還小，夠不著鍋台，我就搭個板凳站在那，搖搖晃晃、戰戰兢兢的。東北的冬天洗衣服，冰水刺骨的寒冷，透心的涼。從那時起我就患上了氣管炎和類風濕症。當我快40歲時，類風濕症侵襲心臟、腦供血不足，腰胯腕指關節腫痛變形，睡覺連翻身都得丈夫幫忙，三十多年的病痛把我折磨得生不如死。藥吃了很多也不見效，那時心裡的苦啊，只有自己知道，活得真是沒滋沒味的。

久病亂投醫。我曾跟人學過別的氣功，後來才明白那種氣功很不好，最後我就不練了。

記得1996年春天一個早上，我去瀋陽滑翔公園散步，見一

群人在那站著煉法輪功。我表示想學，於是一個輔導員就來教我，當天就學會了四套功法。當我閉上眼睛煉抱輪時，一種說不清的，發自內心的喜悅，讓我感到忍不住的高興，要是沒人在場，我相信我會笑出聲的。輔導員見我笑，就問我是不是看見啥了，我說沒看見啥，只是覺得心裡舒坦，眼前亮亮的，一片白。

煉完功，我當即買了本《轉法輪》，一讀就捨不得放下了。等我讀完《轉法輪》，我覺得我找到生命的歸屬了，那種激動，那種震撼……幾十年的尋覓，終於找到回家的路，一條返本歸真的路……」

李偉勛說到這，哽咽著，眼淚像珍珠一樣一串串的往下落。停了好一會，她才接著往下說。

「人們後來常問我煉法輪功咋把病煉好的，我說不上來，我都不知道我的病是什麼時候好的，我只知道這是本寶書，我天天看書煉功，我所有的病就不翼而飛了，我再也沒有病痛的苦難，再不需要吃藥了。

看到我的變化，全家人都覺得神奇。不知不覺妹妹和兒子也煉法輪功了。婆婆從新加坡女兒家回來，跟著我聽了三遍師父講法錄音，1999 年 7 月 19 日我教她煉功，可第二天迫害開始了，婆婆就停下來了。」

左手右手砍哪個呢？

1999 年中共對法輪功鎮壓，迫害步步升級，李偉勛卻一級級上訪，最後去北京上訪被抓回後，面臨失業，家庭破裂的威脅。

李偉勛說：「720 迫害開始後，我先後兩次去遼寧省委上訪，

給有關部門寫信，同時正常上班，在家學法煉功。到了 1999 年 10 月底，中共對法輪功在媒體上鋪天蓋地的造謠，我再也無法待在家裡了，就在 11 月 9 日進京上訪。兩天後我和妹妹被押回瀋陽市大南收容所，他們要求我寫保證不再進京上訪，說寫了就放我出來，我不寫，他們就讓家屬來勸我。

丈夫第一次見到我時，淚水在他眼眶裡轉，他緊緊的握著我的手，叫著我的小名：『伏啊，咱先回避下，不可以嗎？』我回答說：『不，我不能說假話，修煉不能停。』

我和丈夫從小青梅竹馬，情分非常深厚。他知道我沒做錯什麼，可他又如何抵擋這突如其來的、來自整個國家機器的鎮壓？當時他強忍著淚水說不出話，鬆開我的手，慢慢轉身離去。

第二天他們從鐵嶺找來我 70 多歲老母。記得那天哥哥和我先生攙著白髮蒼蒼的母親出現在收容所裡，我驚呆了。看著老淚縱橫的媽媽，我心顫慄，媽媽說：『伏啊，寫吧，咱好回家，聽話！』我忍著眼淚說：『媽媽，我沒做錯什麼，不能寫。』

『媽給你跪下了！』我趕忙托著媽媽的手臂說：『媽媽，不要這樣，我煉功身體好了，心也開闊了，這您是知道的，媽媽，我做的都是合法的，違法的是他們。』媽媽最後流著眼淚離開了，望著媽媽的背影，我的心在滴血……怎麼會是這樣？一個政黨利用手中權力來違背憲法，反而威逼百姓在良知與親情之間做出抉擇，這是何等的殘忍無道！

就好比強盜把你抓去，他要砍掉你手臂，問你砍左手還是右手，就好比強盜要殺你兒女，是殺兒子還是殺女兒？你選哪個都不對。法輪功我要，家庭孩子我也要，但江澤民集團卻逼我們在無法選擇的事中進行選擇，這不是流氓做法又是什麼呢？」

文革又來了！

「拘留期滿後，我所在單位的黨、政、工、團及單位公安處負責人輪番做我的轉化，像文革一樣，單位發紅頭文件到各級部門，還每天在三萬名員工面前用高音喇叭批判了我一周。

同事們聽到『李偉勛』這個名字，都以為是重名，是別的人，因為在人們的印象中，我是爸媽聽話的乖女兒，連婚姻大事都是父母做主的，我還是丈夫溫順的賢內助，從沒聽見我跟丈夫頂過嘴；在單位裡我是最容易相處的同事，讓幹啥就幹啥，從不挑三揀四，誰都沒想到，我這個弱不禁風的小女子，卻在性命攸關的事上堅持信仰不退縮，最後我被單位開除了黨籍。

事後街道派出所經常派人到我家來，節假日敏感日更無遺漏。我曾對來我家的片警講，我40多歲了，修煉法輪功不是盲目的選擇，煉法輪功解除了我的病痛，知道了做人的理，《轉法輪》一書是叫人按真善忍做好人的，叫想修煉的人如何修煉的。修煉是中國傳統的文化，其實煉法輪功就像你喜歡練太極拳，她喜歡跑步，而我選擇了法輪功。警察明白這個理，無奈的表示：『我說了不算啊。』」

走吧，給你留條活路吧

「丈夫是很好面子的人，他和我還有我家很多親戚都在同一公司，所有親人都受到極大的精神壓力和株連。丈夫經常被找去談話，讓他做我的轉化工作。在外面，他頂著壓力極力維護我，回到家也忍著，不說什麼，可時間長了，精神上就受不了了。

2000 年的一天，丈夫對我說：『我們假離婚吧，下來我們還住在一起。』我明白丈夫的處境，單位逼他與我劃清界限，孩子的前途也讓他擔憂，但煉功人不能說假話，於是我說不，丈夫想想也就不提這事了。

其實丈夫也明白，他遭受的苦難並不是我的錯，他有怨氣不該沖我發，因為我是受害者。就好比凶手殺了人，你不該怨這個被殺的人沒保護好自己，小偷偷了東西，你不該埋怨人沒把東西放好，可現在中國人的觀念都變異了，不知不覺中又埋怨起受害者了。

後來我因做大法資料被警察抓捕，被迫流離失所。2001 年的一天，長期巨大的壓力讓丈夫的承受到了極限，他再次提出離婚，當時他把協議書都寫好了。

我能理解他的痛苦，於是平靜的說：『你要是另外有人了，我也不攔你，只是婚姻大事不是我們說了算的，我相信走一圈回來，你還會來找我的。』丈夫深深的嘆了口氣，最後問我：『財產妳要啥？』我說：『人都沒了，還要啥呢？』當天晚上丈夫拿著離婚協議書走了，但從那以後，他再也沒提離婚的事，他知道自己是割捨不了這份情義的，他也知道錯的不是我們。

後來當我離開中國時，丈夫把我送到機場，他一直默默的流淚，最後他說：『走吧，給妳留條活路吧。』」

為了真理捨命而不足惜

2002 年李偉勛第四次被抓，被折磨得全身癱瘓，後又死裡逃生。

「2002 年 1 月 13 日，我所在的法輪功真相資料點被暴露，

我與幾位同修被綁架到了瀋陽鐵西凌空派出所，四天四夜不許睡覺，審問資料來源和相關人員。

為抗議非法綁架，我開始絕食，因為我沒罪，所以拒絕回答他們的審問，警察就用書卷成軸打我的頭、臉；將我背銬在椅子上，提起銬著的雙臂向上拉，手銬卡在肉裡，滲出了血；用皮鞋跟踩我的腳趾來回擰、踢我的腳踝關節、小腿骨；用一寸粗的鐵管打我的小腿骨，我咬緊牙關，挺著就是不說話。

第二天他們換了兩個打手，說不打我，但要折磨我，他們讓我蹲下我不服從，他們就用雙手掐住我的肩膀、脖子，往下按我。看我還不蹲，一個揪住我的衣領往下拉，一個在後面踹我的小腿，見我仍不蹲，其中一個大個子打手，用胳膊肘猛擊我的脊椎和頸椎。

當時我感到整個胸腔都被震開了，隨著一次又一次猛擊，我的頭『嗡』的一下，隨即栽倒在地。接著他們硬拽著我的衣領拖著我，逼我做蹲的姿勢，我已無力站起，雙腿麻木失去知覺，癱倒在地上。」

人身都是肉長的，面對這樣殘酷的折磨，李偉勛在意的不是身體的疼痛，「當時我的注意力沒想著疼否，我只想著我是一個修煉的人，我所做的一切沒有錯，是大法給了我新生，我不能做絲毫對大法與同修不利的事。當時我深深地感到，強大的正信，正念威力在支撐著我。」

只剩一副骨架活著出來

「第三天他們又換了兩名公安局的打手，其中一個一見我就

說：『宋恆杰就是我打死的。』另一個補充說：『打死白打死，打死算自殺。』宋恆杰是和我同住一區的法輪功學員，2001 年被迫害致死，公安對外誣陷他是自殺。

打死宋恆杰的凶手粗暴凶狠地將我拽到他跟前，左右開弓打我耳光。面對殺人凶手，我已將生死置之度外，內心格外平靜。我靜靜的看著他。修煉人的正念是有威力的，在生死關頭更顯神奇。當時空氣凝固了，四周靜極了，凶手的手停在了半空，落不下來。

輪番的折磨失敗後，2 月 9 日他們下發逮捕通知，要給我判刑。我拒絕簽字，檢察官說：『不簽字也判你。』事後得知，他們對我缺席判處了 16 年監禁。起初我想在法庭上為自己做無罪辯護，但我轉念一想，我不應該承認他們強加給我的非法關押，監獄不是好人應該待的地方，我應該出去，我要出去告訴更多的人，法輪功是冤枉的，法輪功是教人修煉做好人的。

在當時中國那種黑暗的環境下，能從監獄裡出來的唯一途徑就是保外就醫。由於在看守所的長期迫害，2 月 17 日我的上肢開始不能動了，渾身還長滿不知名的疙瘩，刺癢鑽心。20 天後我的雙腿也不能動了，手腳腫得發亮，幾天後我牙關發緊，不能說話也無法進食，人陷於昏迷狀態，醫院下了病危通知。為推脫責任，這時瀋陽市『610』才批准我保外就醫。當親人把皮包骨頭，只剩一副骨架的我抱上車，我躺在丈夫懷裡時，我知道自己終於活著出來了。」

提著腦袋過日子

「我雖然逃出來了，我的家人卻遭到牽連，無端受害。當天

我的嫂子被抓到派出所審問，胳膊被街道辦事處主任打傷，到晚上才把人要回來。而後他們追查至娘家、哥哥家、丈夫妹妹家等，所有的親戚家都搜查了，還派六人將娘家及哥哥家監控起來。

看見親朋好友為我整日的擔驚受怕，我心都碎了。當我在一個遠親家住時，一天表哥家孩子的同學來家玩，哥哥以為是便衣警察，驚恐萬狀。看見哥哥那恐慌的表情，我知道我只有離家出走，流離失所了。」

「後來我和幾位法輪功同修好不容易在外面租了套房子，每天我們早上 4 點就起床煉功，6 點後就學法，一直到 10 點多才拿著真相資料出去散發，晚上製作真相資料，要 12 點以後才睡覺。每天早上大家一起出去，晚上就不知誰被抓回不來了，那日子，用老百姓的話說，真是提著腦袋在過啊！

在大陸很多法輪功學員都被迫走上了這條路，大陸學員幾乎喪失了所有生活的空間。每每想起這些，我都為我的同修在有家不能歸，有親人不能相守，無以維生的境遇下，仍不顧個人安危與得失，向同胞們講真相的壯舉而震撼。我相信，今後人們會感謝他們的，歷史會永遠記住他們的。」

全家 9 人被抓或外逃

鎮壓之後，大陸的法輪功學員通常無法辦理護照，李偉勛在哥哥的捨命相救下來到國外。

「起初我不想離開中國，因為那裡的人們更需要了解法輪功的真相。後來一位同修對我說，如果你有條件能出去，為什麼不去曝光這裡的黑暗，讓全世界人民都認清這場邪惡流氓的迫害

呢？這也許是妳的使命。於是我答應哥哥辦理出國手續。

在哥哥的幫助下我來到了泰國。一天『哥哥被毒打，拖著一條傷殘的腿靠在牆跟』的影像突然閃進我的腦海，不久就傳來消息，哥哥營救學員的事被發現了，警察狠狠的毒打他，他的一條腿傷殘嚴重，半身麻木。

公安起初想以『顛覆國家罪』重判他，後來在全家的上下活動下，被以『破壞法律實施罪』無辜被判 8 年監禁。一時間，我家 9 人被抓或外逃，二妹妹被判龍山教養院裡勞教三年，我被判16 年監禁，哥哥被 8 年監禁，嫂子逃出中國，大妹妹和嫂嫂的兩個姐姐、姐夫均被抓去，那年中國新年時媽媽說，不知這年是怎麼過來的，心都碎了。

後來媽媽在電話裡說，哥哥關在監獄裡，一夜之間頭髮鬍子全白了，手腳也被打得失去了知覺。我在電話裡讓媽媽提醒哥哥，別忘了美國參加的會，常念法輪大法好，常念真善忍。下一個中國新年媽媽來電話時說，哥哥頭髮又全黑過來了，我相信是師父在管他了。」

媽媽，我心裡好苦啊

「在我流離失所後的好幾年，我設法去看過幾次兒子，兒子不敢叫我媽，怕人發現。

我年輕時體弱多病，孩子生下來身體也一直不好，一年四季手腳冰涼，而且脾氣很暴躁，他還有個頭痛的怪病，突然就疼起來了，疼得嘴臉發青，在床上打滾，可還沒等送到醫院又好了。

　　記得 1998 年的一天，正上初中的孩子提出要跟我去煉功點煉功，我隨口逗他：『你是學生，也想煉功啊？』兒子說：『我早就看過書了，法輪功是宇宙的科學，我為啥不能學？』兒子第一天煉抱輪時，忍不住的想大喊，他覺得一股股熱流從頭頂灌下來，通透全身。從那以後，兒子的手腳發熱了，再也沒見原來頭痛症狀了，人也變得通情達理，不發脾氣了。

　　兒子不會雙盤打坐，也不常去煉功，但他堅持學法，他說他不是隨便決定學煉法輪功的，他是反覆思考比較後作出的認真抉擇。兒子每次讀書時都正襟危坐，腰板坐得直直的。兒子說，他做什麼都想著要按真善忍的標準來做，要按師父的要求來做。

　　1999 年兒子 17 歲了，他平時都不跟我，『7‧21』那天兒子突然說：「媽，我跟妳去省委上訪。」第二天學校就找他寫保證，兒子不配合，學校就要在高考政審裡記他一筆。

　　幸好管這事的人是我丈夫認識的人，他也很同情法輪功，孩子最後總算上了大學。一進大學校門新生就得批判法輪功，兒子不參加，老師就找他，還把我丈夫也找去了。當兒子聽說我要去美國，他來泰國看我時他才說：『媽媽，我不知道這些年怎麼過來的，我最痛苦的事就是學校喇叭裡誣衊法輪功，周圍同學都不敢言。學校有幾個煉功的，但我找不到他們，媽媽，我心裡好苦啊。』」

天各一方兩茫茫

　　到美國來，李偉勛的家人怎麼想呢？她說：「很多人覺得能到美國是多好的事啊，可對於親人來說，從此天各一方，就好比

生死兩茫茫，再也無法相聚，那種骨肉分離的痛苦是很深重的。記得兒子剛到泰國那天晚上，23歲的大夥子，卻躺在我的被窩裡，一動不動的，緊緊的挨著我。兒子說：『媽媽，要是長不大多好啊，您這一走，什麼時候才能見到您啊？』媽媽也在電話那頭哭：『伏啊，妳越走越遠了，媽這輩了還能見到妳嗎？』丈夫由於家有年邁的老母需要照料，去留兩難全！

前不久我去一個美國朋友家，她家小女兒要我給她念故事。書中講的是釋迦牟尼佛修成正果後，回家去度他的親人，去回報那些曾給他幫助的親朋好友，比如那個給他羊奶喝的牧羊姑娘。

念著故事，想起我國內的親人。」

「回頭看我走過的路，我親身見證了真善忍的神奇，見證了法輪大法紮根在神州沃土的蘊涵，見證了真相對人心的威力。哥哥後來做的事，就不只是簡簡單單的親情所能涵蓋得了的，他幫助的是非親非故，萍水相逢的法輪功學員，哥哥堅守的是人類的良知和善念，從哥哥和我的親朋好友身上，我看到了中國的希望。

我想對我國內的親朋好友說一聲：連宵風雨不須愁，他日湧泉報深恩。」

第二節

今日中國的「辛德勒名單」

2002 年，得知妹妹李偉勛在中國橫遭酷刑迫害，李偉續在美國期間了解了法輪功真相後，在心裡暗下決心一定要回國救出中國大陸同妹妹一樣遭受迫害的大法弟子。因收集法輪功被迫害證據、參與救援法輪功學員，李偉續遭到非法判刑 8 年。

作為中共國安部的專案大案，李偉續受盡了折磨，不過比肉體折磨更讓人難過的是精神摧殘，在中共特務攪局下，李偉續承受的卻是難言之苦……

由於李偉續目前仍然生活在大陸公安的嚴密監控中，無法取得聯繫，於是記者再次採訪了人在紐約的李偉勛，請她從側面介紹哥哥近 10 年跌宕起伏的戲劇人生。以下是採訪記錄。

「我太壞了，煉不了這個」

我哥哥李偉續 1954 年 9 月 18 日出生，他是老大，比我大三

歲。哥哥人很聰明，學什麼都很快，而且很有創意。90 年代他從工廠辭職後，自己到深圳開公司做生意，加上各種社會關係，朋友也多，很快就掙了些錢。

1996 年我開始學煉法輪功，很快就像變了個人似的，各種疾病不翼而飛；更使我受益的是大法在精神層面對我心靈的淨化、昇華，豁達開闊的心境，更能平和處理周遭事務的狀態，使得家裡人都很驚喜。

哥哥看到我的巨變很高興也很好奇，他也看了《轉法輪》，感覺很好，不過他說：「我太壞了，煉不了這個。」當時哥哥抽煙、喝酒、玩牌、拉關係，倒買倒賣，什麼都來，後來還離婚了，現在這個嫂子是二任妻子。

但哥哥是個很講義氣的人。和我現在這個嫂子談戀愛一段時間後，雙方相處得不是太好，就在準備分手的時候，嫂子被查出得了重病，淋巴腺癌，身邊的親朋好友都勸他要慎重考慮。經過思考後，哥哥說：「不，我不能見此不管。」於是在嫂子手術期間，哥哥悉心照料，嫂子真的神奇般地康復了。後來他們結婚了，還有了個兒子。這在現代社會是不多見的。

哥哥剛到美國第三天就回來救我

1999 年江澤民發動了對法輪功的迫害。我從法輪功中受益，不能眼睜睜地看著大法被誣陷，好的被說成壞的，於是 1999 年11 月 9 日我到北京上訪，不久我被押回瀋陽大南收容所。他們要求我寫悔過書認錯，並保證不再進京上訪，我不寫，他們就讓家屬來逼我。看我寧願受刑也不放棄修煉，誰也勸不動，哥哥很吃

驚，連婚姻大事都是父母做主的乖乖女，在家對丈夫言聽計從的我，怎麼一下變得這麼有主見了？

在中共一言堂的灌輸中，哥哥常常用詫異的眼光觀察著我。當時他正費盡心思自己組辦商貿考察團去美國。2002 年，考察團獲得了美國簽證。於是哥哥帶著對這場迫害的困惑、帶著對妹妹們的擔心（當時我的二妹及她的女兒也因進京上訪被抓、被關押）、帶著對未來生活的憧憬，和嫂子一行 4 人去了美國。

到了美國，哥哥迫不及待地尋找到了法輪功修煉群體，對法輪大法及修煉群體做了詳實的了解，接觸、結識了許多大法弟子。大法真相剝去了他心中的團團迷霧……

2002 年 1 月 13 日，我因製作散發法輪功真相資料第四次被抓。第三天哥哥接到電話就連夜飛回了中國，哥哥想回來救我。當看到我被折磨得全身癱瘓、奄奄一息時，哥哥哭了。

在營救我的過程中，我們全家動員了所有關係，就連「文革」時被父親救過的前遼寧省副省長、省委書記，他們去說情也不行，因為法輪功的案子只能是「610」決定。

一輛車突然在我身邊停下了

當時我被判刑 16 年。我絕食抗議非法關押，結果出現全身癱瘓、連話都無法說的狀態。監獄、「610」怕我死在裡頭才辦理了保外就醫。回家後，「610」下令讓 21 個人 24 小時輪番監控我，甚至要拆我家的房門，被我丈夫阻止後，他們就把我家房門從裡到外四面門 24 小時敞開著，他們就守在對面白天黑夜地監控我，並向走馬燈似的輪番進來試圖「轉化」我。

哥哥很擔心我從此癱瘓下去，我悄悄告訴他，當「610」決定放我回家後，我的身體就神奇恢復了。哥哥不信，我就趁監控不在時從床上起來，在地上連續跳了好幾次，哥哥又驚又喜。回家後我不斷地背《轉法輪》的開篇《論語》，又在半夜裡打坐，很快我的身體就恢復了，我又能行動自如了。家人都很吃驚，按照醫學的說法，我的四肢癱瘓了近兩個月，即使恢復了也會出現肌肉萎縮等後遺症，而我卻完好如初。

當時全家對我的去向左右為難，有善良的警察告訴我們，我身體稍有恢復就得回監獄服刑，至少要關8年。哥哥主張我逃走，爸爸想我回去服滿刑期再出來，丈夫為我擔心但又不知所措，一旦我逃走後再被抓回來，可能更慘。但我打定了主意：我不能被人24小時困在家裡，我一定要把真相告訴有緣人，使人們有機會做出正確的選擇。

記得我回家20天後的中午，他們漸漸放鬆了監視，家裡沒有人，我正準備動身，哥哥進來了，他說：「妳先等等，我去大院門口給妳看看有沒有警察，等我電話一打進來別接，妳就走。」過一會家裡電話鈴響了，我就起身走出家門，我就這樣從監視我的人的眼皮底下逃出來了。

剛到大街上就看見警察的車停在馬路邊。一輛出租車過來了，我揮手它沒停，微風習習，晴朗的天空似乎都在幫我屏住呼吸，讓我能靜靜站那等待，接著又一輛出租車開過來了，我的手臂剛剛抬起招呼，不想這車逕直開到我身邊停下來了。打開車門一看，哥哥坐在車裡！

哥哥想盡辦法、不顧危難、捨命救我，我當時那種心情至今沒能確切表達，不是手足情能涵蓋得了的，也許可以說是神賦予

313

人應具備的品格吧⋯⋯

　　上車後，哥哥和我商量怎麼走。我說坐火車會安全些。然後我說：「哥，你去做你的事去吧，別跟著我。」我也要為他的安危考慮呀！他不肯離去，一直陪護著我到了鐵嶺親戚家。當時我與同修們失去聯絡，哥哥還通過朋友介紹當地流離失所的大法弟子給我。我心中感悟是哥哥在美國真的明白了大法真相，才會在那種紅色恐怖中有如此了不起的作為。後來中共搞株連九族，親戚家也無法住了，我就流離失所在外。

「不行，我得回去幫他們」

　　我和新結識的幾位同修繼續做大法真相資料和發放。哥哥見此說我們是提著腦袋過日子，他很擔心我再被抓進去，就動員我出國，我不同意，說那麼多被迫害的大法弟子都在這裡，我不去，再說我們大法弟子被迫害得都沒有錢，怎麼辦簽證買機票？

　　開始哥哥見我執意不肯出國就急了，跳著和我吼。一天中午我正在午睡，哥哥坐在我的床邊，撫摸著我的頭說：「伏啊，哥哥想過也想放棄讓妳出國的事，妳有這麼多朋友在一起也行，可我就這麼一想，這心就揪揪著不行。」聽哥哥這麼說，我讓哥哥幫我辦理出國的相關證件，一個月後我拿到了護照。哥哥再一次組合了一個商務考察團，在簽證時出現了只我一人通過面談、其他人全沒通過，考察團不得不取消的情形，哥哥當即就哭了，他流著淚說：「伏啊，哥哥對不起妳，我應該找幾個能力強的人組團，這樣就能把妳帶出去了，我腸子都悔青了。」我說：「哥，你已經盡力了，你走吧，不然你的簽證過期就走不了了。」哥哥

說：「我不能把妳扔下不管。」他想了一下又說：「我出去，出去救妳。」

為了救我，哥哥於 2002 年 6 月 21 日再次返回美國，這次他更多地了解了大法真相，經大法弟子介紹，他專程去華盛頓 DC 參加了 2002 年法輪大法國際法會。哥哥打電話給我說，「聽李大師講法時，不知為什麼，我一直在流淚。我還參加了悼念被迫害失去生命的法輪功學員的遊行，我捧著失去生命的大法弟子的遺像流著眼淚走在遊行隊伍裡，不知不覺地流著淚，我流了一天淚。不行，我得回去幫助法輪功學員！」

當時嫂子不同意。好不容易花了那麼多錢來到美國，還盼著他在美國開創一片新天地呢，結果哥哥生意上的事還有家裡的事，全都放一邊了，要回國去營救遭受迫害的法輪功學員，嫂子一是擔心哥哥的安全，二是擔心自己的生活。她孤身一人留在美國，又不會英文，這日子怎麼過啊？臨走時哥哥說：「這事有危險，如果出事也許會回不來了。」嫂子哭了，哭得很傷心。

哥哥最後還是橫下心來決定回國。他和幾位準備營救大陸法輪功學員的美國學員聯繫上了，他要回國去把那些慘遭迫害的學員救出來，讓他們在國際上控告迫害元凶江澤民。

在哥哥的幫助下，我於 2002 年 8 月 9 日到了泰國，隨後到了美國，成為海外營救到美國、在國會作證的第一個大法弟子。

被朋友冤枉和酷刑折磨

2002 年 8 月末，哥哥回到鐵嶺，開始收集法輪功學員遭受迫害的證據。在法輪功學員蔡紹傑（女）、王傑（女）、尹麗萍等

人的幫助下，他們找到好多被迫害致殘的法輪功學員，也準備好了很多人證物證，哥哥要營救的學員名單很長，等到 10 月 8 日哥哥被抓時，已有 5 名學員拿到了護照，其他學員的護照正在辦理中，那時哥哥也聯繫上了美國學員，還籌集了給學員辦理簽證和購買機票的經費，哪知這時出事了。

當時我在泰國。一天，「哥哥被毒打，拖著一條傷殘的腿靠在牆跟」的影像突然閃進我的腦海，不久就傳來消息，哥哥營救學員的事被發現了，警察狠狠的毒打他，要他供出其他人，哥哥死也不說，結果一條腿差點被打斷了，半身麻木，很長時間都走不了路。

當時學員們不知道警察是怎麼發現他們的，由於中共早在迫害開始前就安排特務來假裝學功，此時混在法輪功學員中的中共特務就造謠說，我哥哥是特務。還有特務散布謊言說，是我哥哥把學員招供出來才導致他們被抓的，其實哥哥是那次大抓捕中最後被抓的，因為警察一直跟蹤他，想找到更多學員。

面對這些由於中共特務造謠而橫生的猜測和誣陷，我後來聽知情的學員說，我哥哥並沒有為自己澄清，他只是深深地嘆了口氣說：「如果是我說出來的話，那些給我提供所有照像、錄像器材的人，怎麼都安安全全的沒出事呢？」

2003 年 3 月 5 日，中共鐵嶺市銀州區法院開庭，非法對王傑、蔡邵傑、張波判刑 7 年，而我哥哥被判刑 8 年。據說這是王立軍的主意，把不煉功的哥哥判得比法輪功學員還重，就是要殺一儆百，讓普通群眾再也不敢幫助法輪功學員。當時王立軍是鐵嶺公安局的局長兼黨委書記。

哥哥出獄後，我曾多次問他在監獄裡的遭遇，但哥哥一句也

不提，他只是說，「都過去了，還提它幹啥？」我是從明慧網上別的學員寫的文章中得知，很長時間內，警察都給哥哥帶上手銬和腳鐐，重重的腳鐐令他被打殘的腿行走更加吃力。

遲到的回憶

2007 年 3 月，尹麗萍在明慧網上發表了一篇文章《遲到的回憶》。她寫道：「2002 年大約是 8 月末，經大法弟子介紹認識了李偉續。他人很高大、隨和，也很謙虛，總是以有個大法弟子妹妹（李偉勛）為榮。李大哥放下了美國優越的生活環境，冒著生命危險回到中國大陸，跟我們一起來面對這場巨難，一起來反對這場史無前例的邪惡迫害，他的這種精神感動得我直流眼淚。

我就像見到了親人一樣，向他哭訴了我被遼寧省六家教養院慘無人性的迫害經歷，當他聽到馬三家把我祕密送到男牢房迫害，他憤怒地大聲說，這個政府都在耍流氓了！妳放心，我一定把妳送到國外去，讓全世界的人都知道這件事。

聽聞法輪功學員尹麗萍（圖）遭馬三家勞教所投入男牢受迫害，李偉續義憤填膺，決心營救尹麗萍逃離中國。（《大紀元》）

接下來我和李偉續大哥，帶著責任和使命，頂著來自各方面的壓力，收集迫害大法弟子的證人、證據及證物。記得李偉續大哥剛從美國回來，身體就莫名其妙地不能動，整整在他小妹妹家躺了三天。因為要做的這件事很急迫，他強挺著和我一起去瀋陽、去調兵山、去撫順。

他的腰剛開始不能動，有時需要我幫助他才能走，後來才好一點，再後來全都好了。還有來自另一方的壓力，就是有人懷疑李偉續是特務。當時這方面的壓力給我們收集和要做的這件事造成很大的阻力。

李大哥沒有被這些來自各方面的壓力所壓倒、嚇倒，聽說撫順有一個大法弟子被撫順吳家堡教養院迫害得下肢癱瘓。大法弟子們誰都不敢去了，因為誰都知道那裡有人監控。沒過兩天，這位被迫害得小腦萎縮、下肢癱瘓的大法弟子出現在我們面前，我們無不佩服李偉續大哥的膽識。

記得還有一次，他想要到馬三家教養院去錄像，我當時很是為他擔心，他堅決去的決心讓我無法阻擋，後來還是由兩個瀋陽的大法弟子陪他去了。後來李偉續大哥身邊有兩位大法弟子幫助，繼續收集整理大法弟子們被迫害的證據。我和另一位腰椎骨被惡警打骨折的大法弟子，被李偉續大哥安排在他妻子的姐姐家裡寫受迫害經歷，他為了保護我們，不讓我們到外面租房子住。我被他的這種為救大法弟子捨去一切的精神感動著，我望著他再一次流下了感激的淚水。我暗下決心一定要做好。

後來他妻子的姐姐、姐夫被牽連，他也被判刑 8 年。我聽到後心都在流血。我拿起筆來要向全世界呼籲，援救這位正義之士！幾年過去了，我的呼聲雖然遲了，但李偉續大哥的名字、事

跡永遠都會留在我的生命裡，我永遠是你正義之舉的見證人。」

被迫害致死的瀋陽學員王傑

和哥哥一起被抓的王傑，是瀋陽的法輪功學員。她在 1997 年煉功前患有多種疾病，到處求醫，花了很多錢也沒能治好，導致婚姻破裂。修煉後，百病皆消，工作勤懇敬業，廣受稱讚。復婚後家庭和睦幸福。同時她也很有才華，寫作、演講、唱歌都很優秀，還得過獎。

和李偉續同期遭綁架的瀋陽大法弟子王傑，2012 年 4 月 21 日被迫害致死。（明慧網）

1999 年她去北京上訪後被劫持到瀋陽龍山教養院，見到了警察對還不滿 15 歲的大法小弟子韓天子慘不忍睹的電擊場面，這個 15 歲小女孩的生日是在電棍的劈啪聲、刺眼的藍光中、焦糊的煙霧中度過的。王傑還見證了惡警把電棍插到老年法輪功學員嘴裡的場面，以及不讓法輪功學員睡覺、整天酷刑折磨的場面。

和哥哥一起被綁架那次，是王傑第四次遭綁架。警察把她吊在牆上兩天兩夜，頭被膠皮管子打得嗡嗡直響，打得她的右臂 8 年抬不起來。在被非法關押在鐵嶺看守所時，王傑的丈夫每十天左右就去看守所探視她，每次都給她買很多食品，她每次都給自己留下很少，大部分都送給其他犯人和同修；她幫助不能自理的

犯人洗衣、洗澡；幫四肢被惡警固定在地上不能動的絕食同修接屎接尿，同修便不出來時，王傑用手為同修摳大便，以減輕同修的痛苦。她幾乎每天都給犯人講法輪功真相，唱法輪功學員創作的歌曲，有的犯人因此走進了法輪大法修煉中。

7年冤獄後出來不久，王傑又被抓，並被折磨得大出血。2012年4月21日，50歲的王傑離開了人世。那天下了一天一夜的雨，親朋好友們都在說：「她冤啊，老天都在為她流淚。」哥哥得知王傑去世了，不顧警察的阻撓，還專門去與她遺體告別。哥哥流著淚不停地說：「王傑是個好人啊！」

滿江紅

今年哥哥就滿60了，如今他依然被監視，孤身一人留在大陸照顧88歲的老父和86歲老母，過著與高智晟律師一樣不能與妻兒團聚的日子。後來家人傳來幾張照片，哥哥看上去很年輕，很健康，我的心也稍微好過一點。

李偉續現在和父母同住。
（李偉續微博）

對於自己遭受的不白之冤，哥哥在電話裡只說過一句話：「我沒有錯。」2013 年 1 月 23 日，哥哥還寫了一首詩〈滿江紅〉，這也許就是他的獄中感受吧。

《滿江紅》

欺世狂徒，污藍盾，梟雄忤逆。

狼狽散，末途窮路，節變投異。

施暴層出冤與屈，

枉貪疊起功和利。

棄法規，欲脹野心澎，吞天地。

惡獰盛，竇娥泣；

冤孽滿，無常涕。

踏憲章國律，業同兒戲。

旦盡雌螳春笑宴，

時來雄螂秋死期。

罪應得，眾怒罵聲激，晴霹靂。

後來哥哥說他在網上開了個 QQ 網頁（http：//user.qzone.qq.com/1004456461?ptlang=2052）2014 年 4 月 19 日，哥哥還寫了一首詩，叫《悠然歲月》，從中也許能看出哥哥現在的心情，最後一句叫「蕩掃愁緒悠然歲月明」。人間自有公道，王立軍不是被老天爺懲罰被判刑了嗎？哥哥期盼的歲月天明的那一天很快就會來到。

再次默默祝福哥哥：好人自有老天庇護。

第三節

被瀋陽警察稱為
「驚天動地」的小女子

至 2015 年 7 月 20 日，法輪功在中國大陸遭受迫害已整整 16 年。

作為中國政局的核心問題，越來越多的民眾希望更進一步了解法輪功學員到底是怎樣的人，他們經歷了什麼，如今現況如何等。荊天的故事也許能見葉知秋。

荊天，一位溫柔文靜的女子，因修煉法輪功在中國遭受殘酷迫害，1999 年因上訪無門，與十幾位瀋陽法輪功學員到天安門拉橫幅和平訴求。

在瀋陽警察眼裡，她的案子幾次驚動北京高層，先後被判處 10 年和 13 年監禁，不過，最後她卻奇蹟般地逃了出來。下面是她接受採訪的錄音節選。

錯把天書當成了普通氣功

我叫荊天，1970 年出生在瀋陽。我從小就病病殃殃的，不是

荊天，來到加拿大更積極參加弘法活動，把大法美好帶給更多民眾。
（新唐人）

頭疼，就是身體不舒服，主要是有心臟病，還有神經衰弱、失眠、風濕性關節炎、高血壓、貧血、氣管炎、腮腺炎等。看別人家小孩活蹦亂跳的，我就不行。大夫說我活不過30，活一天算一天，活在當下，活在今天吧。

我姥爺信佛。1995年一天早上他去鍛鍊時遇到法輪功煉功點，看到《轉法輪》那書是佛家的，就帶回來給我和妹妹看，還說，看看妳們倆誰有緣，比比誰能先修成。

我當時心裡起了抵觸，什麼？比一比？心想若要修煉的話，得先把比一比的心去掉。於是，隨手翻了翻，就當成氣功書放一邊了。妹妹的根基、悟性比我好，當時她看完後就說這是一本天書，她一看就非常激動，便告訴母親不能錯過這個法門。

那時由於家庭困難，我腦子裡想的全是錢，怎樣多掙點錢把家裡安頓好一點，別的什麼都不想。後來家裡出事了，先是爸爸心臟病去世了，接下來弟弟被人誣陷、攤上官司。這些對我打擊挺大的，就開始思考人生，覺得人生無常，安排得再好，天命不是像你設計的那樣，還得修煉哪。於是我開始到宗教中去找答

案,上廟裡或看聖經,像瘋了一樣到處去找,卻又覺得都不是我要找的。

當快絕望的時候,一天發現妹妹很早出門,回來後就變得容光煥發,心想她得了好東西了。這種神祕的感覺吸引著我,於是有一天我也早起,偷偷跟在她後面,結果發現她是去法輪功煉功點參加集體煉功了,於是我也開始學煉法輪功。

沒煉幾天我身上就開始起包了。以前練過一些爛七八糟的氣功,又到一些烏煙瘴氣的廟裡亂拜,就有附體了,煉功後開始往外發,很刺很癢。過了幾天聽說瀋陽軍區 202 醫院俱樂部禮堂要舉辦「九天班」。我想這回一定要認認真真地煉法輪功了。

那天是 1995 年 11 月 4 日,我領到的座位票是 5 排 22 號,我的生日也是 5 月 22 日,當時感覺神奇而奇妙。聽課時我保持著正襟危坐,很虔誠的狀態。還沒聽完我就覺得好像是腦袋炸開了一樣,有一種醍醐灌頂的感覺。以前我把法輪功按照氣功來理解,聽師父講法時我突然意識到,這是真佛傳法度人來了,這就是我要找的,當時眼淚就嘩啦嘩啦地流。

後來經過一段時日的學法、煉功,能量一下通透全身,身心一下就輕鬆了。從那以後,我就再也沒有過吃藥、感覺不舒服了。原來家裡窗欞上、沙發背上、抽屜裡都是藥,修煉以後這些藥全都丟掉了,後來我媽媽也修煉了。

頭掉了 身子還在打坐

以前曾想修煉界都需經過考驗,唐僧取經 81 難,基督教被迫害 300 年。當時我就想,這麼大的法,將來肯定有更大的考驗,

我記得師父講法中說過，那個覺者為了保衛宇宙真理可以犧牲自己的生命，你們能做到嗎？當時我在心裡說：能。

1999 年 4 月 25 日早晨，我如常地去煉功，發現輔導員都不見了，後來得知因為天津抓了法輪功學員，輔導員去北京要人了。我們一聽急了，也馬上出發前往北京，到北京已是 25 日下午了。那天人很多，我站隊伍裡看不到頭。北京官方說有一萬人，我感覺遠遠不止一萬。

雖然我不是負責人，只是煉功點的普通輔導員，輪值時背著橫幅、展板到煉功點看場和輔導新學員動作。但「4‧25」回來，我們家就成了公安的監控重點。我們的煉功點每天約有 100 多人。不過派出所說經他們的統計，煉功點有 600 多人，因為我們沒有花名冊，但是今天你來、明天他走的，這樣的話可能就有 600 多人。

7 月 20 日那天，我也被抓到瀋陽市于洪區分局。由於此前我在明慧網向全世界曝光了他們的惡行，當警察發現我只是一個穿著紅色連衣裙的小姑娘，他們很驚訝。

面對洗腦，我告訴他們法輪功能祛病健身和提升精神境界，於國於民有百利而無一害的事。最後我說：「你們如果想對我們師父如何，我們作為弟子肯定不會坐視不管的，我們一定要去上面說道說道的；如果你們想對我們大法學員怎樣，我也告訴你，我們真修弟子個個都是頭掉了身子還在打坐的。」他們聽了覺得既震驚又佩服，互相說：「你看看人家這弟子，還沒見過師父呢就這樣了！你行嗎？」後來就放我回家了。

7 月 20 日那天，我們瀋陽市的主要聯繫人都被抓了，我們去省委要人，我們也被抓了。做筆錄的警察說，你們已經被定為非法組織了。我說誰定的，誰就是壞人。他說江澤民定的，我說那

江澤民就是壞人，他略微沉吟了一下，就把這些都記錄下來了。24 小時後，他們把我放了。

隨後警察幾乎天天上我們家，有時把我拉到派出所，我告訴他們，法輪功使我們道德提升，看淡名利，我們家捐給國家萬元圖書，那是 1999 年 1 月份的事，《瀋陽日報》也刊登在頭版。他們都知道我們是好人，但是警察說：「這是上支下派，上面壓下來了，不得不公事公辦。」

我說：「我這個心臟病是有多少錢都治不好的，可是煉了功就好了，古人講『一日為師，終身為父』，受滴水之恩，當湧泉相報啊，我們師父不來我們這，若來我們這，我都願意睡馬路，把我們家房子讓給師父。」他們說什麼師父斂財？，我說：「我是輔導員，我沒跟任何一個學員收過一分錢，我也沒向哪個人交過什麼錢，斂財這錢從何而來？」

他們想讓我把大法書交出來，我說：「這是我自己花錢買的，是我的私有財產，為什麼要交給你們？而且這書救了我的命，這一字值千金的書，你們誰也不能動。」

北京上訪無門 天安門展橫幅

警察經常半夜來我家敲門，我因此而不能正常工作生活。10 月 10 幾日，我去了北京上訪，媽和妹妹 18 日也去。但她們還沒進信訪辦就被截住了，被送往龍山教養院。因為妹妹在勞教所煉功，他們就用電棍電妹妹，還強制母親在旁邊聽著他們查數。後來他們還把電棍塞到媽媽的嘴裡，媽媽整個嘴都腫起來，飯都吃不了，索性絕食了。

　　媽媽和妹妹被抓後，我不知道該做什麼，就找同修交流。當時我住在北京郊區的一個四合院，是 2008 年奧運那時被迫害致死的于宙和許娜夫妻倆幫忙聯繫的，裡面有全國各地來的弟子 60 多人。

　　當時大家的看法不一致，有的說不用管外界如何對待我們，我們就在家學法、煉功、修心性，純淨自己；有的主張既然來了就要證實法，我跟他們交流，大法在受難，大法弟子被抓、被打死，師父也被通緝，做為弟子，我們就該出去講真相。

　　就在大家爭論的時候，北京大學的博士生張翎翊來了。他說他思考了很久，最後決定要去天安門打橫幅，他說這橫幅不是標語，而是標誌，說明我們是什麼人來幹什麼。他一說，我第一個贊成，我說我去配合你。然後有 10 幾個瀋陽同修跟著表態要配合去做。

　　10 月 25 日那天約早上 8、9 時，我跟張翎翊和 14、15 個瀋陽同修來到天安門廣場，我選擇在紀念碑和旗杆之間，面向天安門，我們配合著一下就把橫幅打開了，上面寫著「法輪大法弟子和平請願」。我站在中間，感覺廣場上一切都停下來了，彷彿宇宙都靜止了。我們沒喊口號，就這樣靜靜地舉著橫幅。大概不到 1 分鐘，四周的警察和便衣蜂擁而至，因為他們早就準備好了。

　　我們被拖上警車，關在籠子裡。後來才知道，那天正是江澤民對《費加羅報》記者污衊法輪功是 X 教的日子，並表示人大常委會正準備表決防範和嚴厲打擊「X 教」的法律提案等。

　　多年後還有警察津津樂道這件事，他們說早就知道我們要去打橫幅，我身邊已經被他們安排了特務，我的一舉一動他們都知道。他說妳沒發現那天戒嚴了嗎？做筆錄時，警察反覆問我們是

怎麼進天安門廣場的，他們很驚訝，他們布置得那麼嚴密，我們還是走進來了。

勞教所的酷刑與「春風化雨」謊言

我被抓後，就拿出準備好的身分證給天安門分局警察看，但北京東城看守所的警察不把我送回瀋陽，而是送到了河北省第一勞教所，也叫唐山開平勞教所，進勞教所後他們就給我體檢、抽血。直到半年後我的家人才找到我。

在唐山勞教所，我經歷了地獄般的折磨，遭到毆打、吊籃球架、拳頭打臉、打胸、用腳踢下身等，我被打得兩眼直冒金星。如果煉功，就被吊在樹上，一吊就是一天，冬天不讓穿棉襖，單衣服就這樣吊在樹上，跟電影《為奴十二年》奴隸主折磨奴隸一樣。

我多次絕食抗議這些不人道的迫害，他們就強行灌食，至少三個打手壓在身上，然後用勺子撐開喉嚨往裡灌，讓人脹得很難受，坐不得，躺不得，據說這是一個曾經做過獸醫的警察王平發明的灌食方法。為了讓我放棄絕食，還在夏天把我放到磚窯烤，動不動就拉著我的頭髮在地上拖著走。在那裡我有幾位曾經朝夕與共的同修被折磨致死了。

當時也沒想到我能活著出來。每天就是絕食、煉功，他們打我時，我都還在背法。記得有個打手打人最狠，一天她劈頭蓋臉朝我打過來，打得我兩眼直冒金星，但我並不覺得痛，結果那打手打了兩下就捂著手跑了，她說我的骨頭太硬，其實我那時因為總是絕食，體重才 80 斤，身高也就 1.5 米。

我經歷的酷刑是最輕的，我曾經親眼看到他們在我面前瘋狂的用棍棒往同修的頭上、臉上打，一個房間 10 來個同修被打得鼻青臉腫，眼睛眯成一條縫，一個月裡臉皮下都是紫黑色的淤血，他們故意製造恐怖氣氛以此威脅不轉化的人，以前他們電人都是在背地裡，暗的不行就來明的。有的同修被送到安康醫院打電針、打破壞中樞神經的藥物迫害。如果不是因為同修親口告訴我，我都難以想像還會發生這樣令人髮指的事。

每當有外面的人來參觀或檢查，他們就把我們藏在地下防空洞裡。我們都是被隔離的，不但與外界隔離，同修之間也被隔離，所以我能看到的也只是冰山一角。

勞教一年期滿後也不放我，我絕食抗議，直至 2000 年 12 月 24 日我才被釋放。出來後，我將我的經歷投稿明慧網，藉此讓外界知道，在什麼文明教育、「春風化雨」的背後，全是謊言和酷刑，比電影還要殘酷。

馬三家勞教所響起了喇叭

出來後我繼續講真相，我們在瀋陽市各個公園裡、各個勞教所外掛喇叭，對勞教所播放師父的新經文，想給裡面的同修聽。對公園播放的是法輪功如何利國利民、洪傳全世界 100 多過國家，同時也揭露中共對法輪功的欺世謊言與掩蓋起來的迫害真相。我們把喇叭高高地掛在樹上，設為自動定時播放，人要走開一段時間後它才自動響起來，然後循環播放，直到電池用完。

記得對馬三家勞教所播放的時候，把那些警察嚇個正著。有個同修的家屬在馬三家當警察，她說，值班警察當時就嚇壞

了，聽到喇叭裡講的真相，還以為法輪功平反了，他們要被懲罰了，嘴裡一個勁兒的叨咕：「沒我事，沒我事，不是我幹的。」這事也驚動了公安部。全都很驚慌，亂了營一樣，喇叭也沒人敢上去摘。

2001 年 5 月 14 日晚，我和母親被抓進位於蘇家屯的瀋陽市看守所，後來祕密判處我 10 年徒刑。

那年馬三家教養院有 100 多名同修絕食反迫害，國際上也在聲援。後來聽說我 60 多歲的母親被判 3 年勞教，再次投入龍山教養院，我心裡非常難過，擔心她無法活著出來，自然就吃不下飯了。我絕食三天後，被看守所送到了遼寧省監獄管理局醫院。

醫院不肯收，因為剛送走一批馬三家絕食的學員，他們發現法輪功很超常，覺得這事不簡單，不能等閒視之，想給自己留條後路。但在看守所隊長徐豔跟醫院書記兼主任軟磨硬泡了半小時後將我收下，護士一量我的血壓和脈搏都沒有了，趕緊搶救。

我住院期間，他們宣布把我判了 10 年徒刑，這件事當時上了報紙和電視。後來從警察口中得知，那次被綁架的大法學員有 20 多人，都被非法判刑，最輕的 7 年，聽說還有無期的。這跟當時在遼寧為了撈取政治資本緊跟江澤民迫害法輪功的薄熙來有關係，判的很重啊，只要是判刑的，最低都是 3 年。

由於國際社會的聲援，一個多月後，他們把絕食的學員都放了，我也被放了。釋放的消息在看守所引發轟動，管教們都奔相走告，他們都覺得很震驚，判 10 年還能放啊？是不是要平反了啊？但後來學員再絕食，他們就不放了。

回家後，我便開始流離失所了，直到第三次被抓，再也沒回過家。

一家四口都被抓了

1999 年迫害後，媽媽、我、還有妹妹都被抓了，家裡只剩了一個不修煉的弟弟荊漁。那段時間弟弟很苦，每天天未亮給人送牛奶，白天給人送礦泉水，省下錢，抽時間去看望分別關在不同地方的家人。弟弟後來也開始思考，連母親和姐姐這樣善良、正直、守本分的好人都被抓去坐牢，這社會到底怎麼了？

荊家母女三人的合影，左起：荊天、陳軍和荊朵；右圖是仍被中共關押的弟弟荊漁。（明慧網）

這期間，其他法輪功學員都來幫助弟弟使他有機會和法輪功學員接觸，對大法有了更多的了解，並與其他學員一起去發真相資料，希望早日救出媽媽和姐姐。

2001 年 10 月 1 日，警察去我家抓妹妹，沒找到妹妹，就把我弟弟給抓進了黃海派出所。弟弟被嚴刑拷打兩天兩宿，逼問他我妹妹的下落和傳單的來源，弟弟死活不說，最後被拘留 15 天關進方家欄看守所，放出來時，醫院檢查發現弟弟的肋骨被打斷了兩根，骨頭插入肺部，引起了肺囊腫，傷及肺部，整日不停的咳嗽。

周圍的人都流淚了

我被保外就醫後，我們姐弟三人一起流離失所。2002 年 3 月 7 日，弟弟和一個同修去買做資料的耗材時被舉報，第二天在出租房被抓。警察把我和妹妹用手銬銬在一起，還拿一個毛巾把銬子擋上。下樓後我們就把毛巾弄掉，我倆就在院子裡喊「法輪大法好，不要聽信中共的一言堂宣傳，天安門自焚是假的」，想起什麼喊什麼。

院外是個市場，很多老百姓圍了上來。人們都感覺很震撼，一個老大爺站出來擋住警車門說：「你們幹什麼要抓人？」但最後幾個窮凶極惡的警察推開擋住車門的人，把我們塞進了汽車，旁邊有的人哭了，含著眼淚看著我們。

警察把我們帶到一個三層樓的地方，互相拍肩握手慶功，還興奮地說逮了兩條大魚。後來沒有經過司法程式，將我判 13 年監禁。但當時他們騙我說要把我和妹妹送上刑場。就見警察排成隊，一邊兩個警察押著，嚴陣以待。一個警察對我說，「我最後再問你一句，還煉不煉？」我平靜的毫不猶豫地說：「煉！」。

他們全不吱聲了，沉默了很久。在車上他們也不說話，車開出很長一段路了，司機回過頭來說：「我怎麼覺得我們像壞人，她們像好人？」車停了，又回到看守所，管教都認識我，「哎呀，妳怎麼又回來了？上回妳怎麼出去的？」

抗議 13 年徒刑 絕食差點沒命

這次被抓，我就開始絕食抗議，兩天後被送到安康醫院。安

康醫院的院長謝曉賓等人就對我灌食。他們一上來就用很粗的膠皮管，插進去再抽出來，全都是血，然後全身都是麻的……

灌我的時候給我妹妹看，灌我妹妹時給我看。一次灌我妹妹時，他們一下就插到氣管裡了，妹妹當時就翻白眼了，趕緊拔出來，妹妹才活過來。那次以後妹妹就哭，肉體和精神都快崩潰了。

在看守所，妹妹被折磨得肺積水，我被迫害得出現肺結核，投監時體檢都不合格，瀋陽大北監獄拒收。但看守所不死心，把我們臨時放到監獄對面的遼寧省監獄管理局醫院，想再做個身體健康的假證明再投一次。

一想到一旦被關進監獄，我就無法再給更多的人講法輪功真相，心裡很著急，覺得監獄不是我應該待的地方，我就又開始絕食抗議非法判刑。

絕食第一天，我就一夜白頭，頭髮全白了。當時監獄醫院裡的管教醫護都震驚了，都去看我，有的很同情。開始絕食時我倒沒什麼感受，後來就開始吐血、吐膽汁，然後是心臟早搏、心衰、腎衰。當時身體受到很大的損傷。

絕食 13 天就病危了，管教上報，但回覆說省「610」不批保外就醫，我就一直絕食。那時候我下定決心，死也不屈服。就這樣絕食了 40 多天，整個人都不行了，快沒命了。

好人不該這樣被害死

後來我又轉念一想，我不能死，我死了，好人傷心，壞人高興，不能證實「好人會有好報」這個天理。我要活著，但我也不

能妥協，我要堅持到底。我動這一念後，馬上看到眼前有金星像流星雨一樣嘩啦嘩啦往下落。

到我絕食快 50 天的時候。一天我在床上坐著，我就說，「師父啊，我要回家，師父啊，我要回家看《轉法輪》，師父啊，下禮拜我就要回家。」

哪知第二周妹妹真的就出事了，血壓也沒了，脈搏也沒了。趕緊搶救，醫生警察們緊張的滿院亂跑，終於搶救過來了。但醫生對看守所說了，這是最後一次了，她要是再死了，我們就搶救不回來了。她姐姐和她是同時絕食的，你們還是把她們接回去吧。

看守所也不想往回收，怕我們死在他們那裡，也不想擔這個責任，請示省「610」，省「610」沒了辦法，最後他們只好讓我們回家。當時媽媽已經被保外就醫，被釋放了。

回家後一煉功，我的身體馬上就恢復了，就因為這個緣故，有人因此而得法，也開始學煉法輪功了。

回家第三天，「610」又打電話給派出所，要我回去服刑。後來派出所的片警告訴省「610」說，好好一個人到你們那，救護車給送回來的，再回去不還是絕食嗎？再鬧出亂子，我也不管了，也別再找我了。「610」一聽也就不再提收監這碴了，但要求派出所隨時盯著我，於是我們家外面隨時都有人監控。

這次出來後，我一邊上班，一邊講真相。後來我和法輪功學員陳松結婚了。他也是遭了很多罪。他以前是做房地產生意的，他一共被勞教了兩次。第二次被抓後，他被打得很厲害，渾身都是血，其他警察看了都吃了一驚。在勞教所裡，為了讓他轉化，他們把勞教所的電棍全部收集起來，20 多個電棍輪流充電，六把同時電，但他就是不屈服，警察看了都很佩服。

　　起初我沒有出國的念頭，直到瀋陽的法輪功學員李偉勛被營救到美國，她一直惦記著我，希望我能出國來講真相揭露迫害。後來在同修幫助下，我們逃到了泰國，在泰國申請到聯合國難民身分，三年後也就是 2009 年 5 月 13 日，我們來到了加拿大溫哥華。

　　我目前在新唐人做義工，有時也跟政府、議員講真相，平時就在溫哥華景點揭露迫害，每天都很忙碌，總覺得時間不夠用。

　　我們現在雖然自由了，但我們的家人、朋友、還有千千萬萬的法輪功學員依舊在遭受迫害，我最大的心願就是讓世上每個人都能有機會了解法輪功，共同制止迫害，人人都能有個美好的未來。

逮捕江澤民

第十三章

江澤民的反人類罪行

在江澤民「對法輪功學員打死算自殺」的指示下，人性中的私欲不受約束，中國勞教所出現了天然的「人體資源庫」，大陸出現異常「繁榮」的器官交易市場，活摘器官的罪惡發生了……

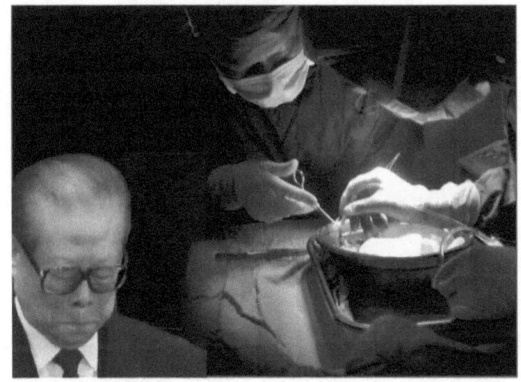

（新紀元合成圖）

第一節

從挖眼悲劇談活摘器官

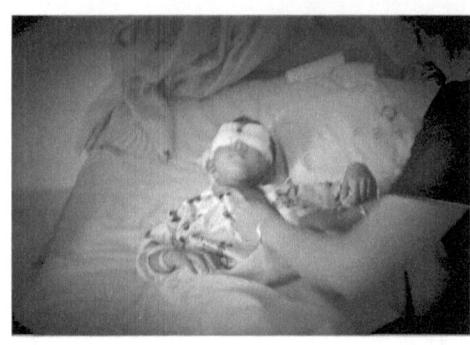

2013 年 8 月 24 日傍晚，山西省臨汾市汾西縣發生 6 歲男童小斌斌在家門口玩耍，被人拐騙到野地挖去雙眼的駭人事件。（新紀元資料室）

　　2013 年 8 月 24 日傍晚，山西省臨汾市汾西縣的 6 歲男童小斌斌在家門口玩耍，被人弄到野地裡挖去了雙眼。本來，再過一周小斌斌就要上一年級了，媽媽已經給他準備了裝著鉛筆、本子的新書包，未料遭此慘禍。躺在醫院裡的小斌斌只要一醒來，頭一句話就問：「媽媽，天為什麼還不亮啊？」這一句問話，叫天下多少人心酸！

　　這一事件，看似個案，實則是無數惡性犯罪事件之一斑。究竟是怎樣的心腸，才下得了如此毒手？究竟是怎樣的社會，才會生發如此喪盡天良的罪孽？挖去小斌斌雙眼的大案須追查，活摘法輪功學員器官的政府行為更須追查，還有，8000 萬人非正常死亡能放過嗎？

　　小斌斌問自己的母親：「媽媽，天為什麼還不亮啊？」眾多正在覺醒而且眼睛又看得見的國人也在發問：「中國，天為什麼

還不亮啊？」

盜摘幼童雙眼以牟利，固然是道德淪喪的社會病態，中共活摘法輪功學員器官更是泯滅人性與良知的災難，被加拿大著名人權律師大衛・麥塔斯形容為「這個星球上從未有過的邪惡」。所有明白「活摘器官」真相的人，對於中共這人神共憤的罪行莫不予以強烈譴責。

歐洲議會通過「制止中共活摘器官」緊急議案

2013 年 12 月 10 日，國際組織「醫生反對強摘器官」（DAFOH）將全球 150 萬人聯署簽名的「制止中共政權活摘法輪功學員器官」請願信，送達日內瓦聯合國人權辦公室。12 月 12 日，2013 年歐洲議會通過了要求「中共立即停止活體摘取良心犯、以及宗教信仰和少數族裔團體器官的行為」的緊急議案，並強力譴責中共邪惡的罪行。

12 月 12 日，2013 年歐洲議會最後一次全體大會上，議員們投票通過了要求「中共立即停止活體摘取良心犯、以及宗教信仰和少數族裔團體器官的行為」的緊急議案。

決議要求：「歐盟對中國境內的器官移植，以及與這種不道德行為相關的迫害做出全面、透明的調查。」決議還呼籲，中共「立即釋放」包括法輪功學員在內的所有良心犯。此議案是由歐洲議會多個黨團共同提出的，眾多議員在投票前的辯論會上發言呼籲，希望歐洲議會發出強有力的聲音，盡快制止中共此反人類的罪行。

歐洲議會最大黨基督教民主黨資深議員克蘭（Tunne Kelam）

在辯論會上說：「中國已經發展出一個巨大的、黑暗的、不道德的器官交易市場，出售器官給外國人，這也引起了一些非中國醫生的警覺。我們要求中共政府立即停止這一行為，我們也要求歐盟成員國不只要向中國政府提及這件事情，還要公開譴責這種道德淪喪的器官交易，這已經使得眾多良心犯失去了生命。」

曾任愛沙尼亞外交部長的歐洲議會議員奧尤蘭女士（Kristiina Ojuland）在辯論會上清晰地提出了自己的觀點：「這種行徑必須立即停止，為了達成這一點，歐盟最起碼能做的是公開譴責所有中國發生的不道德器官移植行為，並告知所有去中國移植器官的歐洲公民，他們手術用的器官很可能來自死刑犯。」

根據獨立調查的結果，現已經有超過 6 萬 5000 名法輪功學員因為被活摘器官而死亡，克蘭（Tunne Kelam）表示強烈支持此項緊急議案。他說：「我們一定要明白一點，這不只是中國的問題，這也是歐洲和美國的問題，因為太多太多歐美國家的人通過非正常的手段去中國換器官。」

全球 150 萬人聯署反活摘送達聯合國

12 月 10 日，正是國際人權日，國際組織「醫生反對強摘器官」（DAFOH）將全球五大洲、53 個國家和地區近 150 萬人聯署簽名的「制止中共政權活摘法輪功學員器官」請願信，送達日內瓦聯合國人權高級專員辦公室。這次全球請願徵簽活動從 7 月份開始，到 11 月底結束。

請願信主要有三個訴求：

一、要求中共政府立即停止從被監禁的法輪功學員身上摘取

器官。

二、對參與這個反人類罪的人進行進一步調查。

三、要求中共政府立即停止對法輪功的殘酷迫害，因為這是活摘器官的根源。

來自台灣的朱婉琪律師帶來 10 個亞洲國家 92 萬簽名，她表示這其中有一萬多個簽名來自醫生，沒有一位醫生去否認大衛·麥塔斯和大衛·喬高所揭露的事情。這一萬多名來自香港、台灣、韓國、日本的華人社會醫生站出來，要求聯合國人權高專採取行動，叫中共停止迫害法輪功，叫中共不可以再進行活摘器官的事情，並且必須具體獨立的查證整個活摘器官的暴行到底是怎麼回事。

多國擬立法 阻止中共活摘法輪功學員器官

2013 年 6 月 27 日，美國兩黨兩名國會議員在眾議院共同發起了以「阻止中共活摘器官」為主題的「281 號決議案」。該決議案要求中共立即停止針對法輪功學員和其他良心犯的強摘器官行為；要求美國國務院對中國器官移植系統進行全面和透明的調查，禁止那些參與非法強摘人體器官者入境美國，如已在美國境內要對其提出法律起訴。決議案還要求中共立即停止其對法輪功發起的已持續 14 年的迫害。

截至 12 月 9 日，美國國會已有 164 名眾議員聯署簽名支持「281 號決議案」。

由 9000 多名專業醫生、護士及醫學相關專業人士組成的美國維吉尼亞州醫學協會於 10 月 25 至 27 日年會期間正式討論一

份「制止中共活摘器官」的 13-207 號決議案，隨後在其法律、非法行醫以及規章制度常設委員會上獲得通過。

2013 年 12 月 6 日，加拿大資深國會議員考特勒（Irwin Cotler）在國會正式提出私人法案 Bill C-561，旨在遏制強摘人體器官的暴行。如果該法案獲得通過，將對加拿大刑法和移民及難民法作出修改，任何人，無論在加國國內還是國外，通過直接或間接的金錢交易，或沒獲得器官捐贈者同意便從事有關的器官移植，都將被處罰；有證據證明參與過人體器官或其他人體部分走私並做移植用的人，將不允許進入或留在加拿大。

2006 年第一個活摘器官證人出現後，麥塔斯和喬高對中共活摘器官的指控展開了獨立協力廠商調查，結果發現了超過 50 項可以證實的證據，證明中國存在從活人身上摘取器官做移植的暴行，其中大部分受害者是法輪功學員。

中共前政法委書記周永康，中共前政治局成員、原重慶市委書記薄熙來及其妻子薄谷開來，以及原重慶公安局局長王立軍，是中共活摘法輪功學員器官的主要推手。目前，薄熙來、薄谷開來、王立軍、周永康已被判刑，但因中共當局恐懼中共垮台，活摘的罪行仍被掩蓋。

第二節

揭開活摘法輪功學員器官黑幕

2010 年 3 月 16 日，美國國會以 412 票贊成、1 票反對的絕對優勢通過了第 605 號決議案，要求立即結束中共對法輪功學員的迫害、脅迫、監禁及酷刑折磨，釋放所有被關押的法輪功學員。

法新社報導說，這是美國政府為「阻止最邪惡的系統迫害」所採取的行動，報導引述議案起草人羅斯萊亭恩（Ileana Ros-Lehtinen）議員的發言：殺害法輪功學員獲取他們的器官，「如此的暴行竟會發生在 21 世紀，這似乎讓人無法理解，其殘酷程度可與羅馬帝國皇帝把基督徒扔給獅子吃掉相提並論。」

六零五號決議案等於用官方文件的方式，間接證實了中共對法輪功學員實施的暴行。讓我們回顧整個黑幕被曝光的全過程。

蘇家屯血栓醫院的血腥

2006 年 3 月 9 日，《大紀元》發表了《瀋陽集中營設焚屍爐，售法輪功學員器官》。化名皮特的大陸資深媒體人獨家爆料，稱在瀋陽市蘇家屯區有個類似法西斯的祕密集中營，關押著 6000 多名法輪功學員。這裡很多法輪功學員離奇死亡，焚屍前內臟器官都被掏空出售。

據法輪功學員辦的明慧網介紹，1999 年 7 月 20 日，以江澤民為首的中共政權開始對修煉「真善忍」的上億法輪功學員鎮壓。當時，法輪功學員本著相信政府的善良願望，前往北京上訪，希望能用自己切身受益的經歷來讓政府糾正錯誤。

據北京公安內部消息，到 2001 年 4 月為止，到北京上訪被抓、有登記紀錄的法輪功學員就達 83 萬人次。為了不讓中共株連所在工作單位和地方派出所、公安局，還有大批法輪功學員沒有報出姓名或未作登記。有消息說，2001 年 10 月，北京公安局通過計算每天街頭饅頭售出量的遞增，估算出當時來京上訪的法輪功學員至少 100 萬。

無計其數不報住址的法輪功學員遭到非法拘留關押，北京監獄個個爆滿，上訪學員還在源源不斷進來，被中共祕密轉移到不為人知的地下監獄、勞教所或集中營關押，這群為數數十萬、主要來自東北、華北及各地農村的法輪功學員，就這樣失蹤了⋯⋯警察在監獄強迫法輪功學員放棄信仰、簽署「悔過書」的時候，普遍動用酷刑，中共江澤民直接指示對法輪功學員「打死算白死」，由於對造成的死亡不負法律責任，人性中的私欲不受約束，法輪功學員的器官成為靠移植器官牟取暴利者的覬覦目標，無所

顧忌的罪惡於焉展開。

「殘害法輪功學員不算犯罪」

2006 年 3 月 17 日，第二位證人現身。《大紀元》以「主刀醫生太太揭蘇家屯器官摘取黑幕」為題，進一步點明上述集中營就設在瀋陽市蘇家屯區雪松路 49 號的遼寧省血栓病中西醫結合醫院。證人安妮的前夫曾親自摘取了很多法輪功學員的眼角膜。從 2003 年開始，他開始出現精神恍惚，晚上盜汗作噩夢，床單濕透了一個人形。後來他才告訴家人，醫院大量摘取法輪功學員的腎臟、肝臟等器官，這些學員很多還是活的。叫他幹的人說：「你已經上了這條船了，殺一個人是殺，幾個人也是殺。」那時他們被告知，殘害法輪功學員不算犯罪，是幫共產黨「清理敵人」。

證人安妮（摘取眼角膜的主刀醫生太太）說：醫院的人稱鍋爐房為焚屍爐，法輪功學員被活體摘取器官後，丟進這裡被毀屍。（大紀元）

「我丈夫有記日記的習慣。一篇日記中說，當這個病人昏厥之後，他用剪刀剪開這個病人衣服的時候，從衣服的口袋裡掉出來一包東西。他打開一看是個小盒子，裡面有個圓的法輪章，上

面還有個紙條，寫著：祝媽媽生日快樂。我丈夫受了很深很深的刺激⋯⋯」從那以後他就不想幹了，但他多次遭到暗殺威脅，有次安妮還替丈夫挨了一刀。後來丈夫逃到國外，但由於安妮無法原諒丈夫參與偷盜活人器官的罪行，兩人離婚了。如今前夫得了癌症，但他還是不敢站出來揭露真相，怕國內的家人受牽連。

「蘇家屯」被列入網路禁詞

蘇家屯事件曝光後，大陸很快把「蘇家屯」三個字列入網路禁詞。3 月 27 日，事件曝光後的第 19 天，中共當局匆匆推出了《人體器官移植技術臨床應用管理暫行規定》，禁止人體器官買賣，但施行時間卻定在 7 月 1 日。外界質疑，既然人體器官買賣是非法的，應該立即執行，為什麼還要等上三個月？莫非有人需要時間來處理現有器官庫？

3 月 28 日，中共外交部發言人秦剛首次否認該指控，並邀請海外記者前去調查，但在外交部官方網站上沒有公布該消息。希望之聲電台記者隨即申請簽證前去調查，簽證被拒。

瀋陽老軍醫：36 個集中營

3 月 31 日，《大紀元》刊登了「瀋陽軍區老軍醫指證蘇家屯集中營內幕」，這位了解中共活摘器官內幕的老軍醫指出：「蘇家屯地區的醫院僅僅是全國 36 個類似集中營的一部分，但是目前的法輪功學員基本上還是在監獄、勞改營、看守所較多，只有需要的時候才大規模調動，目前全國最大的關押法輪功的地區主

要是黑龍江、吉林和遼寧，僅在吉林九台地區的中國第五大法輪功集中關押地就有超過 1.4 萬人被集中關押。⋯⋯在我接觸的資料中中國最大的法輪功關押地在吉林，只有代號是 672-S，關押人數超過 12 萬。」

老軍醫還透露說，「中共中央同意將法輪功作為階級敵人進行任何符合經濟發展需要的處理手段，無須上報！也就是說法輪功如同中國許多的重刑犯一樣，不再是人，而是產品原料，成為商品。我能講的只有這些了。」

大陸醫生承認活摘法輪功器官

4 月 1 日，一個非政府組織「追查迫害法輪功國際組織」發表調查報告，確認「瀋陽存在龐大活人器官庫」，並公布了幾個大陸移植醫生的原始電話錄音。這些醫院公開承認他們移植用的器官來自於活著的法輪功學員，這其中包括東方器官移植中心、上海中山醫院、河南鄭州醫科大學第一附屬醫院、湖北省醫科大學第二附屬醫院等。廣州軍區武漢總醫院的那位醫生還不耐煩的說：「法輪功該用就用唄，管他法不法輪功！」（http://news.epochtimes.com/gb/6/4/18/n1291746.htm）

4 月 8 日，《大紀元》披露了「盜法輪功學員器官黑幕一直在勞教所」。調查顯示，大陸 300 多家勞教所裡關押著數十萬法輪功學員，許多勞教所強行抽取法輪功學員的血樣，用以建立活體器官庫。一旦有病人需要某種類型器官時，就反向匹配，將該學員害死以盜取器官。

4 月 12 日，中共國務院召開新聞發布會，會上蘇家屯血栓醫

院副院長張玉琴稱主刀醫生和太太的證人證言「子虛烏有」：「我們醫院根本就沒有這兩個人。」而當時《大紀元》還沒有公布女證人安妮的照片和她的真實姓名。難怪有記者嘀咕：連這兩個人是誰都不知道，怎麼能否認有無呢？這不是此地無銀三百兩嗎？

醫生太太安妮：用生命作證

4 月 21 日，在胡錦濤訪美期間，女證人安妮和記者皮特首次公開露面，表示無論中共如何銷毀證據、搞國際恐怖主義，他們願用生命作證，揭露中共活體摘取法輪功學員器官的罪惡。

2006 年 4 月 20 日，蘇家屯的兩位證人首次在新聞發布會上公開指證中共在蘇家屯活摘法輪功學員器官。（大紀元）

4 月 30 日，瀋陽老軍醫再度披露中共盜賣法輪功器官官方流程，指出中共軍方直接參與了器官盜賣勾當，僅他本人經手的偽造自願捐獻器官資料就有六萬多份。另外，中共嚴重隱瞞了盜取器官規模，將 11 萬說成 3 萬。2000 年以後中國一直占世界活體

器官移植總數的 85％以上，該資料是軍委上報資料的一部分，有
幾個人還因此升為將軍。

這個星球上前所未有的邪惡

2006 年 7 月 6 日，由加拿大前亞太司司長、資深國會議員大
衛‧喬高（David Kilgour）和國際人權律師大衛‧麥塔斯（David
Matas）組成的獨立調查組，向國際社會公布了「中國活體摘取法
輪功學員器官指控的報告」。報告從 12 個方面匯集了調查的起
因、方法、證據、反證、可信度、結論及建議等。最後得出結論，
這項指控是真實的。這是「這個星球上前所未有的邪惡」。

由於調查者很高的公信力，調查本身證據的真實、推理的嚴
密，使報告的發布給國際社會帶來了巨大的震動。在進一步調查
中他們確認：從 2000 年到 2005 年期間，中國大陸至少進行了 6
萬例器官移植手術，其中至少 4 萬多個器官極有可能是從法輪功
學員身上摘取的。

眾多法輪功學員遺體被掏空

2006 年 5 月，《大紀元》根據明慧網資料，綜合報導了一系
列法輪功學員被偷盜器官的具體案例，如「唐山市勞教所盜取法
輪功學員器官」，「山東盜取法輪功學員器官罪行嚴重」；「河
南新鄉盜器官謊稱屍檢 市長受株連」。如河北秦皇島青龍縣土門
子村法輪功學員宋友春，2003 年 12 月 2 日上午被抄家後被關進
青龍看守所，14 天後被迫害致死。家屬證實，宋友春的遺體被掏

空了所有器官。被懷疑有類似遭遇的還有法輪功學員趙英奇、陳愛忠、孟金城、賀秀玲、于蓮春、李梅等。

迫害真相聯合調查團

2007 年 8 月 9 日，由 300 多名各國國會議員、法律專家、醫生、教授、記者、知名人士等組成的「法輪功受迫害真相聯合調查團」（CIPFG），在希臘點燃了人權聖火，提出「奧運不能和反人類罪行同時存在」，並在隨後一年裡，人權聖火經過歐洲－澳洲－紐西蘭－南亞－非洲－美洲－東南亞，傳至全球 39 個國家 169 個城市，受到國際社會的普遍關注。

第三節

江澤民是薄熙來夫婦
販賣器官的幕後人

在江澤民親自承諾「打死法輪功學員算白死」不追究的免責保護下，薄熙來、谷開來夫婦在中國大連和遼寧首創活摘被關押法輪功學員器官的罪惡，這個罪惡迅速在中國各省市蔓延。

江澤民為盡快把法輪功鎮壓下去，不但在 2001 年初命令羅幹從河南找了幾個人冒充法輪功在天安門點火「自焚升天」，編造了「天安門自焚偽案」，煽動民眾對法輪功的仇恨（《華盛頓郵報》曾專程調查證實，那個被當場「燒死」的劉春玲，只是個夜總會女郎，鄰居從來沒看見她煉過法輪功），還密令「610」對法輪功要「名義上搞臭，經濟上搞垮，肉體上消滅」，對於不放棄修煉的法輪功學員「打死算自殺」，「打死白死」，「不查身源，直接火化」。

這些密令是中共「610」系統的警察投誠後公布的，如天津市原「610」官員郝鳳軍 2005 年 6 月在澳大利亞申請政治庇護時

公布此事，原中共駐悉尼總領事館政治領事、專門分管異議人士監控的陳用林，也多次證實這點。後來《大紀元》還從大陸消息人士獲悉，江澤民下發這些密令時是寫在一張白條上，沒有署名，但中央「610」的人知道這是江澤民的命令，並按此執行。

據非政府組織追查國際調查，薄熙來無意中招供江澤民是下令活摘法輪功學員器官的元凶。2013 年 8 月，《大紀元》獲知情人鮑光授權獨家披露的錄音證實，2006 年 9 月 13 日時任商務部長的薄熙來跟隨時任中共總理溫家寶訪問德國漢堡時，曾親口承認「江澤民下達了活摘法輪功學員器官的命令」。

2014 年 9 月追查國際公布了對原解放軍後勤衛生部部長白書忠的調查報告，在公布的錄音中，白書忠說：「當時是江主席啊……有一個批示，說開展這些事情，就是器官移植……批示以後，反法輪功大家都做了很多工作……應該說，就是開展腎移植的不單是軍隊一方……」

2012 年 4 月 17 日，追查國際調查員成功的和李長春進行直接對話。李長春在回答有關器官移植問題時，李長春說：「你問周永康。」、「周永康具體管這個事，他知道。」這些錄音都能在網路上下載，可用作法庭上的證詞。

江澤民的這些命令嚴重違反了中共的現行法律，但由於「610」是類似毛澤東時代的「中央文革小組」，凌駕在法律之上，於是哪怕當時中共體制內人士反對，但敢怒不敢言，連胡錦濤、溫家寶等人都只有默默屈服。據知情人透露，一次政治局開會，江澤民要擴大「610」編制，胡錦濤提到擴大編制就得多發工資，會給財政帶來困擾，結果被江大罵了一頓。

由於打死法輪功學員不會遭到任何處罰，有了這道顛覆所有

法制的密令，中共對法輪功的迫害最後升級到拿法輪功學員的器官賣錢的罪惡中。

相信所謂唯物主義的中共認為，人死了留下的屍體，就跟動物的肉一樣，想怎麼處理就怎麼處理，假如能把屍體用來換錢，那是「變廢為寶」的「好事」。早在 1960 年代，中共就把死刑犯的屍體拿來加以「利用」，比如，把人的腦髓拿來製成補品，給高級官員補腦，或拿人的屍體當生物原料等。

1984 年 10 月 9 日，中共頒布了《關於利用死刑罪犯屍體或屍體器官的暫行規定》，當法院判決犯人死刑時，醫院就會提前到監獄給犯人驗血，以獲取其器官信息。到了法警執行死刑那天，檢察院還要派人現場監督，所以醫院還要獲得檢察院的默認。

2001 年 6 月，來自天津武警總隊醫院燒傷科的醫生王國齊，曾在聯合國和美國國會上公開作證：在過去 15 年中，他先後從 100 多個死刑犯身上摘取皮膚和器官用於移植手術。當時中共外交部否認中國醫院的移植器官來源是死刑犯，但又無法給出器官的來源。直到 2005 年中共衛生部長黃潔夫才被迫承認這一事實，因為中國不像西方國家，器官捐贈幾乎為零，中國人由於傳統觀念的影響，哪怕是死刑犯的遺體，家屬也希望能保存一個完整的身體，以便來生有個好去處。

薄谷夫婦在大連和遼寧犯下活摘器官的罪惡

2000 年至 2005 年間，江澤民推動鎮壓法輪功遭遇所謂「最困難時期」，中國從中央高層到省部委官員消極抵制。由於薄熙來對江澤民迫害政策的竭力配合，在薄熙來擔任大連市長和遼寧

省長期間，大連最先發生活摘法輪功學員器官、盜賣被殘害的法輪功學員屍體的罪惡，活摘法輪功學員器官罪惡最嚴重的城市在中國瀋陽，最嚴重的省份在中國遼寧省。

因販賣法輪功學員器官、屍體獲利巨大，再加上殘害法輪功學員被薄熙來、薄谷開來在大連及遼寧省定為「廢物利用」，同時有江澤民親自承諾「打死法輪功學員算白死」的不追究免責保護，活摘器官、販賣屍體成為大連最賺錢行業，當年從大連、瀋陽市及遼寧省委省政府高層，特別是遼寧省（包括大連和瀋陽）衛生局、軍警、公安和醫學系統、及黑道仲介等共同參與其中。活摘、販賣法輪功學員器官和屍體在遼寧省高層、大連、瀋陽高幹子弟、醫學圈子內不是祕密，知道的人很多。

殘害法輪功學員被薄熙來、薄谷開來在大連及遼寧省定為「廢物利用」，同時有江澤民親自承諾「打死法輪功學員算白死」的不追究免責保護，活摘器官、販賣屍體成為大連最賺錢行業。（AFP）

薄熙來、薄谷開來、王立軍都參與了這項罪惡，他們當年跟大連醫學院緊密合作，大連、瀋陽和遼寧衛生局系統、武警部隊的不少官員、醫療專家、高幹子弟都涉入其中，也都賺了大錢。

據悉，在2003年前後，大連醫學院一位院方高層的女兒從海外留學回來，參與了活摘法輪功學員器官移植的手術，因此患上憂鬱症跳樓自殺，薄谷開來也在這個時期患上嚴重憂鬱症，這

些事情當時在遼寧高層引起轟動。

蘇家屯活摘指控 發生在薄熙來主政遼寧

2006 年 3 月 6 日《大紀元》率先報導瀋陽蘇家屯血栓醫院祕密參與活摘法輪功學員器官之後，中共在經歷了 20 天的銷毀證據之後，3 月 28 日，中共外交部才首次回應並否認該指控，並邀請國際社會去調查，但加拿大人權組織、美國華人媒體，如希望之聲電台、新唐人電視台等記者，去中領館辦理赴華調查的簽證卻被中領館拒絕。4 月 16 日美國調查團看到的只是被中共精心布置後的蘇家屯醫院。

在外交部回應的前一天 2006 年 3 月 27 日，中共當局匆匆推出了《人體器官移植技術臨床應用管理暫行規定》，禁止人體器官買賣，但施行時間卻定在 7 月 1 日。外界質疑，既然人體器官買賣是非法的，應該立即執行，為什麼還要等上三個月？莫非有人需要時間來處理現有器官庫？

就在同一天，2006 年 3 月 27 日，一個叫魯道夫・弗爾巴（Rudolph Vrba）的 82 歲老人在加拿大悄然去世。身為當年逃離奧斯維辛集中營僅有的五名猶太人之一，弗爾巴於 1944 年 6 月首次向盟軍領導人披露了奧斯維辛集中營中的真相，讓毒氣室和焚屍爐等駭人聽聞的納粹殺人機器第一次為外界所知曉。

然而，由於過於善良而不願相信、麻木或被利益誘惑下的故意沉默，當時一些得知這一指控的高層人物卻隱瞞封殺了這個罪行，於是接下來又有 43 萬 7000 匈牙利猶太人被送入了集中營。

2006 年 4 月 7 日，《大紀元》在《蘇家屯事件曝光 奧斯維

辛第一證人去世》的報導中，呼籲人們能從歷史教訓中得到勇氣，有評論稱，他此時的去世是上蒼在警示人類關注中國的蘇家屯，不要讓延誤的悲劇再次發生。

然而，這樣慘烈的指控還是被很多國家的政要忽視了，直到六年後的 2012 年 2 月 6 日，薄熙來手下的幹將王立軍出逃美國駐成都領事館後，活摘器官的黑幕才再次擺在國際社會的面前。而且就在中共審判薄谷開來的前夕的 2012 年 8 月 7 日，《大紀元》獨家獲悉，薄谷開來、薄熙來就是中共活摘器官最初的主謀。

薄熙來批准屍體加工廠 大連屍體販賣情況嚴重

就在 1999 年 8 月江澤民巡視大連後不久，薄谷開來就開始謀畫如何在鎮壓法輪功上撈政治資本的同時，也能在經濟上雙豐收。

公開資料顯示，1999 年 8 月，中國第一家屍體加工廠：哈根斯人體生物技術公司在薄熙來親自點頭下被大連政府批准成立。當時哈根斯公開強調，工廠之所以選在大連，就是因為得到當地政府的支援。

由於大連有豐富的屍體來源，加上利潤豐厚，很快在大連成立了第二家由隋鴻錦創辦的屍體加工廠，等到了 2003 年，中國大陸出現了十多家屍體加工廠，中國成了全球最大的人體標本輸出國。

當時遼寧不光有大連出口人體標本，其省會瀋陽更是人體器官移植的重鎮。海外人權組織調查，從 2000 年到 2006 年，中國至少有 4 萬多例甚至高達 9 萬多移植器官來路不明，而在遼寧多

達五個海內外做廣告宣傳的網站上，人體器官被分類標價，眼角膜被標價 3000 美元，一個心臟被標價 18 萬美元。其中最大的網站就位於薄熙來管轄的遼寧省瀋陽。

王立軍從事活摘器官 自曝行刑後幾分鐘摘取器官

2012 年 2 月王立軍闖入美領館，5 月份，美國國務院發表的人權報告中首次明確提到中共強制摘取法輪功學員器官一事。輿論普遍認為，王立軍已向美領館提供了活摘器官的內幕資料。

王立軍曾在錦州市公安局創辦的「現場心理研究中心」，從事器官移植實驗。2009 年，有王立軍手下擔任警察的目擊者證實了活摘法輪功學員器官的證詞，並證實王立軍下的死命令是對法輪功「必須斬盡殺絕」。王立軍手下的一個警察在 2009 年曾對「追查迫害法輪功國際組織」舉報了中共活摘法輪功學員器官的罪行。

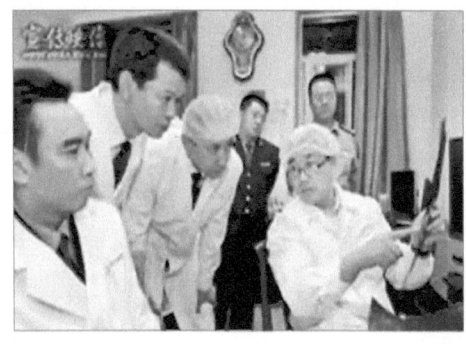

王立軍曾在錦州市公安局創辦的「現場心理研究中心」，從事器官移植實驗。（追查國際提供）

這位警察作證說，2002 年 4 月 9 日，在瀋陽軍區總醫院 15 樓的一間手術室內，他親眼看到兩個軍醫將一名 30 多歲的修煉

法輪功的中學女教師，在沒打麻藥的情況下，活生生地摘取了她的器官，將她活活害死。

另外還有證據顯示王立軍直接參與了活摘器官，在《注射藥物後器官受體移植試驗研究》中，王立軍也是作者之一。

2006 年 9 月 17 日，位於北京、直屬於共青團中央的「中國光華科技基金會」，為遼寧省錦州市公安局「現場心理研究中心」授予「光華創新特別貢獻獎」並資助科研經費 200 萬元，其頒獎成果之一就是藥物注射後器官受體移植研究。

王立軍在頒獎大會上「感言」：「大家知道，我們所從事的現場，我們的科技成果是幾千個現場集約的結晶，是我們多少人的努力。……當一個人走向刑場，在瞬間幾分鐘轉換的時候，將一個人的生命在其他幾個人身上延伸……」遼寧省是中國第一個全面推行死亡注射針死刑的省份，全面取消槍決行刑。

美國死刑服務信息中心執行主任 Richard Dieter 2012 年 8 月曾向《大紀元》表示，有關王立軍（向犯人）注射死刑針後幾分鐘摘取器官，是摘器官令其死亡：「看起來摘取器官成為其死亡的原因，如果此人在因藥物死亡之前就這樣做的話。」死刑犯人在死刑針注射後，「通常在 25 分鐘之後才宣布其死亡。」他表示，鑑定死亡的醫生不能參與死亡注射針行刑過程。

海伍德死亡的真實原因

《大紀元》獨家獲悉，無論是屍體還是器官買賣黑幕，都與薄熙來、薄谷開來夫婦有關，而英商海伍德（Neil Heywood）的死也與這些黑幕有關。

早在 1990 年代中期，海伍德就在大連結識了薄熙來夫婦，並成為薄家的家庭教師並向海外轉移資金的仲介顧問。

據知情人透露，從 2000 年薄谷開來在英國開辦公司以來，海伍德就直接參與了薄谷開來盜賣屍體的罪行。正因為知道得太多，當中紀委調查海伍德時，為了滅口，薄谷開來殺死了海伍德。

不過中共官方為掩蓋活摘器官的罪行，用一個經濟糾紛以及子虛烏有的「海伍德強行扣押薄瓜瓜」作為薄谷開來的殺人原因。當時薄瓜瓜在美國讀書，海伍德如何在英國「扣押」薄瓜瓜呢？

「活摘」及「販賣屍體」的罪惡迅速蔓延全中國

最早在中國大連發生活摘及盜賣關押的法輪功學員器官及販賣被殘害法輪功學員屍體的罪惡後，由於利益巨大及江澤民鎮壓法輪功政策對此罪惡的保護，以及中國及海外器官移植市場上器官的極度缺乏，中國社會每年有 150 萬個器官需求，但每年只能有一萬個器官提供給移植手術（包括部分非法獲取的器官），這樣一來，非法盜賣被關押法輪功學員器官及屍體的罪惡迅速在中國其他省市和地縣蔓延開來。

之後，在中國各省市勞教所、看守所和臨時關押設施及監獄中，普遍發生了由中共政法系統、政府醫院（包括軍方及武警部隊醫院）和黑社會器官仲介聯手合作，活摘及盜賣被關押的法輪功學員器官和屍體的駭人聽聞的罪惡，中國從 2000 年到 2005 年間，器官移植手術向蘑菇雲一樣出現，中國一躍成為世界器官移植大國，僅次美國，排名第二。

在 2000 年之前的六年，中共官方數據顯示，中國六年總共的器官移植手術約 1 萬 8000 例，但僅 2005 年一年就有 2 萬個器官移植手術。

2000 至 2005 年至少 4 萬多個器官無法解釋來源

薄熙來、薄谷開來的罪惡在中國各省市迅速蔓延。於是奇怪的事發生了。在大陸官方宣布的死刑犯數量逐年減少的背景下，鎮壓法輪功的 2000 年後，特別是 2003 至 2006 年四年間，大陸移植數量卻呈現蘑菇雲似的怪異的巨大增長，據「中華醫學會器官移植學會」主任委員陳實介紹，2002 年以來，中國移植業迅速發展，每年開展的器官移植手術超過 1 萬例，2005 年達到了創紀錄的 1 萬 2000 多例。名列美國之後的第二大器官移植國。然而很多國際醫學專家稱，中國實際移植量比美國多很多。

2010 年 3 月，《南方周末》記者在《器官捐獻迷宮》採訪中山一院副院長何曉順時得悉，「2000 年是中國器官移植的分水嶺。2000 年全國的肝移植比 1999 年翻了十倍，2005 年又翻了三倍。」而官方公布的數據 2000 年只比 1999 年翻了一倍多，隱瞞了九倍。此前一位瀋陽老軍醫爆料說，官方公布的移植數量往往只是實際移植數量的四分之一左右。

大陸由於器官來源充足，等候時間也大大縮短。為了達到器官組織成分和血型的匹配，在世界各地都是病人等器官，一等就是好幾年。在美國等待腎平均需要 1121 天，肝：796 天，心：230 天，肺：1068 天，胰腺：501 天，在 2000 年前的中國移植界也是這樣，然而自從 2002 年以後，國際上流行到中國去做器官

移植手術，特點是在中國大陸無需花費等候器官的時間，所需配型的器官幾乎是隨要隨到。

比如天津「東方器官移植中心」在其網站上公開宣布：他們那做腎移植，最快一周，最慢不超過一個月，而肝移植也一樣。醫院記錄顯示，2005 年病人平均等待肝移植時間為兩周。上海長征醫院器官移植科的肝移植更快，平均等候供肝時間為一周。

國際醫學專家根據這些奇異現象分析，認定大陸存在龐大的地下活體器官庫，就是有事先都已驗好血型和做好相關資料檔案的活體器官供應者，一旦市場出現器官「需求」之後，這些活體器官供應者就被送入醫院「屠宰」，只有這樣才能保證器官市場上「隨叫隨到」的超短等候時間。

外界一直無法解釋大陸死刑犯沒有增加多少，而被用來移植的器官卻呈現十倍以上的劇烈增加，直到 2006 年 3 月化名皮特的大陸資深媒體人、主刀醫生太太以及瀋陽軍區老軍醫陸續向《大紀元》獨家披露，指證瀋陽市蘇家屯區類似法西斯的祕密集中營關押著 6000 多名法輪功學員，許多學員被掏空內臟出售。老軍醫還指出：「蘇家屯地區的醫院僅僅是全國 36 個類似集中營的一部分。……在我接觸的資料中，中國最大的法輪功關押地在吉林，只有代號是 672-S，關押人數超過 12 萬。」

他在指證中還提到，用封閉的鐵路貨車轉移法輪功學員，一次專列轉移超過 7000 多人，全副武裝，夜間進行。他本人親自接觸的虛假的法輪功學員捐贈器官的資料就有 6 萬多份，許多的簽字都是一個人的筆跡。這類資料的保存期限是 18 個月，然後必須銷毀。該資料的保存機關為省級軍區，查閱資料須經中央駐地方專員批准。在進行器官移植的過程中，如果器官移

植失敗，被移植器官人員的資料和屍體必須在 72 小時內全部銷毀。整體的資料和屍體，甚至是活人焚毀，必須經軍事監管人員認可。

當時大量的法輪功學員被祕密關押在軍事戰備倉庫、防空洞裡，這些軍事禁區成為迫害法輪功學員的集中營。在群山環抱的山脈裡有許多軍事用途的山洞，許多重要軍事設施、國防倉庫轉入地下深處。這些山裡的軍事設施大多都是絕密的，都能夠裝許多人，甚至小的都可以裝一個團的人（千人以上）。

大陸醫生承認活摘法輪功器官

2006 年 4 月 1 日，非政府組織「追查迫害法輪功國際組織」發表調查報告，確認「瀋陽存在龐大活人器官庫」，並公布了幾個大陸移植醫生的原始電話錄音。這些醫院公開承認他們移植用的器官來自於活著的法輪功學員，這其中包括東方器官移植中心、上海中山醫院、河南鄭州醫科大學第一附屬醫院、湖北省醫科大學第二附屬醫院等。廣州軍區武漢總醫院的那位醫生還不耐煩地說：「法輪功該用就唄，管他法不法輪功！」

類似的調查結果還很多。如 2012 年 5 月，追查國際調查人員以前任政法委書記羅幹辦公室張主任的身分，與中共政治局常委、主導輿論宣傳、屬於江派的李長春通話。李長春在電話中確認，有關活摘器官的事，「找周永康，他在管」。這再次證實活摘器官是以江澤民為首的中共官方行為，而不只是薄熙來等少數人的罪行。

由於活摘器官有巨額利益，很快從遼寧開始，全中國各地中

共官方都在偷偷活摘法輪功學員器官。2006 年 5 月，《大紀元》根據明慧網資料，綜合報導了一系列法輪功學員被偷盜器官的具體案例，如《唐山市勞教所盜取法輪功學員器官》，《山東盜取法輪功學員器官罪行嚴重》；《河南新鄉盜器官謊稱屍檢市長受株連》。如河北秦皇島青龍縣土門子村法輪功學員宋友春，2003 年 12 月 2 日上午被抄家後被關進青龍看守所，14 天後被迫害致死。家屬證實，宋友春的遺體被掏空了所有器官。被懷疑有類似遭遇的還有法輪功學員趙英奇、陳愛忠、孟金城、賀秀玲、于蓮春、李梅等。

其中有這樣一個實例。2004 年 3 月 11 日，山東省煙台市法輪功學員賀秀玲因修煉法輪功遭到中共當局迫害被非法關押，並被看守所以「腦膜炎」名義送往煙台硫磺頂醫院。那天醫院通知家屬，賀秀玲已於 3 月 11 日早晨 7 點 45 分離開了人世，賀秀玲的丈夫、煙台海洋漁業公司職工徐承本，接到通知後，趕緊和幾個家屬在 11 點多來到醫院太平間時，大家看到賀秀玲的腰間有繃帶纏繞包著，腎臟被摘，但她的雙眼還流出了眼淚！

徐承本一看妻子還活著，急忙找醫生，可醫生置之不理。最後親戚都去找，醫生才帶著心電圖在 11 時 30 分左右趕到太平間，經測試，賀秀玲的心臟還在跳動，當心電圖測試紙跑出十幾公分長後，醫生急忙撕碎心電圖紙逃走了。由於沒有任何搶救，賀秀玲不久真的死了。

事後徐承本為妻子鳴不平，提出控告。警方得知後企圖以十萬元人民幣收買，令其不再上訴。徐承本不從，並在網上曝光妻子被活摘器官後，第二天即被警方抓補。兩年後，徐承本在洗腦班去世時皮膚潰爛，知情者認為他被下藥，慢性中毒而死。

中共軍方是活摘的主要凶手

2006 年 4 月 30 日，遼寧瀋陽老軍醫再度披露中共盜賣法輪功器官官方流程，以及活摘規模。他說，中共嚴重隱瞞了盜取器官規模，將 11 萬說成 3 萬。2000 年以後中國一直占世界活體器官移植總數的 85％以上，該資料是軍委上報資料的一部分，有幾個人還因此升為將軍。

2012 年 6 月，《新紀元》調查發現，這些被舉報的將軍就包括中共解放軍總後勤部政委孫大發、總後勤部部長廖錫龍，因為總後算管理軍隊醫院的最高上級。

2006 年 5 月 10 日，就在活摘器官被曝光兩個月後，大陸媒體報導說，「接上級指示，全軍器官移植會緊急推遲。」負責承辦該會議的長征醫院器官移植研究所（全稱：解放軍第二軍醫第二附屬醫院（上海長征醫院）解放軍器官移植研究所）在其緊急通知中寫道：「接上級通知精神，原定於 2006 年 5 月 12 日至 14 日在上海光大會展中心召開的全軍器官移植學專業委員會成立暨首屆學術會議因故推遲，具體時間另行通知。」

這個會議的幕後負責人就是總後政委孫大發。在會議籌備過程中，孫大發還專程到長征醫院視察。

據追查國際調查，在中國 150 多家部隊醫院中，絕大部分都開展了器官移植。隨意瀏覽這些軍隊醫院的網頁不難發現，軍隊實施器官移植手術量相當驚人。

全軍器官移植中心主任石炳毅曾公開表示，2005 年全國進行了近萬例腎移植、近 4000 例肝移植，到 2006 年達到歷史最高峰：2 萬例，而 1999 年（法輪功遭迫害之前）全國僅有 4000 多例腎

移植，肝移植數幾乎為零。

這個星球上前所未有的邪惡

2006 年 7 月 6 日，由加拿大前亞太司司長、資深國會議員大衛・喬高（David Kilgour）和國際人權律師大衛・麥塔斯（David Matas）組成的獨立調查組，向國際社會公布了《中國活體摘取法輪功學員器官指控的報告》。報告從 12 個方面彙集了調查的起因、方法、證據、反證、可信度、結論及建議等。

最後得出結論，這項指控是真實的。這是「這個星球上前所未有的邪惡」。由於調查者在國際間具有極高的公信力，調查本身證據的真實、推理的嚴密，使報告的發布給國際社會帶來了巨大的震動。在進一步調查中他們確認：從 2000 年到 2005 年期間，中國大陸至少進行了 6 萬例器官移植手術，其中至少 4 萬多個器官極有可能是從法輪功學員身上摘取的。

第四節

追查國際：江下令活摘 屠殺 200 萬法輪功學員

2015 年 6 月 20 日追查國際發布調查結論：江下令活摘器官，屠殺 200 萬法輪功學員。（大紀元合成圖）

　　2015 年 6 月 20 日，總部設在美國的著名非政府組織「追查迫害法輪功國際組織」（追查國際）再次發表出震驚全球的調查報告：《追查國際大量證據證明：活摘法輪功學員器官是江澤民親自下令的全國性的群體滅絕大屠殺 涉嫌殺戮人數超 200 萬》（http://www.zhuichaguoji.org/node/48095）。該報告如同二戰時期第一個報導納粹集中營殘害上百萬猶太人的《弗爾巴 - 維茲勒報告（Vrba-Wetzler Report）》一樣，在全球震驚之餘，許多人還是不敢相信，在信息發達的當今社會再度出現慘烈的群體滅絕性大屠殺。《大紀元》因此採訪了追查國際的負責人汪志遠博士，請他從不同角度介紹他們進行調查報告的方法、證據和結論。

　　汪志遠首先指出，這個數據是任何正常人都難以想像的，正

如著名人權律師大衛·麥塔斯所說：「這是這個星球上前所未有的邪惡」，但是不要因為它前所未有就不願正視現實。

　　他介紹說，這個報告經歷了 9 年多的調查，當 2006 年 7 月 6 日，加拿大兩位大衛公布「中國活體摘取法輪功學員器官指控的報告」的第二天追查國際就開始調查了。追查國際做了數千個電話調查，查詢了全中國近千家醫院，對其中 865 個參與器官移植的醫院做了詳細調查，最後得出的結論是：

　　中共活摘法輪功學員器官是由時任中共軍委主席江澤民親自下令，以江澤民、羅幹、周永康等中共中央和中央軍委高層涉入，全國軍隊、武警和各省市整體參與的大屠殺。僅因活摘取器官而被殺戮的法輪功學員最低數量涉嫌超過 200 萬。這是一場對普通民眾的群體滅絕性國家行為。江澤民集團犯下了群體滅絕罪、反人類罪。這結論包括了四大方面信息。

活摘是國家行為 江澤民是第一罪人

　　第一，活摘罪惡屬於國家行為、政府犯罪。從追查國際獲取的 5 類 35 個調查錄音證實，是江澤民親自下令，中央常委、中央軍委等高層涉入，在全國範圍進行，動用了軍隊、武裝警察，和政府的武力包括公、檢、法、司和政法委系統，以及全國所有的器官移植機構。

　　這些親口證言來自 4 名中共政治局常委、1 名軍委副主席、1 名政治局委員、1 名中央軍委委員原國防部長、1 名解放軍總後勤部衛生部長、多名政法委高級官員，20 多名醫院移植科醫生等。所有證言都有錄音可供下載驗證，都是獨立的直接證據可證明中

共活摘法輪功學員器官的存在；又可互相印證，互相支持，整體
合起來，最終形成一個強大的證據鏈，共同指證此罪惡。

比如，中共解放軍後勤衛生部長白書忠在電話調查中說，是
江澤民要求摘取法輪功學員器官，薄熙來在德國出訪時也親口對
調查員說，活摘法輪功學員器官「是江主席下令的！」

大陸器官黑幕，不是某些媒體宣傳的民間犯罪團體所為，而
是國家犯罪，是利用整套國家暴力機器進行的反人類的大屠殺。

受害者的主體是法輪功學員

結論二，活人器官供體庫的來源，是數百萬被非法抓捕失蹤
的上訪法輪功學員，他們是活摘器官大屠殺的主體受害者。

1999 年江澤民集團迫害法輪功之後，數百萬上訪者被非法抓
捕失蹤，隨後全國器官移植爆炸性增長。中國器官的豐富，達到
1 至 2 周就可以配型做手術，創造了「世界奇蹟」，到 2005 年底
就吸引了數萬國外器官旅遊的人，直到 2006 年 3 月被證人指控
大量活摘法輪功學員器官，許多事情轉入了地下，但至今活摘法
輪功學員器官的罪行還在繼續，因為迫害並沒有停止。

有人說是否這裡面有流浪漢、失蹤人或者賣腎的人等其他非
法輪功學員，汪志遠回答說，那些都是少數，因為追查國際調查
時直接詢問的就是法輪功學員器官，大多以病人親友的身分去諮
詢，就是指定要法輪功學員的器官。而且問了中南海高官有關法
輪功器官的事，李長春親口說，這事是周永康負責，找周永康。
前不久張德江當被問到周永康是否在活摘法輪功學員器官問題上
供出曾慶紅時，張德江沒有否認活摘器官這事，只是說，他在國

外，用手機談論這樣的話題不合適，等回國再談。

另外，大陸每年的失蹤人群的數量約 60 萬，這無法撐起中國器官移植的蘑菇雲一般的巨大增量和增幅。瀋陽一個醫生還親口說，街面上的那些賣腎的廣告根本沒有用，因為他們內部有用不完的器官供應，根本不需要從外面買。

追查國際還有人證，比如遼寧錦州的一位持槍武警，2002 年 4 月 9 日在瀋陽軍區總醫院 15 樓的一間手術室內，親眼看到瀋陽軍區總醫院的兩名軍醫，在一名女法輪功學員完全清醒的情況下，沒有使用任何麻藥，摘取了她的心臟、腎臟等器官，他作為持槍警衛目擊了活體摘取的全過程。

1999 年江澤民發動對法輪功的鎮壓後，每天全國各地成千上萬的法輪功學員到北京上訪，北京公安局根據饅頭銷售量的大增，推算出每天在北京的外地法輪功學員就上百萬人，上訪持續了一兩年，全國所有監獄勞教所都關不下了，中共就把很多上訪不報姓名的法輪功學員祕密關押到地下集中營，用代號管理，做為活人器官的供體，隨時需要，隨時摘取。

中共不但殺人，還把他們的器官割下來賣錢，這是人類從未有過的罪行。《大紀元》也報導過，瀋陽一位老軍醫曾祕密舉報說，他知道的祕密集中營就有 36 家，比如吉林那個代號 672-S 的集中營，就關押了至少 12 萬法輪功學員。

中國是器官等人的反向匹配

在哈佛大學做醫學研究的汪志遠還解釋說，他們調查的結論是，七大證據證實中國器官移植是反向配型，證明活人器官供體

庫的存在，基數涉嫌有 200 萬至 600 萬。

汪志遠介紹說，只有在人體死亡後 15 分鐘內把器官摘取出來，並馬上放在含有營養液的零下 30 多度的冷凍環境中保持，並在 6 至 24 小時的冷缺血時間之內移植到另外一個活體中，在這些條件都滿足的情況下，器官才有利用價值，不是人們想像的那些車禍、非正常死亡情況下就能用的。而且器官要細胞組織結構相互匹配的才能用，新器官在進入另一個人體後才不與病人身體產生強烈的排斥。在沒有血緣關係的人群中，一般要在 300 至 500 個人中才能找到一個匹配的人。

由於這些限制，加上過去中國自願捐獻器官者幾乎為零，中國也沒用腦死亡的認定和使用規則，普遍百姓死後的器官幾乎百分之百的都沒法用來做移植，中國死刑犯每年官方公布的只有 1000 人左右，實際被執行死刑的最多一年也就一萬人，但中國每年器官移植的數量是很多萬。

特別是鎮壓法輪功後，中國器官移植手術的數量呈現蘑菇狀的劇烈增加，那麼豐富的器官來源，令中國的器官移植等待時間超短，別的國家要等 3 至 5 年，在中國只要一兩周就能拿到組織匹配的器官，這只能說，國外是人等器官，中國是器官等人，來一個病人，只要交錢了，就能找到匹配的器官，學術界把這叫做「反向匹配」。

官方壓縮移植量 10 至 20 倍

採訪中汪志遠說，人們最關心的是被屠殺的死亡人數的定量，這 200 萬是怎麼得來的？可從兩方面簡單介紹。

第一，追查國際通過大數據逐個調查和實證分析，發現中國醫院器官移植的實際數量是官方公布數量的 10 至 20 倍，這是中共的潛規則，他只報導真實數據的十分之一或二十分之一。

調查中發現，中國至少有 3 套器官移植數字，第一套是中共衛生部對外發布的所謂移植總數，第二套是各家醫院公開發布的移植數，第三套是真實的移植數。主要的器官移植是軍隊和衛生部嚴密控制的一些核心地方醫院和軍方醫院完成的，真實肝腎移植量是醫院公開發布數量的 10 至 20 倍，而醫院公開數據則是中共衛生部發布的所謂總移植數量的大約 3 倍。

比如說，北京大學人民醫院：公開資料平均每年約 162 例，但 2013 年 9 月，北京大學器官移植研究所所長、北京大學人民醫院肝膽外科主任朱繼業接受《中國經濟周刊》採訪時講，2010 年展開試點工作之前，「我們醫院曾在一年之內做過 4000 例肝腎移植手術，這些器官來源全部是死刑犯人。」根據現有官方公開資料修正後得到的，該醫院腎肝移植，數量截至 2014 年 12 月的修正肝腎移植量 2435 例，2435 除以 162，實際移植數量相當於公開公布數量的 24 倍。

南京軍區總醫院至少在 2004 年一年的腎移植就已經超過了 1000 例，而公開的移植數量僅 100 例左右，這也隱瞞了 10 倍。再舉例說，據《The Asia-Pacific Journal: Japan Focus》證實，日本器官移植患者協會主席鈴木調查發現，中國的一家醫院 2005 年一年就做了 2000 例器官移植，但官方只公布 200 例，相差 10 倍。

解放軍第 309 醫院腎移植的真實移植量超過每年 3000 例，但該院稱每年腎移植例數近 200 例，實際與公布量相差 15 倍。前衛生部副部長黃潔夫所在的協和醫院一年的肝移植量 1500 至

3000 例，作為全國最著名的醫院，詭異的是，大陸所有的論文檢索網站已經沒有該醫院關於肝移植的論文，醫院的官方網站也刪除了所有的與肝移植數量相關的網頁。

武漢同濟醫院被媒體報導每年移植量數千，而且該醫院醫生親自對追查國際調查員承認使用法輪功學員器官，追查國際保守計算出該醫院腎移植 2000 年後每年 3110 例，但他只公布了 207 例，實際與公布相差 10 多倍。追查國際就這樣逐個對 800 多家醫院進行了對比調查，基本得到 10 至 20 倍這樣的隱瞞程度。

200 萬人還是最保守的數據

調查中追查國際分析了從事肝、腎移植的 714 家醫院（共發現 865 家器官移植醫院），保守統計，它們公開的肝腎移植總量超過每年 40 萬例，這其中約 80％ 是腎移植。一個供體給出的左右 2 個腎臟可同時移植到不同的 2 個病人體內的，但由於管理混亂，信息不暢、加上地域交通、特別是缺血時間和匹配概率的限制，這樣的機會可能只有 50％，按 9 至 15 年計算，因此算出實際腎移植量應是：320 至 640 萬例。在此基礎上，追查國際得出被殺戮的法輪功學員最低量涉嫌超 200 萬。

第二個計算方式。追查國際調查了 10 大城市約 20 家地方醫院每年每家肝腎移植量就達 2000 至 3000 例，每年共 4 至 6 萬；較小的器官移植中心移植數量也超乎想像，80 家肝移植中心，肝移植總量高達每年 5 萬；還有軍隊多器官移植的醫院有 40 所，肝腎移植量高達每年 10 萬以上。這三個數字加起來就是每年 20 萬例，但這只是 140 家醫院的肝腎移植量，若計算 865 家醫院的

移植量，至少翻一倍，哪怕只以 9 年來計算，也是 360 萬。

　　汪志遠說，他們的這個調查報告，採用了大數據實證調查方法，他們檢索、閱讀、比較了各個醫院相關的幾十萬份各種報導、醫生的論文，通過嚴格的多重邏輯分析、交叉驗證、大量信息研究，每一個數據都有詳細的出處，每個證據都能獨立地證實結論，而且這些證據互相組合成了一個強大的證據網，而且最低是用二種以上的驗證方法來論證，為使最終的結論經得起考驗，而且在數據上都只給出了保守的低限，真實情況可能比這還要慘烈。

　　追查國際自從 2003 年 1 月成立以來，做了很多工作。他們完成了對中共迫害法輪功的系統性調查，共發表針對司法、宣傳、教育、文化、海外滲透等各個領域的 220 多篇調查報告，同時對嚴重的個案發出 3000 多篇追查通告。2010 年 3 月發布了包括 7051 個責任單位、1 萬 3332 責任人的「惡人榜」，同時協助司法起訴，完成對多個迫害元凶如江澤民、羅幹、周永康、劉京、薄熙來等的調查。同時成立了全球監視追蹤系統，在 70 多個國家近 300 個城市建立網絡系統，有效監視追蹤在大陸參與迫害法輪功的中共各級黨政官員，尤其是涉嫌布署、抓捕、洗腦、酷刑和謀殺法輪功學員的凶手，和參與信息封鎖、輿論煽動、非法判刑的責任人，在罪犯出國期間對其採取法律行動。

　　作為一個非政府組織，追查國際依靠自己的力量把對法輪功的迫害調查進行到這一步了，剩下的工作是各國政府、全球媒體、世界警察的進一步調查。汪志遠表示，面對屠殺 200 萬無辜民眾的罪行，每個有良知的地球人都應該站出來舉報、控告江澤民邪惡集團犯下的罪行，只有這樣，當年人類在希特勒的奧斯維辛集中營前的發誓：反人類罪行的永遠不再發生才能兌現。

逮捕江澤民

第十四章

海內外抵制江流氓集團

2014 年 3 月，大陸四位維權律師為遭建三江洗腦班非法關押的法輪功學員提供法律援助，遭到中共綁架及酷刑報復，激起聲援者前仆後繼靜坐守夜。而在倫敦，13 年來的每一刻，都有法輪功學員在中領館前靜坐，直到中共停止迫害法輪功的一刻。

倫敦大使館前的法輪功學員靜坐反迫害，13 年如一日。（新紀元）

第一節

大陸律師被打斷骨
仍堅持無罪辯護

2014 年 3 月 20 日，大陸四名維權律師前往黑龍江建三江洗腦班要求釋放遭非法拘押的法輪功學員，四律師竟也遭黑監獄綁架。四律師由左至右：江天勇、王成、張俊杰、唐吉田。

　　2014 年 3 月習近平出訪歐洲之際，後方連出大事。3 月 21 日黑龍江建三江抓了四位為黑龍江青龍山洗腦班法輪功學員辯護的維權律師、當事人及家屬共 11 人，觸動法輪功受迫害問題、黑監獄問題等中國社會敏感點，讓各界見證了建三江農墾總局公安系統有多黑，引起全社會的關注。

　　大陸人權律師團率先發出嚴正聲明對此進行抗議、譴責，民間自發組建「失蹤公民營救團」親赴當地要人。律師介面對打壓的升溫，更是抱團推出簽署互助意向書，讓人權律師往前衝時無後顧之憂。來自全國各地的公民紛紛打出橫幅聲援被抓律師和法輪功學員，社會上形成全民反迫害的聲勢。民間還向建三江案相關責任人在網上進行人肉通緝。

律師界認為聚焦建三江四律師案具有特別意義，全面揭露大陸類似以「法制教育基地」為名設立「黑監獄」嚴重侵犯人權、破壞法律秩序的亂象，全社會應該反思中共迫害法輪功所帶來的嚴重問題，已經成無法迴避的問題。大陸著名律師滕彪在微博上推出：「2014 年，到了律師界對法輪功問題破題的時候了。」

四律師要求洗腦班放人卻遭綁架

2014 年 3 月 20 日，曾親歷青龍山洗腦班迫害的法輪功學員及家屬，與唐吉田、江天勇、王成、張俊杰四維權律師共 30 幾人，第三次前往建三江「青龍山洗腦班」（對外謊稱「法制教育基地」），要求立即釋放仍被非法拘禁的法輪功學員蔣欣波及石孟昌、韓淑娟夫婦。

看到律師等一行 30 多人的到來，青龍山洗腦班的負責人房躍春猶如凶神惡煞、咬牙切齒叫罵，根本不聽律師們要求其出具關押公民的法律手續。律師在內一行人於是在門口喊話維權：「房躍春，你在犯罪！房躍春，立即放人！你的主子李東生、周永康已被抓……」

當他們回建三江時有三輛車跟蹤一路圍追堵截，險況頻出。第二天一早四律師在所住酒店內，被警方和便衣強行掐脖子暴力劫持到無標識的車上，送到當地大興公安分局。律師們手機全部被收繳，阻止他們跟外界聯繫。同時被綁架的還有從洗腦班出來的法輪功學員及家屬七人。

四維權律師及公民被綁架的消息傳出後，引起各界立即行動，紛紛打電話給地方的公安機構追問下落。同時民間醞釀「失

蹤公民營救團」，並為這次營救行動進行募款。

據悉這次綁架是建三江政法委「610」下達命令，建三江公安局國保大隊指揮，七星農場公安分局具體抓人的，是一場有預謀的綁架。建三江當局實施迫害之前已請示上級才敢動手。

早在 2013 年 11 月 14 日及 12 月 5 日，唐吉田、江天勇等律師就曾前往青龍山洗腦班交涉，要求釋放被非法拘禁的法輪功學員，並向建三江農墾區檢察院遞交了刑事控告狀，還到公安局、建三江管理局、紀委等部門投訴反映，對青龍山洗腦班的非法行為及相關責任人進行控告，但事件一直未果。

至今遭非法關押在青龍山洗腦班中的法輪功學員石孟昌、韓淑娟夫婦，2013 年 9 月 23 日遭警方劫持關押，沒有任何法律手續與程式，只告知家屬要對他們進行強制「轉化」。石孟昌在洗腦班裡時常受到恐嚇與酷刑折磨，飽受摧殘，12 月中旬曾被送到青龍山醫院進行搶救。

大陸人權律師團發表四點嚴正聲明

此次四名維權律師遭抓捕事件，中國大陸人權律師團快速行動，認為這是建三江地方當局對律師進行打擊報復，是赤裸裸的陷害，嚴重踐踏人權的法治災難，其違法行為必須立即停止或被制止。

律師團發表四點嚴正聲明，除強烈抗議和嚴正譴責外，還要求立即釋放被非法拘押的四律師及多位公民，並要求最高檢、黑龍江檢察院等依法調查和取締建三江當地存在的「法制教育基地」這類「黑監獄」，並追究相關責任人濫權、非法拘禁等罪行

的刑事責任。律師團並稱隨時準備前往當地。

嚴正聲明第一批就有 67 位律師、上百公民聯署，次日增至 102 位律師，346 位公民聯署。

代理律師拘留所前絕食 要求會見權

民間自發組建「失蹤公民營救團」，包括律師和公民，陸續從各地趕往當地。2014 年 3 月 23 日下午一點十分，第一批抵達建三江的公民和律師在各個公安機關來回跑，追問被拘押律師情況。

24 日周一大早，四位代理律師蔣援民、張科科、胡貴雲和蔡及一批公民再趕到黑龍江建三江七星拘留所，要求會見被拘押的四律師，遭拘留所拒絕。

經過兩天努力，他們確認唐吉田、江天勇、王成被以「利用 X 教活動危害社會」的罪名行政拘留 15 天。

3 月 25 日下午兩點多，葛文秀、胡貴雲、蔣援民、張磊、李金星和龔祥棟等律師和現場聲援的公民們再次前往七星拘留所要求會見，仍被拘留所所長推諉拒絕。

張磊等律師堅持要求立即會見，並稱這是律師基本權力，但對方就是不給安排。見溝通無效，當天下午三點半，張磊、李金星兩位律師宣布絕食抗爭，直到拘留所開放會見為止。

夜幕降臨，絕食守夜的律師們在黑夜中點燃四根蠟燭，為遭拘押的四位人權律師祈福。大陸律師趙永林感歎道：「這裡不是沒有黑暗，夾著冰水的寒風，隨時能將燭光吞沒。他們知道自己不能退卻，他們也知道黑暗中沒有退路。他們願意在黑夜中守候

光明。」

由於「公民營救團」直赴現場，警方開始在遠離拘留所外一兩公里處設關卡攔截律師公民的車輛。當公民營救團抗爭升級，絕食抗爭後當地警方更恐慌，在拘留所四、五公里外就設關卡，每次進出關卡都要檢查身分證，而且三道防線，甚至還搞戒嚴，只能出不准進，也不允許外面人遞送任何食品和水，有便衣公開揚言「餓死你們」。

律師團兩律師張磊、李金星經過兩天的絕食抗爭仍未獲得會見權，並獲悉四維權律師在裡面遭到酷刑，是拘留所不讓律師見的主因後，27 日下午三點半，律師張磊與李金星宣布停止絕食抗爭，「公民營救團」改變策略，以靜坐接力抗爭。

事件升溫 營救團十多人再被抓

2014 年 3 月 28 日，後援的付永剛、王全章、王勝生三律師已向七星拘留所遞交會見手續，繼續要求拘留所依法安排會見。

公民營救團這些天堅守拘留所外，還大聲呼喊四律師名字，張俊杰律師表示他們在裡面能聽到，幾度感動得熱淚盈眶。

李方平律師表示，酷刑，嚇不倒中國律師，更嚇不倒中國公民！雖然傳出四律師遭到酷刑的確切信息，但律師和公民們依然勇往直前，挺進七星拘留所。

2014 年 3 月 29 日凌晨三點多，建三江七星拘留所前突然出現大批警察，抓了留守現場的付永剛、王全章、王勝生三律師及其他十多位公民，用膠帶將他們雙手從背後捆住，並帶上黑頭套拉到勤得利公安分局，行程一小時左右。早晨八點多開始做了三

小時筆錄，以「涉嫌組織非法集會」對付永剛等律師進行傳喚。主要詢問：誰組織的、誰支付經費、是如何來的、和誰一起等。

北京政法大學法學院副院長何兵教授及律師袁裕都表示，任何不關注建三江律師被抓者都無權談公平。他們認為「法律辯護人律師都被以當事人的罪名直接抓了，就等於對中國 13 億人宣布——你沒有法律公正可言！如此的行為你都冷漠，你還講什麼被強拆沒人關注，冤案無處申。律師都可以被以當事人的『罪名』抓捕，誰為你辯護也等於同犯，你覺得對這個社會，你還想談公平嗎？」

律師吳興泰則公開表示，大樓正在倒塌，各位幫推一把！

由於聲援者眾，後來這批被抓的人中，三律師和部分公民已於當天晚上和次日凌晨釋放，但仍有一批人仍無下落。

四律師遭酷刑 張俊杰、王成恐重傷

四位律師中，唐吉田、江天勇、王成三律師被以「利用 X 教活動危害社會」的罪名行政拘留 15 天，張俊杰律師被行政拘留 5 天。2014 年 3 月 27 日凌晨三點多拘留所悄悄放人，張俊杰在自己助手和警方安排的人員陪同下搭班機回家。

隨後張俊杰陸續披露建三江此行，形容是一場噩夢。

21 日上午七點半左右他們被警察粗暴掐脖子架到酒店門口，塞進無標識車帶到大興公安分局。當張俊杰被詢問時要求對方出示工作證，結果被國保于文波連續搧了七、八個耳光之後用大半瓶礦泉水往其頭上猛擊。隨後兩人將張俊杰踹到地上暴打至少三分鐘，導致其脊柱橫突骨被打斷裂三根，他還遭恐嚇。

3月28日，王成妻子說王成老家湖北襄陽公安當天派人找到王成老父，詢問他是否能夠、願意去東北建三江看望王成。廣州一文化傳播公司總經理葉恭默分析，地方公安興師動眾要把一位老人從漢江邊請到黑龍江去看望他因維護人權而被拘留的兒子，加上拘留所有醫護人員頻繁進出，可能是王成被刑訊為重傷的信號。

而29日凌晨被抓的王全章律師也遭兩名警察的毆打，其一抓住其腦袋用力撞牆，另一位猛擊其後腦，前後連續毆打近十分鐘。30日北京司法局主管與王全章一起坐上回京飛機。王全章告知朋友說腦袋現在還沒恢復，準備回京後去檢查。

律師界簽互助書 力挺人權律師

黑龍江建三江警方對現場聲援的律師和公民如此肆意妄為的打壓、抓捕，令律師界意識到只有抱團才能互救。

2014年3月29日同天，由北京律師陳建剛倡議，律師吳魁明、葛文秀、胡貴雲、葛永喜、鄭湘、岳金福、徐紅衛、謝陽、覃永沛等簽署的《中國人權律師互助意向書》開放簽署。意向書介紹說：「呼籲大家簽署，讓願奔赴捍衛人權前線的律師可以無後顧之憂，安心赴死，免去一人落難舉家落難的困境。」

意向書承諾內容表示，「簽署律師承諾，如人權律師在簽署本意向書後遭到打壓、迫害，以至於失去工作機會、人身自由甚至被吊銷、扣押律師證、被拘留、逮捕、判刑，失去經濟收入，則簽署律師自願對該落難律師家人提供救助。」

意向書就援助部分寫明，「簽署律師對落難律師家屬的救助

以經濟救助為主,以確保落難律師家人生活水準不低於失去工作機會之時為準。救助還包含探視、慰問、陪護、教育律師子弟等方式。」

律協背後插刀 律師倡議解散律協

律師趙永林披露,建三江「黑手雲集,律協背後插刀」,湖南、北京、廣東司法廳律協強力「維穩」建三江。據悉,湖南司法廳、長沙司法局強力阻止蔡瑛律師代理唐吉田案,並要求他的律師事務所必須阻止其代理,並不惜一切手段搶回代理手續;北京司法局律協工作組抵達哈爾濱急赴建三江,王全章律師電話被打爆;深圳司法局律協也抵達建三江,緊急約見蔣援民律師。

黑龍江佳木斯一名不願透漏姓名的律師稱:「28 日黑龍江、佳木斯司法局、律協逐級通知,建三江律師事件涉嫌政治事件,不准轄區內律師到現場圍觀,在網上發帖、回帖,發表評論。」

針對律協不作為,律師王學明發起解散律協的動議,他說:「本屆律協做了什麼大家有目共睹,建三江事件更是讓律師們寒透了心!同意的律師請轉起本博!本博轉夠了 3000,請本屆全國律協自動解散。」

百人連署控告黨書記 籲取締黑監獄

黑龍江農墾總局洗腦班於 2010 年初非法成立,至今被非法關押迫害的法輪功學員有近百人,對外謊稱法制培訓基地。迫害

手段包括：肉體上酷刑折磨，精神上恐嚇威脅，經濟上巨額勒索，強行洗腦、長期非法關押、流氓侮辱、酷刑逼供等。

自 2013 年勞教所被宣布廢止，勞教人員被釋放回家之後，律師界就關注到應該同時取締仍然存在的類似勞教所的「法制學習班」、洗腦班、「法制訓誡中心」等這類的黑監獄。

大陸著名維權律師滕彪表示，「大陸各地普遍存在類似建三江法制教育基地這樣的黑監獄，在沒有任何法律程式的情況下，拘禁任何被政府認為『有問題』的公民。這是許多地方政府淪為流氓政府的一種證明。」

2014 年 3 月 28 日早上九點開始大約八小時內，有 108 位公民連署對黑龍江農墾總局黨委書記隋鳳富等進行控告，目前《致最高檢對隋鳳富等綁架、故意傷害、非法拘禁等罪的緊急控告書》，已寄往最高檢和黑龍江高檢。

控告主要有兩點，一、依法追究被控告人綁架罪、故意傷害罪、非法拘禁罪、強制猥褻侮辱婦女罪、濫用職權罪、怠忽職守罪的刑事責任；二、立即撤銷黑龍江農墾北大荒商貿集團有限責任公司設立的黑龍江農墾總局及各級政府、公檢法部門、青龍山洗腦班。

時事評論員玉清心表示，2013 年中共被迫關閉勞教所後，很多法輪功學員直接由「610」劫持到各地洗腦班繼續關押迫害。據悉 2013 年下半年關進「洗腦班」人數，是上半年的六倍。「洗腦班」是中共私設的法外黑監獄，勞教所的所有罪惡它幾乎全部都有。「建三江」律師事件是碰到了中共的痛處。他們為被非法拘禁的法輪功學員維權，曝光法外黑監獄，這肯定戳到了中共的死穴，所以令中共上下驚恐萬分。

公安局長被網路通緝 惡警被人肉

四律師在建三江遭綁架後，建三江農墾公安局局長劉國峰立即在網上被「人肉」搜索，社交網站微博等出現「通緝懸賞令」。

2014年3月25日網路知名人士吳淦（網名「超級低俗屠夫」）數落了劉國峰種種罪行，並稱「對劉國峰本人予以全球通緝，並開除做人資格，全民有義務聲討、譴責這種無惡不作有法不依的惡棍。同時懸賞五萬人民幣徵集此惡棍貪腐、包二奶等等罪證。」

社交網站上還流傳一份建三江相關惡警的人肉名單，包括：七星公安局局長郭玉忠、七星公安局西城警區警長李旭東、建三江農墾公安局國保大隊長劉長河、七星公安局副局長馬樹海、建三江農墾公安局國保大隊于文波、青龍山農場公安局副局長房躍春。

律師：法輪功受迫害 全社會應反思

維權律師李金星認為，社會各界聚焦黑龍江四律師事件的意義在於：第一，對於全國類似以法治教育基地為名設立黑監獄嚴重侵犯人權、破壞法律秩序問題的全面揭露；第二，對於嚴重公然違憲法、設立類似農墾系統自辦公檢法歷史問題的徹底解決；第三，對於大規模的宗教信仰群體迫害事件全社會徹底的反思和批判。這就是決戰，這就是突破。

維權律師唐荊陵表示，當局在建三江關押了很多法輪功修煉者，幾位律師和當地的公民就是為了營救被關押的公民才被當局非法拘留。現在大家會把這個議題提出來，不單單是針對

律師被拘禁，也會對當局黑監獄關押信仰人士和維權民眾提出自己的意見。

熊代英律師表示，四律師案對當局來講是政法話題，律師介入法輪功案，對他們迫害法輪功不利。法輪功問題現沒有明確的定性，當局鎮壓是暗箱操作，嚴重違背法治原則。目前法輪功被作為共產黨的敵對勢力，當局不願意通過法律層面來解決，所以形成一種扭曲，不按法律程式來，造成了現在的後果。

他還認為法輪功受迫害的問題遲早要解決，這個問題如果處理不好，形勢上的這個法律體系會受到比較大的衝擊，社會不穩定因素會越來越多。

知名獨立地產評論人程凌虛在社交媒體上表示，每當「大大」出訪，家中便後院起火，如建三江事件、平度事件等，是偶然？還是必然？令人深思！

網上也有人總結說，建三江這次攤上大的了。洗腦班，濫施酷刑；抓律師，關律師，又對律師搞酷刑；又一批律師和公民來了，拒絕會見，搞跟蹤，搞戒嚴。短期內完不了。接下來還有媒體、圍觀、抗議、研討會、快閃、人肉、信息公開、公開信，律師放了之後還要控告、營救其他被抓公民。想捂蓋子的人麻煩大了。

第二節

建三江事件責任人
隋鳳富被免人大職務

2014 年 12 月 17 日，製造建三江事件的黑龍江農墾總局黨委書記隋鳳富被免去全國人大代表職務。（新紀元合成圖）

　　2014 年 12 月 17 日，中共官媒「新華網」報導，黑龍江省人大常委會第 16 次會議當天表決決定，罷免前省人大常委會副主任、農墾總局黨委書記隋鳳富的全國人大代表職務，由其選舉單位罷免其省 12 屆人大代表職務。

　　此前，11 月 27 日，中紀委官網通報，隋鳳富正在接受調查；12 月 3 日，隋鳳富被免職。隋鳳富是中共「18 大」以來黑龍江首個被查的省部級高官。

　　公開資料顯示，隋鳳富，1956 年 11 月出生，山東蓬萊人。隋鳳富在黑龍江省農墾系統工作長達 37 年，2005 年任黑龍江農墾總局局長，2008 年 2 月任黑龍江農墾總局黨委書記、局長，掌控農墾總局 9 年。隋還是北大荒集團有限公司董事長。

　　自 2013 年 9 月以來，黑龍江農墾系統已有 6 名官員落馬，

其中包括黑龍江省農墾總局原黨委副書記李濤、黑龍江省農墾總局原副巡視員於勝軍、黑龍江省農墾北安管理局黨委書記許先珠、黑龍江省農墾總局九三分局原黨委副書記、局長張桂春等。

10月28日，中共巡視組表示，黑龍江省農墾系統違法案件頻發。

隋是「建三江事件」的主要負責人

1999年7月20日，江澤民集團發動了對法輪功的殘酷迫害。黑龍江省是迫害法輪功最嚴重省分之一，目前，已證實至少有491位法輪功學員被迫害致死，居整個中國大陸之首。

隋鳳富等黑龍江農墾總局官員為了獲取升遷資本，於2010年4月在其所屬建三江農場公安分局後院設立了所謂的「黑龍江省農墾總局法制教育基地」，俗稱「青龍山洗腦班」。

這裡邊關押了幾百名訪民和法輪功學員，他們被非法拘禁、酷刑折磨和洗腦迫害，拘禁期限少則數日，多則長達7個月，並被勒索上萬元的所謂「轉化費」。

2014年3月20日，7位法輪功學員吳東升、陳冬梅、孟繁荔、丁惠君、李桂芳、王燕欣和石孟文，與4位提供法律援助的維權律師唐吉田、江天勇、王成和張俊杰，前往「青龍山洗腦班」交涉，要求釋放非法被關押的法輪功學員石孟昌、韓淑娟、蔣欣波。

但4律師和7位法輪功學員次日一早就遭到近20名警察強行綁架。4名維權律師被戴黑頭套和酷刑折磨，共被打斷24根肋骨，其中3位法輪功學員被酷刑折磨致生命垂危。該惡性事件引起國際輿論和社會各界極大關注。該事件被外界稱為「建三江

事件」。

隋鳳富作為黑龍江省農墾總局黨委書記、局長，是整個暴力事件的最主要責任人。事後，逾百人向最高檢投訴隋鳳富等人綁架、故意傷害、非法拘禁等罪，要求依法追究責任人，並立即撤銷黑龍江農墾北大荒商貿集團設立的黑龍江農墾總局及各級政府、公檢法部門、「青龍山洗腦班」。

在此之前，民間有多人曾網路實名舉報隋鳳富偷稅 80 億，並私設黑監獄，導致數百人被關押、拘留、勞教、關進精神病院。

隋鳳富被罷免的日期敏感

2014 年 4 月 28 日，網路上傳出消息稱，「建三江青龍山洗腦班解體了，所有被非法關押的人員已回家，裡面的工作人員都放假了，裡面已經沒人了。」

7 月份，多位大陸律師披露，據可靠消息，建三江那幫匪警被抓了二、三十個，起因是一公安局副局長索賄被錄音舉報，被紀委抓後在第 7 天毒癮犯了，結果把其他警察吸毒、販毒的事都供了出來。其中打人最狠的于文波被公安內部通緝，畏罪潛逃。律師們認為他們是作惡多端，遭到報應。

但 3 月份前往「青龍山洗腦班」交涉的 7 名法輪功學員中仍有 4 名被關押。

在「建三江事件」後續的法輪功被迫害案開庭當天，隋鳳富被罷免人大資格，這在時間點很敏感，或表明整個「建三江事件」已經涉及到中共內部高層的習、江博弈。

第三節

倫敦街頭 13 年的靜坐

英國倫敦市中心最繁華的商業街牛津大道附近，中國在海外設立的第一個駐外機構前，自從 2002 年 6 月 5 日以來，中領館大樓對面就多了一群人或一個人：他們 24 小時不間斷地出現在那裡，或坐或站，他們有男有女、有老有少，有華人也有西人，有學生有教授，有初到待業的難民，也有家藏萬貫的富豪。

無論是漫天飛雪的嚴冬，還是烈日炎炎的盛夏，無論是綿綿不斷的秋雨，還是肆虐無情的暴風，無論是喧囂熱鬧的白天，還是清涼孤寂的夜晚，這裡，在正對著中共黨旗黨徽的地方，永遠都會有至少一個人堅守在那裡，他們就是法輪功學員。

截至 2015 年 6 月 5 日，13 年過去了，每一天的 24 小時，他們就這樣接力靜靜地坐著。靜坐將持續下去，直到中共停止迫害法輪功的一刻。

波特蘭大街的今昔對應

在英國倫敦市中心最繁華的商業街牛津大道（Oxford Circles）旁，拐彎走幾分鐘就是一條幽靜寬敞、很有品位的大街：波特蘭大街（Portland Place），這裡不但有著名的波特蘭宮殿，還有英國廣播電視台 BBC 的總部，以及英國皇家建築研究院（RIBA）的總部，不過令華人更難忘的是，自從清朝打開國門以來，中國在海外設立的第一個駐外機構，就坐落在波特蘭大街 49-51 號的辦公樓裡。

這座大樓原建於 1785 年，由英國著名的亞當兄弟倆設計。1972 年中英關係升為大使級後，中方把它全部拆了重建，但按照英國要求，外牆保持了原貌。於是 1985 年後人們看到一個即新又舊、占地 830 平米的大樓，裡面藏有 120 年來中領館收集保存的各類文物。

在大使館和對面 RIBA 之間的街心花園裡有個雕塑，那是 47 號的波蘭大使館為了紀念波蘭將軍烏拉迪斯拉夫·西克爾斯基而設。二戰時波蘭被希特勒占領後，他不屈服於納粹統治，輾轉來到英國建立了流亡政府，並擔任臨時政府的總理兼國防部長。1943 年他指控蘇聯共產黨在 1940 年祕密屠殺了上萬名波蘭軍人，因曝光「卡廷森林萬人塚」事件而遭到史達林親自授意的謀殺，不久他乘坐的飛機墜入了直布羅陀海域。

2013 年奧斯卡最佳電影《國王的演講》（The King's Speech）熱映後，人們發現很多取景就在波特蘭大街。影片講述的是現任女王的父親、喬治六世國王治療口吃的故事。因為他的哥哥溫莎公爵不愛江山愛美人，說話結巴的弟弟不得不擔任國

王，並在全世界人面前演講。在正信力量的鼓舞下，國王終於戰勝自我，並堅定地向希特勒法西斯宣戰，成為後世景仰的人。

然而近年來讓這條大街聞名於世、並頻頻出現在全球各大媒體上的，卻是露天馬路上一個簡樸的展架。

自從 2002 年 6 月 5 日以來，法輪功學員 24 小時不間斷地堅守在倫敦中領館前，截至 2015 年 6 月 5 日，13 年過去了，他們就這樣靜靜地坐著，包括現在。

13 年在歷史長河中只是一瞬間，對每個參與者來說，也許一生中最精彩的日子都坐在這裡了。13 年能讓一個呱呱墜地的嬰兒長成英俊少年，13 年也能讓青春消失、暮年來臨。

坐在倫敦街頭的他們，到底是群怎樣的人呢？他們為何堅持在此靜坐呢？他們用這樣和平的方式來抗議殘暴的中共，能管用嗎？讓我們走近他們，走近法輪功，走近這群被中共宣傳妖魔化、特殊化而顯得有些神祕的人。

一位英國老人的故事

最早到倫敦中領館前抗議的是一位 70 歲的英國老人，他叫羅伯特・吉布森（Robert Gibson），時間也提前到了 2000 年。

羅伯特出生在蘇格蘭，退休前是位骨科醫生，不過他從事過很多職業：森林植樹員、教師等，用他的話說，他的一生都在探索人為什麼活著。他去過印度，學習過很多修煉方法，他和英國著名外交官、曾兩次授勳的弗蘭西斯・瑟羅爵士（Lord Francis Thurlow）是好朋友。倆人曾經約定：誰先找到真正的修煉法門，一定要盡快告訴對方，結果羅伯特先找到，於是兩人都成了法輪

最早到倫敦中領館前抗議的是退休骨科醫生羅伯特‧吉布森（Robert Gibson），照片從左依次為：羅伯特、高郁冬，瑟羅爵士。（新紀元）

功學員。

2000 年 10 月，當明慧網傳出山東招遠警察打死法輪功學員趙金華的事後，這位英國老人的心就被素不相識的中國農村婦女的慘死所打動：他獨自一人來到中領館前，從早上使館上班一直靜坐到晚上他們下班，無論颱風下雨，第二天接著來，就這樣，兩天、三天、四天……他在那靜坐了整整一周，中領館也沒有接受他遞交的抗議信。

一天他正在大使館對面的建築研究院 RIBA 的大門外打坐，就見一個中共女官員從使館衝出來，氣勢洶洶地質問 RIBA 的人：你們怎麼能允許他坐在這裡？！她不知道法輪功的每次活動都是經過警察批准的。只見羅伯特笑眯眯地站起來跟她解釋。這位中共女官員不適應他的蘇格蘭口音，問道：「你說的是什麼語言？」他平靜地說：「我是蘇格蘭人。」結果反招來她的譏笑：「怪不

得你英語這麼差！」在旁的英國人都驚愕地長大了嘴，沒想到她會說出這樣有傷英格蘭和蘇格蘭人團結的話。

在大學做科研的張志毅博士回憶起當年第一次加入羅伯特在使館前的靜坐經歷，依舊被西方人的中國情懷所感動。「那天聽說羅伯特一個人在中領館前抗議，我決定也去。太太一聽嚇得尖叫起來：你這不是反對國家嗎？我說，一個外國人都這樣關心中國人的生活，我作為中國人，怎麼能不去支持呢？

我經常對華人朋友講：誰是中國人民的真正朋友？就是羅伯特這樣的西方人，他們對中國沒有任何物質利益要求，只是為了維護中國傳統文化而站出來吶喊。作為中國人我們應該感到自豪，我們有五千年的神傳文化，讓西方人羨慕不已。我們有幾千年的修煉文化，我們應該珍惜。法輪功就是中華傳統文化的結晶，很多西方人為了學法輪功，他們到天安門請願、甚至自己學中文。誰愛中國，誰愛中華文化，這不一目了然嗎？」

「迫害一天不停止，抗議一天不結束」

高郁冬，女，1963 年出生在內蒙古，大學畢業後在一家英中合資的管理顧問公司工作，1999 年自費來英國留學，後來在倫敦一家國際投資公司做財務管理。她向讀者介紹了她如何開始學煉法輪功、以及倫敦大使館 24 小時抗議活動的由來。

「我媽媽是位中醫。她能治好別人的病，但對自己的病痛無能為力。在用盡所有中西醫治病方法後，在嘗試過所有她能找到的偏方氣功後，她依舊是百病纏身。然而學煉法輪功短短幾個月，她就神奇般地拋開了全部藥罐子。我們都覺得很驚奇，於是我先

生和我還有孩子也開始學煉法輪功，那是 1997 年的事。」

「1999 年 9 月，我來到倫敦攻讀國際商務碩士學位。學習之餘我每天在互聯網上尋找大陸法輪功學員的情況，看到的都是令人心碎的消息，如山東濰坊一位老媽媽因為堅持修煉法輪功在雪地上被打死；一位年輕的媽媽帶著八個月的兒子被打死在看守所；18 名女法輪功學員被剝光衣服扔入勞教所，讓男犯人糟蹋……

我每天含著眼淚讀完這些消息，我心都碎了。為什麼做好人要被酷刑折磨？為什麼按照真善忍生活還要被關進牢房？這個政策肯定是錯了。我覺得我不能旁觀，不能沉默，我必須採取行動來阻止這些暴行，於是我參加了在使館前的和平抗議。」

「說來我們 24 小時靜坐和江澤民直接相關，不但因為他是迫害法輪功的元凶，而且在 2002 年 6 月 4 日江澤民出訪歐洲，我們就從 6 月 5 日開始舉行不間斷的持續抗議，希望把這個呼聲傳遞給中共，同時也希望英國政府和民眾能了解發生在中國的這場迫害，給予幫助加以制止。

我記得那幾天天氣很不好，晚上颱風下雨，白天太陽曝曬，但大家都堅持下來了。等江澤民出訪結束後，大家坐在一起商量，覺得這些天都走過來了，只要協調好，我們就能堅持下去，我們提出的宗旨是：『迫害一天不停止，抗議一天不結束』。當時有一兩個學員沒上班，能分擔大頭，後來他們上班了，我們就分時段，大概每天分成六個時段，每個時段四小時，大家輪流來。

我們沒有什麼組織，大家都是自願參與，我也不是負責人，我只是從一開始就參與得稍微多一些，大家就把我當成聯絡人了。十多年走過來，我想前前後後大概有 100 多個學員參與了中領館前的抗議，目前經常參與的可能有 20 多人。」

西方人的心聲：法輪大法好

2013 年 6 月 5 日，抗議 11 周年的當天，明慧網的記者進行了 24 小時的連線報導，在此之前的 2012 年 12 月 13 日，一位來倫敦攻讀碩士的加拿大學生也自費拍攝製作了一部電視紀錄片：http://vimeo.com/60598430，記錄了在氣溫攝氏 2 度的寒冷冬日，法輪功學員是如何度過這 24 小時的，以及他們的內心感受。

Anthony David Archer 出生在 1947 年的英國東部，托尼當過老師，會多國語言，2001 年 55 歲的他在找尋到法輪功後，認為法輪功的「真善忍」原則會鼓勵陷於困境的人類走上正途、走向美好，他認為有必要把這個發現告訴更多人。

《八萬七千六百六十》攝影專輯中的法輪功學員托尼的照片。（攝影／菲爾．歌勒）

「你從這裡的媒體和政府那都聽不到法輪功的真實信息，大家故意保持沉默，於是我們法輪功學員不得不站出來發聲。我想向人們傳遞這樣的信息：法輪功與我們每個人都有關，不只是中國人的事兒，法輪功事關整個人類未來。」為了更好的向中國人講真相，這位英國老人還自學了中文，他那句發自心扉的洋腔：「法輪大法好」，給很多大陸遊客留下極深的印象。

Karen Chang 是來自英國本土的護士。她在美國衣阿華大學做交換項目時第一次看到了法輪功。「這個功法是如此美麗寧靜，

他們雙手抱在頭頂上方，跟遠處寂靜的樹林正好形成一個完美的鏡像對應畫面。剛開始學煉法輪功時，我發現每個動作都需要一定程度的自我約束和忍耐，但當身體和精神上超越各種不適後，我找到了內心的祥和寧靜，這相應提高了我對他人尊重和寬容的能力。發現真我，把我從快節奏的不斷競爭的城市氛圍中解救出來，我不再擔心自己會在現代生活的壓力中迷失自我。」

蒂莉是位幼兒教育工作者。四年多來下班後她會趕到使館前抗議。她強調她要告訴中共：迫害法輪功是彌天大罪。「我坐在這裡，我要讓中共知道：我在英國有修煉法輪功的權利。法輪功讓我感受到平和與真正的幸福，而中共在中國大陸把帶來人生幸福的修煉當作罪惡，還有比你中共更荒唐無恥的嗎？」

Lilach Hazan，41 歲，是來自以色列的英國人，她在一家著名快遞公司工作。每周她會四次在使館前度過大約 14 小時的時光。由於聖誕節期間有幾天倫敦沒有公共交通，她就會提前在大使館附近的旅店租一個床位，每天走路去使館。很多年在萬家團聚的聖誕節，她都是這樣獨自守候在大使館門前的大街上。

Lilach Hazan 在使館前煉功。（攝影／菲爾‧歌勒）

「仁者無敵 我們走的是最正的路」

最早和羅伯特等學員一起製作抗議展板展架的張志毅回憶

說：「那時我們也不知道該怎麼做，只是想到要結實的，能在英國的大風天氣吹不倒的，於是設計了一個大三角架形狀，長4米、寬1.5米、高1.8米，前前後後花了一周多的時間才做好。後來警察以市容整頓為由要求我們拆除這個展架，我們就按照警方要求做了個小展台，大概長1.5米，寬1米，高1.7米。無論別人怎麼刁難，我們就是按照修煉人的要求不斷提高自己，把抗議進行下去。」

最早和羅伯特等學員一起製作抗議展板展架的倫敦學者張志毅。（新紀元）

右邊這張照片是一位英國雜誌的攝影記者特意送給高郁冬的。他經常路過這裡，總是看見法輪功學員靜靜地坐在那裡，於是他拍下了這熟悉的一幕，照片上面那首詩就是張志毅執筆，與一組法輪功學員共同創作的。

「我們就想讓人們理解我們為什麼要坐在這。明白真相後很多人都在問：我們能為你做點什麼？於是我用英文寫了這首短詩，中文意思是：請坐到我身旁，微閉雙眼，讓我們靜靜地呼喚：制止殺戮、制

一位英國雜誌的攝影記者路過時總是看見法輪功學員靜靜地坐在那裡，於是他拍下了這熟悉的一幕。左邊背影是高郁冬，右邊是托尼。（新紀元）

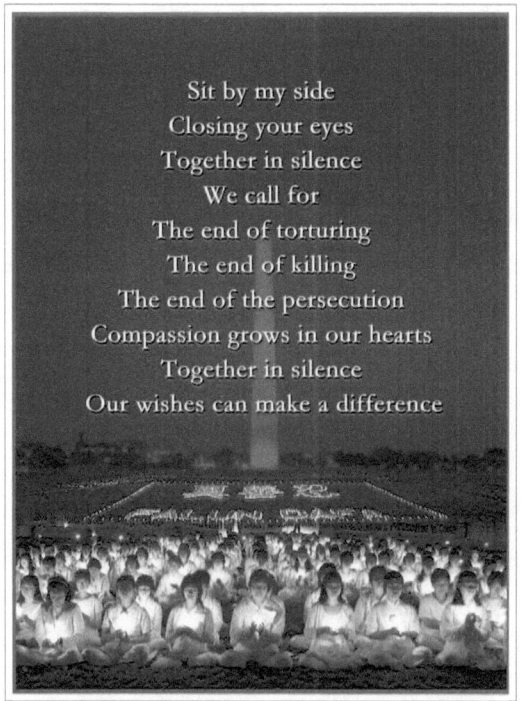

英國法輪功學員邀請路人同坐一起的詩句搭配「7．20」華盛頓燭
光守夜的照片。（大紀元）

止迫害。慈悲在心中生長，於無聲處，我們的願望能讓世界改變。

　　這張海報貼出來後，很多路人停下來坐在了我們身邊。後
來關貴敏先生把這首詞改編成了一首歌，美國學員還配了『7．
20』華盛頓燭光守夜的照片。」

　　「我一般是周五的晚上到使館抗議。12年下來，經歷的事很
多。比如有一天，一個西方中年人把他那輛高級轎車停在附近，
下車走到我面前，我給他講真相，他說我們在搞政治，毫無用處。

看他這麼糊塗，我就很嚴肅的問他：我們是受害者，只是想制止迫害，怎麼是搞政治？搞政治這話你應該對施暴者去說，是他們在搞政治迫害。我們沒有任何政權訴求，只是呼籲停止迫害。反過來說，假如搞政治能制止迫害，政治能幫助人們了解真相，這樣的政治為什麼不可以搞呢？人們到底應該譴責政治、還是譴責迫害呢？他聽了後默默地離開了。第二天早上，他給我送來了一杯熱咖啡。

我還碰到過很多西方年輕人，聽到中國發生的迫害他們都很生氣，很多人說，你們應該叫啊，吶喊啊，用石頭砸他們！但是，法輪功和歷史上任何抗議者都不一樣。中國有句古話叫『仁者無敵』，法輪功是沒有敵人的，我們到這來抗議，不是針對使館的人，也不是針對哪個中共黨員。中共用 50 年謊言毒害人，就是要煽動人們產生仇恨，讓人去鬥去爭去搞暴力，但我們不這樣搞。

法輪功修的是『真善忍』，我們不會用惡的、用不正的手法去對付中共，我們就是始終如一地堅持真、善、忍，堅持用善良和平的方式反迫害，堂堂正正、光明正大地反迫害，我們走的是最正的路。」

這是用錢買不來的

陳平，男，1974 年出生在福建福清農村，1998 年在給蛇頭交了幾十萬人民幣之後，偷渡來到了倫敦，就有假律師幫他以法輪功名義申請避難。還沒等到內政部回復，他就開始在外地打工掙錢了。那時他並不懂什麼是法輪功，不過在國內翻過《轉法輪》這本書，知道法輪功叫人積德行善做好人。因緣巧合，後來他在

劍橋認識了一些法輪功學員，這才開始真正走上修煉的路。

不久他打工的那個餐館裡的另外兩位廚師：李瑞文和阿青也開始學煉法輪功。

李瑞文是位來自馬來西亞的商人，40多歲了也沒成家，因為他太愛賭錢了。他的賭癮之人，不但在劍橋出名，在倫敦都很有名。他也想戒，但怎麼也戒不掉，整個人被賭癮控制著。第一次讀法輪功的書，李瑞文激動得忍不住想大喊：「這本書太好了！我怎麼這麼晚才看到呢！我得趕緊看！趕緊學！」從那以後他就像換了人似的，徹底變了，再也不賭了，而且方方面面都表現非常好。

在他們三人的感召下，這家餐館的老闆後來也學煉法輪功了。

從一開始他們三人都參加了倫敦大使館前的接力靜坐。他們輪流向老闆請假，每人一天，周一陳平，周二李瑞文，周三阿青。休息那天中午他們就坐火車從劍橋到倫敦使館前。

「我記得第一次去使館時心裡還有些害怕，不敢坐在那裡。誰都知道大使館有人在那偷偷照相攝影，我怕今後無法回國，再也看不到父母了。但轉念一想，大陸那邊每天都在迫害法輪功學員，每天都有人被害死，我是煉功人，我都不站出來說真話，誰還敢站出來為法輪功說話呢？

那時我打工掙的錢很多都花在路費和資料上了。很多事都忘了，我現在印象最深的就是感覺冷。大使館前的那個冷啊，跟其他地方還冷得不一樣，是那種陰森森的冷，到了下半夜，凍得我直哆嗦，穿多少層衣服都不管用。站也不是、坐也不是，一分鐘都不願多待。於是我就坐在帳篷裡打坐，慢慢的心就平靜下來了，

也就不覺得難受了，有時煉功還全身發熱，非常美妙的感覺。」

羅元在倫敦一大學當計算機老師，他經常是周末的晚上去大使館守夜。一天他去中國超市購物，超市老闆好奇地問他：「你們去使館守夜，能領多少錢啊？」

「我當時心裡非常難過。人怎麼就不動腦筋想想呢？我一個堂堂大學教師，夫妻倆收入很高，完全可以過悠悠閒閒的舒服生活，假如沒有信仰，你給我多少錢，我也不會去吃那個苦啊，這怎麼是能用錢來衡量的事呢？中共的洗腦怎麼這麼成功，能讓人相信謊言呢？」

全球頂級科學家：用心去做

羅建陽，1985 年公派來英國留學，1989 年「六四」時他是帝國理工大學學生聯誼會的祕書長，當時他們站出來聲援「六四」，在國內外影響很大，讓大使館很頭疼。他也是計算流體力學方面的專家，用業內人士的話說：「羅建陽要是不能解決的問題，全世界也沒人能解決了」。

《八萬七千六百六十》攝影專輯中 2010 年 3 月 6 日，計算流體力學專家羅建陽在使館前打坐照片。（攝影／菲爾‧歌勒）

除了有自己的工程軟件公司外，羅建陽還在英國最大的中文學校擔任董事和主任，每周六負責幫助 400 多個孩子學習中文，周六晚

上還到大使館前抗議。

　　一天他在使館對面打坐，一位經常陪大陸官員玩的華人和他聊天。「天這麼冷，還不趕快回家睡覺！」羅建陽回答：「從個人角度來說，我何嘗不想舒舒服服在家待著？我有個很好的工作，家庭也很好，大女兒牛津大學法律系畢業，小女兒學醫，假如沒有這場迫害，我肯定就回家睡覺去了。但做人要有良心。假如你得到一個很好的東西，別人卻說它不好，你會怎麼辦？你肯定會跟他解釋。我們現在做的就是讓人有機會來了解法輪功。」他聽了後點頭說：「我不反對（你們）了。」

　　羅建陽表示，當年「六四」期間有學生去使館抗議，見著使館的人恨不得上前揍他們一頓。「修煉法輪功後我發現自己變了，對人沒有了恨，現在我要是看見使館官員，我會主動找他聊天。相比其他這裡靜坐的學員，我做得太少太少了。不過凡是我答應的事，我就要做好，說到做到，我們修的就是真善忍嘛。」

　　自從歐洲《大紀元時報》2001 年在倫敦創刊開始，羅建陽就主動承擔給倫敦最大幾家超市義務送報的任務，「每周五早上送報，來回四個小時。我經常到日本美國出差，為了趕回來，我盡量把會議安排提前，有好幾次我都是周四晚上深更半夜趕回家，第二天一大早再去送報。公司的人都知道，這個時間是絕對不會來找我的。」有人開玩笑說，他恐怕是英國唯一一個開著寶馬送免費報紙的人。

　　當記者問他有沒有想過花錢請人代替送報，他說：「還是自己去比較好，因為我會用心去做，把心放在那，而不是去完成一件任務。只有用心做才能打動人，我覺得倫敦大使館的事全世界都知道，就因為我們用心在做，法輪功學員的心在那，所以才令

人感動。」

「終於有個講真話的地方了」

李勇，女，50 多歲。2001 年 7 月當家屬把昏迷不醒的她從遼寧瀋陽馬三家勞教所背出來時，警察以為她活不過來了。不過幾年後，她就坐在了倫敦中領館對面，親身控訴中共的殘酷。

2000 年 12 月，因去北京為法輪功喊冤上訪，她被勞教三年，在臭名昭著的馬三家受盡了折磨。「警察逼迫我寫放棄修煉法輪功的聲明，我不寫，就用皮鞋踩我的手指，踢我的脖子，用帶尖的木器紮我的兩肋等，還將痰桶的痰往我嘴上抹，還說上面有指示，打死你們煉法輪功的白打死，死了算自殺。我還被抽血驗血，當時不知是為啥，後來知道中共活摘法輪功學員器官賣錢，現在想起來還後怕。」

2008 年出國後，終於有個能夠說出心裡話的地方了，李勇把在使館前 24 小時抗議看成了她一天最重要的事，每天早上 5 點起床，吃完早飯就去趕車，爭取 6 點去接替已經在使館前堅守了一夜的同修。

輾轉來到倫敦後，英國政府批准了李勇的庇護申請，還為她提供了住房和最基本的生活補助。幾年後李勇自食其力，便主動停止了政府的福利補貼，為社會盡一份力的同時，依然想辦法擠時間到使館門前靜坐。

鄭麗，50 多歲，2006 年聖誕節的第二天來英國看望讀書的女兒，一下飛機她就想找法輪功，女兒就把她帶到了大使館。

「我第一次坐在使館前打坐時，我就看見眼前五顏六色的光

環，非常美麗，我就感覺這大使館就像北京的天安門一樣，是我們大法弟子要堅持去的地方。一天打坐時，一個西人老太太把一束百合花放在了我面前，她還緊緊擁抱我，說了很多，我英文不好，大概意思是：辛苦了，孩子，上帝都能看得見你的，你們的努力不會白做！

還有一次晚上 10 點多，七、八個西方年輕人從 RIBA 出來，手裡還拿著吉他，說想為我唱支歌。他們唱的是類似教堂裡那種聖歌、讚美的歌，聽了我很受感動。我告訴他們，我也喜歡唱歌，於是我找出一本帶有 36 位西方法輪功學員去天安門請願的故事和照片，唱了首《天安門廣場，請你告訴我》，他們也很感動，都在徵簽表上簽了名。」

「我先生後來也不反對了」

像李勇那樣能夠得到英國政府補助的人，在法輪功學員中只是少數，絕大多數都得靠工作上班來養活自己，如何平衡好家庭、工作和靜坐抗議的時間安排，是他們必須面對的事。

張華沒煉法輪功之前，就喜歡看報導大陸法輪功情況的明慧網。「我一看明慧網就哭的不行！怎麼那麼慘啊！怎麼能把人折磨成那樣？我常常被他們（法輪功學員）感動，受那麼多折磨都不屈服，太了不起了！他們只要說一聲不練就能回家過舒舒服服的日子，但他們為了維護良知，寧願自己來承受痛苦，他們比英雄還英雄！每次看明慧網，都讓我覺得自己變得更有力，更有正信。所以我去使館一點都不怕。怕什麼？我又沒幹壞事，我什麼都不怕！」

不過她先生經歷過「六四」，知道中共的殘酷，他起初竭力阻止她去使館，一度夫妻間吵得非常厲害。「我就告訴他，我以前身體那麼不好，我煉功受益了，就應該把真實體會講出來，不能讓人們被謊言欺騙。學法後我也認識到，我要盡量圓融好家庭，忍讓寬容，多替他著想。不管怎樣，我就橫下一條心，按照師父的要求去做，盡心盡力地做好，後來他也不反對了。我每周工作四天，每天 10 小時，加上路上 3 小時，另外兩天去中國城勸三退，一天到使館前靜坐。」

陌生人的感動

十多年來，英國主流媒體在談到法輪功時，總會提到中領館前的抗議，一位英國國會議員還動情地說：想知道什麼叫和平請願嗎？到中領館前面去看看吧！很多英國民眾知曉法輪功，也是從使館前的抗議開始的，人們口耳相傳，目前沒聽說法輪功的人很少了。

2010 年 8 月的一天，一封信悄悄地留在了法輪功展板前。「親愛的女士：在過去的幾個月裡，無論天氣如何，每天當我駕駛貨車經過，我都看到你在打坐。我被你的行動展現的平和、單純和寧靜所感動，這種感動讓我認真思考自己的生活，儘管我有房子住，也有存款，但我無法擺脫每日襲來的憂慮和挫折以及時常感受的妒嫉。我對你非常感激，因為你的出現激勵我反思自己，並因此得到心靈的平靜。」傑夫‧彼得斯（Geoff Peters）的信表達了很多人的共同心聲。

一位中國學生在倫敦某大學讀書，一日路經大使館，令她改

變了人生。「我路過中領館，看到一位身著白色衣服的女學員正在打坐。她是那麼平靜、專注，周圍嘈雜的汽車聲對她一點沒有影響。我當時萌生了一個強烈的願望：我要讀一讀《轉法輪》。回家我上網下載並列印出《轉法輪》，讀著讀著，我的淚水止不住得往下流。這是一本多麼好的書呀！這就是我要找的！從那天起，我就開始了修煉之路。」

菲爾‧歌勒（Phil Le Gal）是一位住在倫敦的法國攝影師。2010 年 3 月 6 日至 7 日的一整天裡，他連續 24 小時跟蹤拍攝了當日值班的六位法輪功學員的煉功情況，每小時照一張，最後他把這 24 張照片收錄在一本題為《八萬七千六百六十》的攝影專輯裡，自費印刷出來後，他送給了法輪功學員。

12 年堅持下來，記者問高郁冬她印象最深的事，比如那次暴風雪突然中斷了交通，她不得不在使館前堅守了兩夜一天，沒吃沒喝、饑寒交迫，直到第三天才回到家。不過她回答說：「沒什麼，我都不記得了。」在記者反覆追問下，她講述了下面令她印象深刻的事。

「那是 2011 年的一個春天，夜裡 2 點多，一位著名詩人結束 BBC 的節目後路過我身旁，我就從我的座位上起身，走到展板附近和他交談。我問他是否聽說過法輪功，他說是，是從媒體上聽說的，不過他馬上補了一句：要看一個弱勢群體的真相，不能看官方媒體的報導，應該自己找真相。

這時一輛自行車突然停在我打坐的小板凳前，一個英國小夥子問我們：我每次下班路過都看到有人坐在這個板凳上抗議，今天這個板凳上怎麼沒人了呢？是中共停止迫害了嗎？若是這樣，我要馬上告訴我所有的朋友，若不是這樣，那我就坐在這裡填補

空缺，等下一個人來。」

為您而來 拆除這紅牆

回憶 12 年來走過的路，很多人把法輪功比喻成中國的聖雄甘地，或中國的馬丁路德金，不過對比發現，還是有很多不同。因為法輪功面對的不是還有理性、還有人性的英國政府或美國政府，而是犯下反人類罪行的中共，中共是比希特勒納粹還要邪惡的政權，很多人說，法輪功想用和平理性的辦法來感化中共是行不通的，是沒有用的，這話也算說對了一半。

高郁冬的體會是：「我們最早的一個橫幅上寫的就是『承受無名苦難，呼喚正義良知』。雖然表面上我們是坐在中領館的對面，但我們不是為了中共而來，而是為你而來，為你和全世界所有的人都能了解真相而來。我們呼喚的不是中共的良心發現，而是人間的正義良知，當更多人都知道真相後，這場迫害也就進行不下去了，中共也就解體了。」

張志毅對此也深有同感。他說：「中共制度其實就是一個用謊言築成的紅牆。中共用這道謊言紅牆把中國人和真相徹底隔開了，而法輪功面對中共所做的，我個人理解，就是在一點點地拆除這道紅牆，因為這道紅牆阻止了人們了解真相，阻止了人們進入未來。

每當我坐在使館前，我就覺得我們在拆除這堵牆，一塊一塊磚的拆，目前這堵牆已經開始鬆動了，很快就會轟然倒下，裡面的人就能自由地走出來，看到真相，看到未來。」說到這，他雙眼閃爍著明亮的光。

高郁冬也說：「我很喜歡那首請與我同坐的歌，我覺得所有同情我們、支持法輪功的人，無論他們的身體是否坐在我們身邊，他們的心已經和我們坐在了一起。我能感受到越來越多的人和我們站到了一起。二戰時人類經歷了一場正邪大戰，如今人類再度面臨正邪大戰。請坐到我們身邊，讓我們　起呼喚：停止殺戮，停止迫害！」

逮捕江澤民

第十五章

江—祕密核心機構曝光

2015 年 5 月 25 日和 26 日，大陸媒體突然高調報導了兩則有關「610」官員任命與查處的消息。分析認為這是習近平陣營在向江澤民最薄弱的死穴發起進攻。

「610 辦公室」有如「蓋世太保」，是中共政府親自打造的國家恐怖主義組織。（大紀元）

第一節

官媒炒作「610」舊聞的內幕

2015 年 5 月 25 日，大陸官媒新華網、中新網及網易等多家門戶網站紛紛高調報導說，據廣東陽江市紀委網站公布，陽江市「610」辦公室副主任羅健涉嫌嚴重「違紀違法」，正在接受調查。這是中共官媒第三次在新聞標題中出現「610 辦公室」這一名詞。過去十多年，中共外交部竭力否認中國存在「610 辦公室」這種機構。

「610 辦公室」是江澤民避開憲法和正常的法律程式，直接下令為迫害法輪功而專門成立的一個非法專職機構，因成立於 1999 年 6 月 10 日而得名。「610」類似於中共文革時期的文革小組和納粹德國的蓋世太保。通過政法委控制中國的公安、法院、檢察院、國安、武裝警察系統，還可以隨時調動中國外交、教育、司法、國務院、軍隊、衛生等資源，實際上是另一個中央權力中心，其任務是專門策畫和驅動對法輪功的大規模鎮壓。

　　5 月 26 日，官媒又報導，中紀委副書記劉金國不再任「610 辦公室」主任。經常追蹤新聞的人會發現，早在 4 個月前的 2015 年 1 月，劉金國的頭銜中就已經沒有了「610 辦公室」主任這頂兼任帽子。2015 年 3 月，他就不再兼任中共公安部副部長，如今把這個位子交給了傅政華，但官媒卻以「610」的新聞報導了這則舊聞，毫無疑問，官方故意藉此炒作「610」話題。

三任總理都不承認「610」

　　58 歲的劉金國出生在河北省秦皇島市一個農民家庭，2005 年任中共公安部副部長。由於沒有政治背景和靠山，在公安部時常受到時任中共公安部部長周永康的排擠。

　　2008 年汶川地震期間，任公安部副部長的劉金國，支持溫家寶抗災；2010 年大連新港溢油事故發生後，劉負責現場指揮救援，從而受胡錦濤、習近平的青睞。

　　2013 年底原中共公安部副部長、原中共央視電視台副台長李東生落馬後，2014 年 2 月，劉金國的頭銜一下增為 7 個：公安部副部長但享受正部長待遇，公安部黨委副書記，兼中央防範和處理 X 教問題領導小組副組長、辦公室主任、國務院防範和處理 X 教問題辦公室主任，並繼續兼任公安部紀委書記、督察長。

　　2014 年 10 月他又被增選為中紀委常委、副書記，中央政法委委員，一時間他的頭銜增加至 10 個。

　　一個人兼任 10 個職務，這在中共官場也是少見的，這只能從一個側面說明，在政法委系統，習近平一時找不到信得過的合

適人選，只能讓劉金國一人兼任多職，但許多頭銜只是掛名，比如在黨政「610」上的職務，實質上其機構已經不再大規模運轉，「610」已接近尾聲。

2014年12月，也就是李東生落馬一年之後，劉金國卸任兼任的黨務職務：（中國共產黨）中央防範和處理X教問題領導小組（此為「610」的全稱）副組長、辦公室主任，但依舊保留了相應的職務：中共國務院防範和處理X教問題辦公室主任。

等到了2015年1月，在卸任國務院防範和處理X教問題辦公室主任的同時，他頭上的「中央政法委委員」的頭銜也消失了，2個月後，劉金國只剩下一個實權頗大的頭銜：中央紀委副書記。

由於中共官場歷來是暗箱作業，不少官員職務變動沒有及時公開，人們不知道劉金國卸任「610」負責人之後是否有人來接替，或者如外界分析所說，北京當局會藉機廢除這個原本就不該成立的非法組織。

據亞洲電台高新專欄指出，中共國務院「610」辦公室成立後，朱鎔基、溫家寶、李克強三任國務院總理都從未在其正副專職負責人的任免令上簽字，也就是說，中共官場內部都是否定「610」的合法性的。

據美國國會及中國問題委員會以及眾多美國智庫研究報告，「610辦公室」是個違背中共法律的「法外機構」，其主要職責是協調各機關鎮壓法輪功，2003年以後，「610」的業務範圍被擴大到處理其他宗教、氣功團體和上訪民眾，但其首要任務還是鎮壓法輪功。

「610」問題成了江澤民的致命傷

1999 年 4 月 25 日法輪功學員和平上訪中南海之後，只有江澤民一人執意要鎮壓修煉「真善忍」的上億法輪功群眾，江因妒嫉心所致提出：「法輪功人數超過了中共黨員人數，這是在和中共爭奪群眾，因此要趁早滅絕法輪功。」當時中共政治局其他 6 個常委都反對鎮壓，連後來成為「610」小組的第一任負責人李嵐清都反對鎮壓。但權慾薰心的江澤民為了樹立個人權威，並在嫉妒心的指使下，一意孤行地發動了這場類似第二文革的政治整肅。

「610」問題是江澤民最害怕觸及的心病。迫害初期，地方官員都抵制這場運動，江澤民為了讓迫害進行下去，就不斷加碼，給了「610」違背法律的種種特權，比如「打死算自殺」，要把法輪功像種族滅絕那樣，「名譽上搞臭，經濟上搞垮，肉體上消滅」等等。江澤民還掏空國庫，把四分之一的國民收入用在鎮壓法輪功上，與此同時，江澤民還下令活摘法輪功學員器官，當人還存活時，就摘取他們的心臟、肝臟、腎臟等，並高價販賣來做器官移植，從而犯下不可饒恕的反人類罪行。

2011 年有港媒報導，江澤民曾自曝自己一輩子所做過的兩件蠢事之一就是鎮壓法輪功。但江迫害法輪功欠下的血債已經到了十惡不赦的地步。在國際間，江澤民、周永康等迫害法輪功元凶已在 30 多個國家被以「反人類罪」、「群體滅絕罪」等罪名起訴。另外，多國政要包括一些良知尚存的中共官員，都在譴責江的惡行。於是，江澤民極度恐懼一旦自己失去權力，就可能面臨被清算罪行。

於是，為了保命，江澤民拚命爭奪政治權力，想廢掉或暗殺習近平，在這樣的大背景下，法輪功問題也就成了「江習鬥」的核心。習近平為了在博弈中取勝江派，不時拿「610」問題來警告江派。

「610」三次出現官媒上 意味深長

習陣營第一次用「610」這把利劍刺向江澤民是在 2013 年 12 月 20 日。此前江派想給薄熙來翻案，並阻止對周永康的調查。20 日這天中紀委網站突然宣布：「中央防範和處理 X 教問題領導小組副組長、辦公室主任，公安部黨委副書記、副部長李東生涉嫌嚴重違紀違法，接受組織調查。」這是官方第一次把「610」這個祕密組織公布在正規對外的官方通告中，而且是放在了中共官銜的前面，這引起了全球的關注。

有分析說，習陣營這種手法其實就是在暗示，李東生的落馬主要就是因為法輪功問題，也有分析指，李東生是周永康一手提拔的馬仔親信，把「610」主任的頭銜放在首位，就是暗示即將落馬的周永康的真正罪行與迫害法輪功有關，這是對周永康落馬前的致命一擊，也是對周永康案定性的關鍵一步。

習陣營第二次用「610」敲打江派是在 2014 年中共「十一」前夕。從 2014 年 8 月底以來，有關江澤民罹重病、被限制人身自由的傳言很多，有人分析這是習陣營在放風探測民意，後來由於雙方力量持平，習近平為了維持中共內部團結一致的假象，2014 年 9 月 29 日，江澤民、曾慶紅等人出席了中共建政 65 周年音樂會。江派媒體為此大肆炒作，江澤民也很得意，到處放風：

沒事了，江派人馬可以平安著陸了。

為了打擊江派的氣焰，表明習陣營仍要堅持要打老虎，第二天的 9 月 30 日，與王岐山關係良好的「財新網」以《山東萊蕪市「610 辦公室」副主任韓克鋒被雙開》為標題，再次點到江派的死穴，這是首次直接公開以「610 辦公室」副主任身分落馬的官員，大陸媒體更是首次在新聞標題中直接提到「610」。

按理說，山東一個小城市的辦公室副主任這樣的芝麻官，往往不會被財新網如此高調報導，但由於這是「610」的副主任，其新聞含量就大不相同了。當時大陸各地媒體網站也用這個標題大量轉載，引發輿論一陣熱議，不少微博大 V 說，這是該年度最震撼的新聞標題。

等到了第三次習陣營公開提到「610」是 2015 年 5 月 25 和 26 日。「中國經濟網」稱，據廣東陽江市紀委網站消息，陽江市「610」辦公室副主任羅健涉嫌嚴重「違紀違法」正在接受調查，第二天，《中國經濟網》又報導了劉金國不再擔任「610」主任的消息。此前的 2015 年 4 月 24 日，江蘇省連雲港市公安局原黨委委員、副局長公方才因涉嫌「違紀違法」被查，陸媒報導也特別提到了他曾任市委「610 辦公室」主任。

這時提到「610」，外界認為這表明江習博弈到了關鍵時刻。此前，習陣營令原中共衛生部副部長黃潔夫曝出周永康活摘器官的罪惡，以此將反腐目標瞄準「虎王」江澤民，這時大陸和海外民眾也紛紛起訴江澤民，官媒高調公布劉金國卸任「610」主任，這等於再次點到江派的死穴與痛處。

有分析表示，此時習陣營正在考量如何定罪周永康，如何繼續把周永康背後的曾慶紅和江澤民抓出來。在寂靜的表面，雙方

正在進行激烈的較量，一場大決戰即將來臨。

政治運動不是平反就能了結的

就在 5 月 26 日同一天，天則經濟研究所榮譽理事長茅于軾在英國《金融時報》中文網發表題為《對政治運動的反思不應止於平反》的反思。他認為，當下中國仍在發生的以顛覆國家罪、聚眾滋事罪為名監禁普通人等事件很不正確，對過去歷史教訓的總結不能僅僅是要求平反，而是徹底否認當權者還能把百姓打成敵人的權力。「當然他們也沒有為人平反的權力。當初響應號召昧著良心整人的人應該認罪。」

如果把這話套用在江澤民身上也很合適。有消息稱，江澤民的軍師曾慶紅曾經主動提出來要給法輪功平反，甚至提出，被害死多少法輪功學員，就讓多少警察來償命。據說法輪功拒絕了該提議，他們堅持要求按照法律來懲罰元凶，一切按照天理行事。

如今江澤民在 30 多個國家和地區被起訴，江派「610」人馬也紛紛遭報應。2009 年 3 月 15 日，前中共國家安全部對外諜報官李鳳智，在華盛頓的中共駐美國大使館前公開聲明退出中共。據他透露，首任中央「610」組長李嵐清，其外孫女婿於 2001 年 3 月在瀋陽機場遭警方毆打致死。據說李嵐清看到眾多因迫害法輪功遭惡報的上報材料後，主動辭去了「610」職務。其繼任者、公安部副部長劉京早已癌症上身，而接下來的李東生更是落得牢獄之災並身敗名裂。在地方上，上萬的「610」官員遭惡報的案例比比皆是，「610」成了死亡率最高、沒人敢任職的危險職位。

「610」是蹂躪法制的黑社會組織

1999 年 6 月 7 日，時任中共總書記江澤民召開一次中共政治局特別會議要鎮壓法輪功。同年 6 月 10 日即成立中共「中央處理法輪功問題領導小組」，下設常設機構中央處理法輪功問題領導小組辦公室，即中央「610 辦公室」。隨後幾個月，其下屬機構在中國全面成立，建立了和中共政法委緊密聯繫的指揮系統結構。由於「610」組織設置並未通過立法依據，官方也沒有條例正式介紹其職能。

中央「610 辦公室」歷任主任依序為王茂林；時任公安部副部長、黨委副書記（正部長級）劉京；原公安部副部長、政法委委員、中央防範和處理 X 教問題領導小組副組長李東生。「610 辦公室」上級機構為「中共中央防範和處理 X 教問題領導小組」，前 3 任組長為中共政治局常委李嵐清及前中共政法委書記羅幹、周永康。據悉在「610」有正式編制的人員，估計至少在 1.5 萬名以上。

「610」指揮和運作方式詭祕

江澤民 1999 年 7 月發起迫害法輪功後，「610」頭子羅幹在全國範圍多次叫囂「嚴打」法輪功，並親自到各地布署指揮、監控迫害的具體實施。雖然在早期的新聞報導中出現過「610 辦公室」，但它並不見於中共中央一級公開的文件、正式的法律文件和政府明文，也不見於中共中央和國務院的公開機構名單，其指揮和運作方式詭祕。

　　原中央「610 辦公室」主任劉京在 2001 年 2 月 27 日中共國務院新聞辦公室新聞發布會上答記者問時，就有意迴避日本東京新聞記者關於「610 辦公室」的問題。多年來，「610」一直都在用「白條」、「口頭傳達」等手法下達迫害密令。比如江澤民在迫害之初就給「610」下達了「名譽上搞臭、經濟上截斷、肉體上消滅」法輪功、「不查身源、直接火化」、「打死算自殺」等密令。怕留下證據而被清算的江澤民，將密令寫在白紙條上，沒有正式的文件，甚至沒有江的簽字。

　　2005 年 6 月，中澳人權祕密對話結束時，中共外交部助理部長沈國放在北京面對澳洲 ABC 記者詢問「610 辦公室，是在侵犯中國人民及澳州人民的人權」時，以「疑問、笑」否認其存在。美國國會及行政部門中國問題委員會（CECC）認為，「610 辦公室」是中國共產黨管理的國家安全「法外機構」。

　　著名中國維權律師高智晟於 2005 年在給當局公開信中形容「610 辦公室」是「國家政權內且高於政權力量的黑社會組織，它是可以操縱、調控一切政權資源的黑社會組織。一個國家憲法及國家的權力結構安排規範中沒有的組織，卻行使著本只能由國家機關才能行使的權力及許多連國家機關都根本不能行使的權力。它行使著在這個星球上，人類有國家文明以來，作為國家從不能擁有的權力。」

　　信中說：「以 610 為符號化的權力，正在持續地以殺戮人的肉體及精神、以鐐銬和鎖鏈、電刑、老虎凳等形式與我們的人民『打交道』，這種已完全黑社會化了的權力正在持續地折磨著我們的母親、我們的姐妹、我們的孩子及我們的整個民族。」並描述了「610」人員及警察對法輪功學員（不分男女）性器官「極

其下流」的攻擊。

根據包括目擊證人、官網文件、聯合國報告，和美國國會中國問題執行委員會（CECC）的分析，「610 辦公室」是一個活躍於中共全國各級的治理機構；「610 辦公室」作為中共中央防範和處理 X 教問題領導小組的執行機構，同中共政法委緊密聯繫，大都不受法律及司法系統的最基本約束，直接參與了法外虐殺、酷刑、性侵犯、非法沒收財產。

610「口頭傳達」祕令 銷毀密件

2006 年《大紀元》曾報導，一份湖北省麻城市委「防範和處理 X 教問題領導小組」（「610 辦公室」的上級）的文件，明確要求銷毀過去下發的有關迫害法輪功的四份祕密文件，其中包括：[2003]2 號「關於認真貫徹中央關於涉『法輪功』問題人員有關政策的補充意見的通知」，[2004]2 號「近期海外法輪功組織活動動向情況通報」等。

中共黨內的密級文件分為：「絕密」、「機密」、「祕密」三級。2012 年大陸一位知情者向《看中國》記者透露，中共近日已經開始清理一些加密文件，蓄意銷毀罪證，為日後被審判準備後路。

正義譴責聲不斷 呼籲取締「610」

諾貝爾和平獎被提名人、北京維權人士胡佳指責「610」所施酷刑是人類歷史上尤其 21 世紀以後絕無僅有，不遜於納粹，是「反人類的機構，國家恐怖主義和國家黑社會勢力式的機構，

是匪徒中的匪徒們運轉的一個機構」，要求撤銷、調查、法辦。

自由亞洲電台伊川評論 2005 年時引述路透社的報導，把「610 辦公室」稱為中共政府的「蓋世太保」，並呼籲國際社會正視中共政府親自打造的國家恐怖主義組織「610 辦公室」。

2013 年 7 月，美國聯邦獨立機構、美國國際宗教自由委員會主席及副主席撰文要求美國政府就法輪功學員遭迫害現象向中共施壓立刻撤銷「610 辦公室」之類組織、勞教所，以落實法治承諾，並停止拘禁、誹謗、消滅法輪功學員，停止強摘法輪功學員等囚犯器官等。

第二節

中共體制內的「死亡職位」—610

自中共迫害法輪功以來，有上百萬法輪功學員因非法而迫害失去生命。通過明慧網、經過海外人權機構核實的死亡人數就達三千多人，還有大批的法輪功學員被勞教、洗腦，甚至被中共活體摘取器官牟取暴利。

然而，善惡有報是天理，害人者必害己，有的甚至殃及家人遭殃。據明慧網報導，自 1999 年 7 月 20 日，中共各級組織迫害法輪功以來，中共體制內人員由於參與了迫害法輪功而遭惡報的就有數萬例，而「610」非法組織的職位在公安局內部更被稱為「死亡職位」。

但仍有很多警察和官員都明白了法輪功真相，不願再參與迫害善良的法輪功學員。因善待大法和法輪功學員而得福報的例子比比皆是。

姓名	職務	報應
蔣洪亮	江蘇省無錫市政法委書記	2015年3月31日，從宜興龍背山森林公園的108米高的文峰塔上跳塔身亡
韋旭壯	廣西百色市田東縣政法委書記	2014年11月7日，駕車撞上防護欄，從車中被拋出50多米，死狀慘不忍睹
楊春悅	原內蒙古赤峰市610主任	2014年3月，死於癌症，其子楊志慧於2005年8月28日車禍慘死
梁國聚	廣東省公安廳廳長	2014年6月7日病死，時年66歲
王志剛	南京市棲霞區610主任	2014年7月14日心臟病死亡，時年52歲
楊家祿	四川省自貢市政法委書記	2013年7月4日病死，時年51歲
賴益成	廣東汕頭市政法委書記	2014年7月2日因小事殺死情婦，被抓
周艾軍	湖南常德市草坪鄉610	2002年9月9日在去抓法輪功學員的路上，被汽車彈起的石頭砸死，時年36歲
胥雲宗	四川蒼溪縣610主任	與妓女開車外出發生車禍，身首異處，30多歲
劉元俊	長春市政法委書記、610	2006年5月4日死於肝癌，時年54歲
黃林	懷化市洪江610主任	2008年9月中旬，因醉酒從樓梯上摔死
劉迪華	寶雞市渭濱區610主任	2004年1月21日與情婦洗澡時煤氣中毒，裸死衛生間
尹品文	甘肅省山丹縣政法委書記	2003年5月中旬突然病死
王新明	甘肅省山丹縣610成員	2003年5月初死於車禍，死狀十分淒慘
張新國	新疆阜康市610主任	2003年8月25日去醫院檢查時死在醫院，40多歲
粟祚金	懷化市會同縣公安局610	2004年3月初，中巴車上死亡，40多歲
陳平安	貴州遵義市市委副書記	2005年9月初暴死於貴陽，死時舌頭伸出來很長
王福年	吉林梅河口市610室主任	2004年11月8日抓捕法輪功學員時車翻入橋下死亡
張玉霞	赤峰市元寶山鎮610主任	2004年11月底栽進自家水缸裡，三個人都拽不出來，最終淹死，51歲

陳先甲	湖南郴州安仁縣610主任	2005年3月10日突然死於永興縣電影院院內，40多歲
何立三	湖北省蘄春縣610主任	2001年12月突然暴病身亡
咸慶平	山東聊城市東昌府區610	2005年12月25日在家中睡覺時死在床上，47歲
梁興	大興安嶺呼中區610主任	2006年6月患喉癌死亡。誹謗法輪功叫囂：「我就狂。」

資料來源：明慧網

同一地方、幾任610頭目相繼得惡報

地點	姓名	報應
吉林磐石市	610第一任主任李相庫	2007年7月29日，李相庫被一小車撞死。李被撞起3米多高，落地時七竅流血，死狀極慘
	610第二任主任王永安	2005年心臟病做大手術。2007年又出車禍，右半邊臉顴骨、牙齒、鼻子全部撞碎
黑龍江寶清縣	610第一任主任潘振武	莫名其妙地瘋了
	610第二任主任劉順超	2007年5月10日突患腦溢血昏迷，43歲
內蒙古牙克石市	610主任李群	死於癌症
	610第二任林海清	也得了絕症，不能工作
湖北黃岡市	610第一任主任張石明	2005年2月14日突發心肌梗塞身亡，48歲
	610第二任王克武	上任第二年就患肝癌，2005年清明節前3天死亡

資料來源：明慧網

610頭目得病 生不如死

姓名	職務	患重病 生不如死
劉秀占	山東大學610副主任	2006年末患骨癌，生不如死
陳德元	四川內江市610主任	患直腸癌，腸子被部分切除後，從身體旁邊打洞排便，渾身臭屎味，妻子棄他而去
類延成	山東省蒙陰縣610二號主任	2002年多次突然昏死，被確診為「小腦萎縮」

425

楊書廣	江蘇睢寧縣610主任	肝出血、肝腹水，無法醫治，在家等死
于振海	撫順政法委副書記、610	肝癌
郭強	河北省承德縣610主任	郭強得了腦瘤，縣政保科的吳雷得了癌症

資料來源：明慧網

610官員被判刑		
姓名	原官員職務	被查處或判刑時間
孫國建	原江蘇省常州市委常委、政法委書記	2013年8月，孫國建因涉嫌受賄被拘捕，2014年被判處有期徒刑7年
郎景寬	原遼寧省建平縣政法委書記	2008年11月，郎景寬涉嫌犯受賄罪被查。2009年12月12日，被判處10年
陳增新	原廣東省汕尾市政法委書記	2012年8月，被「雙開」、審查，2014年末被判處有期徒刑12年

資料來源：明慧網

近期13名政法委書記被調查		
姓名	職務	被查時間
陳列雄	2011-2014年任海南省瓊海市政法委書記	2015年3月31日，陳列雄涉嫌嚴重違紀違法被調查
郭志玲	2008年任東省茂名市化州市法院副院長	2015年3月8日，郭志玲涉嫌嚴重違紀被調查
蔣尊玉	2013年1月-2014年10月深圳市政法委書記	2014年10月24日因嚴重違紀被查。2015年4月，廣東檢察院決定對其立案偵查
李良森	2013年9月-2014年12月山西呂梁市政法委書記	2014年12月25日因嚴重違紀違法被調查
謝清純	2011年9月-2015年3月任湖南株洲市政法委書記	2015年3月30日涉嫌嚴重違紀被調查
陳宇鏗	2008年任廣東汕尾市公安局副局長	2014年3月26日被查，現以徇私枉法、受賄立案偵查
智志林	2006-2015年任山西忻州市定襄縣委常委、政法委書記	2015年2月被立案審查。已被「雙開」，其涉嫌犯罪問題移送司法機關處理

袁廣通	廣東省揭陽市委政法委副書記	2014年10月20日被查。2015年1月檢察院立案並採取強制措施
林慶禎	2003年11月起任福建省龍岩市連城縣委副書記、政法委書記	2015年3月13日，林慶禎涉嫌嚴重違紀被調查
胡啓華	四川省宜賓市高縣政法委書記	2014年8月25日被調查，9月分宜賓市紀委將胡啓華移送司法機關依法處理
劉錦波	原福建省浦城縣政法委書記	2014年6月被調查。12月被「雙開」，已移送司法機關處理
梁金勇	原江蘇省鹽城市建湖縣政法委副書記	2014年11月被調查
文廣平	湖南省湘鄉市紀委、市委政法委副書記	2014年3月，涉嫌嚴重違法違紀的問題進行立案調查

資料來源：明慧網

610頭目害己又殃及家人

姓名	職務	報應
郭滿利	西安電力電容器廠社區610主任	2004年其母得癌症身亡，2005年2月8日晚（大年三十）本人也得癌症死亡
王忠俊	海南省定安縣610辦主任	他叫嚷：「報應在哪？我抓了你們不少人，我還是活得瀟瀟灑灑、白白胖胖。」一個月後，他的獨子在廣州因液化氣洩漏中毒身亡；2004年5月8日，他的妻子跳井自殺身亡
古見紅	貴州省黔西南州610辦公室	2003年，40多歲的古見紅車禍當場身亡。其丈夫受重傷，兒子和駕駛員受輕傷

資料來源：明慧網

第三節

落馬百「虎」
近半在迫害法輪功惡人榜上

　　中共「18 大」以來，大批江澤民派系的高官落馬。截至
2015 年 4 月 27 日，落馬官員共有 103 人，其中有 76 人進入司法
程式，9 人被判刑。按照職務級別劃分，國家級的有 4 人，分別
是周永康、徐才厚、蘇榮、令計畫，剩下 99 人為省部級官員。

　　記者盤點這些落馬高官，對照總部設在紐約的「追查迫害法
輪功國際組織」（下稱追查國際）、「清算江澤民迫害法輪大法
國際組織」（下稱清算國際）和法輪大法明慧網，發現有 48 人
在這 3 個組織公布的「惡人罪行」上有名字，占總數的將近一半。
由於中共對迫害信息的封鎖，估計有更多落馬「大老虎」參與了
迫害法輪功。

　　其實，江澤民集團官員一直擔心因迫害法輪功遭到清算。江
澤民、羅幹、周永康、薄熙來、曾慶紅等人已被 30 多個國家的
法輪功學員以「群體滅絕罪」、「酷刑罪」、「反人類罪」告上

國際法庭，受到國際社會的譴責。如今這種壓力不僅來自國際，還來自中國國內。

「老虎蒼蠅一起打」，習近平展開反腐運動以來，落馬的腐敗官員大部分是曾經迫害法輪功人權的官員。這不是簡單的巧合，有人說是報應，體現人間的正義。這些官員貪污腐敗、無惡不作、被給予權力，迫害善良的群眾毫不手軟。如今這種恐怖的壓力，他們要同樣承受。

以徐才厚為例。從軍委副主席到「國妖」之間的巨大落差，徐才厚在病榻上承受的憂急恐懼，恐怕非一般人可以體會，但卻是咎由自取。

2013 年 2 月 4 日，徐才厚確診為「膀胱浸潤性多發性高級別尿路上皮癌」。

2014 年 3 月 15 日，徐才厚被調查；6 月 30 日，徐才厚被開除黨籍處分，移送最高檢察院授權軍事檢察機關處理；7 月 30 日，徐被開除軍籍、取消上將軍銜。

2014 年 11 月 20 日，《國賊徐才厚查抄內幕》在大陸發表，披露徐才厚的現金，足足有 1 噸多重，各種金銀珠寶數不勝數。

2014 年 12 月 11 日，中共軍報發表評論員文章，批徐才厚為「國妖」。

2015 年 3 月 15 日徐才厚因癌症死亡。

從以上官方信息可以看出，雖然調查前被確診癌症，徐才厚仍免不了成為軍事機關立案調查的犯罪嫌疑人，在病榻上接受開除「黨籍」、開除軍籍、取消上將軍銜等處分，還被定性為「國妖」、「國賊」，被曝光貪污千億的驚人醜聞；黨的喉舌全國開動，對其揭露。在這一系列的憂急恐懼中，徐才厚從被調查到病斃，

整整挨了一年。

就在徐才厚死亡的同一天，其政治「盟友」周永康被中共衛生部前副部長黃潔夫在電視上公開指控他掌控「死囚」器官利益鏈，這個利益鏈很骯髒，在胡溫、習李兩代領導人的支持下，黑幕才得以公開。這是中共官員首次指證周永康涉器官移植黑幕，間接證實江澤民、周永康等活摘法輪功學員器官的指控。

媒體最近曝光周永康 7 次跪求免死。可想而知，周經歷的煎熬不亞於徐才厚，可謂生不如死。想當年，周永康掌控政法委，不遺餘力抓捕和鎮壓法輪功學員及異議人士，在中國製造恐怖，掀起血雨腥風。而今這種恐懼要他同樣的承受。70 多歲的周永康目前正遭遇大陸人的唾棄，親信家人全部鋃鐺入獄，2015 年 6 月 11 日周被判無期徒刑。

早知如此，何必當初？而對一些還不收手的官員，更應該警醒了。套用中國時下一句俗話：「出來混，遲早要還的。」

落馬百「虎」盤點
近半在迫害法輪功惡人榜上

周永康

中共十七屆中央政治局委員、常委

周掌管中共政法系統瘋狂推動迫害法輪功,涉活摘法輪功學員器官,是江澤民集團迫害法輪功的主要凶犯。

徐才厚

中共前軍委副主席

徐是中共軍隊系統迫害法輪功學員、參與活摘法輪功學員器官的主要責任人,是江澤民迫害法輪功的主要幫凶。

薄熙來

原中央政治局委員
中央委員
重慶市委書記

緊隨江澤民賣力鎮壓法輪功,是迫害法輪功的主犯和活摘器官的主謀。

令計劃

原中共政協副主席
中央統戰部部長

令在任職統戰部時加強向海外輸出迫害法輪功政策,在港臺、美國控制特務組織變本加厲地打壓法輪功。

蘇榮

原中共全國政協
副主席

公開詆毀法輪功、親自參與洗腦迫害等。

王立軍

原重慶市公安局局長、副市長

緊隨薄熙來迫害法輪功,用法輪功學員進行人體實驗,並夥同薄、谷參與活摘法輪功學員人體器官。

李東生

原中共公安部副部長

李東生任中央「610辦公室」副主任、央視副臺長等職時,負責全國反法輪功宣傳和對法輪功學員的洗腦迫害,對大批法輪功學員被非法抓捕、關押、判刑,甚至被強制活體摘取器官,負有直接責任。

谷俊山

中共軍方總後勤部
副部長

追隨江澤民、徐才厚等人迫害法輪功,涉嫌參與「活摘器官」罪行。

431

衣俊卿

原中共中央編譯局局長

江派的筆桿子，任黑龍江大學校長期間即開始積極參與迫害法輪功。

郭永祥

原中共四川省副省長、省文聯主席

郭跟隨周永康 18 年，積極追隨江澤民、周永康迫害法輪功。

萬慶良

原廣東省委常委、廣州市委書記

萬任省團委書記和揭陽市市委書記期間，大肆迫害法輪功，殺害法輪功學員。

季建業

原中共南京市市長

季建業任揚州市長、南京市長、市委副書記期間，積極追隨江澤民迫害法輪功。

韓學鍵

原中共黑龍江省委常委、原大慶市委書記

2004 年 12 月，韓任大慶市長時，對法輪功學員實施非法抓捕、關押、判刑，甚至迫害致死。

隋鳳富

原黑龍江省人大常委會副主任，農墾總局黨委書記、局長

隋鳳富是建三江司法公安系統迫害法輪功學員及多名維權律師的主要責任人之一。

孫鴻志

原中共國家工商行政管理總局副局長

孫任吉林省松原市委副書記、市長期間，對法輪功學員非法抓捕、判刑及迫害致死負有直接責任。

蔣潔敏

原中共國務院國資委主任

蔣從中石油帳內為周永康提供迫害法輪功的資金，恐嚇部下，而且身負多宗命案。

張田欣

原中共雲南省委常委原昆明市委書記

被追查國際列入追查名單。

譚棲偉

原中共重慶市人大常委會副主任

譚任南坪區委書記期間，對當地法輪功學員迫害致死、非法判刑、勞教等負有不可推卸的責任。

李崇禧

原中共四川省政協主席、黨組書記

李緊隨江澤民、周永康迫害法輪功學員，多次召開對法輪功學員進行迫害的全省公安局長祕密會議。四川成迫害法輪功最嚴重地區之一，李負有不可推卸的責任。

韓先聰

原中共安徽省政協副主席

2002年擔任安徽省安慶市市長期間，積極追隨江澤民迫害法輪功。

陳鐵新

原中共遼寧省政協副主席

陳在丹東擔任市長、市委書記等期間，積極追隨江澤民迫害法輪功。

武長順

原天津市政協副主席市公安局局長

天津市政法委、公安局頭目，對法輪功學員實施群體滅絕性迫害。

蔣尊玉

原中共廣東省深圳市委常委、政法委書記

蔣因迫害法輪功被追查國際列入追查名單。

姚木根

原中共江西省副省長

姚曾積極參與迫害法輪功。

譚力

原中共海南省委常委、常務副省長

2001年3月至2004年1月擔任四川廣安市委書記期間，非法關押、勞改、勞教當地法輪功學員，將大量法輪功學員關押在洗腦班折磨。

趙智勇

原江西省委常委、省委祕書長、省直機關工委第一書記

趙2007年任九江市市委書記期間，對法輪功學員迫害不遺餘力。

王敏

原中共山東省委常委原濟南市委書記

王任職期間，利用電視臺、報紙等媒體污衊迫害法輪功，積極參與迫害法輪功。

陸武成

原中共甘肅省人大常委會副主任

陸任甘肅金昌市委副書記、市長、金昌市委書記期間，是金昌市法輪功學員被迫害最嚴重時期。

李春城

原四川省委副書記

在四川任職時對法輪功學員迫害手段殘酷，情節極嚴重。

劉鐵男

原中共國家發改委副主任、原國家能源局局長

江澤民的「財務管家」，參與迫害法輪功。

郭有明

原中共湖北省副省長

郭積極追隨江澤民、周永康迫害法輪功，任宜昌市委副書記、市長、市委書記期間，宜昌市眾多法輪功學員遭受過綁架、關押、勞教、判刑、騷擾恐嚇、抄家、經濟勒索，在洗腦班被強制洗腦等迫害。

金道銘

原山西省人大常委會副主任、黨組書記

山西省「610」系統頭目，對山西迫害法輪功學員負主要責任。

申維辰

原中共科協黨組書記、副主席、書記處第一書記

申任山西省委宣傳部長時，積極污衊迫害法輪功。

秦玉海

原河南省人大常委會黨組書記、副主任

任職副省長兼省公安廳廳長期間，參與迫害法輪功。

仇和

原中共雲南省委副書記

仇在宿遷、昆明任市委書記期間，都積極迫害法輪功學員。

楊衛澤

原江蘇省委常委、南京市委書記

楊任蘇州市市長期間，積極迫害法輪功。

傅曉光

原中共黑龍江省副省長

任黑龍江省副省長期間，曾參與迫害法輪功。黑龍江是鎮壓法輪功的最嚴重省分，至少491位法輪功學員被迫害致死，全國最多。

王素毅

原中共內蒙古自治區黨委常委、區委統戰部部長

2009年1月，時任巴彥淖爾市委書記的王在媒體上詆毀法輪功。

白恩培

原中共人大環境與資源保護委員會副主任委員

白任原青海省委書記時，被列為追查國際首批追查對象。

徐建一

原中國第一汽集團公司董事長

徐曾公開稱「對法輪功要嚴厲打擊」，任職期間當地非法抓捕和迫害法輪功學員十分嚴重。

杜善學

原山西省委常委、副省長

山西省「610」系統頭目。

朱明國

原中共廣東省政協主席

朱曾在重慶市、海南省、廣東省三個省市出任政法委書記，期間被追查國際多次發通告追查。

沈培平

原中共雲南省副省長

在升任副省長之前，沈培平曾於2003年至2013年，先後擔任普洱市市委副書記、代市長、市長、市委書記。任職期間，沈是普洱市迫害法輪功的主要責任人。

馬建

原中共國安部副部長、黨委委員

馬負責國安部第十局，監控和偵查境外法輪功學員的活動。

陽寶華

原湖南省政協黨組副書記、副主席

陽曾任長沙市市委書記，對法輪功學員實施群體滅絕性迫害。

李達球

原中共廣西政協副主席、總工會主席

李在玉林、賀州期間積極參與對法輪功的迫害，並詆毀、污衊法輪功。

景春華

原中共河北省委常委、省委祕書長

景任河北省衡水市委書記期間，曾積極迫害當地的法輪功學員。

陳正權

中共四川省資陽市政府副市長、市公安局局長

被追查國際追查。

中共落馬百「虎」盤點：近半在迫害法輪功惡人榜上。（大紀元製圖）

435

附錄：
法輪功學員全球控告迫害元凶一覽表
（2001 年至 2014 年 12 月）

前中共國家主席江澤民被法輪功學員以「群體滅絕罪、反人類罪、酷刑罪」刑事控告或民事起訴之 18 個國家或地區：

歐洲：比利時、西班牙、德國、希臘、荷蘭、瑞典。

美洲：美國、加拿大、玻利維亞、智利、阿根廷、祕魯。

亞洲：台灣、香港、日本、韓國。

大洋洲：澳洲、新西蘭。

遭法輪功學員於前述國家及地區刑事控告或民事起訴之現任或前任中共官員：

羅幹（前政法委書記）　　周永康（政法委書記）　　薄熙來（前商業部部長）

劉京（公安部副部長）　　李嵐清（前國務院副總理）　　趙志飛（湖北省公安廳長）

劉淇（前北京市長）

夏德仁（遼寧省委副書記）

吳官正（山東省委書記）

王茂林（前中央「610辦公室」主任）

王旭東（前中國信息產業部部長、前河北省委書記）

李長春（中共中央政治局常委）

趙致真（原武漢市廣播電視局局長）

陳至立（前教育部長）

賈慶林（前北京市委書記、政協主席）

蘇榮（前甘肅省委書記）

曾慶紅（前國家副主席）

徐光春（中共河南省黨委書記）

黃華華（廣東省省長）

王三運（安徽省長）

吉林（北京市副市長）

趙正永（陝西省代省長）

陳政高（遼寧省長）

王作安（國家宗教局事務局局長）

葉小文（國家宗教局事務局局長）

楊松（湖北省委副書記、「610辦公室」負責人）

黃菊（前國務院副總理）

郭傳杰（中國科學院黨組副書記、「610辦公室」副組長）

李元偉（遼寧凌源監獄管理分局局長、「610辦公室」負責人）

賈春旺（前公安部部長）

林炎志（吉林省委副書記、
「610辦公室」組長）

孫家正（政協副主席、前
文化部長）

王渝生（反邪X協會副理事
長）

王太華（安徽省委書記）

張德江（廣東省委書記）

陳紹基（廣東省政法委書記）

施紅輝（廣東省勞教局局
長兼黨委書記）

郭金龍（北京市長）

強衛（江西省委書記）

第四節

「我看到中原大地
死了很多人……」

陳勁，一個對信仰堅忍不屈，被大陸監獄長稱為「最強硬、最頭痛」的女人。（新紀元）

　　已經快晚上 10 點了，在紐約曼哈頓的一棟高樓裡，9 年前逃離中國廣東珠海、輾轉來到美國的陳勁依舊在辦公室裡忙碌著，她正在給一份報紙配圖及排版。難以想像如此優美寧靜的版面，是出自於一個被監獄長稱為「最強硬、最頭痛」的女人之手。

尋尋覓覓後的收穫

　　1974 年出生在教育世家的陳勁，汕頭大學畢業後在珠海第二小學當美術教師。她父親是教國學的，文革時被打成右派，「長期的迫害使他從一個氣宇軒昂的人，變成了膽小怕事的人。我們家 4 個孩子的名字裡都帶有一個力字，父親說，在中國那個環境

要生存下來，沒有力量是不行的。父親一再鼓勵我們要堅強，給我取名是要我：疾風知勁草，沒想到這倒真成了我牢獄之災的寫照。」

「我小時候有個好朋友家住醫院，每次去她家都要經過停屍房，我從那時起就開始尋找否能有不死的辦法。初中時我學了佛教，還拉著我媽去拜佛，後來我又學了基督教，一個修女看中我，非要培養我，但我怎麼也學不會他們的動作，後來我又回到佛教，直到我學煉法輪功後，我才真正明白做人的道理，並切切實實地體會到修煉給我帶來的身心靈巨變。」

那時因乙肝折磨，陳勁每天連買菜做飯都感覺吃力，得請阿姨幫忙，她三天兩頭請病假，單位花了不少醫藥費。1995年學煉法輪功後，她好像變了個人，不但體質強壯，而且性情變得很陽光。在她帶動下，單位很多同事也開始學煉法輪功，按照真善忍理念來教書育人。

疾風知勁草

1999年7月江澤民發動鎮壓法輪功之後，陳勁不顧身孕前往廣東省政府和北京上訪，被劫持回珠海後，她住的公公婆婆家成了重點監控對象。每天「610」、教育局、街道、派出所的一幫人都要來家裡騷擾，逼她寫保證書。

「他們說，哪怕你照抄都行，只要你一簽字，我們就不管你了。我就是不簽。剖腹產生下女兒才十天，我被逼無奈，離家出走。後來我把孩子送回家，自己在外流浪。

在學校，同樣的逼迫也在發生。當時我已被剝奪了教書的權

利，只是在學校做打掃廁所等雜事。一天校長拿了兩張紙走過來讓我簽字，一張是保證不再修煉法輪功的保證書，一張是辭職信。我斷然決然地在辭職信上簽了字。後來我悟到，我什麼都不應該簽，是這場迫害剝奪了我的工作權，不是我自願辭職。」

在流離失所的日子裡，陳勁和周靜、雪蓮、小龍等珠海幾個學員，到處發放真相傳單，製作真相橫幅張掛。「警察很害怕，到處通緝懸賞我們，我看見一張海報上把我們的名字和殺人犯放在一起，我就覺得很悲哀。我們是在做好人，我們在維護社會的長治久安，我們讓民眾享有知情權，卻被當成殺人犯一樣通緝，就跟當年耶穌與小偷一同綁在十字架一樣。」

法輪大法是正法

2000 年初，陳勁因為電話被監聽被公安抓進了珠海看守所。「我不知道那個同修的 call 機落在了警察手裡，我電話剛打出去10 多分鐘，警察就包圍了電話亭，他們衝過來抓我，我就大聲喊，我不是壞人，我是修法輪大法的，法輪大法是正法！我就這樣一路喊到了看守所。」

在看守所有個規定，犯人幹什麼都得先報告，比如想上廁所就得說，「報告！犯人某某想上廁所」警察同意了才能去。陳勁自覺不是犯人，沒喊報告直接去了廁所，結果幾個彪形大漢衝上來，一把將她扔進了禁閉室。

禁閉室被人稱為水牢，其實裡面沒有水，只是非常黑暗潮濕，一米寬，只留了一個老鼠洞一樣的窗口送飯進來。裡面還有個廁所坑，沒有床，只有一個水泥板。那時是冬天，陳勁被帶上鐵鏈

手銬，凍得根本沒法入睡。來例假，警察也不給衛生巾，上廁所也沒有衛生紙，也無法洗澡，像豬一樣生活在暗無天日的地方。起初她還很天真，以為只關幾天，結果被關了一個月，出來時滿臉憔悴，非常蒼白。

2001 年 4 月 18 日，陳勁又因散發傳單寫橫幅被抓進看守所。橫幅寫的是：「自焚鬧劇，江澤民總導演」。陳勁遭刑訊逼供，7 天 7 夜不讓睡覺，幾十個警察輪流審訊，想逼她供出一起參與做真相資料的同修名字，她堅持不說，又遭電棍電擊。後來未經審判，陳勁被判處 3 年 6 個月的監禁，被關進了韶關監獄。

江澤民的謊言會害死很多中國人

「我從小就第六感官非常靈敏，有一次去縣裡看舞龍，人很多，我本來站在一個很好的棚子下，我突然覺得不舒服就離開後，不久那裡就因為龍尾巴撞擊出現坍塌，死了上百人。那天我還專門讓哥哥帶我回去看現場，很多人的腸子都露出來了，非常慘。我那時在讀小學，我就覺得人的生命太脆弱了，人生無常。

後來修煉法輪功，師父給了我提前看到未來的功能。比如我在馬來西亞時，我看到了我到紐約工作的地方，那個高樓林立的市中心，巨大的動畫背景，後來果真我就在曼哈頓的寫字樓上班了。

無論是在拘留所還是看守所或監獄，很多警察和犯人都問我，為何我寧願酷刑折磨，也不願寫放棄法輪功的保證書，我就會給他們講我在 1999 年 7 月 22 日看到的那一幕。

7 月 22 日那天，官方正式宣布取締法輪功。那時還是暑假，

學校把 70 多個老師全部叫回去開會，集體看中央電視台污衊法
輪功的節目。我當時懷孕 7 個多月。我想不通教人做好人的高德
大法竟然會被這樣誣陷，還被政府禁止，我當時腦袋一片空白，
回到宿舍就坐那發呆。不久我眼前出現了一幕：

遼闊的中原大地上到處都在冒著黑煙。我心裡正納悶，哪來
的黑煙呢？這時就見鏡頭拉近，只見一具具死人的屍體被烈火焚
燒，冒出濃濃的黑煙，他們都是被脫得光光的，男女老少都有。
哪來這麼多死人呢？這時我就看見一條路，一輛輛橄欖綠色的解
放軍車密密麻麻地開過來，裡面裝的全是屍體，光溜溜的屍體。

這時鏡頭裡出現了江澤民的頭像，我當時根本不知道下令鎮
壓法輪功的元兇就是江澤民，我只是覺得他是國家主席，我就上
前問他，中國怎麼死了這麼多人呢？只見江澤民猙獰地一笑，畫
面就消失了。

我當時只是模模糊糊地感到，共產黨害死了很多人，後來我
明白這個畫面更深的含義：江澤民散布的謊言會害死很多無辜的
中國人。

師父提前讓我看到了中國人的未來：假如我們不去講真相，
這一幕就會出現，很多被共產黨污衊法輪功的謊言所欺騙的人，
他們就會大面積地悲慘死去。從歷史書中我也知道，當瘟疫來臨
時，政府為了控制疫情，就會把死人集中起來燒掉。回想起我在
7 月 22 日看到的那一幕，我就更加相信師父。我知道共產黨在造
謠害人，我不想成為那種因誹謗大法而被銷毀的生命，我也不想
我周圍的人成為受害者。

我常對警察和來勸我洗腦轉化我的那些高級知識分子們說，
你們要我轉化，你得讓我看到你們的行為是正的，你們幹出的都

是整人、騙人、害人的勾當，我怎麼可能轉化呢？你們幹的都是邪惡的事，要把好人轉化成壞人，轉化成地獄裡的鬼。

後來警察把我丈夫孩子帶來，要他們轉化我，我就對他們說，我要背叛了大法，我不光害了我自己，我也害了你們，真善忍是宇宙的法則，誰也不能破壞。無論警察怎麼折磨我，我都一直沒有轉化。我感覺自己是一顆疾風中的勁草，沒有辜負父親對我的期待。」

「無名」失蹤了

2001 年 9 月，陳勁被關押在珠海市看守所的第 37 倉，被強制勞動做假花，倉頭（即負責管這個倉房的犯人）是個澳門黑社會成員，人們叫她大姐大。她人很凶。一次陳勁實在太累了，正做著假花就睡著了，她隨手脫下自己的鞋子朝我猛地扔過來，大喊：「還想睡覺？」後來陳勁給她講法輪功真相，兩人關係慢慢改善。一次看守所要搞活動，她讓陳勁做黑板報設計。陳勁用做假花的材料做了梅花，還用紙皮做梅花的樹幹，做得非常逼真，非常漂亮。一天外面下雨了，一隻鳥兒飛進來，想停在樹枝上，結果撞在黑板報上了。

在做梅花過程中，陳勁得知 35 倉進來了一位沒有報姓名的法輪功學員，警察和犯人都叫她「無名」，幾年出獄後陳勁從她媽媽那得知，她叫袁征，曾被關過馬三家，2001 年 9 月在珠海被抓後，家人再也沒有她的消息。

「無名」當時絕食抗議，遭到警察和犯人毆打，陳勁和倉裡的另外兩個法輪功學員就高聲大喊：「不許打人！」「停止迫害

法輪功學員！」後來聽說警察把她送走了。幾個月後一個犯人對陳勁說：「你挺幸運的，坐滿刑期就出去了，吳姨告訴我，『無名』被送去的那個地方，可能永遠都出不來了。」2006 年加拿大人權律師大衛・麥塔斯有關活摘器官的報告出來後，陳勁才意識到，袁征很可能被拉到祕密集中營活摘器官了。

2002 年 11 月 30 日，陳勁從珠海第二看守所被轉到廣東省韶關監獄，記得當時的押送車內有十幾個人，其中 9 個是法輪功學員，但警察只給法輪功學員驗血和胸透，不給其他人做。2003 年 4 月，陳勁從韶關監獄轉到新建的廣東省女子監獄時，警察也給她做了胸透和驗血，可能這些都是為器官移植做準備的。

揭批會上億萬富婆的眼淚

在韶關監獄陳勁還遇到一位珠江的億萬富婆，她發現丈夫有外遇，就殺死了那個二奶，還把她剁成了上百塊。她被判處無期徒刑。為了立功贖罪，她用錢買通了警察，警察就讓她來當我的包夾，一旦我被轉化，她就可以提前出去。

一次閒聊得知她從前是個醫生，陳勁問她為何那麼殘忍地把人剁爛，她兩眼冒著凶光，依舊咬牙切齒地說：她死有餘辜！

不久監獄開揭批會，全監獄 700 多犯人還有 300 多警察都拿著板凳到操場開會。陳勁第一次參加這種會，就見一個個被轉化的法輪功學員上去讀他們的「悔過書」，全是誣衊和攻擊大法的話。陳勁一聽，就突然站起來大喊說道：這全是謊言！

頓時全場的人都看著陳勁，很快十幾個警察一起朝她撲過來，把她摁在地上，所有電棍都朝她打過來。後來警察還把她吊

在鐵門上，讓所有人走過來罵幾句後才能離開。

陳勁被打暈了，等清醒過來，看見那個億萬富婆遠遠地站在那，在流淚。她是少有幾個沒有過來罵陳勁的人。後來這個億萬富婆找到警察，說再也不想當陳勁的包夾了，她被陳勁的勇氣感動了。

陳勁說：「那個富婆流淚的畫面一直留在我腦海裡，這麼凶惡的人都還有善心。後來我在馬來西亞開始勸人三退時，有人朝我吐口水罵我，我都不動心，因為我知道，他們也是被欺騙的，一旦他們本性的那一面展現出來，依舊是善良的生命。」

「你們沒資格來電我！」

2004 年陳勁即將出獄前，由於還是沒轉化，警察的升官發財都是和轉化率直接掛鉤的，為了升官，監獄長惡狠狠地對她說：「我就不信我們這一千多人轉化不了你！從現在開始，我要動用所有的人力物力來強制轉化你！非把你搞定不可！」

他們把陳勁帶到一個非常大的教學樓裡，裡面空空的，十幾個人輪番給她洗腦。「無論他們用什麼歪理邪說，我都能非常敏捷地駁斥他們。他們不許我睡覺，把我的雙手雙腳用鐵鏈子銬起來，上廁所都不允許。我感覺非常痛苦。

他們還用電棒電我，我就呵斥道，你們沒有資格來電我！我是大法弟子！結果那個電棍真的就是不好使！他們叫人從樓下再拿幾根上來，電棍閃著藍光，但電在我身上就沒電了。他們又換一根，還是這樣。我知道，這是師父在保護我！

半夜他們不讓我睡覺，我就衝到窗口打開窗戶大喊：共產黨

迫害大法弟子！共產黨不讓人睡覺！共產黨不讓人上廁所！當時
《九評共產黨》還沒有出來，不知為什麼那時我就是明確針對共
產黨，我知道這是共產黨的罪惡，警察只是工具。」

五馬分屍與生日蛋糕

2004 年陳勁 30 歲生日那天，監獄長繼續下令要強行「轉化」
她。一大早，幾個長得胖胖的女犯人走進來，一腳把她踢倒在地，
有的騎在她身上，有的拽住她的胳膊和腿，要五馬分屍！

「我頓時覺得我的五臟六腑都被她們壓碎了，扯斷了，非常
的痛苦，內臟都要擠爆了。我疼得暈死了過去。」

等陳勁醒過來後，她們又說：「今天是你的生日，晚上我們
請你吃蛋糕。」到了晚上，警察真的拿著蛋糕笑咪咪地走過來了。
陳勁義正言辭地說：「你們這是黃鼠狼給雞拜年！上午你們給我
五馬分屍，晚上你們要給我吃蛋糕，我不會聽你們的！你們都是
說謊者，你們根本無法用行動來說服我，我怎麼可能轉化呢？」

那天晚上陳勁想到自己被這樣無休無止地折磨著，覺得太痛
苦了，感覺這個身體和精神都承受不住了，就在心裡求師父：「師
父啊，弟子承受不住了，能否請您讓我失去主意識，我不想再感
受這無邊痛苦了！」

第二天，無論他們說什麼，陳勁一個字也不說，什麼也不做，
就坐那發呆。後來的事陳勁回憶不起來了。「聽我先生說，我完
全變了個人，雖然不是那麼瘋瘋癲癲的，但說話像小孩一樣，完
全不同了。」

後來監獄醫生檢查說陳勁得了精神病，警察也很高興，因為

得了精神病就不算在轉化率中了，陳勁就這樣被當成精神病熬到了出獄的那一天。

出獄前的誓言

陳勁刑滿出獄那天，先生來接她，但警察不讓她回家，要把她直接送到洗腦班。

當她離開監獄時，陳勁突然大聲對監獄長和一幫警察說：「我在這裡慎重宣誓，一旦有機會我離開了中國，我一定要把你們的殘暴公諸於眾！」

監獄長知道陳勁出了監獄門就得進洗腦班，他也大聲地喊道：「我敢保證，你陳勁就是插上翅膀也飛不出中國！」

陳勁當時根本沒有條件出國，也從來沒有想過出國的事，但不知怎麼就這樣說了。「也許我的心念很純，就是想出國去揭露中共的暴行，不久我先生突然被單位排到美國短期學習，我也在朋友的幫助下，奇蹟般地拿到了護照，來到了馬來西亞，隨後又很快地被聯合國難民署安排到了美國。這再次印了那句古話，人算不如天算。」

如今陳勁一家生活在紐約，女兒心慧雖然在大陸和馬來西亞沒有上過正規的小學，但到美國後她勤奮補課，現在成績非常優秀；陳勁也一直和先生一起全力講法輪功真相，「因為我知道，假如大陸人不能從江澤民散布的謊言中清醒過來，就有一場瘟疫等著他們，很多人會死去，我們能見死不救嗎？」

逮捕江澤民

第十六章

習布局正捉拿 江澤民歸案

2015 年 6 月，面對相對靜寂的反腐戰場，有人說打虎已經到頭了該停手了，也有人猜測郭伯雄的案子遲遲沒有下文，是因為北京當局要妥協了。其實這些都是假象，習近平正在布署最後的決鬥，前期準備鋪墊工作很多已經呈現在人們面前了。

2015 年 5 月起，大陸掀起一場「訴江」大潮。（大紀元合成圖）

第一節

習在司法系統布局「捉拿」江澤民

司法界亂象叢生 習拿法官開刀

2015 年 6 月 5 日，習近平主導的「中央全面深化改革領導小組」召開第 13 次會議，推出了有關國企改革和司法改革等系列措施，最突出的一點是針對司法、特別是法官的管理問題。

該措施提出要「從政法專業畢業生中招錄法官助理」。

目前大陸司法界存在怪異的「倒掛現象」。以正常社會而言，從警察到檢察官、再到法官，其法律素質應該一級比一級高，但在當今的中國，公安警察很多是警校畢業的，檢察官也大多是政法學院畢業的，而法官卻大多是從部隊上轉業下來的「大老粗」，很多法官連最基本的法律知識都不具備，卻掌管著最高司法審判權。

該會議還審議通過了一項規定，要求司法人員「管好自己的

生活圈、交往圈」。

習近平開始動司法系統

2015 年 3 月 24 日，習近平召集中共中央政治局就深化司法體制改革、保證司法公正進行第 21 次集體學習，提出要深化司法體制改革。

習承認指出，大陸存在一些司法不公、冤假錯案、司法腐敗以及金錢案、權力案、人情案等問題。官方透露習近平的講話，「司法體制改革成效如何，說一千道一萬，要由人民來評判。」

司法是維護社會公平正義的最後一道防線。公正是司法的靈魂和生命。

北京律師謝燕益發表評論說，中國大陸司法改革的關鍵在司法獨立，「首先，法官的任命、財政支出要獨立，而且司法部門要去黨化，去行政化。」其次，要增加司法體系的透明度和公開化，第三，可借鑒美國的民審團、陪審團制度，法官只是支援司法程式，保證司法審判公平進行，但是審判權交給民眾，讓民眾集體做一個公平的判決。

湖北武漢律師張科科也表示，大陸各地冤假錯案與公安的刑訊逼供有關，辯護律師往往得不到警方的全程錄像，法庭上要求排除非法證據時常常被法官拒絕，保證律師的閱卷權和排除非法證據的權利，是司法公正的第一步。

張科科律師認為，當局一方面強調要深化司法改革，一方面又強調司法服從中國共產黨的領導，「這非常自相矛盾。如果司法成為一個政黨的工具，那麼司法腐敗就無法根除，司法公正也

是一句空話。」

5 月 1 日起法院立案改為登記制

據大陸官媒新華網 4 月 15 日報導，2015 年 4 月 1 日，中央全面深化改革領導小組第 11 次會議審議通過了《關於人民法院推行立案登記制改革的意見》。該《意見》自 2015 年 5 月 1 日起施行。

《意見》要求「有案必立，有訴必理，對符合法律規定條件的案件，法院必須依法受理，任何單位和個人不得以任何藉口阻撓法院受理案件。」《意見》還稱：「發現有案不立、拖延立案、人為控制立案、『年底不立案』、干擾依法立案等違法行為，對有關責任人員和主管領導，依法、依紀嚴肅追究責任。」

也就是說，法院不再具有審查後才立案的審批資格，只要百姓控告投訴，法院就得立案。過去十多年，大陸法輪功學員和上訪民眾每每遇到的情況是：再大的冤屈沒有地方投訴，法院根本拒絕立案。不能立案，後續的一切法律過程就無法進行。

人們注意到，深改小組開完會的兩周後，新華社才公布會議內容，原定一個月後實施的政策，變成只剩半個月的準備時間。

就在新華社公布法院立案改為登記制、誰也不能阻撓案例受理的 4 月 15 日同一天，人們看到新華社一篇報導稱，「李克強斥繁冗流程：國務院通過了還要由處長們『把關』？」

文章明面上說的是：在 15 日的中共國務院常務會議上，李克強斥一些部委和地方文件運轉流程繁冗、拖沓。「部長們參加的國務院常務會已經討論通過的一些政策，現在卻還『卡』在那

兒，讓幾個處長來『把關』，這不在程式上完全顛倒了嗎？」「中央研究了 1 年多，拿出政策，結果各種手續再走上 1 年，這不是鬧笑話嗎？」據說李克強的語調嚴厲。

有分析指出，官方在那一天公布李克強的那番訓斥，可能不光是警告其下屬，也在警告阻撓司法改革的人。回顧過去幾年習近平上臺後對司法系統採取的措施，不難發現，習的改革不但具有針對性，而且遭到了對方的竭力阻止，雙方交戰激烈。

習近平用「司法公正」對付江澤民

1999 年 6 月，江澤民由於妒嫉心的驅使，並為了樹立個人權威，不顧其他人的反對，執意發動了對修煉真、善、忍法輪功群眾的鎮壓。為了達到鎮壓目的，江澤民法外授權，成立了凌駕在法律之上的「610」這個專門迫害法輪功的特別特務機構，同時特令「610」的人員不用遵循法律，只要能滅絕法輪功，江澤民就讓他們陞官發財。於是短短幾年，中國僅存的一點司法信譽全被江澤民徹底踐踏了。

江澤民下令「610」可隨意誣陷、處罰和折磨法輪功學員，江的密令原話是：「對法輪功要『名譽上搞臭，經濟上搞垮，肉體上消滅』」。

江澤民還指令「610」警察，可隨意打死法輪功學員，「打死算自殺」。

另據薄熙來指證，江澤民還下令用法輪功學員的器官來做器官移植。江澤民利用國家機器隨意誣陷、鎮壓和企圖滅絕法輪功群眾，不但踐踏了法律，也違背了天理。

　　2010 年大陸很多有識之士指出，「司法獨立與公正應從撤銷政法委開始」。金羊網這篇文章的作者洪巧俊引用凡夫唐的《「公安統管公檢法」是法治的悲哀》一文的觀點，可以說代表了很多人的想法。大陸內部有統計說，在民眾上訪的案例中，70％以上都與政法委的錯誤有關。

　　2013 年 1 月，「廢除勞教」、「撤銷政法委」的呼聲高漲，後來人們看到，北京政府廢除了勞教制，同時大幅降級了政法委的地位。不過人權專家指出，廢除勞教制度只是換個招牌，將完全不會改變中共政治制度的性質。

　　另外習近平還成立了「國家安全委員會」，把公安、武警、司法、國家安全部、解放軍總參二部三部、總政的聯絡部、外交部、外宣辦等多個部門全部揉併在一起，歸自己全面掌控。

　　接下來的 2014 年 10 月四中全會上，很多人對於沒有處理周永康、沒有做出新的人事調整，《新紀元》周刊在《四中全會的四大意外 兩大信息》（第 401 期，2014 年 10 月 30 日出刊）一文中提醒人們，這次會議定出了「重大決策要負終身制」，這等於是為日後追究江澤民所犯下的任何罪行都需負責任，打下了伏筆。

　　四中全會上，習近平還提出了「依法治國」，從那時起，利用法律來徹底清除江派的計劃就開始緊鑼密鼓地進行了，於是人們看到了上述的法院立案制等變革。

最高法：國家賠償每天 200 多元

　　2015 年 5 月 4 日，就在官方宣布法院不再可能阻撓民眾立案

的意見書公布的第 3 天，中共中央組織部、政法委、中央黨校對中央政法單位領導班子成員、省（區、市）黨委、政府分管領導和省級政法單位主要負責人近 300 人進行了為期 7 天的專題培訓。這是中共 18 屆四中全會以來全國政法系統首次舉辦如此大規模、高規格的專題研討班。把深改小組的意見書如何落實下去，成了該培訓的主題。

接下來 5 月 27 日據新華社報導，最高法院 27 日下發通知，公布了 2015 年作出國家賠償決定涉及的侵犯公民人身自由權的賠償標準，具體數額為每日 219.72 元。

該數字是據國家統計局公布的 2014 年城鎮非私營單位在崗職工日平均工資 219.72 元確定。最高法院要求，各級法院在審理國家賠償案件時按照上述標準執行。

外界評論說，無論是「六四」受害者還是法輪功學員，一旦法庭判決是國家機關的錯誤或罪過，受害者就能得到這樣的補償，這等於是為日後對江澤民的清算打下了伏筆。

百萬人投訴 大陸出現「訴江大潮」

習政府允許百姓控訴，很快，一場聲勢浩大的「訴江大潮」出現了。

據法輪功在海外的網站明慧網（http://www.minghui.org/）報導，每天都有很多受害群眾起訴江澤民，比如僅僅在 5 月 28 日至 30 日這三天時間裡，明慧網就收到 70 多位法輪功學員控告江澤民的消息，僅 6 月 1 日一天內，明慧網就收到 18 省 55 個縣市161 位法輪功學員及一位法輪功學員親屬對江澤民的《刑事控告

書》副本。

據說目前有人已經收到司法部門的回執，接下來等待案件被正式立案。6月5日，據大陸法院網報導，立案登記制實施首月，全國法院共登記立案 113 萬 2714 件，同比增長 29％，環比增長 4.93％。這上百萬人的控訴，也從另一側面突顯出過去在江澤民、羅幹、周永康等人的禍害下群眾積累了多麼巨大的民怨和民憤，這樣的巨大衝擊波不釋放出來，當權者無疑是坐在火山口上了。

另外，從明慧網公布的起訴消息中人們看到，對江澤民提出刑事控告的原告控訴人來自各個階層，是中國主流社會的主流民眾，他們中包括曾經擔任過黨政軍公職的各級官員，還有國企人員、高管，以及社會上從事各行各業的民眾，由此可見，江澤民發動的這場迫害為禍之廣之烈，無人能夠倖免。

大陸法輪功學員控告江澤民的浪潮也引發了海內外法律專家、學者及社會知名人士的廣泛關注和熱情聲援。

最高檢：將監督公安的偵查活動

自從 1999 年 7 月江澤民下令鎮壓法輪功以來，公安警察隨意抓捕法輪功學員，很多法輪功群眾在家中，一到所謂敏感日就無故被抓走，「610」搞的所謂「法制教育」洗腦班，隨意把人從家裡抓走，派出所的警察也是沒有逮捕證就隨意抓人。對其他民眾也是如此，很多百姓說，昔日土匪在深山，如今土匪在公安。

6月1日，新華網發表了題為《最高檢：建立對公安派出所刑事偵查活動監督機制》的文章，最高檢察院副檢察長孫謙6月1日在全國檢察機關偵查監督工作座談會上宣稱，要建立對公安

派出所刑事偵查活動監督機制。

作惡警察也可告江澤民

有趣的是，就在檢察院要動手監督管理公安警察之際，6月2日，明慧網刊登一則消息《參與迫害 政法人員遭報應 求助律師》。大陸一位長期致力於為法輪功學員做辯護的維權律師透露說，最近他接到了多個原政法系統落馬官員、警察的求助電話，委託他做他們的辯護人。

文章稱，為政法人員做辯護，對這位律師來說本不是新鮮事。他曾為上訪的退役軍人和警察打過官司，中共在這些曾經的專政工具失去利用價值後，兔死狗烹，過河拆橋，使這些退役軍警生活艱難，走上了前仆後繼的上訪之路，結果過去的「維穩」者成了被「維穩」的對象。

「然而這位律師最近接到的求助電話，均不來源於以上對象，而是來自於最近頻頻落馬的政法系統官員、警察，而且還是在這位律師調查法輪功案件時，對律師進行威脅、刁難、跟蹤、阻擋甚至拘禁、毆打律師之徒。」

比如剛剛落馬的黑龍江黎明監獄監獄長王亞羅，就曾在這位律師前去會見被非法關押的法輪功學員時，對著律師咆哮道：「你知道法輪功是什麼性質的問題嗎？！這是敵我矛盾！他們都是階級敵人！你要注意立場！」並馬上給北京市司法局打電話，通過司法部門向律師施壓。

此一時，彼一時。這些原政法人員，當初甘當中共馬前卒，積極迫害法輪功，如今惡報應在了他們身上。當他們自己身陷囹

圈時，想到的第一個求助對象，竟然是幫助法輪功學員的律師。

　　文章最後說：「至於這位律師是否願意接受委託、做他們的辯護人呢？這位律師攤開雙手說道：『幫助被告人爭取權利，本來就是律師的職責所在。可是，他們在任時整出來的法輪功冤案太多了，我實在是忙不過來啊！』」

第二節

訴江潮四起
習近平稱民眾決定官員好壞

2015 年 5 月底接連三周，已有上萬
中國人控訴江澤民迫害法輪功違法
罪行。（大紀元合成圖）

百度突然解禁「訴江」 習當局釋放微妙信號

　　2015 年 5 月，大陸最大搜尋引擎百度再次解禁了「起訴江澤民」、「江澤民活摘器官」、「江澤民迫害法輪功」等關鍵詞，同時被解禁的還有「江澤民賣國」等罪惡，包含被微博轉載的新唐人、《大紀元》的相關文章。

　　這並非大陸第一次解禁江澤民迫害法輪功的真相信息。上一次解禁是在 2014 年 7 月。當時中共前政治局常委周永康案被公布後，周的後台、前中共黨魁江澤民也成為輿論焦點。

　　百度不斷解禁江派負面消息。在百度搜索欄輸入「江習鬥」，搜索結果部分顯示：周永康失勢江習鬥、江習鬥升級、江習惡戰、

江習鬥軍方介入、江習鬥最新消息等，每一個都可以點擊進去，全部能顯示原本要「翻牆」才能看的江習內鬥信息。

在媒體輿論受到嚴密控制的中國大陸，很難想像，如果沒有得到習近平當局最高層的支持，百度會突然間解禁關於「訴江」的網路信息。

百度突然解禁「訴江」的舉動很可能得到了當局的默許，或者是接受了來自最高當局的特別指令。習當局由此向外界釋放了一個十分微妙的信號，即習當局是「默許」或「支持」大陸法輪功學員起訴江澤民的行動的。

習近平 2015 年 5 月 25 日至 27 日赴浙江考察。習在同舟山定海區新建社區村民座談時說：「幹部好不好不是我們說了算，而是老百姓說了算。」而當時大陸正在興起百姓控告起訴江澤民的大潮。

成千上萬大陸法輪功學員控告江澤民

從 2015 年 5 月底到 6 月 11 日兩周內，至少 3946 名大陸法輪功學員和家人，以及因迫害流亡海外的法輪功學員，向中國最高檢察院與最高法院控告、起訴前中共頭目江澤民，並提交相關法律文書和證據，到 6 月 20 日，控告江澤民的法輪功學員已超過萬人，而且雪片式的控告起訴書正不斷飛來。

江澤民一意孤行，造成了對大陸法輪功學員持續至今的長達 16 年的殘酷迫害。為了制止迫害、懲惡揚善、讓更多的民眾知道法輪大法好的真相，2015 年 5 月以來，大陸各地法輪功學員開始大範圍地起訴惡首江澤民，敦促中國最高檢察院立案偵查。

分析 6 月 11 日明慧網收到的大陸法輪功學員對江澤民的《刑事控告狀》副本 3245 份，共 3946 位中國公民控告江澤民犯罪政策對他們造成的傷害。這只是實際正在進行的控告案例的一部分。很多法輪功學員手寫訴狀，寄往相關部門，由於電腦操作、信息傳輸、網路封鎖諸方面的難度，未能同時向媒體發出消息。

已收到的刑事控告狀副本來自河北、遼寧、黑龍江、吉林、山東、湖南、四川、河南、湖北、安徽、甘肅、山西、江蘇、廣東、青海、江西、內蒙古、陝西、寧夏、浙江、雲南、福建、貴州、廣西、新疆等 25 個省與自治區，以及天津、重慶、北京、上海 4 個直轄市，1390 多個縣市。同時也有因迫害導致流亡海外美國、英國、加拿大、澳洲等地的法輪功學員向中國最高檢察院控告江澤民。

控告人來自社會各階層、各行各業

提起控告的大陸法輪功學員來自各行各業，包括：法官、政府官員、軍人、警察、大學教授、講師、藝術家、工程師、醫生、公司職員、工人、農民。如原遼寧省錦州市義縣法院一級法官、法輪功學員孫靈華於 6 月 8 日上午，用特快速遞方式把控告惡首江澤民的「刑事控告書」郵寄給最高檢察院。

南京大學中文系副教授王載源的妻子（南京市兒童醫院主治醫師）起訴江澤民。72 歲的王載源因堅持修煉法輪大法，曾被綁架 3 次、抄家 3 次，關進腦班 2 次，非法勞教 2 年，於 2008 年 6 月在迫害中離世；山東青島著名書法家劉錫銅及夫人劉愛芳控告江澤民；王檀原任河北省冶金工業廳副廳長、河北省冶金工業辦

公室主任（副廳級），高級工程師，在這場對法輪功的迫害中，被非法判刑三年半，斷絕經濟來源，連人人享有的「養老保險」和「醫療保險」也被剝奪。

法輪功學員及家人要求嚴懲迫害元凶

很多家庭慘遭迫害，家庭成員因堅持修煉法輪功，被江氏集團迫害致殘、致死。家人遭受深切的心靈創傷，要求嚴懲迫害元凶。

如江西省南昌市 66 歲的法輪功學員餘寶珍，5 月 31 日向最高檢察院郵寄了控告江澤民的刑事訴訟狀，控告江澤民發動的對法輪功的迫害，使她的獨生兒子在這場浩劫中被奪去了年輕的生命，身後留下一個三歲的女兒。

遼寧省撫順市清原縣法輪功學員蓋秀芹，與丈夫盧廣林，被分別冤判 13 年和 8 年重刑。丈夫盧廣林被盤錦監獄折磨致死，蓋秀芹在遼寧女子監獄折磨下基本喪失勞動能力。蓋秀芹要求檢察機關立案，追究惡首江澤民的一切刑事責任。

21 世紀人類最大的人權訴訟案

法輪功學員自始至終就不承認這場對「真、善、忍」信仰的迫害。無論是在中國大陸還是海外，法輪功學員不畏強暴，不屈不撓堅持對正義的伸張，在迫害結束前就在國際社會以反人類罪將迫害首惡元凶訴諸法律，樹立了一個正義的典範。

2000 年 8 月 25 日，法輪功學員朱柯明、王傑，向中國最高

檢察院和中國最高法院提交申訴狀，狀告當時的中共國家主席江澤民、中央書記處書記曾慶紅與政法委書記羅幹迫害法輪功的違憲、違法行為。這是中國大陸訴江第一案。

2002 年 10 月 23 日，江澤民在因私訪問美國芝加哥時，被法輪功學員以「反人類罪」和「群體滅絕罪」告上伊州北區法庭，成為海外法輪功學員起訴江澤民第一案。

2003 年 9 月 30 日，由全球 100 多個組織和知名人士發起和加盟的「全球公審江澤民大聯盟」在華盛頓特區成立。十幾年來，迫害法輪功的首惡江氏及其他元凶和幫凶，被海外法輪功學員在 30 多個國家和地區，以「群體滅絕罪」、「反人類罪」及「酷刑罪」等告上法庭。全球訴江案此起彼伏，全球各地人權律師已形成聯合網，在各國法院對江氏及其追隨者進行刑事追訴或民事起訴，規模之大被稱為「21 世紀最大的國際人權訴訟」。

2009 年 11 月 19 日，西班牙國家法庭經過三年的立案調查取證後，做出了一項裁定，以「群體滅絕罪」及「酷刑罪」，起訴江澤民、羅幹、薄熙來、賈慶林、吳官正等五名迫害法輪功的中共元凶。同年 12 月 17 日，經過四年調查，阿根廷聯邦法院第九庭法官 Octavio Araoz de Lamadrid 就中共前黨魁江澤民、「610 辦公室」頭目羅幹迫害法輪功犯下的反人類罪行發出逮捕令。

這兩個國家都運用「普遍管轄原則」對迫害法輪功的元凶進行宣判，而「普遍管轄原則」是國際法中維護普世正義的最重要的基本原則，這向世人表明，人類絕不可能在無視中共反人類罪行的前提下與其共生共存，這拉開了國際社會審判中共反人類罪行的歷史序幕，也宣示著一個人類覺醒時代正在來臨。

清算迫害首惡是歷史的必然

在持續近 16 年對法輪功的滅絕迫害中，不僅上億修心向善的民眾及其親屬被推入浩劫之中，中共也摧毀著人的良知和維繫社會穩定與持續發展的道德基礎，導致華夏民族的生存環境全面崩潰，也令全人類深受其害。江氏之重罪，正日漸被全世界人民所共識，起訴江澤民、審判江澤民是民心所向和歷史的必然。

面對大量法輪功學員起訴江澤民的現象，有不了解實情的人說，這是受迫害團體的大反撲，加上中共內部出現不同意見，有人把法輪功的反迫害與政治鬥爭聯繫在一起。這些說法可能都不算錯，但都沒能觸及到問題的關鍵：江澤民到底犯了什麼罪？他和一般刑事犯有什麼區別？

的確，江澤民是鎮壓法輪功的元凶。僅僅因為學煉法輪功的人數超過了中共黨員人數，而且法輪功講真善忍，打不還手、罵不還口，這位被妒忌心和權欲心操控的小人，不顧其他政治局常委的反對，悍然發動了對上億主流民眾的鎮壓。當時江澤民叫囂：「我就不信共產黨戰勝不了法輪功。」

法輪功是什麼呢？這可從兩個層面來回答。對於不相信神佛的人來說，法輪功遵循真善忍做好人，可以說是人類傳統道德觀的體現，是普世價值的遵循者和傳承者。對於有信仰的人來說，江澤民那句話其實就是代表邪惡中共對神佛的宣戰，一個無神論的狂徒要消滅創造其生命的神佛，其結局可想而知。

為了維持這個不得人心的鎮壓，江澤民集古今中外邪惡之大全，不但用了誣陷誹謗和酷刑折磨的方式，還採取了精神摧殘和藥物致瘋的惡行，最令人驚駭的是，江澤民下令在法輪功學員還

活著的情況下就摘取他們的心、肝、腎等器官，用於器官移植手術從而謀取暴利，而且以利益為誘餌，令全中國、全世界的人明知中國存在非法器官移植，但為了利益，全球很多國家和政府都假裝不知道而保持沉默，從而幹出了助紂為虐的事。

希特勒殘害猶太人被稱為惡魔，江澤民不但害死了上百萬法輪功學員，在其威逼利誘下，全世界很多人在道德與利益之間選擇了利益，江等於是毒害了全人類。正如中共的老祖宗馬克思所說，共產黨就是要來毀滅全人類的。

很多人可能至今還沒看清，歷史就是在利用法輪功受迫害來考驗全人類：默認支持江澤民搞迫害的，在神佛的眼裡就是站到了邪惡一邊，反對這場迫害的，就是保存有善心和良知的人，這樣的生命因為符合了宇宙特性，也就能夠在未來獲得新生，那些被利益取代了良心的人，等待他們的就是去給江澤民這樣的惡徒當陪葬。

也有人說，現在中共還在迫害法輪功，法輪功群眾去中共的法院告江澤民，能有什麼結果呢？這句話包含了很多黨文化的思維，把法律當成了鬥爭的工具，借用法律來懲治對方。但是法律首先是人類道德公義的象徵，起訴江澤民這件事的本身，就是在維護人類的尊嚴，維護法律的尊嚴：即使一時還不能伸張正義，但邪不壓正，邪惡總有一天會被繩之以法，邪惡總有被剷除的那一天。

江澤民破壞的是全人類的道德底線，世界上每個人都有權利和義務舉報或控訴江澤民的罪行，當江澤民受審判時，就是人類走向光明的時刻。

後記

　　從來沒有哪個國家的領導人能像江澤民那樣，活著時其醜事惡事就被民眾揭了個底朝天！

　　人類歷史上也從來沒有哪個惡徒能像江澤民那樣，幹出前無古人、後無來者的「這個星球最大的邪惡」，連希特勒也沒敢在人活著時就開腹破肚、取心肝腎和眼角膜等器官，還拿出來冠冕堂皇地在醫院做昂貴的移植手術，同時讓全世界在惡行面前默不作聲。

　　如此殘酷地蹂躪全人類的良知，古今中外，無人能出其右。江澤民之惡，罄竹難書。簡單地可以概括為三個方面。

一、江澤民是國妖之首

　　江澤民是個邪惡昏庸的無神論者，心中沒有一絲對天地民意

的敬畏，一切以自己的眼前利益為中心，他甚至把「悶聲發大財」當成了治國手段，以金錢、淫亂為誘餌，以謊言欺騙和恐怖暴力為伎倆，為所欲為到了無以復加的程度，以致最後人性喪盡，完全成了妖魔，百姓都稱之為「江鬼」。大陸媒體稱徐才厚為國妖，那江澤民就是國妖之首。

他與天鬥、與地鬥、與普世價值鬥；與同事鬥、與學生鬥、與民鬥，草菅人命，認為「殺個人就像踩死一隻螞蟻一樣」，是個十足的政治流氓。

最嚴重的是，出於邪惡的妒嫉心，他忍受不了法輪功修煉者的正義善良，因而將修煉真善忍的法輪大法誣衊為「邪教」，不顧其他同僚的反對，一意孤行地發動了空前絕後的迫害，自導自演製作「天安門自焚」偽案欺騙群眾，對法輪功學員推行「名譽上搞臭、經濟上截斷、肉體上消滅」、「打死白打、打死算自殺」的群體滅絕政策，他還教唆手下人：法輪功講真善忍、你們可以放心地大膽打擊。

聳人聽聞的是，他竟公然動用部隊、醫院、公安等國家機構犯下「活體摘取並販賣法輪功學員器官」的滔天罪行，形成了一個駭人聽聞的販賣人體器官產業鏈！

二、江澤民是國賊之首

江澤民出身漢奸，靠投機取巧爬上中共總書記的位置，他無德無能，大搞腐敗治國，買官賣官，官商勾結，將官位當為作惡和竊取利益的媒介。

他形成了貪腐賣國的官場生態，讓聽從他的官員和商賈大多

貪腐作惡而遭惡報；他實行經濟官僚化，惡化經濟秩序，使優質資源和優秀人才大量流出境外；他將貪污的巨額資金轉移到外國銀行，給國民經濟造成巨大損失。

為了取得無原則的國際支持，他大肆出賣國土，將東北地區一百四十多萬平方公裡在歷史上有爭議的疆土劃給俄國，相當於四十個台灣的面積。在中華歷史上，他是最大的賣國賊。

三、江澤民是罪犯之首

江澤民實施國家黑社會主義統治，大搞國家恐怖主義，禍國殃民，罪大惡極。

他一手建立了凌駕於國家憲法和法律之上的非法恐怖組織：「610」辦公室，他發起、設計、計畫、命令、發動、落實、管理、煽動和參與了對善良人群的殘酷迫害，對法輪功學員殘酷實施毆打、電刑、冷凍、捆綁、火燒、烙燙、吊刑、長時間鐐銬、長時間站、跪、竹籤和鐵絲穿紮、性虐待、強奸、注射毒藥等上百種酷刑，害死了幾百萬善良人群。他綁架國家司法機關以強制造假的方式給公民定罪（所謂破壞法律實施罪），在全國範圍造成巨量的冤假錯案。為了推行這種冤假錯案，他每年非法花費幾千億的經費收買人心，以相當於軍費的財政支出發動了對人民的戰爭。

卸任後，特別是喪失「垂簾聽政」的條件後，他大肆暗中攪局，不擇手段地以犧牲人民生命為代價，在重要或敏感時期，在國際上製造重大事件，在國內製造恐怖襲擊和重大事故，利用製造的重大傷亡事件轉移視線，施壓現任當局，並且多次發起對現

任領導人的暗殺。儘管他早已下台，但他處心積慮經營的利益集團卻依舊按照他的安排行事，儼然在中南海之外搞了「第二個中央」，是「政令不出中南海」，是江澤民為首的政治流氓集團自己把中共搞垮了。

江澤民是當今最大的刑事犯首犯，是危害社會的公敵，按國內和國際相關法律規定，應追究的罪名主要有：刑訊逼供罪、故意殺人罪、故意傷害罪、組織出賣人體器官罪、非法拘禁罪、綁架罪、非法搜查罪、非法侵入住宅罪、強迫勞動罪、侮辱罪、誹謗罪、危害公共安全罪、利用邪教（共產主義邪教）破壞法律實施罪、非法剝奪公民宗教信仰自由罪、濫用職權和徇私枉法罪、強姦罪和侮辱婦女罪、酷刑罪、群體滅絕罪、反人類罪等等。

2015 年 5 月後，中國出現了大規模控告江澤民的天象，每天都有幾百名法輪功學員向中共最高法院、最高檢察院、公安部等司法機關提交對江澤民的刑事控告狀，要求按法律追究江澤民嚴重刑事犯罪責任。歷史潮流滾滾向前，正義戰勝邪惡是人類文明的定數，江澤民被送上法庭接受大審判乃天意注定之事。

江澤民就是這樣一個國妖、國賊、人類的公敵和惡魔，審判江澤民，即是為民除害、替天行道，誰能按天意而行，誰就能成就王道。

中國大變動系列 **034**

逮捕江澤民

作者：王淨文 / 季達。**執行編輯**：張淑華 / 黃采文 / 韋拓。**美術編輯**：吳姿瑤。**出版**：新紀元周刊出版社有限公司。**地址**：香港荃灣白田壩街5-21號嘉力工業中心B座3樓25。**電話**：886-2-2949-3258 (台灣) 852-2730-2380 (香港)。**傳真**：886-2-2949-3250 (台灣) / 852-2399-0060 (香港)。**Email:**mag_service@epochtimes.com。**網址**：www.epochweekly.com。**香港發行**：田園書屋。**地址**：九龍旺角西洋菜街56號2樓。**電話**：852-2394-8863。台灣**發行**：高見文化行銷股份有限公司。**地址**：新北市樹林區佳園路二段70-1號。**電話**：886-2-2668-9005。**規格**：21cm×14.8cm。**國際書號**：ISBN978-988-13959-3-1。**定價**：HK$138 / NT$500。**出版日期**：2015年7月。

www.ingramcontent.com/pod-product-compliance
Lightning Source LLC
Chambersburg PA
CBHW022017050726
47499CB00004BA/1030